Sarah Waterfeld

SEX MIT GYSI

Roman

EULENSPIEGEL VERLAG

Dies ist ein satirischer Roman. Einige fiktive Figuren sind angeregt durch reale Personen, aber nicht mit ihnen identisch. Die Handlung ist nicht dokumentarische Darstellung tatsächlicher Vorgänge. Das Buch erhebt also keinesfalls den Anspruch, die geschilderten Vorgänge könnten wahr sein und sich so zugetragen haben.

Inhalt

1. Kapitel

Transponder (27. 04. 2012)

Gregor Gysi glitt vom Barhocker und suchte in seinen Hosentaschen nach Kleingeld, als das Telefon hinter dem Tresen klingelte. Der Barkeeper ratterte seine Begrüßungsfloskel in den Hörer, lächelte, hob die Brauen und stellte, mit dem Zeigefinger gestikulierend, eine Verbindung her zwischen dem Telefonhörer und dem Fraktionsvorsitzenden.

Es war eine ungewöhnliche Situation. Genau genommen war Gregor Gysi bis zu diesem Tag noch niemals bei einer seiner Besinnungspausen in der *Eins* gestört worden, weder telefonisch noch sonst irgendwie. Gysi zog die Stirn kraus und knetete die beiden Zwei-Euro-Stücke in seiner schwitzigen Hand. Mit einem Nicken gab er zu verstehen, dass er das Telefonat entgegennehmen wollte.

»Gregor, es wird eng in der Sauna. Die Mehrheit besteht auf einen klassischen Gangbang.«

Gysis Rücken straffte sich, als er die Stimme hörte. Er wand sich in einer Halbdrehung in den Schatten der Garderobe und drückte den Hörer fester an sein Ohr. Der Barkeeper schien versunken in das Polieren von Gläsern, geschäftig bewegte er sich zwischen dem Glasregal und dem Spülbecken hin und her. Dem Telefonat schien er keinerlei Bedeutung beizumessen.

»Ein Gangbang stand nie zur Diskussion. Vereinbart war Fellatio ohne Rapina seminum«, raunte Gysi.

»So einfach ist das nicht. Er kriegt keinen mehr hoch, Gregor, und das weißt du.«

»Jetzt lass mich dir mal eins erklären, mein Freund. Ich weiß nicht, wie hoch die Lokalität frequentiert ist, und das ist mir auch wurscht. Ein Gangbang ist viel zu riskant. So stehe ich dazu.«

In diesem scharfen Ton beendete Gysi das Gespräch. Er legte den Hörer auf den Tisch und klopfte mit dem Kleingeld auf die Theke. Der Barkeeper sprang herbei. Ob denn alles in Ordnung sei, fragte er teilnehmend. Gysi entschied sich für eine Halbwahrheit.

»Wissen Sie, mein Lieber, manche Leute drehen durch bei der Vorstellung, der Verfassungsschutz könne mithören, mit wem man sich zum Mittagessen verabredet. Ich hoffe, es bleibt bei dieser einmaligen Störung.«

Mit einem Winken verließ er das Lokal und überquerte den Zebrastreifen auf der Wilhelmstraße in Richtung Bundestag. Sein Gang war flott und energisch, wie immer.

Was er nicht wissen konnte: Der Barkeeper hatte keineswegs desinteressiert seine Gläser abgetrocknet, im Gegenteil. Jedes einzelne Wort hatte er verfolgt und, noch während sich die Tür des Lokals langsam wieder schloss, die Worte *Rapina seminum* auf seinen Kellnerblock notiert. Jetzt googelte er es schnell: Samenraub. Das war die Chance, auf die Ronen Wellmer gehofft hatte, als er sich für den Job in der *Eins* bewarb.

Er studierte schon seit sechzehn Semestern Medienwissenschaft an der Uni Potsdam und Politik an der Freien Universität, hatte alle Prüfungen bereits abgelegt und war mit seinem Notendurchschnitt zufrieden. Als einer der letzten Magisterstudenten konzentrierte er sich nun auf seine Abschlussarbeit. Angemeldet hatte er die Arbeit zwar noch nicht, das hätte ihn zeitlich nur unnötig eingeschränkt, aber eine Liste mit möglichen Fragestellungen und eventuellen Prämissen hatte er zumindest schon im Kopf. Eigentlich konnte er sich noch nicht einmal für ein Themenfeld entscheiden. Er musste unbedingt im Flow bleiben, aufmerksam, aber in sich ruhend, sprudelnder Quell und fließendes Gewässer, gespannt und entspannt zugleich. Das jedenfalls behauptete er, wenn seine Eltern ihn ungeduldig nach seiner

Abschlussarbeit fragten. Deren Unterhaltszahlungen stockte Ronen seit Jahren schon durch Jobs in der Berliner Gastronomie auf. Was sie für Minijobs hielten, waren in der Regel Vollzeitanstellungen, die an drei Tagen in der Woche abgeleistet wurden. Wer viel arbeitete, konnte in der Gastronomie auch viel verdienen, und Ronen brauchte viel, wenn er mithalten wollte.

Die *Eins* war ein schäbiges Touristenlokal im Erdgeschoss des ARD-Hauptstadtstudios. Die Einrichtung geschmacklos rustikal, die Speisekarte ein Sammelsurium an Zumutungen. Den Cappuccino konnte man noch mit Sprühsahne bekommen, und es lagen Flyer aus, auf denen das betagte Publikum aus aller Welt in Schriftgröße 28 dazu ermutigt wurde, nach einer Lesebrille zu verlangen.

Ronen war anderes gewohnt. Vier Jahre lang war er Barchef in der *Drei* am Helmholtzplatz gewesen, zu den besten Zeiten des Restaurants. Von der *Drei* in die *Eins* zu wechseln, bedeutete zumindest zahlenmäßig einen Aufstieg. Er beherrschte die Rezepte von nahezu fünfhundert Cocktails, und jede seiner Bewegungen beim Umgang mit Gästen, Kollegen oder Nahrungsmitteln jeglicher Art wirkte professionell und mühelos. Ronen wusste, dass man ihn für schwul hielt, und wenn es um Trinkgelder ging, setzte er das auch ein.

Zu seiner Anstellung in der *Eins* war es nur aus einem Grund gekommen: Er hoffte über diesen Job auf den großen Durchbruch als Investigativjournalist. Die Ausschreibung im Januar erschien ihm wie ein Wink des Himmels, denn wo, wenn nicht hier, im Herzen der medialen und politischen Macht, würde er auf Storys stoßen. Er hatte keineswegs vor, klein zu beginnen, womöglich noch mit unbezahlten Praktika oder befristeten Trainee-Stellen, nein, er nicht.

Neben dem Studium und dem Barjob hatte er sich als Freelancer mit verschiedenen Arbeiten für Onlinemagazine durchaus einen Namen in der Local-Celebrity-Szene gemacht und schon Projekte bei der Vice oder Kampagnen von Nike redaktionell begleitet. Bei solchen Jobs konnte man zwar gute Kontakte aufbauen, und das war schließlich das A und O in der Szene, der Verdienst allerdings war lächerlich gering.

Ronen kannte also die Arbeitsbedingungen junger Journalisten. Meist waren diese gut ausgebildeten Menschen schlecht bezahlt und hatten keinerlei Aufstiegschancen. Er musste, wenn aus ihm etwas werden sollte, gleich in die Oberliga einsteigen, das war sein ambitionierter Plan.

Sein Stammgast Gregor Gysi, bei dem er von Beginn an das größte Storypotenzial vermutete, hatte sich jedoch ziemlich schnell als wenig aussichtsreicher Kandidat erwiesen. Mehrmals in der Woche trank der am Tresen einen doppelten Espresso. Manchmal las er Zeitung, manchmal machte er sich Notizen, und manchmal erkundigte er sich nach dem Kuchenangebot oder studierte lange die Speisekarte, ohne etwas zu bestellen. Er hatte zugelegt, das sah Ronen. Gysi war immer allein, telefonierte nicht, hatte vielleicht nicht einmal ein Mobiltelefon dabei und suchte nicht das Gespräch mit Angestellten oder anderen Gästen.

In den ersten Wochen notierte sich Ronen noch regelmäßig, wann Gysi kam und ging, in welcher Verfassung er zu sein schien und was er zu sich nahm, doch das langweilte ihn bald. Im Grunde hielt Ronen das Kommen und Gehen aller ihm bekannten Personen fest. Zu den Gästen der *Eins* gehörten Redakteure, Abgeordnete, Referenten und wissenschaftliche Mitarbeiter aller Fraktionen. Ronen knüpfte Kontakte, wo er nur konnte, man wusste nie, wozu sie einmal gut sein würden.

Auf die Stellenausschreibung der *Eins* hatte ihn Moses, von allen nur Mo genannt, aufmerksam gemacht. »Das ist doch voll was für dich – so von hinten durch die Brust ins Auge«, hatte Mo gesagt und Ronen ein Bild in seinem Smartphone hingehalten, das einen Schaufensteraushang mit der Aufschrift »Aushilfe gesucht« zeigte.

Ronen verstand sofort, worauf Mo hinauswollte, und war

noch am selben Tag mit einer Bewerbungsmappe in die *Eins* marschiert.

»Meinste, die überprüfen mich, wenn ich da anfange? Ich meine jetzt so geheimdiensttechnisch? Es ist ja immerhin das Hauptstadtstudio. Ich könnte es in die Luft jagen wollen.«

»Was du immer für Vorstellungen hast«, hatte Mo darauf nur geantwortet und Ronen dabei auf den Rücken geklopft.

Mo arbeitete schon seit zwei Jahren in der IT-Abteilung der Linksfraktion. Mit welchen Aufgaben genau er dort betraut war, verstand Ronen eigentlich nicht. Es ging wohl um die Programmierung von Webseiten und crossmediale Contentpflege oder so ähnlich, ein Plan B war mal erwähnt worden. Mo war Hacker, groß und schlaksig gewachsen, trug einen wilden schwarzen Afro und redete immer ein wenig zu schnell. In seiner Schulzeit hatte er mehrere Klassen übersprungen und letztlich seine Abschlüsse extern machen müssen, weil er wegen seiner Hochbegabung und den daraus resultierenden sozialen Problemen, wie es Verantwortliche formulierten, als unbeschulbar galt. Seither bezeichnete er sich selbst als einen humoristischen Misanthropen. Dabei wurde er von allen gemocht, denn er war aufgeschlossen, gutherzig und zudem ein Ass auf seinem Gebiet.

Mo war nicht wirklich Ronens Freund, vielleicht konnte er mit niemandem wirklich befreundet sein, aber als Kumpel durfte man ihn bezeichnen. In der dritten Klasse hatten die beiden, kurz bevor Mo zum ersten Mal springen sollte, ein halbes Jahr lang nebeneinander gesessen und, als sie sich mehr als ein Jahrzehnt später auf einer Party wiedertrafen, beschlossen, in Verbindung zu bleiben. Ronen hätte zwar nicht genau sagen können, was ihn in den Augen dieses Hochbegabten auszeichnete, aber er spürte, dass Mo sich mit ihm besondere Mühe gab. Der Tipp mit dem Job in der *Eins* war nur eine von vielen freundlichen Zuwendungen, die Mo Ronen zuteil werden ließ. Seither kam es zuweilen vor, dass sie gemeinsam, wenn Ronen Feierabend hatte, einen Joint auf einer der Terrassen des Jakob-Kaiser-Hauses rauchten. Ronen schrieb ihm dann eine SMS und erkundigte sich, ob Mo Zeit habe, einen grünen Tee zu trinken, und Mo antwortete zuverlässig mit: »Bist angemeldet«.

Ronen stapfte an solchen Tagen die wenigen Meter zum Bundestagseingang an der Wilhelmstraße 68, nannte dort dem Sicherheitsdienst seinen Namen und gab an, zu wem er wollte. Beim ersten Mal hatte er wie wild an der Eingangstür gerüttelt, die sich einfach nicht öffnen lassen wollte. Ein Sicherheitsbeamter war aus der Ausgangstür daneben getreten und hatte gebellt: »Junger Herr, das hier ist der Deutsche Bundestag, würden Sie bitte einen Schritt zurücktreten und warten, bis sich die Tür automatisch öffnet!«

Eine solche Situation war typisch für Ronen.

Wenn sie verabredet waren, hatte Mo immer schon einen Brief an den Sicherheitsdienst gefaxt, der Namen und Geburtsdatum seines Besuchs enthielt. Ronen legte seinen Personalausweis in die Durchreiche und erhielt im Gegenzug einen orangefarbenen Besucherausweis mit der Aufschrift »Gast«, den er offen an seiner Kleidung zu tragen hatte. Zur rechten Hand wartete schon das Röntgenprüfgerät, das seine Jacke und sein Gepäck, so er welches dabei hatte, durchleuchtete, während er einen Metalldetektor passieren musste. Anschließend setzte Ronen sich im angrenzenden Raum auf eines der kleinen unbequemen Ledersofas ohne Rückenlehne und wartete darauf, von Mo, der inzwischen einen Anruf vom Wachpersonal erhalten hatte, abgeholt zu werden. Manchmal gingen sie erst in Mos Büro, wo sich der Hacker unerlaubterweise auf einer Elektroplatte Eierspeisen, wie er es nannte, zubereitete. Mo schien sich tagsüber von nichts anderem als Crêpes, Pancakes, Omelettes und French Toasts zu ernähren. Ins Casino ging er lediglich, wenn er sich eine Gemüsebeilage »to go« für 90 Cent mit in sein Büro nehmen wollte und ohnehin gerade auf dem Weg vom Paul-Löbe-Haus zurück ins Jakob-Kaiser-Haus war. Die Gesellschaft von Kollegen beim Essen war ihm zuwider.

Und zu Mo würde Ronen heute gehen. Er musste ihm unbedingt erzählen, was er gehört hatte. Er war sich sicher, dass dies die Story werden würde, auf die er wartete. Es war nicht so, dass es unbedingt etwas über die Linke sein musste. Eigentlich hätte er sogar viel lieber etwas über irgendeine andere Fraktion zu enthüllen gehabt, denn er selbst bezeichnete sich durchaus als einen Linken. Er glaubte keineswegs an einen reformistischen Parlamentarismus, an andere Umbrüche glaubte er aber noch viel weniger. Und so hatte er es sich gemütlich gemacht in einer Haltung, die irgendwo zwischen totaler Resignation und hämischer Kapitalismuskritik anzusiedeln war.

Nun aber waren die Würfel gefallen. Ronen hatte eindeutig gehört, dass Gregor Gysi von einer Sexorgie sprach. Es ging um Blowjobs und andere Konditionen, und offenbar hatte Gysi Angst vor einem Samenraub. Vielleicht hatte er so was schon erlebt oder war wegen der Geschichte um Boris Becker damals einfach nur vorsichtig. Ronen jedenfalls spürte instinktiv, dass er an was ganz Großem dran war. Vielleicht würde er mit seinen Enthüllungen Gysi zu Fall bringen und einen Großteil der Mischpoke gleich mit. Vielleicht würde er, Ronen Wellmer, den Weg bereiten für einen Neuanfang der Linken. Es kribbelte in seinem Unterleib. »This is it, this is it, this is it«, dachte er unablässig, bis er endlich die Kollegin der Spätschicht, die ihn ablösen würde, durch die Tür der *Eins* kommen sah. An Mo hatte er schon vor Stunden getextet: »Big News. This is it. Grüner Tee, heute!«, und Mo bestätigte ihm die Anmeldung, wie üblich.

Es war kurz nach 18 Uhr, als Ronen die Wilhelmstraße überquerte. Zwar befürchtete er, dass Mo sich eher nicht von seiner Euphorie würde anstecken lassen, dafür war der zu entspannt, vielleicht aber würde er ihm irgendwie behilflich sein. Mo schimpfte auf die linken Abgeordneten wie alle Mitarbeiter der Fraktion. Er hasste die Intrigen und die Lästereien, er machte sich über die Strömungen lustig und über die Ernsthaftigkeit, mit der die jeweiligen Mitglieder ihre Strömung verteidigten. Was die politische und mediale Praxis der Fraktion anging, war er absolut desillusioniert. Zu oft schon waren seine Analysen und Vorschläge belächelt worden. Eine Fehlerauswertung fand prinzipiell nicht statt. Wenn an einer Veranstaltung, deren Vorbereitung mehrere tausend Euro gekostet hatte, nur fünf Menschen teilnahmen, wurde sie dennoch als Erfolg gefeiert. Das erschien ihm schizophren. Einmal wagte er es, einen solchen Veranstaltungsflop im Nachbereitungstreffen als Katastrophe zu bezeichnen. Gerne hätte Mo besprochen, was im Vorfeld schiefgegangen war und welche Fehler so nicht wieder gemacht werden dürften. Der verantwortliche Abgeordnete jedoch spuckte nur ein »Pfui« in seine Richtung aus und brachte damit jegliche Diskussion zum Erliegen.

Mo machte also seinen Job, verdiente unverschämt viel und besetzte ein eigenes Büro. All das unterschied ihn von seinen IT-Kollegen, die ihn dennoch schätzten, denn keiner von ihnen konnte so viel wie er. Außerdem erzählte Mo offen von seiner Bevorzugung und den Privilegien, die er genoss, und ermutigte seine Kollegen, für bessere Entlohnung oder Verminderung ihrer Arbeitszeiten zu kämpfen. Er hatte den Betriebsrat der Fraktion mitgegründet und engagierte sich, wo er nur konnte. Er war angstfrei und verstand das Duckmäusertum der anderen Mitarbeiter nicht. Ihn für einen Enthüllungscoup zu gewinnen, der die Führungsriege der Linken betraf, dürfte demnach nicht besonders schwer sein, dachte sich Ronen.

Kaum hatte er sich auf das Sofa im Wartebereich gesetzt, sah er Mo auch schon grinsend um die Ecke schlendern. Er wirkte ungelenk. Immer lief er ein wenig über den großen Onkel und stampfte beim Gehen ein wenig zu sehr auf. Offensichtlich machte er sich keinerlei Gedanken über seine Körperhaltung. Umso mehr verwunderte es, wie geschickt und leichtfüßig er seinen durchtrainierten Körper bewegen konnte, wenn er im Sportmodus war. Die Schlaksigkeit verpuffte, die Füße richteten sich von allein gerade aus, und seine Bewegungen wirkten plötzlich elegant, fast anmutig. Seine Stand-by-Haltung hingegen hatte etwas Clowneskes.

»Herr Wellmer, wie schön, Sie zu sehen«, flötete es Ronen entgegen. Sie umarmten sich, und Mo begann übergangslos seinen Redeschwall: »Alter, kennst du das, wenn die in der einen Dimension, so zum Beispiel in der 8., ja, nicht Bescheid wissen, und dann so zombiemäßig, na, nee, eher wie bei einem Gammablitz oder so, oder, wenn man versucht, Avocados im Wohnzimmer zu züchten, verstehst du, das ist übel. Ich sag nur Höhlengleichnis. Schatten und der ganze Siff und nie kommt einer raus, gar nicht. Das meinte auch Atze Bronko von der Currygang, der kennt sich zwar nicht mit Antimaterie aus, muss man ja aber auch nicht, wie auch? Jedenfalls hab ich die Nachrichten verfolgt, ist alles Quatsch – na, sagen wir fünfzehn Prozent Wahrheitsgehalt.«

Meistens verstand Ronen nicht, wovon Mo sprach. Gedankensprünge und Implikationen, Metaphern und Verweise ließen es schwer werden, auszumachen, ob es sich um wahre Begebenheiten handelte oder einfach nur um die Zusammenfassung eines dieser Science-Fiction-Romane, die sich der Hacker in verschiedenen Sprachen reinzog. Ronen wusste, dass Mo etwa fünfhundert Seiten am Tag las, privat, nicht während der Arbeit, denn schon als Grundschüler hatte er sich beigebracht, absatzweise zu lesen.

»Das ist gar nichts Besonderes«, hatte Mo erklärt. »Wenn du zum Beispiel die Worte ›ich liebe dich‹ liest, musst du doch auch nicht den Sinn jedes einzelnen Wortes erfassen. Du erkennst den Satz als Sinnzusammenhang und begreifst, ohne zu grübeln, seine Bedeutung, oder? Und so mache ich das eben mit ganzen Absätzen. Ich lese sie nicht, ich erkenne sie. So ungefähr. Das kann jeder lernen. Lektoren können das oft.«

Ronen konnte das nicht, und er konnte sich auch nicht vorstellen, dass überhaupt jemand dazu in der Lage war, aber er hatte Mo oft genug getestet und eingesehen, dass er über diese Fähigkeit verfügte, was musste man mehr darüber wissen. Mo war ein schräger Typ, und er hatte großes Glück, dass er schön war. Wäre er unattraktiv gewesen, hätte er es wahrscheinlich sehr, sehr schwer gehabt im Leben. Allerdings hatte er erkannt, wann er schweigen sollte oder seine Redegeschwindigkeit halbieren musste. Damit kam er gut durch, und Frauen verliebten sich zahlreich in ihn.

Ronen konnte es kaum abwarten, seinem Buddy endlich von dem Gysi-Telefonat zu berichten, doch der kam ihm mit seinen eigenen Neuigkeiten zuvor. Heute habe ihm, erzählte er, eine wissenschaftliche Mitarbeiterin eines Abgeordneten der Fraktion eine Wanze gebracht.

»Das ist ja der Hammer, Mo! Wer weiß davon?«

»Ja mal langsam, lass uns erst in mein Büro gehen, und ich mach uns pochierte Eier mit Speck, was sagst du?«

Es war Freitag in einer Sitzungswoche. Die meisten Abgeordneten waren bereits auf dem Heimweg oder auf dem Weg in ihre Wahlkreise, um dort Turnhallen einzuweihen oder Frühlingsfeste zu begehen. Der Bundestag wirkte wie ausgestorben. Mos Büro lag im zweiten Stock des Jakob-Kaiser-Hauses Nummer 8, an der Ecke Wilhelmstraße/Dorotheenstraße, zum Innenhof hin. Ein Austritt von etwa zwanzig Zentimetern Breite mit einem davor gelagerten Holzgeländer deutete einen Balkon an. In regelmäßigen Abständen wurden Fenster geöffnet, und Raucher lehnten sich über die Austrittbegrenzung. Laut Hausordnung war das verboten, doch überprüft oder geahndet wurde es von niemandem. Mo öffnete das Fenster weit wegen des Bratdunstes, zog ein paar Stecker unter seinem Schreibtisch und betätigte den Anschaltknopf eines alten Kofferradios, aus dem sofort klassische Musik ertönte. Was er zu berichten hatte, klang nach einem schlechten Krimi.

»Also, pass auf. Syana Wasserbrink, eine wissenschaftliche Mitarbeiterin, sitzt mit einigen Kollegen zusammen – eine kleine, spontane Feier, nicht unüblich an Freitagen nach anstrengenden Sitzungswochen.«

»Die Linke feiert an Freitagen also regelmäßig im Bundestag?«

Ronen stellte sich schon die Schlagzeile vor: Immer wieder freitags – Komasaufen bei der Linksfraktion. Mo bemerkte, wie Ronen seinen Blick in die Ferne schweifen ließ, und hätte ihn am liebsten dafür geohrfeigt.

»Mach dich nicht lächerlich, Alter«, blaffte er Ronen an. »Ich weiß genau, was du denkst. Kannst du mir jetzt bitte einfach zuhören?«

»Ist gut, ist gut, erzähl weiter.«

»Also, Syana sitzt eigentlich nur mit der Büroleiterin zusammen und will bald nach Hause, aber nach und nach strömen immer mehr Kollegen aus angrenzenden Büros hinzu. Sie sind schon bei der dritten Flasche Sekt, und einer rennt noch los und will Salzstangen und Gummibärchen in der Cafeteria kaufen. Ich muss dazusagen: Syana Wasserbrink ist die einzige Westberlinerin im Ostbüro.«

»Wieso musst du das dazusagen, ist das so ein Linke-Ding, weiß hier jeder von jedem, ob er Ossi oder Wessi ist?«, wollte Ronen wissen.

»Mann, Ronen, warte doch mal, kommt doch gleich. In gelöster Runde beginnt man also, Arbeiterlieder zu singen.«

»Das ist klasse!«

Genauso stellte Ronen sich die Linksfraktion vor – ein paar Typen, die im Bundestag ihre Arbeiterlieder sangen und es sich dabei mit Sekt und Knabbereien gemütlich machten. Er wusste genau, warum er diese Truppe nicht wählen konnte.

Mo fuhr fort: »Syana berichtet von ihren Gesangsauftritten im slowakischen Ferienlager der Falken und stimmt *Die Arbeiter von Wien* an. Sie erzählt von den Liedtexten der Bots, mit denen sie aufgewachsen ist, und führt vor, wie gut sie den holländischen Akzent des Sängers imitieren kann. Sie stellt sich auf 'nen Karton in der Mitte des Büros, die anderen feuern sie an, und fängt an zu singen: Alle, die nicht gerne Instant-Brühe trinken, sollen aufstehn.«

Mo sang nun auch, und Ronen fing sofort an, seinen Kopf zu wiegen.

»Alle, die nicht schon im Hirn nach Deospray stinken, sollen aufstehn! Alleeeeee, die noch wissen, was Liebe ist. Dadadadadaaaa. Und alle, die noch wissen, was Hass ist. Lulululluluuuuu, ja, und so weiter. Kennste das Lied?«

»Nie gehört.«

»Nee? Echt nicht?« Mo sang weiter: »Wir träumen von 'ner Revolution hier, doch wer will schon, dass dabei Blut fließt.«

Mo hatte inzwischen eine Pfanne aus dem Regal hinter seinem Schreibtisch gekramt und sie mit Wasser und einem Schuss Essig bis zur Hälfte befüllt. Nun schob er ein Thermometer in das Wasser und griente Ronen an. Ronen kannte das schon. Gleich würde Mo ein Ei in eine Espressotasse schlagen und die glibberige Masse bei genau achtundsiebzig Grad gefühlvoll in das Essigwasser gleiten lassen.

»O Gott, ey. Nein, Mann! Ich kenn's nicht, kannst aufhörn zu singen. Soll ich schon mal den Speck aus dem Kühlschrank holen?«

Ronen kannte sich mittlerweile ganz gut aus, denn Mo hatte ihn schon öfter im Bundestag bekocht, wenn man diese Ei-Gelage denn Kochen nennen wollte. Jedes Büro im Bundestag war ausgestattet mit einem Schrank, der ein rundes Waschbecken und darunter einen kleinen Kühlschrank enthielt. Ob Mo allerdings der Einzige war, der in seinem Schreibtisch eine Kochplatte eingeschlossen hatte, wusste er nicht. Ronen riss die Speckpackung auf und sah aus dem Augenwinkel, wie Mo das vierte Ei in die Pfanne gleiten ließ.

»Soll ich gleich zwei Packungen Speck …?«, fragte Ronen.

»Ja, mach mal ruhig.«

Mo musste sich auf seine Eier konzentrieren. Ronen holte noch eine zweite Packung aus dem Kühlschrank und legte sie geöffnet neben die andere auf den Schreibtisch. Vorsichtig fischte Mo schon das erste seiner Eier mit einem Plastiklöffel wieder aus dem Wasser.

»Erzähl weiter!«, forderte Ronen, als Mo die Pfanne abtrocknete, um den Speck darin braten zu können.

»Okay. Also Syana singt, und die anderen fangen an mitzuklatschen und so. Dann erzählt sie von Demonstrationen in den Achtzigern, ihrer Angst als Kind vor Tränengas, blablabla.«

Es zischte laut, als der Speck in die heiße Pfanne glitt. Ronen hatte unglaublichen Appetit. Mo musste sich beim Sprechen weiter vorbeugen, damit Ronen ihn über das Brutzeln und die Musik hinweg verstehen konnte, ohne dass er dazu die Stimme heben musste: »Sie erzählt, wie ihre Mutter mal beim Grenzübergang an der Bornholmer Straße festgenommen worden ist und man sie als RAF-Fotze beschimpft hat, dass sie die Nacht dann als etwa Fünfjährige bei einem Kindernotdienst verbringen musste, was sie voll traumatisiert hat, glaubt sie zumindest. Jedenfalls wollte sie danach nicht wieder mit nach Ostberlin zum Flugblätterverteilen.«

Mo sortierte vorsichtig den Speck auf die Teller mit den Eiern.

»Sie erzählt, dass sie als Kind kleine Barbiepuppen und Spielzeugwaffen haben durfte, weil ihre Eltern eben 68er waren.«

»Was sind denn kleine Barbies?«, wollte Ronen wissen.

»Keine! Keine Barbiepuppen! Keine Waffen! 68er! Keine!«

»Du hast aber kleine gesagt.«

»Ich kaue«, verteidigte sich Mo.

»Alter, komm zum Punkt.« Ronen wurde langsam ungeduldig: »Du wolltest mir von den Wanzen erzählen.«

Mo griff schmatzend in den Ausschnitt seines T-Shirts und zog an einem braunen Lederband. Daran baumelte ein runder Anhänger, der sich auf der Rückseite öffnen ließ. Er schob das winzige Riegelschloss beiseite, klappte das halbrunde metallene Türchen auf und entnahm dem Döschen ein grünes Blütenknöllchen, das er behutsam vor seine Tastatur legte.

»Ich bau erst mal einen. Du musst dich entspannen,

Ronen. Du bekommst hier ein Gesamtbild präsentiert, Details, ein Luxus, von dem andere nur träumen können. Wenn du ein guter Journalist werden willst, musst du lernen zuzuhören.«

Das sah Ronen ein. Die Teller waren leergegessen, und Ronen griff nach seinem, um das restliche Eigelb abzulecken. Er stellte sich dabei vor, wie er mit irgendeinem hohen Tier, einem Banker, der endlich auspacken will, in einer alten Fabrikhalle sitzt. Ein fetter Typ, zugekokst bis unters Dach, hypernervös, weil er Angst hat, dass sie ihn umbringen, nein, er weiß, dass sie ihn holen werden, will über die Lebensmittelspekulationen auspacken, über Genozide, verübt von deutschen Fondsmanagern. Ronen, dem er alles erzählen will, ist der Einzige, der ihm aus der Patsche helfen, ihm eine neue Identität besorgen kann. Der Typ fängt an, von seiner Mutter zu quatschen, und Ronen lässt ihn erzählen, unterbricht ihn nicht, sondern pflichtet ihm bei, dass der Stachelbeerkuchen der Mutter dieses Bankers mit Sicherheit der beste Kuchen aller Zeiten war. Mo klatschte in die Hände, und Ronen fuhr zusammen.

»Du träumst schon wieder, Mann. Hier!«

Er schnippte zwei Mal laut mit den Fingern vor Ronens Gesicht, der blitzschnell reagierte und sich herausredete: »Nein, ich denke über diese Mitarbeiterin nach, über Iana.«

Mo blies laut Luft aus seinen braunen Lippen. »Syana.«

»Was meinst du?«

»Sie heißt Syana, nicht Iana.«

»Ja, weiß ich doch.«

Mo schüttelte ungläubig den Kopf und leckte dabei das Blättchen an, um den Joint zuzudrehen, den er in den letzten beiden Minuten gebaut hatte.

»Syana erzählt also von Kapitalschulungen im Wohnzimmer ihrer Eltern.«

»Was ist das denn?«

»Boah, Ronen, ey! Das sind Leute, die sich treffen und gemeinsam das Kapital von Marx lesen und diskutieren.«

»So was macht ihr?«

»Wer?« Nun war sogar Mo verwirrt.

»Ihr bei den Linken?«

»Ey, du gehst mir vielleicht auf den Zeiger. Du musst mir zuuuuhöööören. Syanas Eltern waren 68er und haben in ihrem Wohnzimmer offenbar Kapitalschulungen abgehalten, als Syana noch ein Kind war. Jedenfalls behauptet sie das.«

»Du zweifelst das an?« Ronen glaubte, langsam zu verstehen, wohin die Reise ging. Mo aber starrte ihn nur entgeistert an und schüttelte den Kopf.

»Syana erzählt von Gruppenreisen nach Albanien und besteht darauf, dass das Informationsreisen waren und keine Ausbildungsreisen für Untergrundkämpfer.«

An dieser Stelle zwinkerte er Ronen zu, und der nickte verschwörerisch, obwohl er nicht genau wusste, ob Mo zwinkerte, weil das eben doch Ausbildungslager waren da in Albanien oder weil natürlich nicht Albanien, sondern eigentlich Palästina gemeint war oder Afghanistan vielleicht.

»Syana erzählt, wie ihre Eltern damals nach Tschernobyl nur noch Konserven gegessen haben und in ihrem Weddinger Kindergarten in der Koloniestraße ein Spielplatzverbot durchsetzten, als die Wolke in Berlin ankam. Die Ossis finden das total krass, weil die im Osten ja bekanntlich gar nicht über die Gefahren für die Gesundheit informiert worden sind.«

Ronen überlegte kurz, ob Tschernobyl jemals Thema bei ihm zu Hause oder im Kindergarten gewesen war, konnte sich aber nicht an ein solches Gespräch erinnern.

»Jedenfalls erklären sich alle irgendwann gegenseitig beim Nachschenken die Freundschaft, und man ist sich einig, wie wichtig doch ein solcher Austausch sei und überhaupt. Irgendwann entschließen sie sich, auf Youtube die Lieder anzuhören, von denen die ganze Zeit gesprochen wurde.«

»Nicht wieder singen, bitte.«

Ronen beobachtete, wie Mo mit dem Joint zwischen den

Fingern in seinen Afro griff und anfing, seine krausen Locken mit dem Daumen hin und her zu bewegen. Die Bewegungen schienen System zu haben, denn Mo nahm den Joint und schob ihn vorsichtig an der Kopfhaut entlang unter ein besonders dickes Haarkissen, zupfte noch zwei Mal nach, und weg war er. Der Joint war nicht mehr zu sehen. Ronen fand das unglaublich cool, verkniff sich aber einen Kommentar. Wenn er einen Afro hätte, dachte er, würde er bestimmt auch die Joints darin herumtragen, bei seinem Glück allerdings wäre ihm so ein Joint eines Tages mitten im Gespräch mit einem Vorgesetzten – oder noch besser: mit einem Drogenfahnder – vom Kopf gefallen.

»Na gut, ich werde nicht singen. Die anderen aber, die haben lautstark mitgegrölt. Syana kann es nicht fassen, dass es ein Lied gab im Osten, in dem gesungen wurde: Die Partei, die Partei hat immer recht. Sie wird von einem mehrminütigen Lachflash geschüttelt, nur um dann das Lied noch einmal abzuspielen und alle zum Mitsingen anzuhalten. Und in diese laute, aufgekratzte Stimmung hinein ruft plötzlich einer: ›Krass wäre, wenn ihr die Wanzen jetzt noch im Büro hättet.‹«

»Wie? Der wusste von den Wanzen?«

»Ja, Mann.«

»Ein Ossi.«

»Hhhm, genau. Syana kreischt also hysterisch, weil sie immer noch am Lachen ist: ›Welche Wanzen?‹ Absolut glaubwürdig – also, sie ist im Gesangsfieber, total, und plötzlich: Wanzen! Sie verschluckt sich fast an der eigenen Zunge.«

»Krass.«

Mo hielt kurz inne und sah Ronen scharf an. Als der nicht reagierte, erzählte er weiter.

»Da löst sich der Typ von seinem Stuhl, fingert kurz an den Scharnieren der Durchgangstüren und hält den Anwesenden eine Handvoll kleiner Geräte hin. Die Gruppe verstummt. Für ein paar Sekunden sagt niemand irgendwas.«

»Ey, ich kann mir das so richtig gut vorstellen, wie du das

so erzählst. Der Sekt, die Leute, die Musik und plötzlich: Bämm. Wanzenalarm. Geil.«

Mos Augen verengten sich zu Schlitzen, doch Ronen strahlte ihn nur voller Freude an.

»Ohne Zweifel haben alle Anwesenden in diesem Moment Revue passieren lassen, welche Gespräche wann und worüber in diesem Büro geführt worden sind.«

»Hhmm.« Ronen nickte.

»Die Musik wird abgeschaltet. Die Stimmung ist irgendwie umgeschlagen. Der junge Kollege berichtet also, dass sie die Wanzen schon vor einem halben Jahr in ihrem Büro entdeckt haben und er davon ausgegangen war, dass das dann bei der geschlossenen Fraktionssitzung im Anschluss besprochen worden sei. Er sagt, dass sich die Wanzen in allen Büros befinden.«

»Nein!«

»Doch. Daraufhin stürmen zwei studentische Mitarbeiter in ihre Büros, unter anderem in das der Parteivorsitzenden a. D. Lötzsch, und sind wenige Minuten später mit genau denselben Geräten in der Hand wieder zurück.«

»Is' nicht dein Ernst!«

»Sie beraten sich also, was zu tun sei, und ein besonders ambitionierter Mandatsanwärter rüpelt los in herrischem Ton.«

Mo atmete tief ein, schob die Brust vor, zog das Kinn zurück, bis er ein Doppelkinn hatte, und senkte seine Stimme, als er den Mandatsanwärter nachahmte: »»Das ist ja wohl ein Politikum sondergleichen! Das muss an die Presse, das ist 'ne ganz große Nummer!'«

»Na, hat er doch recht.«

»Ja, pass auf. Der Typ sagt also, dass er schnell rausgeht und seine Leute anruft.«

»Welche Leute?«

»Keine Ahnung. Seine Leute eben, seine selbstgewählten Vorgesetzten. Wer am anderen Ende sitze, das sei doch wohl das eigentlich Entscheidende, einigen sich derweil die im Büro Zurückgebliebenen. Die Büroleiterin will die Aufklärung der ganzen Geschichte am liebsten auf Montag verschieben. Sie hat Gewissensbisse wegen ihrem Schwips und meint, kein MdB würde wegen so was sein Wochenende versaut bekommen wollen. Sie diskutieren kurz und benachrichtigen schließlich den Sicherheitsdienst. Der kommt nach etwa 'ner viertel Stunde. Die Hälfte der Zeugen is' abgehauen, nach Hause, dringende Termine und so. Sie wollen aber auf dem Laufenden gehalten werden. Und während dieser ganzen Aufregung lässt die schlaue Syana eins von den Geräten in ihrer Hosentasche verschwinden.«

»Hätt ich genauso gemacht.« Ronen hob bei seinen Worten den Zeigefinger wie ein eifriger Schüler, der sich der Lehrerin zum Tafelwischen anbieten will.

»Du, ey, als ob.«

Ronen machte ein beleidigtes Gesicht. Selbstverständlich hätte er eine von den Wanzen mitgehen lassen, da war er sich sicher. Das war ja wohl das einzig Sinnvolle in so einer Situation, und dann wäre er damit zum Chaos Computer Club gegangen, ganz klar.

»Sei nicht gemein, Mo. 'tüllich hätte ich 'ne Wanze mitgehen lassen, und weißte, von wem ich die hätte checken lassen? Vom Chaos Computer Club!«

Mo fing an zu lachen und hängte sich dabei die Lederkette wieder um den Hals.

»Glaubste mir nicht, oder was?« Ronen ärgerte es, dass Mo sich so sehr über seine Idee amüsierte. Er lachte schließlich auch nicht über Mos endlose Geschichte und darüber, wie der sich beim Erzählen in unwichtigen Einzelheiten verlor und so tat, als sei das alles megarelevant und er selbst dabei gewesen.

»Ronen, ich glaube dir, absolut. Chaos Computer Club – da wärst du hingerannt. Da bin ich mir sicher.«

»Ja, und was gibt's da zu lachen?«

»Vergiss es, Ronen. Jedenfalls hat Syana die Geräte mit ihrem Handy abfotografiert. Kleine Plastikröhrchen, die jeweils ein winziges Mikrofon enthalten. Als die Polizeibeamten eintreffen, können sie aber keine Auskunft geben, um welche Art von Gerät es sich handelt. Der leitende Beamte ist sogar ein wenig verdutzt, versucht aber, das zu überspielen. Spezialisten müssten sich das ankucken, erklärt der Bulle. Es heißt also: weiter warten.«

»Ach, die hängen doch bestimmt mit drin, die Bullen.«

»Nee, das glaube ich nicht. Der wusste nicht Bescheid, der war total perplex und überfordert, als er mit den Wanzen abgezeckt ist.«

»Wohin is' er denn?«

»Woher soll ich das wissen?«

»Du weißt doch sonst alles.«

Mo lachte kurz auf. Ronen aber verschränkte trotzig die Arme.

»Jedenfalls ist Syana mit der Wanze zu mir gekommen«, Mo betonte die Worte »zu mir«, »… als sie vorgegeben hat, zur Toilette zu müssen. Sie kam reingestürmt, voll außer Atem, ist ja 'ne Ecke von hier zum Ostbüro, und knallt mir das Teil hin. ›Mo, tu mir einen Gefallen und finde alles hierüber raus‹, keucht sie.«

Ronen konnte sich kaum halten vor Lachen, als Mo Syana imitierte, sich dafür über den Tisch warf, Ronen am Kragen packte und mit hoher Stimme loszeterte.

»Ich hab mich voll erschreckt, als sie die Tür aufgerissen hat. Ich dachte – jetzt geht's los, Erschießungskommando oder so. Die Linke wird verboten, alle Mitarbeiter vom Verfassungsschutz exekutiert.«

Ronen kamen langsam die Tränen.

»›Zu keinem ein Wort darüber!‹«, kreischte Mo immer noch im Syana-Modus. »›Die anderen hat der Sicherheitsdienst. Ich will deine Meinung!‹« Jetzt musste auch Mo lachen und fiel aus der Rolle: »Voll die action, Mann!«

Tatsächlich hatte Syana Mo bei ihren Worten an den Schultern gepackt und ihm tief in die Augen gesehen. Eigentlich war sie ganz ruhig geblieben, und Mo übertrieb mit seiner Show maßlos, aber so war er eben, er amüsierte einfach gerne seine Mitmenschen mit ergreifenden Erzählungen.

»›Ich komm Montag wieder vorbei‹, hat sie noch gesagt. ›Kein Wort, zu niemandem, Mo!‹ Richtig dramatisch.«

Syana hatte keine Erklärung zu dem überbrachten Gegenstand abgegeben, Mo aber bereits erfahren, dass der Sicherheitsdienst behauptete, es handele sich um Transponder aus der vergangenen Legislaturperiode. Ihre Funktion sei gewesen, die Ausrichtung der Türen und deren Funktionstüchtigkeit digital zu überprüfen.

Ronen griff sich ungläubig und kopfschüttelnd an die Stirn.

»Es ist ein Moloch, Mo. Ist das alles zum Kotzen. Aber sag mal«, nachdenklich kratzte er sich am Kinn, »woher weißt du das alles, wenn Syana nur kurz hier war und dir die Wanze gegeben hat? Heute, sagst du, war das? Wann?«

Mo sprang auf und schrie: »Du hast es, Ronen!« Wie wild sprang Mo nun in seinem Büro umher und freute sich: »Du hast es! Endlich, Mann. Yippiieee! War das eine schwere Geburt. Du hast dir den Joint ehrlich verdient, komm.«

Er rüttelte an Ronens Schulter, der aber blieb sitzen und verstand die ganze Aufregung noch immer nicht. Mo hatte ihm diese Wanzengeschichte erzählt, obwohl er Mo ursprünglich von Gysis Gangbang-Plänen erzählen wollte. Geduldig hatte er sich die ganze lange und detaillierte Geschichte angehört, wie es sich für einen guten Journalisten gehörte. Er konnte sich noch an alles erinnern, an Syana, die nicht Iana hieß, die kleinen Barbiepuppen, den Mandatsanwärter, die Gummibärchen. Und jetzt wollte er eben dargelegt bekommen, wie Mo das alles wissen konnte, wenn doch Syana angeblich nichts weiter gesagt hatte, als – es machte klick.

Ronen hob den Blick. »Ich hab's gecheckt.«

»Ich weiß, Ronen, ich weiß. Du hast es geschnallt und dir damit den Joint verdient.«

Mo drehte bei seinen Worten das Kofferradio noch etwas lauter und schloss das große Fenster.

»Den Rest der Geschichte kenne ich, weil ich mich in die Aufzeichnungen gehackt habe. Ich hab mir alles angehört. Alles, Mann.«

Ronen schlug die Hände vors Gesicht. Mo hatte die ganze Zeit auf diese Frage gewartet. Ein wirklich guter Journalist hätte nach den ersten beiden Sätzen gefragt, wie er das alles wissen könne. Jemand gab an, Informationen zu haben, wichtige Informationen, das passierte ständig. Ein guter Journalist musste sich zunächst vergewissern, dass seine Quelle glaubwürdig war. Nun ja, vielleicht nicht gleich vergewissern, aber doch zumindest mal nachfragen, woher der Informant seine Informationen hatte. Ronen schämte sich ein wenig, ließ sich das aber nicht anmerken. Was sollte er auch dazu sagen?

Mo wusch hinter der Schranktür das Geschirr ab und lugte ab und zu hinter der Tür hervor, um seinem Kumpel einen Kuss zuzuwerfen. Er konnte Ronen wirklich gut leiden. Ronen war ehrgeizig und lernwillig. Seine mit aufrichtiger Eitelkeit gepaarte Unsicherheit machte ihn in Mos Augen zu einem unglaublich komischen Charakter.

An diesem Abend setzten die beiden Verschwörer ihre Unterhaltung in einer Kneipe in Mitte fort. Ronen erzählte endlich von dem Telefonat, das er belauscht hatte, und Mo berichtete, was er bisher über die Wanzen in Erfahrung bringen konnte. Mo war wesentlich unaufgeregter als Ronen, schließlich hegte er keinerlei Ambitionen, mit einer Enthüllungsgeschichte groß rauszukommen. Aber er verstand, welche Hoffnungen Ronen mit der Affäre verband, und versprach, ihn bei seinen Recherchen zu unterstützen. Gerüchte von kollektiven Puffbesuchen einzelner Strömungen waren auch Mo zu Ohren gekommen, aber inwiefern derlei Informationen politisch relevant sein sollten, vermochte er nicht zu erkennen. Womöglich würde man lediglich den konservativen Parteien in die Hände spielen, wenn man einzelne Parteimitglieder wegen ihrer sexuellen Gepflogenheiten diffamierte. Außerdem herrschte innerparteilich keineswegs Konsens, was das Thema Prostitution betraf. Schließlich ging es darum, wer mit wem Orgien plante, wer sich wegen erotischer Mauscheleien erpressbar machte und wer daraus einen Vorteil ziehen konnte, wofür und zu welchem Zweck. Es konnte durchaus einen Zusammenhang geben zwischen den Wanzen und dem Gysi-Telefonat.

Die Lage innerhalb der Partei war angespannt, die Umfragewerte waren auf einen historischen Tiefpunkt gesunken, Gesine Lötzsch war als Parteivorsitzende zwei Wochen zuvor, am 10. April, angeblich wegen der Erkrankung ihres Mannes zurückgetreten. Ein stinkendes, fauliges, falsches Lüftchen kroch an diesen Tagen in alle Ritzen der linksfraktionalen Örtlichkeiten.

Die Piraten wurden mainstreammedial gehypt, und viele junge Wähler sympathisierten mit dem unorthodoxen Stil der orangefarbenen Wilden. Die deutsche Occupy-Bewegung hatte sich erst kürzlich öffentlich von der Linken distanziert, und die Linke war zu verbohrt, um einen ernsthaften Dialog mit der außerparlamentarischen neuen Kraft zu initiieren.

Ronen und Mo ahnten an diesem Abend noch nicht, wie tief der Sumpf war, den sie bei ihrer Suche nach Licht im Dunkeln entdeckt hatten. Warm, wärmer, wärmer, heiß. Ganz nah schon hatten sie sich herangetastet und in gefährliches Gewässer vorgewagt, das von unkontrollierbaren Strömungen beherrscht wurde.

»Was wirst du Syana sagen wegen der Wanzen?«, fragte Ronen, als sie sich verabschiedeten.

»Ich werde die Version des Sicherheitsdienstes bestätigen und ihr sagen, dass es sich um Transponder handelt. Alles andere würde sie nur in Gefahr bringen. Sie hat zwei Kinder.«

2. Kapitel

Paradiesische Zustände

»Andreas?«

»Hhhm.«

»Bist du aufnahmefähig?«

»Hhhm.«

»Es ist zehn nach acht, ich muss gleich los. Es ist Freitag, das heißt, Julia hat erst zur zweiten Stunde. Sie hat gefrühstückt und ist schon fertig angezogen. Ich hab ihr den Wecker am Herd gestellt, damit sie weiß, wann sie losgehen muss. Ich nehme heute die S-Bahn. Das Auto steht vor dem Thai-Imbiss, du musst tanken, es blinkt schon. Heute fangen sie im Kindergarten mit der Renovierung an. Denk also bitte an den Tapeziertisch, der steht im Keller hinter dem Einkaufsladen. Julia geht um vier direkt rüber zum Ballett, das heißt, du musst sie da erst um fünf abholen. Sylvia kriegt noch fünf Euro für das Kostüm, und achte darauf, dass Julia nicht wieder mit Leonie die Schuhe tauscht, ihre Mutter hat sich tierisch aufgeregt, weil sie das Wochenende immer auf dem Land verbringen und direkt losfahren nach dem Ballett. Hörst du mir zu?«

»Hhhm.«

»Sophie geht heute mit zu Tobi, das ist der blonde Junge mit den Locken, Sohn von Sandra und Stephan. Tobi ist heute bei Stephan, seine Nummer hab ich dir in die Küche gelegt. Er meinte, wenn du sie um sieben abholst, reicht das. Und bitte, bitte mach endlich einen Termin für die Abgasuntersuchung. Ich werde länger im Bundestag bleiben, weil ich noch auf die Reden vom Stenographischen Dienst zum Korrekturlesen warten muss, heute sind es zwei. Ich beeile mich.

Ach ja, und um neun fängt Katjas Grillparty an, entweder ich geh alleine hin – rein, lächeln, labern, essen, raus – oder du fragst Elfi, ob sie abends Zeit hat. Nur wenn du magst. Ich geh los. Wir haben keine Milch mehr. Hab dich lieb.«

»Hhmichdauch.«

Syana schloss vorsichtig die Schlafzimmertür und warf auf dem Weg zur Garderobe im Flur einen Blick in die Küche, wo Julia auf dem blauen Sofa saß und in irgendeinem Ponyhof-Roman las. Wie hübsch sie war mit ihren dunklen Locken und ihrer braunen Haut, dachte Syana und hätte sich gerne für einige Minuten zu ihrer Tochter gelegt, um sich die Ponygeschichte erzählen zu lassen. Die Küche war aufgeräumt, der Zettel mit Stephans Telefonnummer lag unter den Basilikumtopf geklemmt in der Mitte des großen Holztischs und wartete darauf, von Andreas übersehen zu werden. Syana setzte sich auf den Hocker im Flur und zwängte sich in die hellbraunen Schnürschuhe mit Keilabsatz – Businessschuhe, die sie sich extra für ihren neuen Job im Bundestag gekauft hatte. Nach zwei Monaten waren die immer noch nicht eingelaufen. Teurere hätte sie nehmen sollen, aus besserem Leder, sie ärgerte sich, die ausgelatschten Chucks aber standen nicht zur Debatte.

Vor dem großen Spiegel neben der Wohnungstür hielt sie inne und vergewisserte sich, dass sie den roten Lippenstift perfekt aufgetragen und den Amorbogen nicht zu flach angesetzt hatte. Sophie kam aus dem Kinderzimmer und lehnte sich an ihre Mutter vor dem Spiegel: »Du siehst so schön aus, Mami. Wie eine Prinzessin.«

Den Zeigefinger mahnend an den Mund gelegt, Andreas sollte nicht durch laute Gespräche im Flur vom Schlafen abgehalten werden, sank Syana in die Hocke und streichelte ihrer Tochter über den Kopf.

»Hast du alles, Maus?«, flüsterte sie.

»Ich will nicht mit zu Tobi, Mami. Tobi ist doof, der kleckert.«

Das brachte die gesamte Tagesplanung durcheinander,

dafür hatte Syana keine Zeit, gar keine Zeit. Für einen kurzen Augenblick überlegte sie, ob sie noch einmal zu Andreas schleichen sollte, der bekam aber eh nichts mit. Sie würde das alles irgendwie vom Büro aus klären, im Kindergarten anrufen und nachfragen, ob sich schon etwas in Bezug auf die Aversionen gegenüber Tobi geändert hat, Andreas eine SMS schreiben mit Bitte um Klärung oder einfach alles ignorieren. Sollte sich doch Stephan mit dem Unwillen ihrer Tochter abplagen, immerhin hat der Sandra sitzenlassen und den Hund mitgenommen, egal.

Sophie griff nach Syanas Hand und gab damit den Startschuss. Von der Küchentür aus warfen sie Julia noch einen Handkuss zu, der nur mit einem matten Lächeln beantwortet wurde, und schon rasten sie die Treppe hinab zur Straße. Zum Kindergarten dauerte der Fußmarsch durch den Park etwa zwölf Minuten.

Als Julia gerade ein Jahr alt geworden war, waren sie zu dritt in die große Vier-Zimmer-Altbauwohnung in der Wilhelmsaue am Wilmersdorfer Volkspark gezogen. Der Park, die kleinen, verkehrsberuhigten Straßen, die Neulandfleischerei an der Ecke – es war ein anderes Leben als das im Wedding, vor dem Syana schon gleich nach dem Abitur geflüchtet war. In Wilmersdorf war es ruhig, beschaulich und bürgerlich, ein Kontrastprogramm zu den zahnlosen Typen in der Kneipe *Zur alten Biene*, den Jugendlichen, die den ganzen Tag lang an der Aral-Tankstelle abhingen und jede Passantin fragten, ob sie heute schon einen Schwanz im Arsch gehabt hätte, und dem Brachland hinter dem Kohlehof, das Schätze wie Spritzbestecke, verrostete Kettensägen und Weißwarenschrott barg.

Syana arbeitete erst seit zweieinhalb Monaten im Ostbüro der Bundestags-Linksfraktion und konnte an diesem Morgen des 27. April noch nicht ahnen, dass Sophies kleckernder Kindergartenfreund das geringste Problem an diesem Tag darstellen würde.

Als sie endlich um zwanzig vor neun in der Ringbahn

saß, war ihr klar, dass sie sich mal wieder verspäten würde. Sie konnte das rechtfertigen, sie konnte es aber ebensogut bleiben lassen, es handelte sich ohnehin nur um eine befristete Vertretungsstelle. Den Blick auf den Stau auf der Stadtautobahn geheftet, die bis zum Innsbrucker Platz parallel zur Ringbahnstrecke verlief, dachte sie an das letzte Gespräch mit ihrem Professor zurück. Als ihr etwa ein Jahr zuvor der akademische Grad Magistra Artium verliehen worden war, hatte sich der betreuende Professor genötigt gefühlt, seiner Studentin die Wahrheit über ihre berufliche Zukunft gnadenlos und ungeschönt mitzuteilen.

»Frau Wasserbrink, ich schätze Sie sehr«, begann er das Gespräch und rückte dabei seine Brille zurecht. Es existiert wohl kaum ein Satz, der mehr Verachtung ausdrückt.

»Sie haben trotz der Mehrfachbelastung, die ihre Kinder zweifellos darstellen, bewiesen, dass Sie bereit sind, hart und diszipliniert zu arbeiten und ein Ziel zu verfolgen.«

»Aber?«, hatte sie geantwortet und versucht, nicht an ihre pochende Halsschlagader zu denken. Die Kunst bestand darin, Ablehnungen und Beleidigungen dankend anzunehmen und seinem Kritiker allein über die Körperhaltung zu signalisieren, dass man ihn für ein angepasstes, feiges Arschloch hielt, dessen Rat und Meinung einen nicht im Geringsten interessierten.

»Ich werde mein Angebot, Ihre Dissertation zu betreuen, zurückziehen und hoffe sehr, Sie mit dieser Entscheidung nicht zu kränken.«

Syana merkte, wie sich ihr Herzschlag bei dem Gedanken an diese Demütigung erneut erhöhte. Noch zwei Stationen, dann würde sie umsteigen müssen.

»Bitte, bitte, nehmen Sie sich nicht zurück. Ich vertraue Ihrem Urteil und bin Ihnen für jeden Rat äußerst dankbar«, hatte Syana damals heuchlerisch entgegnet.

Dass so was passieren würde, hatte sie geahnt, nein, gewusst sogar. Die fachlichen Auseinandersetzungen mit ihrem Betreuer hatten sich im Laufe der Monate verschärft. Je tiefer sie sich in die Komplexität ihres Themas vorwagte, je mehr Einsichten sie gewann, umso größer waren die Zweifel ihres Professors geworden, der mit immer irrwitzigeren Literaturempfehlungen verbergen wollte, dass er längst nicht mehr verstand, was diese neunmalkluge Studentin ihm in den Sprechstunden zu erklären versuchte. Stoisch hatte sie diesen endlosen Konflikt durchgestanden und sich am Ende dem Ergebnis ihrer Hartnäckigkeit stellen müssen.

»Frau Wasserbrink, Ihre Abschlussnote sollte Sie auf einen sicheren Weg bringen. Es ist wichtig, dass eine Frau in der Lage ist, ihre Kinder notfalls allein zu ernähren. Allerdings muss ich Ihnen leider sagen, dass Sie wissenschaftlich einfach zu schwach auf der Brust sind. Den Anforderungen im universitären Umfeld würden Sie auf Dauer nicht gerecht. Es fehlt Ihnen einfach an Grundlagen. Um in der Philosophie Fuß zu fassen, müssten Sie zunächst einmal Heidegger rauf und runter gelesen haben.«

Sie hatte die Wut in sich aufsteigen gespürt, aber nicht aufgehört zu lächeln.

»Meine Note war also ein Geschenk?«

»Nun, so würde ich das nicht formulieren. Sie war in Anbetracht ihrer familiären Situation die angemessene Bewertung Ihrer Anstrengungen. Ich halte Sie zwar durchaus für fähig, irgendeine Doktorarbeit zusammenzuschreiben. Aber seien wir ehrlich, selbst wenn Ihnen das gelänge, wären Sie für den Einstieg in eine akademische Karriere einfach schon zu alt. Sie sind dreißig, nicht wahr? Heutzutage promovieren die Ehrgeizigen mit spätestens siebenundzwanzig. Ich denke, Sie würden, und bitte verstehen Sie das als Kompliment, Sie würden eine hervorragende Lehrerin abgeben.«

»Eine Lehrerin?«

Sie war erst neunundzwanzig gewesen im Gegensatz zu ihrem Professor, der zum Zeitpunkt seiner Promotion bereits auf die siebenunddreißig zuging. Beide versorgten Kinder im selben Alter, nur dass eben zwanzig Jahre Altersunterschied zwischen ihnen lagen.

»Sie sollten wissen, Lehrerinnen sind für mich persönlich ja die Heldinnen des Alltags. Frau Wasserbrink, Sie sind intelligent und durchsetzungsfähig, haben Erfahrungen mit Kindern – ein absoluter Gewinn für jede Schule. An der Schule könnte jemand wie Sie tatsächlich etwas bewegen.«

Syana, die eigentlich schlagfertig und couragiert mit jeder Art von Beleidigung umgehen konnte, hatte es die Sprache verschlagen. Ohne ihr Lächeln auch nur für einen winzigen Moment weniger strahlen zu lassen, hatte sie sich bedankt und das Büro ihres Professors verlassen. Er war tot. Eigentlich hatte sie sich geschworen, ihre Fähigkeiten nicht mehr einzusetzen, aber ihn tötete sie an jenem Tag, obwohl er es noch nicht sehen konnte. Er war zu einem einsamen, schmerzhaften und qualvollen Tod verdammt. Sie versah ihn mit dem Todesmal, das fortan auf seiner Stirn im Takt des herannahenden Elends pulsierte, sichtbar für jeden außer dem Verdammten selbst, der nur allmählich zu ahnen beginnen würde, welcher seiner Fehler sein Siechen verursacht hatte.

So ähnlich hatte sie es zumindest in ihr Handy geschrien, als sie kurz darauf, auf dem Parkplatz stehend, ihre beste Freundin anrief. An ihr Auto gelehnt, zitternd und keifend, verfluchte sie ihren Professor, die Universität und die gesamte Welt.

»Ich habe ihn vernichtet, Charlotte.«

»Was hast du denn gesagt?«

»Ich habe nichts gesagt. Ich habe ihn vernichtet, verstehst du. Er ist tot. Ich habe ihn vernichtet.«

»Du hast ihn vernichtet.«

»Ich habe ihn vernichtet.«

Der Rat ihres Professors konnte sie keineswegs von ihrem utopischen Wunsch abbringen, in einer angemessen bezahlten und familienfreundlichen Anstellung zu promovieren. Sie war nun erst recht der Überzeugung, dass ihre Ideen den Nerv der Zeit trafen und eine philosophische Revolution auslösen mussten. Und dass man sie deshalb davon abhalten wollte, mit ihrer Arbeit an die Öffentlichkeit zu gehen. Ihre Gedanken waren eben dermaßen gewagt und umstürzlerisch, dass sie die Grundfeste der liberalen Gesellschaft erschüttern würden. Sie musste sich das einreden, um weiter funktionieren zu können. Dass sie vielleicht wirklich schon zu alt war für eine Universitätskarriere, dass sie Heidegger hätte lesen sollen, anstatt sein Werk aus politischen Gründen zu boykottieren, und dass ihr Thema nur einen weiteren dystopischen Beitrag im allgemeinen apokalyptischen Einheitssprech darstellte, konnte sie nicht gelten lassen.

»Nossa, nossa! Ai se eu te pego!« Eine Gruppe Roma-Musikanten riss Syana aus ihren Gedanken. Die Instrumentalversion des Sommerhits plärrte durch den Waggon, begleitet vom Grölen eines Bettlers – oder eines Künstlers, wie man es eben sehen wollte –, und eine junge Frau in abgerissenen Kleidern lief mit einem verdreckten Pappbecher durch die Reihen und schüttelte ihn klimpernd und aufdringlich vor dem Gesicht jedes einzelnen Fahrgastes. Schon mindestens zehn Euro hatte Syana in diesem Monat an Bedürftige in der BVG verteilt, dieser Truppe aber würde sie nichts geben. Diese dreiste Gesichtsbeklimperung empfand sie als unangenehm. Da blaffte der Mann neben ihr plötzlich: »Die sollen hingehen, wo sie hergekommen sind. Gesindel!«

Entschlossen baute sie sich auf und drehte den Oberkörper ihrem Sitznachbarn zu, der S-Bahn-Zug verlangsamte bereits seine Fahrt, sie würde in wenigen Sekunden aussteigen müssen. Obwohl sie die Musikertruppe als penetrant und ein wenig abstoßend empfand, überkam sie nun das Bedürfnis, ihr beizustehen. Der Mann blickte ihr ins Gesicht mit einem hämischen Zug um den Mund. Beinahe schien er zu hoffen, dass diese aufgedonnerte Trulla neben ihm es wagte, ihn irgendwie anzugehen. Dann hätte er endlich die Gelegenheit, alles rauszulassen, was ihm an diesem Morgen auf dem Weg ins Callcenter durch den Kopf ging. Syana sah an ihm herab, sah seinen schmuddeligen Pullover und die ausgefranste Kordhose, die viel zu lang über seine billigen, abgewetzten Plastikschnürer fiel. Die S-Bahn kam allmählich zum Stehen. Schnell griff Syana beim Aufstehen in ihre Handtasche und zog ihr Portemonnaie hervor. Die Romni bemerkte diese Bewegung sofort und sprang auf die willige Spenderin und ihren angriffslustigen Nachbarn zu.

»Hier«, sagte Syana und hielt ihr einen Fünf-Euro-Schein hin. »Mein Vater«, sagte sie und blickte auf den Mann zu ihrer Seite herunter, »mein Vater hier wollte unbedingt, dass ich Ihnen den gebe.« Und schon schoss sie, ohne auf die Reaktionen der Umsitzenden zu achten, an den anderen Fahrgästen vorbei hinaus auf den Bahnsteig. Scheiße, alles scheiße, dachte sie, als sie am Bahnhof Südkreuz die Treppen zum Bahnsteig der S 2 in Richtung Bernau hinabeilte. Noch vier Stationen bis zum Brandenburger Tor. Mit ein wenig Glück würden die anderen noch nicht mit der Bürobesprechung begonnen haben. Die digitale Anzeige gab sieben Minuten Wartezeit an, das war's dann mit der Teamsitzung. Ab Montag nehme ich wieder die U-Bahn-Verbindung über den Zoo, das geht schneller, entschied sie. Dass nicht die S-Bahn schuld war an ihrer Verspätung, war ihr durchaus bewusst. Sie hätte zum Beispiel noch früher aufstehen können. Anstatt Andreas alles mündlich vorzutragen, obwohl der nach der Nachtschicht eh im Tiefschlaf lag, hätte sie ihn einfach später anrufen können. Auch Sophies Erzieherin hätte sie bei der Übergabe an der Kitatür nicht fragen müssen, ob denn so weit alles klar sei mit den Renovierungsvorbereitungen.

Von Anfang an hätten Andreas und sie Sophie in eine städtische Kita geben können, die schon um sieben Uhr ihre Tore öffnete und nicht erst, wie in privaten Kinderläden üblich, um halb neun. Es war genau fünf vor neun. Wenn sie Lehrerin geworden wäre, überlegte Syana, dann hätte bereits ihre zweite Unterrichtsstunde begonnen.

Sie hatte es ernsthaft in Erwägung gezogen, damals, nach dem Gespräch mit Professor Schramm, der immer noch nichts ahnte, sich in Sicherheit wähnte und das beginnende Auseinanderbrechen seines Lebenswerks nicht in Verbindung brachte mit ihrem Fluch, der auf ihm lastete. Er konnte, als er seiner Studentin den Rat gab, Lehrerin zu werden, nicht wissen, wie tief die Wunde war, in die er stach, und nicht ahnen, dass seine Partnerin ihn verlassen und mit den gemeinsamen Kindern in eine andere Stadt ziehen würde, oder dass er wieder mit dem Rauchen anfangen und so sehr abhalftern würde, dass sich seine Studenten das Maul über ihn zerrissen. Er konnte nicht vorraussehen, was Syana alles für ihn geplant hatte. Ihre Pläne behielt sie brav für sich. Niemandem vertraute sie an, dass sie bereits an der Laudatio schrieb, die sie eines Tages anlässlich seiner Emeritierung halten und mit den Worten beginnen würde: »Ich habe Herrn Professor Schramm immer sehr geschätzt.«

Die Wunde, in die Professor Schramm gestochen hatte, war ihr von ihren Eltern zugefügt worden. Über viele Jahre hatten sie immer wieder Dreck hineingerieben, wenn sie ihre Tochter davon überzeugen wollten, doch noch auf ein Lehramtsstudium zu wechseln.

Noch drei Minuten. Ungeduldig ging Syana auf dem Bahnsteig hin und her. Sie musste endlich diesen Professor in ihrem Kopf loswerden, dachte sie, und aufhören, an ihre Eltern zu denken. Ich bin auf dem Weg in den Deutschen Bundestag, so. Eine wissenschaftliche Mitarbeiterin bin ich, ich mache Politik, na ja, ich führe ritualisierte Handlungen aus, die die meisten für Politik halten, aber immerhin. In der Innentasche ihres Shoppers lag der hellblaue Bundestagsausweis, den man gut für einen Geheimdienstausweis halten konnte, wenn sie nur ernsthaft genug auftrat. Syana stellte sich vor, wie sie außer Atem in die S-Bahn sprang mit gezückter Bundesadlerkarte. »Alle raus hier! Im Zug ist eine Bombe!«, könnte sie schreien.

Noch eine Minute bis zur Einfahrt des Zuges.

»Philosophen sind in Deutschland Taxifahrer«, hatte ihr Vater am Tag ihrer Urkundenüberreichung in der Silberlaube gemahnt.

»Denk doch mal nach: die vielen Ferien, die regelmäßigen Arbeitszeiten, die Pensionsansprüche, Sicherheit und Sabbatjahre!«

Wie aus einem Mund konnten ihre Eltern ihre Beschwörungen herunterbeten, wenn sie erst mal in Fahrt kamen, und Syana über das Pong-Pendeln ihrer Augen in einen meditativen Zustand palavern.

»Sechs Wochen Sommerferien!«

»Brückentage!«

»Taxifahrer werden ausgeraubt!«

»Einen Waffenschein bräuchtest du!«

»Pazifistische Philosophin mit Waffenschein!«

»Dein Arbeitszimmer!«

»Kannst du von der Steuer absetzen!«

»Und Bücher!«

»Osterferien!«

»Winter!«

»Und Herbst!«

Dieses ewige Gefasel von Sicherheit, von Bildung als Fundament jeglicher gesellschaftlicher Emanzipation und sozialer Verantwortung ging ihr seit Langem schon gewaltig auf die Nerven.

Die S-Bahn fuhr in den Bahnhof ein, und schon von Weitem konnte Syana erkennen, dass sie voll war und nur noch Stehplätze bot für all die Fahrgäste, die bereits auf dem Bahnsteig warteten und sich gleich in die Waggons pressen würden. Syana hielt sich ihre Tasche vor die Brust und drängelte sich durch die Tür, als es auch schon zur Abfahrt trötete. Ein säuerlicher Geruch erfüllte den Wagen. Allen war anzusehen, dass sie die Fahrsituation als unerträglich empfanden, aber vielleicht sollten sie genau das: schon morgens daran erinnert werden, wie beschissen ihr Alltag war, der noch die kommenden dreißig Jahre stehend in einem stinkenden S-Bahn-Wagen beginnen würde, bis sie endlich von einem Karzinom hinweggerafft würden, das sie dem Chemofraß und der Luftverschmutzung und der Lieblosigkeit ihres Daseins zu verdanken hatten. Koffer, Fahrräder, Technobeats aus Ohrstöpseln, Eierbrötchen – Syana lehnte sich mit dem Steiß an eine Haltestange, senkte den Kopf und schloss die Augen. Einfach alles ausblenden, dachte sie, Augen zu und durch. Sie hielt sich für besser, für besser als eine Lehrerin, und dafür schämte sie sich.

»Ich verstehe nicht, warum du dich dafür schämst«, hatte Andreas sie gefragt, als sie ihm mitteilte, dass sie es trotz allem an der Uni versuchen wolle und bereit sei, die nächsten fünf Jahre, wenn es sein musste eben ohne Unterstützung ihres Professors, mit Stipendienanträgen zu verbringen, nur dass sie auf gar keinen Fall jemals an einer Schule unterrichten wolle.

»Nimm doch einfach mal die Wertung raus«, hatte Andreas vorgeschlagen. »Du bist eben etwas anderes als eine Lehrerin. Das hat doch mit besser oder schlechter nichts zu tun, muss es jedenfalls nicht.«

»Ich meine aber nicht ›anders‹.« Syana hatte nicht zugelassen, dass ihr Mann sie zu einem besseren Menschen argumentierte, als sie war.

»Ich meine besser und nicht anders, und das ist genau das Problem. Ich sage besser und meine besser. Sieh mal, eigentlich soll uns die Gesellschaft als Spiegel dienen. Der Spiegel ist als Instanz zwischen das Ich und das Ich als einen Anderen geschaltet. Wir Kinder der 68er-Generation können aber nicht in diesen Spiegel sehen, ohne in ihm ein Trugbild zu erkennen, denn uns ist beigebracht worden, dass die Gesellschaft schlecht ist, so wie sie ist, verstehst du? Wir sind gut, die Gesellschaft ist schlecht. Die Guten machen sie besser. Der Spiegel lässt uns schlechter aussehen, als wir eigentlich sind.«

Diese schrägen Gleichnisse war Andreas von seiner Frau gewohnt, und seine Aufgabe war es, sie zu übersetzen: »Du meinst also, dass du als Lehrerin ein schlechterer Mensch wärst, als du tatsächlich sein könntest.«

»Ganz genau. Verkürzt könnte man es so sagen: Als Lehrerin kann ich nichts besser machen. Als Lehrerin bin ich eine Dienerin des Bösen. Wir haben hier ein beschissenes Schulsystem – der blanke Horror, die Schule ein Zuchthaus, eine Irrenanstalt. Die Schule ist genauso, wie sie in einem unterdrückerischen System zu sein hat. In ihr werden mündige, lebensfrohe Kinder zu verängstigten Marionetten bar jeglicher Selbstachtung herangezogen. Desinteressierte, frustrierte, wettkampfbesessene, verlogene, zur Selbstkasteiung neigende, obrigkeitshörige Automaten braucht diese Gesellschaft, und mit dieser Schulform geht sie auf Nummer sicher!«

Immer musste es Syana ums große Ganze gehen. Sie konnte nicht einfach sagen, dass sie wohl keine gute Lehrerin abgeben würde, weil ihr die Geduld fehlte oder sie ein Problem mit dem frühen Aufstehen hatte oder was es sonst für Gründe geben könnte, warum jemand nicht an der Schule unterrichten wollte.

»Noch mal zu deinem Spiegel: Die Gesellschaft ist eben nicht perfekt, und der einzelne Mensch ist es ebenso wenig. Ich sehe da kein Problem für das Spiegelungsverhältnis. Du redest da einen Konflikt herbei, der eigentlich keiner ist«, hatte Andreas erwidert und war nicht näher auf ihren Elternkonflikt eingegangen. Er war nicht in einem Polithippie-Haushalt aufgewachsen und verstand Syanas Herumreiten auf der Vergangenheit vielmehr als einen Fluchtversuch. Das Leben bestand für ihn aus harter, unliebsamer Arbeit, und ihm war klar, dass seine Frau mit ihrem Philosophiestudium die Lebenshaltung der sogenannten Generation-Y einfach nur ins Extreme ausreizte. Sie würde keine Philosophin werden, das war kein Beruf, und das wusste sie. Sie hatte dieses Studienfach nicht gewählt, obwohl sie damit keinen Beruf haben, sondern gerade weil sie damit keinen Beruf haben würde. Sie würde letztlich irgendwas mit Werbung oder Kommunikation machen, da war sich Andreas sicher. Für ihn waren diese kreativen Pseudo-Underdogs, deren schlimmste Vorstellung eine feste Anstellung war, jämmerliche Retropunks.

Als sie sich vor gut zehn Jahren kennenlernten und er sich nach der Wahl ihres Studienfachs erkundigte, hatte ihm Syana hochnäsig geantwortet: »Im Kapitalismus gibt es für den kritischen Menschen nur zwei Wege – Depression oder Grandiosität. Alice Miller bezieht das zwar auf das Mutter-Kind-Verhältnis, von der Individualpsychologie halte ich aber nichts. Die Gesellschaft ist in ihrer Gesamtheit viel schlechter als der Einzelne. Deshalb kann sie uns nicht als Spiegel dienen. Also suchen wir nach einer Aufgabe, in der wir uns wiederfinden können, und das Ergebnis dieser Suche kann für mich eben nur die Grandiosität sein. Depression ist jedenfalls keine Option.«

Dieser pennälerhafte Ton in Kombination mit dem Körper eines Unterwäschemodels hatte Andreas vom ersten Augenblick an in den Wahnsinn getrieben. An nichts anderes konnte er mehr denken als daran, dieser Frau die Weisheiten im wörtlichen Sinne aus Geist und Leib zu treiben. Und genauso hatte er es ihr damals gesagt. Und ohne zu zögern hatte sie ihn mit dieser Aufgabe betraut, das jedenfalls war seine Interpretation.

Selbst nach zehn Jahren noch diente Syana ihre Erziehung als Ausrede. Nun war es eben der furchtbar grausame Parlamentarismus, unter dem sie litt. Die Politik der Linken war falsch, und sie war eine grauenhafte wissenschaftliche Mitarbeiterin, die immer zu spät kam und sich wegen ihrer Erziehung für was Besseres hielt, auch wenn sie vorgab, sich dafür zu schämen.

»Könnte es nicht sein«, hatte Andreas sie nach der ersten Woche im Bundestag gefragt, »könnte es nicht sein, dass du einfach nicht die richtige Ausbildung für diesen Job hast und dir deshalb schlicht das Handwerkszeug fehlt für eine wirklich gute parlamentarische Arbeit?«

Aber das konnte selbstredend nicht das Problem sein für Syana, nein, die repräsentative Demokratie, die Strukturen, der Kapitalismus waren das Problem.

Überreflektiert, dachte Syana, ich bin überreflektiert.

Hirn ausschalten und arbeiten. Sie öffnete die Augen wieder. Endlich hielt die S-Bahn an der Station Brandenburger Tor, und Syana rempelte sich ins Freie. Sie konnte nicht die Einzige sein, die sich verspätete, denn ein ganzer Schwarm wichtig dreinblickender Menschen setzte sich mit ihr in Bewegung und kam auf der Treppe ins Stocken.

Am Kiosk winkte sie ihrem Bekannten zu, der sich seit einem halben Jahr hier als Pächter versuchte und sehr dankbar zeigte, als Syana ihn in das Sitzungs-und Nichtsitzungswochen-System einführte. An der Wilhelmstraße 68a hatte sich eine Traube Angestellter gebildet, die alle ihre Ausweise parat hielten und darauf warteten, in den Sicherheitsbereich eingelassen zu werden. Immer waren es andere Menschen. Sie traf schon auch mal jemanden, den sie kannte. Die Größe ihres Arbeitsplatzes aber war an eben genau jenem Fakt deutlich zu erkennen, dass sie morgens niemals mit denselben Leuten in der Sicherheitsschleuse stand. Die Tür ging auf, es quetschten sich so viele Mitarbeiter wie möglich in den Raum, die Tür ging wieder zu, alle zeigten ihre Ausweise und erst dann öffnete sich eine weitere Tür, die ins Innere des Machtapparats führte. Die Architektur in diesem Gebäude erinnerte an Gefängnisse. Eine breite Treppe führte durchgehend vom Erdgeschoss bis in den fünften Stock, links und rechts von ihr lagen die Büros wie Zellen angeordnet. Die »Hölle von Alcatraz« war dieser Teil des Bundestags nach seiner Eröffnung in der Presse genannt worden, als gäbe es keine schrecklicheren Arbeitsbedingungen.

Syana ging die helle Treppe hinauf bis in den ersten Stock und kontrollierte in der Poststelle den Briefkasten des Ostbüros. Seit der ersten Leerung am Morgen durch die Büroleiterin waren schon wieder jede Menge Drucksachen aufgelaufen, die nach kurzer Durchsicht und Auslese relevanter Themen direkt in den Mülleimer wanderten. Immerhin ist es Recyclingpapier, dachte sie, klemmte sich den Stapel Kuverts unter den Arm, die in der Regel Einladungen von Wirtschaftsunternehmen enthielten, und wäre beim Umdrehen beinahe mit dem Haushaltsreferenten zusammengestoßen.

»Hey! Guten Morgen, ich bin zu spät«, sagte Syana und rückte den Stapel Briefe unter ihrem Arm zurecht. »Ich hasse es, zu spät zur Teamsitzung zu kommen.«

»Sag einfach, du seist von mir aufgehalten worden«, schlug der Referent vor und schaffte es dabei nicht, den Blick von ihrem Dekolleté abzuwenden.

»Ach Quatsch, is' jetzt eh egal. Was sagt der Pressespiegel heute? Haben wir eine Kandidatin?« Eigentlich interessierte sich Syana nicht für die Personalquerelen der Partei, aber es war ein gutes Smalltalkthema. Weder hatte sie am Tag ihrer Einstellung gewusst, wer gerade in welchem Ressort Minister war, noch die Abgeordneten der Linken gekannt, weshalb das Gesichtsleporello der Fraktion zu ihrem ständigen Begleiter geworden war. Sie war weder Parteimitglied, noch hatte sie eine Ahnung davon, wie eine Partei überhaupt strukturiert war.

»Nee, Wagenknecht hat immer noch nicht kandidiert. Ich glaube, da kommt auch nix mehr – die will die Fraktionsführung.«

»Wieso? Ist das besser?«

Syana verstand das alles nicht. Die Schlagzeilen um die Flügelkämpfe innerhalb der Partei seit dem Rücktritt der Vorsitzenden vergifteten das Arbeitsklima, so viel konnte sie erkennen, wer aber mit welchen Anschuldigungen recht hatte oder wen übers Ohr hauen wollte, entzog sich ihrem Verständnis.

»Das ist alles Taktik, die rochieren«, erklärte der Referent mit erhobenem Zeigefinger.

»Hhhm, ganz übel alles. Ich muss mal hoch endlich. Bis später, ja?«

Der glotzt mir bestimmt auf den Arsch, wenn ich mich jetzt umdrehe, dachte Syana, drehte sich aber nicht um, sondern eilte die Treppen hoch in den dritten Stock. Eine Rochade ist, wenn der König mithilfe des Turms in Sicherheit gebracht wird. Versteh ich nicht, dachte sie, welcher König denn und warum in Sicherheit und wer ist der Turm, die Wagenknecht? Oder ist sie die Königin oder was?

Als sie zaghaft die Tür zum Ostbüro aufzog, sah sie, dass die Teamsitzung schon wieder aufgelöst worden war. Die Tür zum Büro des Abgeordneten war geschlossen, was bedeutete, dass er sich in einem Telefoninterview befinden musste, der einzige Anlass für eine verschlossene Bürotür. Colette saß an ihrem Schreibtisch und lächelte. »Na, Mausilein, war's stressig heute Morgen? Hast nix verpasst.«

Erleichtert atmete Syana aus und fiel ihrer Kollegin um den Hals: »Oa, danke. Ich dachte schon, du bist sauer. Ich krieg's einfach nicht hin, früher aufzustehen. Ich mach den Wecker so lange wieder aus, bis ich im Prinzip weiß, dass ich zu spät kommen werde. Das ist total krank.«

»Entspann dich. Komm erst mal an. Soll ich dir 'nen Kaffee machen?«

Es verblüffte Syana immer wieder aufs Neue, wie nett alle in dieser Bürogemeinschaft miteinander umgingen. Zwar war ihr das von Bertram so versprochen worden, aber es wäre schließlich nicht das erste gebrochene Versprechen in der Weltgeschichte gewesen.

»Uhh ja, das wär toll. Danke, Schnucki.«

Gemeinsam gingen sie und Colette in den angrenzenden Raum, in dem Bertram bereits wie wild mit vier Fingern, seiner Adlertechnik, auf die Tastatur hämmerte. Als er Syana sah, sprang er sofort aus seinem Stuhl, um sie in den Arm zu nehmen: »Na, Frau Wasserbrink. Ich habe gerade den Artikel gelesen. Meeensch, da hast du aber was vorgelegt. Gut, wirklich gut. Ganz fantastisch, toll. Wir bräuchten hier mehr von deiner Sorte. Dieser Medusavergleich, ganz wunderbar.«

»Ja, wirklich, gefällt er dir?«

Syana nahm die Kaffeetasse von Colette entgegen, zu dritt stellten sie sich um den kleinen Bartisch in Bertrams Büro. Es war ihr gar nicht so leicht gefallen, einen Artikel darüber zu schreiben, wie sich Linke Abgeordnete mit Vertretern der CDU über das Meltfestival-Gelände führen ließen, um in Eintracht über die Zukunft dieses Veranstaltungsortes zu beraten. Auf kommunaler Ebene stritt man nicht über Ideologien oder Grundsatzfragen, sondern über Umgehungsstraßen und Ampelanlagen.

»Gefallen ist gar kein Ausdruck, Syana, ich bin begeistert! Du hast da wirklich ein Händchen. Was werden wir nur machen, wenn du nicht mehr bei uns bist? Da will ich gar nicht dran denken. Selbst der Chef hat ihn gelobt heute Morgen.«

»Echt? Was hat er denn gesagt?«, hakte Syana nach.

»Ach, du kennst ihn doch. Nicht viel. So nach dem Motto: Ganz nett, kann so online gehen«, zischelte Colette in ihre Tasse und zwinkerte Syana dabei zu.

»Ist er in 'nem Interview?«

Syana war dankbar, dass ihr niemand die Verspätung übel nahm. Sie solle bloß nicht damit anfangen, Stunden aufzuschreiben, hatte Colette ihr schon am ersten Arbeitstag empfohlen, das mache keiner im Büro, sie seien eine sozialistische Gemeinschaft, in der man einander vertraue.

»Nein, er telefoniert mit Gregor«, antwortete Bertram auf Syanas Frage. »Es geht um eine Bürgeranfrage aus'm Wahlkreis, der hat schon mindestens fünf Briefe geschrieben, eine Landenteignung, da kennt Gregor sich am besten aus, und nachher im Plenum ist wieder keine Zeit.«

Syana kramte in ihrem Gedächtnis: »Ah, ja, ich glaub, ich weiß, um welche Briefe es geht. Das ist dieser alte, leicht Verrückte, der alles mit der Schreibmaschine tippt, oder?«

»Verzweifelt eher, nicht verrückt«, korrigierte sie Bertram.

Ja, da waren die Grenzen manchmal fließend, das sah Syana inzwischen ein.

An jedem Morgen kamen die drei am Stehtisch zusammen, meist gab es zum Kaffee noch eine kleine Leckerei aus der Butter-Lindner-Filiale, die sich praktischerweise gleich im Gebäude befand, denn Bertram war eine Naschkatze und hatte sein Gewicht seit seinen Agentenhochzeiten in China verdoppelt. Dass er Agent gewesen war bei der Staatssicherheit, hatte Bertram Syana bereits gestanden, als sie einwilligte, sich für den Job im Ostbüro zu bewerben.

Wegen einer Redaktionssitzung der *In(ter)ventio* waren sie im Januar in der *Eins* im Hauptstadtstudio zusammengekommen, ohne sich näher zu kennen. Bertram fungierte als Herausgeber einer China-Sonderausgabe und hatte es, als der harte Kern bereits zu Rotwein übergegangen war, nicht fassen können, dass Syana trotz ihres hervorragenden Abschlusses noch immer arbeitslos war. Kurzerhand entschied er sich, Syana die Vertretungsstelle im Ostbüro anzubieten, weil sie für ihn, wie er es formulierte, eine richtige Ostfrau war.

Zunächst hatte Syana verhalten auf das Angebot reagiert: »Bertram, ich will ehrlich zu dir sein. Mein Lieblingsspruch im Studium war: Realpolitik interessiert mich nicht. Mich interessieren Strukturen, Kulturwissenschaften, anthropologische Universaltheorien, an denen man sich abarbeiten kann. Von parlamentarischer Arbeit verstehe ich rein gar nichts.«

Und dass sie auf keinen Fall in die Partei eintreten würde, hatte sie in diesem Zusammenhang noch klargestellt.

»Das musst du auch nicht. Ich persönlich finde zwar schon, dass alle, die in der Fraktion arbeiten, Parteimitglieder sein sollten, aber es ist keine Voraussetzung, ehrlich nicht. Komm schon! Wenn du dazukämst, dann würde das alles ganz paradiesisch werden, ganz paradiesisch, das verspreche ich dir.«

»Wir sind aber nicht nackt?«, hatte Syana wissen wollen, denn die Sache musste in ihren Augen irgendeinen Haken haben. Etwa eine halbe Stunde hatten die beiden hin und her geredet, doch eigentlich war ihre Entscheidung längst gefallen. Sie würde Geld verdienen, und zwar nicht zu knapp, das stand im Zentrum ihrer Überlegungen, und sie könnte etwas über Realpolitik lernen. Das dürfte ja wohl auch nicht schaden.

Auf Anhieb hatte sie gar nicht gewusst, welche Reaktion von ihr erwartet wurde, als Bertram beim Zuprosten unvermittelt angab, er sei bei der Stasi gewesen, nur dass sie das gleich wisse.

»Ich habe im Ausland Spionage betrieben«, hatte er erklärt. »Ich habe mich keines Verbrechens schuldig gemacht, war ernsthaft davon überzeugt, dem Sozialismus einen wichtigen Dienst zu erweisen. Verstehst du? Ich bereue es nicht. Ich war noch sehr jung, als sie mich rekrutiert haben, und es hatte sicherlich auch mit Agenten-Romantik zu tun, als ich einwilligte. Das alles habe ich aber schon vor Jahren öffentlich gemacht und ein Buch darüber geschrieben. Jeder kann nachlesen, was ich wann und wo gemacht habe. Naja, du kannst mich ja mal durchgoogeln, wenn es dich interessiert. Ansonsten werden wir ja bald viel Zeit miteinander verbringen. Alle Fragen, die du hast, werde ich immer ehrlich beantworten.«

Trotz seiner Offenheit hatte Bertram auf sie ein wenig verzweifelt gewirkt. Oder eben verrückt, wie ihr nun aufging. Wieso sollte sie diese verrückt-verzweifelten Menschen verurteilen? Wenn wir alle einander verurteilten, dachte sie, bräuchten wir nicht politisch zu sein, dann bräuchten wir nicht zu hoffen, dass der Kapitalismus jemals überwunden wird. Erst kommen die Verurteilungen, dann die Richter und schließlich die Exekutionen. Der Kreislauf aus Schuld, Hass, Rache und Vergeltung würde ewig weitergehen, bis sich das evolutionäre Experiment Menschheit schließlich erledigt hat. So sah sie das.

Colette Scholz war zu Ostzeiten als Chefsekretärin bei einem Berliner Jugendradiosender angestellt gewesen und äußerst professionell bei allem, was sie tat. Die beiden Frauen verstanden sich blendend, was gut war, denn ihre Schreibtische standen in dem kleinen 18-Quadratmeter-Raum einander gegenüber. Ohnehin wäre Syana ohne Colettes Einverständnis niemals eingestellt worden, das war ihr aber nicht von Beginn an bewusst gewesen.

Gegen zehn war der Abgeordnete noch immer am Telefonieren, als sie die Plauderrunde auflösten, um sich ihren jeweiligen Aufgaben zu widmen. Als sie ungestört waren, beugte sich Colette vor und flüsterte: »Ey, pssst. Bertram muss heute früher gehen, und der Chef wird direkt vom Plenum aus zum Bahnhof fahren. Wollen wir nachher nicht den Sekt aufmachen?«

Warum eigentlich nicht, dachte Syana, immerhin kümmert sich Andreas heute um die Mädchen.

»Aber nur ein Gläschen«, antwortete sie und widmete sich dann der kleinen Anfrage, die sie bis zum Mittagessen ausgearbeitet haben musste, damit der Abgeordnete sie noch unterzeichnen konnte, bevor er Berlin Richtung Heimat verließ.

»Auf uns Frauen!«, gickerte Colette und hob den Sektkelch. Syana sah auf die Uhr – halb drei. Andreas hatte nicht auf die SMS geantwortet, und sie wusste nicht, ob er noch schlief oder bereits dabei war, den Tapeziertisch aus dem Keller zu holen. Es fiel ihr immer noch schwer, nicht jeden einzelnen Schritt der Familienlogistik zu überwachen, denn bisher war sie es gewesen, die das Organisationszepter in der Hand gehalten hatte.

»Auf uns Frauen!«, hob Syana nun zu einer kleinen Rede an. »Mögen wir uns auf das Wesentliche konzentrieren und gemeinsam …«, als plötzlich die Tür aufgerissen wurde. Manuel kam hereingestürzt und stutzte beim Anblick der beiden sich zuprostenden Frauen.

»Hey, ich wollte … Oh! Was wird denn hier gefeiert?«, wollte er wissen.

»Wir feiern uns«, lachte Colette, ließ sich auf ihren Stuhl sinken und nahm einen großzügigen Schluck.

»Ach, habt ihr sturmfrei, oder was? Cool. Wir haben auch noch 'ne Flasche im Kühlschrank.«

Syana war bereits aufgestanden, um für Manuel ein Glas aus dem Schrank zu holen.

»Ja, ja, der Manu – immer zur richtigen Zeit am richtigen Ort. Prost!« Sie reichte ihm das Glas.

»Ich habe heute Abend noch 'ne Besuchergruppe zu betreuen«, erklärte er und trank.

»Ich soll mir was Anständiges anziehen, hat Kerstin gesagt, und, hier, kuckt doch bitte mal.« Er zog eine Fliege am Gummiband aus der Gesäßtasche seiner Chinos und hielt sie sich an den Kragen.

»Auf keinen Fall!«, winkte Syana ab und schlug die Beine übereinander. »Was hast du noch?«

»Wartet mal.« Der junge Mitarbeiter stellte sein Sektglas auf Colettes Schreibtisch ab und eilte aus dem Büro.

»Das war's wohl mit der trauten Zweisamkeit.« Colette schien wirklich etwas enttäuscht zu sein. Vielleicht hatte sie etwas Wichtiges besprechen wollen.

Nur drei Minuten später wurde die Tür wieder aufgerissen, und Manuel stand mit seiner Sekretärin in der Tür.

»Hier gibt's Sekt, hab ich gehört?« Die kleine Frau Mitte Fünfzig mit rot gefärbtem Pagenschnitt hob eine Sektflasche wie einen Pokal in die Luft und machte sich sofort daran, aus Bertrams Büro einen weiteren Stuhl heranzuschaffen. Es dauerte keine Viertelstunde und im Ostbüro hatte sich eine kleine Feierabendparty in Gang gesetzt. Sie alle waren angespannt wegen der schlechten Umfragewerte und der kursierenden Gerüchte in der Fraktion und stürzten sich vergnügt in jede Art von Ablenkung.

»Erzähl doch mal, Syana, wie es dazu gekommen ist, dass du Michaela vertrittst«, rief Manuel quer durch den Raum.

»Ja, erzähl doch mal. Das gab ganz schön Ärger hier. Das lief ja alles nicht ganz rund mit der Ausschreibung. Da waren manche ziemlich sauer, weil solche Stellen ja eigentlich intern vergeben werden sollen«, rief nun die Sportreferentin.

Etwas verdutzt sah Syana zu Colette, die ihrem Blick aber auswich. Dass es Probleme wegen der Stellenbesetzung gegeben hatte, hörte Syana zum ersten Mal. Das hätte man ihr sagen müssen. Ihr wurde schlagartig bewusst, dass man über sie sprach in der Fraktion und sie mit irgendeiner ungerechten Art der Stellenvergabe in Verbindung brachte. Ihre Gedanken rasten. Die Ausschreibung hatte sie nie gesehen, immerhin hatte Bertram ihr von der Vertretungsstelle erzählt, sie hatte nicht aktiv nach offenen Stellen in der Fraktion gefahndet, sondern war in diesen Job geschliddert, geschubst worden regelrecht. Dass irgendjemand daran Anstoß nehmen könnte, war ihr überhaupt nicht in den Sinn gekommen. Durfte sie denen die Wahrheit sagen, oder sollte sie ausweichend antworten? Colette sah sie noch immer nicht an, und so entschloss sie sich für die Wahrheit.

»Ich arbeite schon seit zwei Jahren bei der *In(ter)ventio*, ehrenamtlich, wann immer ich etwas Luft habe, und betreue da die feministischen Rezensionen.« Colette nickte ihr nun zu. »So habe ich Bertram kennengelernt, und als wir dann im Januar hier in der *Eins* eine Redaktionssitzung hatten, hab ich ihm erzählt, dass ich immer noch auf Hartz IV bin, und da hat er vorgeschlagen, dass ich mich doch auf die Vertretungsstelle im Ostbüro bewerben könne. Das hab ich gemacht.«

Die anderen nickten. Ihr war zwar gesagt worden, dass es ursprünglich einen anderen Kandidaten gab für die Stelle, darüber aber, dass sie schließlich das Rennen machte, hatte sie sich nicht gewundert, warum auch? Als Studentin war sie jahrelang im Max-Planck-Institut für Wissenschaftsgeschichte beschäftigt gewesen, war mit sozialen Medien vertraut, und ihr Engagement bei der *In(ter)ventio* wies sie eindeutig als Kapitalismusgegnerin aus. Außerdem konnte sie einen Einser-Eliteabschluss nachweisen. Nein, es hatte sie nicht gewundert, dass man ihr den Job zuschanzte, und doch fragte sie sich nun, ob das nicht als sehr einfältig betrachtet werden musste. Alle Anwesenden sahen sie erwartungsvoll an. Sie war der Grund für die Party. Wie eine Gruppe unbeweglicher, wachehaltender Erdmännchen vor ihrem Höhleneingang saßen sie da und glotzten. Man wollte sie aushorchen, mehr über sie erfahren, na klar, es ging um sie. Sie war das bunte Zebra, das in einigen hundert Metern Entfernung durch die Savanne schritt und argwöhnisch von den Erdmännchenwächtern beobachtet wurde. Und was tut ein buntes Zebra, das plötzlich bemerkt, dass es unter Beobachtung steht? Es beginnt zu tanzen. Syana leerte ihr Sektglas und schenkte sich sofort nach.

»Ich bin Kommunistin«, platzte es nun aus ihr heraus.

»Hört, hört!«, rief Manuel.

»Ja. Eine Kommunistin aus dem roten Wedding, eine Kommunistin in vierter Generation. Na gut, sagen wir in dritter. Mein Urgroßvater war noch Sozialdemokrat – aber Marxist. Links, links, links, links! – Der Rote Wedding marschiert. – Links, links, links, links! – Ein Lump, wer kapituliert. Wir tragen die Wahrheit von Haus zu Haus und jagen die Lüge zum Schornstein hinaus. Arbeitsbrüder … Kommunisten. Rot Front! Rot Front!«

Man hob die Augenbrauen und tauschte vielsagende Blicke aus. Syana kannte diese Reaktion. Es war bei Weitem nicht das erste Mal, dass sie ihre politische Haltung erklären musste. Wenn sie sich als Kommunistin ausgab, hielten das die meisten Mitmenschen für einen Scherz. An der Universität hatte sie zwar mehrfach versucht, Anschluss an politische Gruppierungen zu finden, aber im Grunde waren ihr solche Treffen zu peinlich. Bei ihrem Arbeitspensum blieb einfach keine Zeit für langatmige Plauderstunden mit zugezogenen Studenten, die alles spannend fanden, was nicht mit Schützenvereinen oder Kirchenchören zu tun hatte.

»Meine Erziehung würde ich als kommunistisch-orthodox beschreiben – mit einem starken Drive ins Antiautoritäre. Ich bin in einem 68er-Lehrer-Haushalt aufgewachsen, keine fünfzig Meter vom Todesstreifen entfernt.«

Syana glaubte, ihren Zuhörern anzusehen, dass die nicht wirklich eine Vorstellung von einem 68er-Leben hatten. Sie waren alle aus der DDR. Als einzige Orientierung dienten ihnen vielleicht Prechts *Lüdenscheider Elegien*, wenn die überhaupt jemand gelesen hatte, und das war nicht das gleiche. Die Erdmännchen waren der erweiterte Kreis des Ostbüros, und zweifellos, das wurde ihr gerade erst klar, hatten sie abgelästert, als eine aus Westberlin, die nicht mal Parteimitglied war, den Posten im Ostbüro besetzte.

Sie begann also zu erzählen: Dass sie nicht aufs Gymnasium gehen durfte, weil ihre Eltern für Gemeinschaftsschulen auf die Straße gegangen waren, dass weder Kabelfernsehen erlaubt war noch Mattel-Spielzeug. Sie erzählte, wie sie von ihren Eltern, wenn sie sich wegen ihrer Ausgrenzung beschwerte, einen sozialistischen Einlauf verpasst bekam. Sie solle sich gefälligst nicht über andere erheben, hatten die geschimpft, nicht so herablassend und arrogant sein, sondern ihren Mitschülern helfen. Sie solle sich mit ihren Luxusproblemen verdammt noch mal nicht lächerlich machen. Erst ein vorgetäuschter Selbstmordversuch in der 9. Klasse mit anschließendem Klinikaufenthalt, erzählte sie, hatte ihre Eltern umstimmen können. Um ihnen doch noch ein Stück entgegenzukommen, war sie dann aufs Friedrich-Engels-Gymnasium gewechselt. Von nomen est omen konnte aber, was den Lehrstil an dieser Einrichtung betraf, keine Rede sein. Als die Schule dann kurz nach ihrem Wechsel in Manfred-von-Richthofen-Gymnasium umbenannt werden sollte, hatte sie mit Mitschülern einen einwöchigen Generalschülerstreik mit Sitzblockade auf der Reinickendorfer Straße organisiert und so die Umbenennung der Schule verhindert. Ihre Eltern söhnten sich daraufhin mit der Vorstellung aus, dass ihre Tochter nun eine elitäre Gymnasiastin war.

Syana sah den Partygästen an, dass sie nicht wirklich nachvollziehen konnten, was ihnen da berichtet wurde. Ob sie es für Westgelaber hielten? Keiner zeigte sich beeindruckt, sie würde also weiter ausholen müssen. Manuel war aufgesprungen, um in der Cafeteria noch schnell was zum Knabbern zu besorgen, bevor die schließen würde, und inzwischen war noch eine dritte Flasche Sekt aus irgendeinem anderem Büro herangeschafft worden.

»Wisst ihr, meine Eltern waren kommunistische DDR-Gegner – KPD/ML-Sektion DDR, sagt euch das was?«

Man schüttelte die Köpfe.

»Ihr müsst euch vorstellen – die Westlinken waren im Prinzip schon immer zerstritten. Und damit meine ich nicht irgendwelche Strömungsdifferenzen oder so. Ich meine, die waren bis aufs Blut verfeindet – die Leninisten und Marxisten, die Maoisten und Stalinisten, die Trotzkisten und die Reformer – alle haben sie die Weisheit mit Löffeln gefressen. Die haben sich gegenseitig verabscheut, die SEW-ler und die KSV-ler und und und. Kaum einer von denen wählt heutzutage Die Linke – dieses verschissene Stasipack, diese sozialfaschistoiden DDR-Nostalgiker, die kann man nicht wählen, nein, die nicht!«

Syana hatte sich richtig in Rage geredet und begann nun, die Schlachtrufe der einzelnen Fraktionen bei den Demonstrationen in den achtziger Jahren nachzumachen.

»So, kuckt mal.« Sie stand auf und ging in die Hocke: »Maaaaaaaooooootzetung!«, schrie sie und sprang dabei in die Luft mit erhobenen Händen. »Ein maoistischer Burpee quasi.«

Alle brachen sie in Gelächter aus.

»Als ich für *In(ter)ventio* zu arbeiten angefangen habe, sind meine Eltern total ausgerastet. ›Pass bloß auf mit diesen Revi-Schweinen!‹« Syana setzte die ernste Miene ihres Vaters auf, schritt dabei durchs Büro und presste Colette dann ihren Zeigefinger auf die Brust: »›Die Revis sind die Allerschlimmsten! Lass dich da bloß nicht einlullen!‹, haben sie gekeift. ›Ganz üble SEW-ler waren das.‹«

Nun setzte sie sich auf die Tischkante und begann schrill, das Gezeter ihrer Mutter zu imitieren: »›Bei diesem Arsch von *In(ter)ventio*-Chef habe ich schon Ende der sechziger Jahre Kapitalschulungen besucht. Der war schon damals 'ne arrogante Sau! Dem war es scheißegal, ob er von dem ungebildeten Gesocks verstanden wird. Laberlaberlaaaaaber. Wir waren ja nur dumme HdK-Studentinnen. Er war ja

Philosoph, heititeiti. Von 'nem Revi-Arsch lässte dich jetzt ausbeuten, na herzlichen Glückwunsch.‹«

Genauso hatte sie es erlebt und sich dabei ebenso amüsiert wie nun ihre Kollegen.

Es war immer die gleiche Leier. Diese traumatisierten Kinder des Krieges, die in ihrer Kindheit unterernährt und verschickt worden waren und später dann mit ihren Nazi-Eltern über den Holocaust stritten – keiner von ihnen hatte links von sich jemanden stehen. Syana war das alles leid. Es waren nicht ihre Kämpfe, von denen ihre Eltern berichteten, es war nicht ihre Wut, nicht ihre Enttäuschung. Die Enkelkinder des Krieges waren gleichzeitig die Kinder der ausgebliebenen Revolte. Erst hatte man sie aufgescheucht, schon als Kleinkind zur Revolutionärin erzogen und dann fallenlassen. Sie fühlte sich wie eine gut ausgebildete Elitesoldatin, der man kurz vor Kriegsbeginn mitteilte, dass man schon im Vorfeld kapitulieren, sie aber zu einer Floristin umschulen würde. Nun saß sie vor dem Trümmerhaufen, den man ihr und ihresgleichen hinterlassen hatte. Sie stritt mit den Altlinken und konnte doch nur verlieren, denn was wusste sie schon. Sie hatte sich ja für eine Familie entschieden und die politische Auseinandersetzung auf der Straße gescheut.

All das erzählte sie ihren Kollegen, die ihr mittlerweile an den Lippen hingen. Manch einer von ihnen fragte sich, ob sie all das einstudiert haben konnte, ob diese Geschichten denn wirklich wahr sein konnten, oder ob sie es nicht doch mit einer Verfassungsschutzagentin zu tun hatten, die eine perfekte Vergangenheit zurechtlog, konstruierten Scheiß, und so alle hinters Licht führte.

»»Im Minirock hab ich an der Fabrik gestanden und den Arbeitern Flugblätter in die Hand gedrückt. Am Montageband habe ich gearbeitet und agitiert während des Studiums, nicht in irgendeiner schicken Bar, verkleidet als Nutte, wie du. Berufsverbot hatte ich, noch zu Beginn der achtziger Jahre. RAF-Schlampe haben sie mich genannt, durchs zweite Staatsexamen haben sie mich fallen lassen – aus politischen

Gründen. Ich habe zwanzig Jahre lang demonstriert und mir die Knie kaputt gelaufen. Du willst eine Linke sein, Syana? Labern kannst du und dich schminken. Wenn deine Generation nur halb so viel Zeit in den politischen Kampf investiert hätte wie in ihre Schönheit, dann wäre die Welt ein besserer Ort!‹«

Bei ihrer Vorstellung zerzauste sich Syana die Haare, um wirr und verzweifelt zu wirken. Sie machte sich gerade in großer Runde über ihre Eltern lustig und genoss die Aufmerksamkeit, die man ihr schenkte. Ein Zweckverrat, dachte sie, aber es musste ihr gelingen, die anderen von ihrer Dazugehörigkeit zu überzeugen. Es musste doch möglich sein, über Ehrlichkeit und Frohsinn so etwas wie echte Kollegialität zu erzeugen. Die West-Linken waren noch immer gespalten und konnten ihren Kindern einfach nicht verzeihen, dass sie nicht auch das Nachkriegselend hatten miterleben müssen, dass sie immer nur Wohlstand und Verschwendung erfahren hatten, dass sie nach einer zweiten Kugel Eis schrien, während sie als Kinder die Kohlsuppe mit den Läusen auslöffeln mussten.

Einer nach dem anderen begann nun zu erzählen, wie er zur Partei gekommen war und in welche Konflikte ihn das mit seiner Umwelt gebracht hatte, denn auch bei den Ossis war es längst nicht selbstverständlich, in die Nachfolgepartei der SED einzutreten. Syana fand es schön zu beobachten, wie das Eis allmählich schmolz, indem sie einander zuhörten. Und endlich, endlich fingen sie an zu singen. Sie waren alle schon gut angetrunken, und keiner wollte mehr wissen, ob es nun schon die fünfte oder erst die vierte Flasche war, die sie leerten. Colette fand auf Youtube die alten DDR-Lieder, und sie alle kamen in Fahrt und tranken auf die Völkerverständigung. Richtig gut, dachte Syana, richtig gut, es geht doch. Sie bekam kaum Luft, zu komisch sah es aus, wenn die Ossis mit geschwollener Brust ihre Hymnen vortrugen.

»Wisst ihr, was krass wäre?«, kreischte Manuel da. »Krass wäre, wenn ihr jetzt noch die Wanzen im Büro hättet.«

3. Kapitel

Der linke Pfad des Tantra

Die Abteilung für Hals-Nasen-Ohrenheilkunde in der Park-Klinik Weißensee betrat Gregor Gysi mit einem mulmigen Gefühl. Er wusste, dass er aggressiv wurde, wenn er unsicher war, und wollte diesmal unbedingt eine Auseinandersetzung mit dem medizinischen Personal vermeiden. Mit dem Leiter der HNO in Buch war er seit seinem letzten Hörsturz zerstritten, die Park-Klinik gehörte aber ohne Frage ebenfalls zu den besten Adressen der Stadt, wenn es um konservative Heilmethoden bei Hörstürzen ging. Bei konservativen Ursachen waren konservative Heilmethoden völlig ausreichend, und das hatte er dem Chefarzt in Buch zu erklären versucht, der aber hatte sich geweigert, in der linken Fraktionspolitik konservative Ursachen zu erkennen, und so war es zum Zerwürfnis gekommen. Eigentlich war es keine fachmedizinische Auseinandersetzung gewesen, sondern eine Debatte über die Bedeutung des Konservativen im Allgemeinen, die es schließlich unmöglich machte, gegenseitig einen angemessenen Zugang zu finden.

Gysi hatte sich entschieden, die sechs Kilometer zur Park-Klinik mit dem Fahrrad zu fahren und nicht den Fahrdienst für Abgeordnete in Anspruch zu nehmen. Das würde nur Gerede geben, und er musste ohnehin dringend gesünder leben.

Der kürzeste Weg führte über die Mühlenstraße, am U-Bahnhof Vinetastraße vorbei, die Elsa-Brändström-Straße entlang – Elsa war immerhin fünf Mal für den Friedensnobelpreis nominiert worden –, ein kurzes Stück über die Prenzlauer Promenade, Am Steinberg links und die

Pistoriusstraße immer geradeaus bis zum Mirbachplatz. Von dort aus konnte man das rote Klinikgebäude schon sehen.

Freundlich wurde er von der jungen Dame am Empfang begrüßt und bekam einen Fragebogen in die Hand gedrückt, den er im Wartezimmer ausfüllen sollte. Auf Sonderbehandlungen verzichtete er aus Prinzip. Zwar bekam er vielleicht schneller einen Termin als Normalbürger, aber immerhin war er ein gewählter Volksvertreter und seine Anwesenheit im Plenum und in der Fraktion unabdingbar.

Für ihn war klar, dass es sich um einen erneuten Hörsturz handeln musste, und das hatte er von seiner Sekretärin auch ausrichten lassen, als diese kurzfristig den Termin für ihn vereinbarte. Ohne die anderen Patienten genauer zu mustern, zog Gysi sein Sakko aus – er hatte stark geschwitzt bei der langen Fahrt – und setzte sich auf einen der freien Plätze im lichtdurchfluteten Wartezimmer.

Die frische Luft und die Bewegung taten ihm gut, das wattige Schwummern in seinem Ohr war schon weniger schmerzhaft als am Tag zuvor. Niemand schien ihn zu bemerken oder zu wissen, wer er war. Das verunsicherte ihn. Am liebsten hätte er zwei Mal laut aufgestampft und »Hallo!« gebrüllt, anstatt einfach unauffällig mit der wartenden Gruppe zu verschmelzen. Hier sind wir also alle gleich, dachte er, für was wir einstehen, zählt nicht. Hier sitzen Verräter und Idealisten, Arbeitslose und Workaholics, Geduldige und Choleriker zusammen und haben einen gemeinsamen Feind – den eigenen Körper.

Langsam arbeitete er sich durch den Fragenkatalog: regelmäßige Einnahme von Medikamenten, Symptome, Krankheitsgeschichte, Operationen, familiäre Vorbelastungen, Allergien, das Übliche. Als er seine Unterschrift gesetzt hatte, stand er auf, um den Fragebogen am Empfang abzugeben, und wurde plötzlich von einem jungen Mann angesprochen: »Oh, Herr Gysi, einen wunderschönen Tag wünsche ich Ihnen.«

Gysi ließ blitzschnell seinen Blick über den Mann gleiten,

um einzuschätzen, was er zu erwarten hatte: offenes, freundliches Gesicht, gesunde, faltenlose Haut, graues T-Shirt – an den Ärmeln leicht ausgebeult, schwarze Jeans, zerschlissene Turnschuhe. Unter seinem Stuhl konnte Gysi eine Laptoptasche erkennen. Ein harmloser Student also, Gysi atmete erleichtert aus.

»Auch Ihnen wünsche ich einen schönen guten Tag«, entgegnete er professionell. »Ich hatte schon befürchtet, dass man mich nicht mehr erkennt. You made my day, wie die Franzosen sagen.«

Der Student lachte nur verlegen und senkte seinen Blick wieder auf die Zeitschrift.

Wie die Franzosen sagen? Du meine Güte, dachte Gysi, noch verzweifelter geht's ja wohl nicht. Andererseits gibt es durchaus noch dümmere Erwiderungen auf einen Gruß, aber was heißt hier dumm, flach vielleicht, ja, flach, aber dumm doch nicht. Was soll's, ich steh hier nicht vor Gericht, ich bin Patient, durch den Wind, angeschlagen und trotzdem gut für einen spontanen, wenn auch flachen Witz, alles bestens.

Als er vom Empfang zurückkam und keinen verräterischen Anmeldebogen mehr in den Händen hielt, fasste er sich ein Herz und setzte sich neben den forschen Jungen, um ihm die Hand zu schütteln. Zwar hatten die anderen Patienten kurz aufgesehen und die Szene kritisch beäugt, waren aber schon wieder in ihre Illustrierten vertieft.

»Mein Name ist Frederik Frankweiler. Ich bin ein großer Fan von Ihnen, Herr Gysi.« Der junge Mann sprach nun mit deutlich gesenkter Stimme.

»Das hört man gern. Ich höre das sehr gern. Aber bitte nenn mich doch Gregor. Du weißt schon, Bürgernähe und so. Ich nehme unsere Regeln sehr ernst.«

Ein verschmitztes Zwinkern huschte über sein Gesicht.

»Ich hoffe doch, eine so junge engagierte Type wie du ist nicht auch wegen eines Hörsturzes hier, wie ich alter Sack.«

Gysi war beflügelt von der Bewunderung, die aus den Augen seines Gegenübers sprach. Schade, ausgerechnet heute hat er keine Autogrammkarten dabei, obwohl er kurz darüber nachgedacht hatte, als er sein Fahrrad die Kellertreppe hochbugsierte und ihn Werner von der Müllabfuhr vom Müllwagen aus anpfiff, um mit dem Finger an der Schläfe seine Ergebenheit auszudrücken.

»Nein, nein.« Der junge Mann legte seine Zeitschrift zurück auf den Glastisch in der Mitte des Raumes: »Ich begleite einen guten Freund. Er ist gerade drinnen. Seine Frau arbeitet bei Ihnen in der Fraktion. Ist das nicht ein witziger Zufall? Sie heißt Syana Wasserbrink, Ostbüro, kennen Sie sie vielleicht? Entschuldigung. Kennst du sie?«

»Wasserbrink?« Gysi kniff sich ins Kinn. Der Name kam ihm bekannt vor. Da hatte es doch diesen Goethe-Konkurrenten gegeben, aber der hieß anders, glaubte er, Zumwasser oder Wasserlink vielleicht, Wassertank, auf jeden Fall was mit Wasser. Oder war es Waller? Witter? Weißbach?

Erst später würde er erfahren, dass Syana Wasserbrink tatsächlich verwandt war mit dem Poeten und Universalgenie Friedrich Freiherr von Wasserbrink, der einen langwierigen Rechtsstreit mit dem damals schon am Weimarer Hof ansässigen Johann Wolfgang von Goethe zu seinen Gunsten entscheiden konnte, dafür aber auf Veranlassung aus der Geschichtsschreibung eliminiert worden war.

»Nein, bedaure, da muss ich passen. Wir haben so viele gute Mitarbeiterinnen und Mitarbeiter. Leider kenne ich sie nicht alle persönlich. Was fehlt denn Ihrem Freund, doch hoffentlich nichts Ernstes?«

»Das weiß man leider noch nicht so genau. Bei atypischen Symptomen kommen mehrere Krankheiten infrage. Es stehen einige Tests an. Er hat große Angst vor einem Hirntumor, obwohl das wohl relativ unwahrscheinlich ist.«

»Ach, Mensch, das hört sich ja nicht gut an. Na, dann wünsche ich dem Genossen alles Gute. Richte ihm doch bitte meine allerbesten Grüße aus. Es ist immer gut, von den privaten Sorgen und Nöten unserer Mitarbeiter zu erfahren.

Dafür ist ja sonst so wenig Zeit, und man macht sich oft viel zu wenig Gedanken im Alltag, nicht wahr?«

Im Alltag! Was für ein Blödsinn! Die Fraktion ist am Abkacken, befindet sich in einem extremen Ausnahmezustand, jetzt ist es wichtig, nach außen hin Ruhe zu bewahren und so zu tun, als würde die schlechte Presse uns nicht tangieren – professionell, zugewandt, aufmerksam – PZA – die drei Eckpfeiler der Bürgernähe.

Da öffnete sich die Tür zum Sprechzimmer. Ein attraktiver, breitschultriger Mann mit dunklem Teint und einem Dutt, der ihm schon in den Nacken gerutscht war, trat in den Flur und suchte den Blick seines Freundes. Das ist er also, dachte Gysi, ein heißer Feger, würde Dombi wohl sagen. Aber diese Tattoos, ich weiß ja nicht, eine echte Verschandelung. Das wirkt so rowdyhaft. Da macht man sich doch die Karriere kaputt mit, das muss doch nicht sein. Man stelle sich nur mal vor, so ein Typ in der Linksfraktion, als Abgeordneter, undenkbar. Für die Straße ist so einer sicherlich zu gebrauchen, ein Aktivistenlook ist das im besten Falle, aber für den Bundestag? Nein. Ob seine Freundin genauso tätowiert ist, ach quatsch, der hat ja Ostbüro gesagt, da werden sie ja wohl nicht … Das Ostbüro gibt es gar nicht, das Schild haben die doch nur aus Gag angebracht, aber es wirkt. Da werde ich hier angelabert von einem Wildfremden, und der sagt Ostbüro. So macht man das also. Ich sollte auch ein Schild an mein Büro anbringen lassen: Kompetenzzentrum oder so. Fraktionszentrale. Guru-Universaladvokat-Gysi. Nein, nein, das machen nur Leute, die es nötig haben.

Der südländische Typ winkte seinen Freund vom Flur aus zu sich und wirkte dabei sehr erschöpft und ängstlich mit seinem Dreitagebart und den dunklen Augenringen. Frederik und Gysi schüttelten sich noch einmal, einander alles Gute wünschend, kräftig die Hand, und schon liefen die beiden Freunde den Gang entlang, der zum Haupteingang der Klinik führte.

Gysi hörte noch, wie sein junger Bewunderer im Flur

flüsterte: »Haste gesehen? Das war Gregor Gysi eben. Der hat 'nen Hörsturz oder so, krass, wa?«

Ja, er war beliebt, auch bei den Jungen, das war ein schönes Gefühl.

Er lehnte sich in seinem Stuhl zurück und schloss kurz die Augen. Das hohe, schrammelnde Piepen in seinem rechten Ohr tönte unablässig, mal sehr laut, mal etwas dezenter. Gestern noch war er beinahe taub gewesen, und nur mit größter Konzentration hatte er das Schwindelgefühl bezwingen und geradeaus laufen können. Alle Termine hatte er absagen und sich nach Hause fahren lassen. Bloß nicht schlappmachen, nicht so kurz vor Göttingen. Die Partei brauchte ihn.

Es lag in seiner Verantwortung, alles zu richten und einen neuen Parteivorsitz wählen zu lassen, der den Wahlkampf im kommenden Jahr überstehen konnte. Dafür musste er die notwendigen Voraussetzungen schaffen. Alles schien aus dem Ruder zu laufen. Ständig kamen ihm neue Informationen zu Ohren, wer sich mit wem zerstritten hatte und wer wen zu Fall bringen wollte oder nie wieder mit diesem oder jenem zusammenarbeiten konnte. Es schien ihm zu entgleiten, sein Baby, doch so allmählich reifte in ihm ein Plan heran.

Gysi war sich über die Rolle der Medien im Klaren, und so waren in den vergangenen Wochen seine Gedanken stets um die mediale Vermarktung der Parteiziele gekreist. Ein neues Konzept musste her, eines, das die Phalanx der negativen Berichterstattung der Mainstreammedien unterlaufen konnte oder überwinden oder am besten zerschlagen – je nachdem. Privat hatte er eine Recherche zu Werbestrategien begonnen. Dass er sich nicht auf Strategien linker subversiver Kräfte konzentrieren, sondern vielmehr das Pferd von hinten aufzäumen musste, merkte er schnell. Sich auf die Strategien der ganz großen Unternehmen konzentrieren, die ihren Schrott an den Mann brachten, das war der richtige Weg. Facebook war ihm in den Sinn gekommen, Google, Twitter, Instagram, eben die ganz Großen in Sachen Meinungsmache, die Datensammler, die alles überschauten und jede noch so unbedeutende Kleinigkeit zu einer weltweiten viralen Nachricht aufputschen konnten, wenn es ihnen in den Kram passte.

Die haben es doch verstanden, die wissen, wo der Hase lang läuft. Facebook mit seinen exorbitanten Nutzerzahlen, das ist raffiniert. In sieben Jahren zu über einer Milliarde Anhängern zu gelangen, das ist was, da müssen sie hin, die Linken, und zwar flott.

Die Abteilung für Medien- und Öffentlichkeitsarbeit der Fraktion war eine inkompetente, hochmütige Mannschaft in einer traditionsgebundenen Okkupationsburg, deren Ringwälle aus intimen Informationen über die Fraktion bestanden. Die Hierarchien der MÖFF waren unumgehbar, das erkannte man an den den Ringwällen vorgelagerten Gräben, die die Leichen zahlreicher wackerer Ritter bargen, die geglaubt hatten, ihre Rösser wären hoch genug, um mit wenig Aufwand über den Graben setzen zu können.

Innerhalb der Burg gibt es keinen Raum für Innovationen, dachte er. Die Alteingesessenen tafeln ausgelassen, während die Narren das Tafelsilber polieren.

Eine Lösung würde er selbst finden müssen. Er ganz allein. Das ist die Aufgabe eines Fraktionsführers, niemand sonst trägt so viel Verantwortung wie er selbst.

Schon vor einigen Wochen hatte er seine Analyse begonnen, allein, im Stillen und ohne das Gezeter von anderen. Er wollte seine eigenen Denkhürden einreißen, unvoreingenommen von vorne beginnen. Also hatte er entschieden, sich zunächst mit den Marktstrategien von Facebook auseinanderzusetzen. Wer war dort für Werbestrategien verantwortlich, welchem Muster folgte der Konzern, welcher Theorie? Es ging nur vordergründig um Algorithmen, das war ja wohl klar. Er fand die Namen der Zuständigen heraus und begann, deren Biografien nachzuverfolgen. Nicht auf die Informatiker musste man sich konzentrieren, sondern auf die Marketingstrategen.

Allein vor seinem Laptop, mit einem Glas Rotwein vom Feinsten, hatte er sich wieder wie ein einsamer Guerillero gefühlt, dem es einzig und allein um die Sache ging, der niemandem gefallen musste, der es keinem recht zu machen hatte. Es ging zwar nur langsam voran, aber früher oder später würde er Einsichten gewinnen. Er glaubte fest daran, und außerdem empfand er eine fast kindliche Freude an seiner protokoll- und satzungsfernen Arbeit.

Vor einigen Tagen dann war ihm endlich ein Durchbruch gelungen. Eigentlich war es ganz simpel, er hatte beinahe zwangsläufig darauf stoßen müssen. Alle großen Marketingstrategen im Social-Media-Bereich, von Kanesha McMurron über Lester Brizzles bis Jeremy Lee Coleman, alle haben eines gemeinsam. Ein fast winziges Detail ist es, aber ihm war es nicht durch die Lappen gegangen, ihm nicht. Sie hatten beinahe alle an der Graduated Business School der Stanford University Seminare belegt bei einem Philosophen namens René Girard, der sich mit Begehrensstrukturen befasste.

Er selbst hatte den Namen nie zuvor gehört. Also fing er an, sich zunächst oberflächlich in das Forschungsgebiet des Stanford-Professors einzuarbeiten. Lange Artikel bei Wikipedia und in anderen Online-Enzyklopädien gaben Auskunft über die Theorie dieses seltsamen Kauzes, der schon fast neunzig Jahre alt war. Auf Youtube ließen sich faszinierende Interviews mit diesem charismatischen Franzosen finden. Erstaunlich war zumindest, dass dessen Ausführungen im europäischen Raum kaum eine Rolle zu spielen schienen. Man schien ihm im deutschsprachigen Wissenschaftsfeld weitgehend mit Missachtung zu begegnen, mit öffentlicher Ablehnung sogar und der strikten Verweigerung, sich mit seinen Thesen überhaupt näher zu befassen. Das war doch seltsam. Offensichtlich bestand doch eine deutliche Diskrepanz, wenn man den Erfolg von Girards mimetischer Theorie bei den Amerikanern und die gleichzeitige Ablehnung derselben bei den Europäern betrachtete, und das, obwohl der Philosoph Mitglied der Académie Française war.

Da kam doch sonst nicht jeder rein, oder doch? Irgendwas musste dran sein an dieser Theorie, die das Mimetische behandelte, die Ähnlichkeit aller untereinander, die Begehrensstrukturen innerhalb sozialer Gruppen, die immer wieder in Konkurrenz und Gewalt mündeten. Wie genau der Zusammenhang aussah zwischen der mimetischen Theorie und den Markterfolgen der Milliardenkonzerne, konnte er zwar noch nicht sagen, aber es musste da einen geben, ganz bestimmt. Girard galt als Apokalyptiker, als Resignateur, als verschrobener Katholizist. Nun, aber war denn nicht die Verfassung der Welt, von allem, ganz und gar apokalyptisch? Kurzerhand beschloss er, sich das Hauptwerk des Philosophen vorzunehmen: *Das Heilige und die Gewalt*. An seinem Arbeitsplatz in seinem gemütlichen Ledersessel hatte er in den vergangenen Nächten gesessen und Girards Ausführungen gelesen. Schreiben konnte der und hatte Humor, das flutschte ja regelrecht hinein in den Denkapparat.

Von einer bestimmten Passage war er dabei ganz besonders gefesselt. Es ging darin um den Pharmakós, das Menschenopfer. Der Pharmakós war Gift und Heilmittel zugleich. Schon Schriften des 4. Jahrhunderts vor Christus belegten die Bedeutung des Menschenopfers für griechische antike Städte. Natürlich! Er erinnerte sich wieder: Aristophanes, Plutarch – irgendwann hatte er das alles einmal lesen müssen, aber das war schon sehr lange her. Ziel der Opferung war es jeweils gewesen, den Frieden innerhalb einer Gemeinschaft wiederherzustellen. Es ging darum, über die kollektive Gewalt, verübt an einem Fremden, an einem Opfer, wieder Einmütigkeit innerhalb der Gruppe zu erzeugen. Dieses Opfer wurde genau zu diesem Zweck oft über lange Zeiträume von der Gemeinschaft versorgt und großzügig verpflegt, um dann, im entscheidenden Moment, die ihm zugedachte stabilisierende Rolle einzunehmen. Der Pharmakós wurde nicht zwangsläufig ermordet, oft reichte es aus, ihn innerhalb eines Rituals im Kollektiv aus der Stadt zu jagen. Äußerst wichtig war, dass das Opfer vorher kein reguläres Mitglied der Gemeinschaft war, die es durch seine Opferung zu retten galt.

In *Das Heilige und die Gewalt* wurde beschrieben, dass eben jener Opferungsvorgang als zentraler Bestandteil fast aller archaischen Kulturen auf allen Kontinenten des Erdballs galt. Es ging um die Kanalisierung von Gewalt. Ob das nun moralisch richtig war oder nicht, war zweitrangig. Wenn die Gemeinschaft gerettet werden soll, müssen moralische Bedenken immer zweitrangig sein. Es war eine erforderliche Maßnahme, mehr nicht. Ein Opfer stellvertretend für die wahren Ursachen der mimetischen Krise und sein Ende stellvertretend für das Ende der gesamten Einheit. Doppelte Stellvertretung, darum ging es. Und konnte man nicht eben diesen Vorgang ständig beobachten? Was war denn der Rücktritt eines Ministers, eines Bundespräsidenten, eines Aufsichtsratsvorsitzenden anderes als die Opferung eines Stellvertreters, eine gedoppelte Vertretung? Das Opferritual war integraler Bestandteil des Kapitalismus, jede Feier hatte opferkultischen Charakter. Krieg ist letztlich nichts anderes als ein riesiges Opferfest, ein Schlachtritual, damit die allesumfassenden Herrschaftsverhältnisse, die Hierarchien, dieses Dreckssystem Bestand haben können.

Er hatte nicht lange überlegen müssen. Die Linke befand sich ganz offensichtlich in einer Krise. Nicht nur die Partei, die gesamte linke Opposition, auch die außerparteiliche linke Opposition waren zerstritten. Obwohl doch nun wirklich jeder einsah, dass dieser lebensverachtende Kapitalismus aufgehalten werden und man eine Einheit bilden musste, konnte die Linke sich nicht zusammenraufen. Ganz klar stellte Girard dar, dass der Brüderzwist umso eklatanter wurde, je ähnlicher sich die Mitglieder einer Gruppe waren. Es fiel ihm wie Schuppen von den Augen. Die Gewalt im bosnischen Bürgerkrieg, der Verrat und das Gemetzel unter Nachbarn, der Völkermord in Ruanda, eine Million Tote in nur hundert Tagen. Die mimetische Theorie bot Antworten.

Seine Aufgabe war es nun, diese Mechanismen zu durchdringen und auf die Linke zu übertragen.

Je länger er darüber nachdachte, umso deutlicher wurde ihm, dass der Pharmakós in der momentanen Situation die einzige Lösung war. Es ging hier nicht um langfristige Entwicklungen, um Jahrhunderte. Es ging einzig um die aktuelle Krise, um eine kurzfristige, eine schnelle Lösung. Er brauchte einen Pharmakós, ein Opfer. Doch es musste jemand von außen sein. Wäre es um ein Opfer aus dem inneren Kern gegangen, wäre es ihm ein Leichtes, gleich eine ganze Liste möglicher Kandidaten und vor allem Kandidatinnen anzufertigen. Wer aber kam als außen- und gleichzeitig in Bezug stehendes Opfer infrage? Es durfte sich nicht um ein Parteimitglied handeln. Es musste jemand sein, der zwar links war, aber eben kein Linker. Und wie sollte das Opferritual aussehen? Ein Nichtmitglied konnte ja nun schwer aus der Partei ausgeschlossen oder für die Querelen der einzelnen Strömungen verantwortlich gemacht werden. Außerdem musste das Opfer seine Rolle annehmen, es musste die Schuld irgendwie freiwillig auf sich nehmen oder zumindest diesen Eindruck erwecken.

Gysi konnte sich beim besten Willen nicht vorstellen, wer all diese Attribute in sich vereinen konnte. Jemand Schizophrenes vielleicht, ein Psychopath, ein geistig Zurückgebliebener, ein Narr oder eine Mutter Teresa, ein Buddha, ein Dalai Lama oder vielleicht ein Mischwesen? Stundenlang hatte er mit einem Stift in der Hand auf ein leeres Blatt Papier gestarrt. Er brauchte einen Namen, nur einen Namen. Ein Name, eine Person, ein Opfer, nur einen Namen.

In diesem Moment hatte der Tinnitus eingesetzt. Er hatte sich zunächst mit dem Kugelschreiber im Ohr gebohrt, mit dem Finger rhythmisch Druck auf das Trommelfell ausgeübt, den Rotwein geext, den Kopf aus dem Fenster gehalten, den Kopf unter Wasser gehalten, erst unter kaltes, dann unter warmes Wasser, dann unter heißes. Doch das Klingeln hörte nicht auf und war auch am nächsten Morgen noch da. Völlig erschöpft war er kurz vor Morgengrauen in einen kurzen tiefen Schlaf gefallen, das Kissen fest auf das Ohr gepresst. Sein Fahrer hatte lange auf ihn warten müssen und war besorgt herbeigesprungen, als sich der Fraktionsvorsitzende schwankend am Treppengeländer stützen musste und ihm dabei beinahe die Mappe aus den Händen geglitten war.

»Alles in Ordnung, Herr Gysi?«, hatte der Fahrer ehrlich bestürzt gefragt.

»Pffff, na, Sie wissen schon. War 'ne kurze Nacht. Das wird schon wieder.«

Er hatte beschlossen, niemandem etwas von dem Klingeln im Ohr zu erzählen. Er durfte unter keinen Umständen ausfallen. Da würde man ihn schon im Sarg aus dem Bundestag tragen müssen. Das wäre doch gelacht, wenn er nicht auch noch mit einem Tinnitus fertig würde. Immerhin hatte er schon ganz andere Katastrophen überstanden.

Im Verlauf des Vormittags jedoch war es schlimmer geworden, Telefonieren unerträglich. Ihm schwindelte, wenn er nach etwas griff, kaum noch konnte er einen Kugelschreiber halten. Gegen Mittag dann rief er seine Büroleiterin zu sich. Mit ernstem Ton sagte er ihr: »Ich vermute, ich erleide gerade einen Hörsturz. Termin beim Spezialisten, sofort, oder morgen, wie auch immer, ich muss gehen.«

Sie solle alle Termine absagen und den Fahrdienst bestellen. Es müsse aber unbedingt ein anderer Fahrer sein als der von heute Morgen. Niemand dürfe davon erfahren. Die Presse würde ihn zerpflücken und nach seinem Rücktritt dürsten. Wenn jemand hartnäckig bleiben sollte, solle sie erzählen, es handele sich um einen Magen-Darm-Virus, eine 24-Stunden Geschichte, eine kurze, undramatische Sache, eine Banalität. Kurz darauf schon hatte er im Wagen auf dem Weg nach Pankow gesessen, zu Hause angekommen eine Schlaftablette eingepfiffen und sich direkt im Anzug aufs Bett gelegt. Die Batterie war leer, Game over, nichts ging mehr, Hauptsache kein Krankenhaus, nur kein Krankenhaus, kein Krankenhaus, auf keinen Fall Krankenhaus, hatte er gefleht, als er vom Schlaf übermannt worden war.

Gysi öffnete erst wieder die Augen, als er ins Sprechzimmer gerufen wurde. Beherzt erhob er sich aus seinem ledernen Freischwinger und folgte der Arzthelferin in einen Raum, der sich auf der anderen Seite des Flurs gegenüber dem Wartezimmer befand.

»Bitte warten Sie hier noch einen Moment, Herr Gysi«, sagte die Frau mit einem fremdartigen Akzent und wies dabei auf die Liege an der Ostseite des Zimmers. Irritiert auf die Liege schielend, nickte er, setzte sich aber auf den linken der beiden Stühle, die auf der Patientenseite des ausladenden Bürotisches bereitstanden, und rieb seine schwitzigen Hände aneinander.

Ganz ruhig bleiben, sie kennt dich nicht, sie wollte dich nicht auf der Liege platzieren, weil sie dich für todgeweiht hält, es war nur ein dämlicher Fehler, eine unüberlegte Anweisung ohne jeglichen Symbolwert. Sein Blick flog über das Regal mit der Fachliteratur – HNO-Praxis heute, Tinnitus – ein Manual zur Retrainingtherapie, Verhaltensmedizinische Tinnitus-Diagnostik, Hyperakusis-Handbook, schön, schön, ein quietschebuntes Ohrmodell im mittleren Fach, griffbereit – und blieb an einem Plakat hängen, das neben dem Waschbecken an die Wand gepinnt war. Werbung für den Selbsthilfeverein akusticpeace, er hatte es geahnt. Darauf eine impressionistisch hingetupfte Innenohrskizze mit blaubetonter Hörschnecke und dem Titel: »Akuter Hörsturz? Kein Grund für eine Schweigespirale.«

Warum man Patienten im Behandlungszimmer auf ihren Arzt warten ließ, hatte er noch nie verstanden. Damit fing es doch schon an, der Patient sollte gleich wissen, in welcher Position er sich befand. Nicht der Arzt wartete auf den Patienten, nein, andersherum sollte es sein. Schweigespirale, Schweigespirale, eine Lügenspirale ist das doch alles. Und dann dieses Plakat, da wird doch die Unheilbarkeit der Krankheit gleich vorweggenommen. Wenn man seine

Patienten nur lange genug vor diesem Plakat warten ließ, würden sie vielleicht wieder gehen und direkt zu diesen Selbsthelfern kriechen. Da brauchte man wenigstens nicht so zu tun, als würde man ihnen irgendwie helfen können. Na, Herr Doktor Ohrensausen, wollen Sie mir vielleicht verraten, wie ich die Partei auf eine Linie einschwören kann, nein? Können Sie nicht? Nicht Ihr Fachgebiet? Ach nein, Sie sind ja auf Taubheit spezialisiert, die berühmt-berüchtigte Rot-Grün-Taubheit, nicht wahr, da kriegt man nichts mit von der Welt, nö, da muss man ja abends noch den neuesten Artikel zum Klangschalen-Globuli-Retraining lesen, deshalb ist man ja Arzt geworden.

Er konnte Ärzte nicht leiden und HNO-Ärzte schon gar nicht. Wer sich auf ein solches Fach spezialisiert, lebt doch mit den drei japanischen Affen zusammen im Wald und wartet auf Mogli, um ihm das Feuergeheimnis abzuringen. Bloß dass es gar keinen Mogli gibt, das ist nämlich eine Disneyfigur, ha, King Louie, der niederträchtige HNO-Spezialist.

Die Tür wurde aufgerissen und ein kleiner verhuschter Mann mit dichtem schwarzen Haar eilte seinem Patienten mit nickenden, kleine Verbeugungen andeutenden Kopfbewegungen entgegen. Mit beiden Händen umfasste er Gysis Hand, die sich unter dem festen Druck allmählich wieder entspannte, und tätschelte sie, bis er seine Begrüßung beendet hatte.

»Herr Doktor Gysi, ich bin erschüttert. Sie hier bei mir zu treffen! Ich verfolge die Nachrichten, es ist grauenvoll, ganz grauenvoll, entsetzlich. Ich werde Sie wieder fit kriegen, da machen Sie sich keine Sorgen. Wir haben hier eine hervorragende Ausstattung, und ich habe selbstredend alle Zeit der Welt für einen so bedeutenden …«, er wippte mit den Füßen auf und ab, als würde er einen Countdown runterzählen und jeden Moment durch das Fenster abheben, »… für einen so wichtigen Menschen. Bitte setzen Sie sich. Seien Sie unbesorgt. Wir kriegen das wieder hin. Bitte, bitte.«

Er rückte nun den Stuhl zurecht, von dem Gysi sich eben erst erhoben hatte, und hielt die Lehne so lange, bis sein Patient wieder Platz nahm.

»Möchten Sie vielleicht ein Glas Wasser? Ich könnte Ihnen einen Kaffee holen lassen. Bitte, keine Scheu«, sagte er, ging dabei um den Schreibtisch herum und setzte sich ebenfalls.

»Nun sind Sie ganz Ohr, was?« Amüsiert und besänftigt ob der offensichtlichen Demut zwinkerte Gysi dem Chefarzt zu und lehnte sich zurück.

»Ganz Ohr, genau. Ha. Sie haben einen Witz gemacht, wunderbar, ein gutes Zeichen. Sie müssen mir nichts von Ihrem Stress erzählen, ich bin im Bilde. Wir könnten mit der Otoskopie beginnen, oder Sie erzählen mir erst einmal in Ruhe, wie es angefangen hat. Ganz wie Sie wollen.«

»Ich habe, ähm, ich saß, ich, ich war am Arbeiten, zu Hause und musste mich stark konzentrieren. Da hat es angefangen«, gab Gysi ehrlich an.

»Es tut mir wahnsinnig leid, Herr Doktor Gysi, aber ich muss das fragen. Mit konzentrieren meinen Sie …? Also ich meine, nun ja – haben Sie bei der Arbeit am Schreibtisch gesessen oder war es vielleicht eine andere Art der Tätigkeit, Hausarbeit vielleicht? Oder war es eine Teamsitzung? Sie müssen verstehen, dass…«

»Ich habe Sie verstanden.« Gysi wollte diesen Moment noch ein wenig auskosten. Es war zum Piepen, wie dieser Wicht von einem Arzt herumdruckste und von seiner eigenen Vorstellungskraft peinlich berührt war.

»Sie haben verstanden, das ist gut.«

»Ja.«

»Ja?«

»Gut. Es war so etwas wie eine Teamsitzung, eine intensive Teamsitzung.«

Der Chefarzt beugte sich nun etwas vor, und ein Zucken um den Mund verriet, dass er es kaum aushalten konnte.

»Wie intensiv?«

»Sehr intensiv. Wir waren zu viert. Ich und drei, drei andere.«

»Drei andere?«

Es kam Gysi so vor, als würde er, wenn er sich nun seinerseits vorbeugte, in den Augen des Arztes den Film sehen können, spiegelverkehrt natürlich, der gerade in dessen Kopf ablief.

»Grundgütiger, ich nehme Sie nur auf den Arm!«

Der HNO-Spezialist sah beinahe etwas enttäuscht aus, versuchte es aber zu überspielen, indem er den Kopf schüttelte und etwas auf die Tastatur tippte, die so platziert war, dass Gysi sie von seinem Platz aus nicht sehen konnte.

»Ich saß allein an meinem Schreibtisch«, fuhr Gysi immer noch lachend fort, »und habe, um ehrlich zu sein, über mögliche Kandidaten für den Parteivorsitz nachgegrübelt. Ein sehr aufreibendes Thema, wie Sie sich sicher vorstellen können. Ich trank ein Glas Rotwein, war übermüdet, hatte fettig gegessen und grübelte vor mich hin. Da fing es an, vorgestern Abend.« Der Arzt nickte. »Hören Sie, es ist nicht mein erster Hörsturz und sicherlich nicht mein letzter. Ich bin ein Workaholic, mit Leidenschaft bei der Sache, ein Lebemann. Entweder ich werde im kommenden Jahr Minister, oder ich werde Oppositionsführer. In jedem Fall werden die Belastungen nicht weniger. Ihr Vorgänger wollte mich von Planetenklangschalen und Qigong überzeugen, hat mir erklärt, wie man Planetenfrequenzen berechnet. Das Fortbildungsengagement Ihrer Zunft in allen Ehren, aber ich bestehe auf konservative Behandlungsmethoden. Und da bin ich auch nicht flexibel.«

Das Lächeln des Arztes war breiter geworden, während er seinem Patienten zuhörte. Voll und ganz konnte er den Wunsch Gregor Gysis nachvollziehen und hatte nicht vor, mit seinem Idol zu streiten.

»Herr Doktor Gysi, Sie sind bei mir in den besten Händen. Ich werde Ihnen ein Mittelchen zur Verbesserung der Durchblutung und einen Entzündungshemmer verschreiben. Außerdem empfehle ich üblicherweise gesunde Ernährung, viel Schlaf, weniger Stress. Ein Lokalanästhetikum kommt wegen der Herzprobleme nicht infrage, das wissen Sie sicher. Das heißt, Sie werden mit Ihren Kräften gut haushalten müssen. Aber eine Sache gibt es da noch: Ich empfehle Ihnen eine Sauerstoffbehandlung. Zwar konnten Studien bisher keine eindeutigen Ergebnisse liefern, aber ein wenig reiner Sauerstoff, wie ihn sich Migränepatienten bei einem Anfall selbst verabreichen, kann nicht schaden. Jeden Abend vor dem Schlafen zehn Minuten Sauerstoff und nicht mehr als ein Glas Rotwein am Tag – ein kleines. Können wir uns darauf einigen?«

Gysi überlegte, ob er mit der Vorstellung umgehen konnte, mit einer Sauerstoffflasche bestückt im Bett zu liegen. Er schauderte, willigte aber mit einer nachgiebigen Kopfbewegung ein. Der Chefarzt bemerkte den besorgten Gesichtsausdruck und hob zu einer kleinen Anekdote an: »Gerade eben war ein junger Mann bei mir, kerngesund, und erzählt mir, ihm sei manchmal schwindelig, er habe sich einige Male übergeben müssen und habe das Gefühl, manchmal schlecht zu hören. Durch Google ist er bestens informiert und erklärt mir, er vermute ein Akustikusneurinom, besser gesagt einen Kleinhirnbrückenwinkeltumor.« Dem Chefarzt entfuhr ein viel zu hohes Lachen. »Er ist absolut beschwerdefrei, bittet mich aber darum, einige Tests zu veranlassen. Er wolle seine Frau nicht beunruhigen, könne ihr nichts von seinen Symptomen erzählen, die würde das alles sofort in einen größeren Kontext setzen, sie sei nämlich Philosophin und habe gerade ihre erste wichtige Anstellung angenommen«, sein Lachen kam nun einem Kreischen gleich, »... weshalb er sich nun mehr um die gemeinsamen Kinder kümmern müsse. Da frage ich ihn: Und Sie, was machen Sie beruflich? Und er antwortet, er arbeite in einer Druckerei als Drucktechniker. Ich zähle also eins und eins zusammen und sage dem Jungen: ›Mein Lieber, was Sie haben, ist ein akuter Chauvinismus-Anfall. Stressen Sie sich da nicht rein. Sie sind völlig gesund, und Sie werden sich auch nicht aus der Verantwortung stehlen können.‹ Sie hätten sein Gesicht sehen sollen! Das war so ein südländischer Typ, Sie wissen, was ich meine! Man weiß ja, was die für ein Frauenbild haben. Nein, nein, die DDR hatte ihre guten Seiten, ihre sehr guten Seiten!«

Gysi überlegte während dieser Erzählung, ob es sich wohl um den Mann der Fraktionsmitarbeiterin handelte, möglich war es jedenfalls. Also tatsächlich kein Hirntumor, schön für ihn, dachte er und fragte sich gleichzeitig, was diese Geschichte mit ihm zu tun haben sollte. Das soll der mir bitte mal erklären, dachte er und sagte: »Ich verstehe nicht recht, wozu …«

»Eigentlich wollte ich nur sagen – das ist ein Typ für eine Klangschalentherapie. So jemanden schicke ich zur Selbsthilfegruppe, wenn es sein muss sogar zur Tanz- oder Kunsttherapie. Dem hilft so was, Ihnen doch aber nicht, Herr Doktor Gysi. Das ist ja klar. Darauf wollte ich hinaus.«

Er tippte wieder etwas, griff dann nach der Maus und klickte einige Male irgendetwas an.

»Sie können sich am Empfang Ihr Rezept abholen und dann, dann gehen Sie los und zeigen denen, was 'ne Harke ist. Machen Sie sie fertig – dieses undisziplinierte Pack. So was hätte es damals nicht gegeben. Die Partei wäre nichts ohne Sie. Sie machen da einen ganz hervorragenden Job. Haben Sie noch irgendwelche Fragen?«

»Haben Sie Ihren Patienten tatsächlich zur Tanztherapie geschickt?«

Gysi war hin- und hergerissen. Ihm schmeichelte die Art, wie der Chefarzt mit ihm umging. Der letzte Arzt immerhin hatte beinahe mit seinem Stethoskop nach ihm geworfen. Zugleich war ihm die rassistische Färbung der Story nicht entgangen, und das konnte er nicht gutheißen. Man sollte keinen Mann zur Tanztherapie schicken, ganz egal, welcher Ethnie er angehört.

»Ach Quatsch, ich bin doch kein Unmensch. Ich habe ihn

nach Hause geschickt und ihm gesagt, dass er völlig gesund ist. Jedenfalls hat nichts von dem, was der junge Mann berichtet hat, mich dazu veranlasst, teure und aufwendige Untersuchungen anzuordnen. Das ist alles psychosomatisch.«

Gysi war erleichtert. Das war ein Arzt nach seinem Geschmack. Wäre er gleich in die Park-Klinik gegangen, hätte er sich eine Menge Ärger erspart. Sie plauderten noch einige Minuten, bis Gysi sich erhob, sich herzlich verabschiedete und seinem neuen Lieblingsarzt sogar noch gestattete, mit seinem Telefon ein Selfie von sich und seinem Patienten zu machen.

Mindestens einen Tag noch solle Gysi zu Hause verbringen und es ruhiger angehen, ein Aktionenprotokoll sei hilfreich, damit er seine eigene Belastung auf einem Papier vor sich habe und abwägen könne, was delegiert werden müsse. Wenn er eine Verschlimmerung der Symptome wahrnehmen sollte, könne zum Beispiel eine Psychotherapie helfen, einfach mal reden, loslassen, vielleicht eine Ernährungsberatung, Sport – alles Optionen, die pro forma besprochen werden mussten. In der kommenden Woche solle er wiederkommen zur Kontrolle.

Gysi verließ das Krankenhaus und lief bestens gelaunt zu seinem Fahrrad. Eine blonde, attraktive Frau, die einen Kinderwagen vor sich her schob, grüßte freundlich. Das hörte sich doch alles ganz gut an. Von siebzig Prozent Spontanheilungen hatte der Arzt gesprochen, das ließ ihn optimistisch in die Zukunft blicken. Ein Hörsturz, pah, der konnte ihn mal kreuzweise. Er war sich absolut sicher, dass der Tinnitus nachlassen würde, sobald er einen Namen auf das Papier schreiben konnte, sobald er wusste, wer das geeignete Opfer war, sein Pharmakós. Das Klingeln und Piepen in seinem Ohr war nichts weiter als eine Alarmglocke, eine Feueralarmsirene. Er war der Feuerwehrmann, er musste nun klug und mutig handeln und die richtige Entscheidung treffen. Dann würde er die Rutschstange runtersausen und den Brand löschen, mit seinem Team, seinem Kreis, mit seinen Feuerwehrkollegen, auf die er sich blind verlassen konnte.

Auf der Fahrt zurück nach Hause überlegte er, wie er vorgehen musste. Er würde einige Auserwählte in seinen Plan einweihen. Der Pharmakós brauchte einen Namen und eine Entsprechung im Code.

Als er an den Code dachte, gluckste er vergnügt und verlangsamte seine Fahrt. Er hatte es nicht eilig, konnte die Frühlingssonne genießen und seinen Kopf vom sanften Wind streicheln lassen. Er konnte doch auch einfach mal seine eigene Raffinesse genießen, einen Gang runterschalten, oder zwei, und nur noch ab und an in die Pedalen treten, die Füße zur Seite baumeln lassen und eine kleine Schlangenlinie wagen. Heute hatte er alle Zeit der Welt, musste nur noch kurz zur Apotheke und das war's.

Es war nun schon drei Jahre her, dass ihm der Einfall mit dem Tantra-Code gekommen war. Es begab sich an einem heißen Sommerabend auf der Terrasse seines Grundstücks. Mit seiner langjährigen Freundin Ruth genoss er einen feuchtfröhlichen Abend. Gemeinsam vertilgten sie den Serrano-Schinken, den er von einer Reise mitgebracht hatte, und ließen sich dabei vom spanischen Rotwein besänftigen. Ruth erzählte, dass sie sich momentan mit Tantra befasse, einige Standardwerke lese und ernsthaft darüber nachdenke, einen Kurs zu besuchen. In ihrem Alter sei es nicht leicht, einen Sexualpartner zu finden, und es könne doch nicht schon Schluss sein mit der Körperlichkeit. Sie wolle sich noch mal spüren, sich fallenlassen, Orgasmen haben, verehrt werden. Sie lachten viel an jenem Abend, denn Gysi konnte durchaus Verständnis aufbringen für die Nöte seiner Freundin. Gott, war sie begehrt worden damals, und man konnte ihr nicht vorwerfen, viele Chancen auf guten Sex im Leben vertan zu haben. Sie war immer noch attraktiv, sportlich und schlank, trug eine vorteilhafte Frisur und hatte einen ausgezeichneten Geschmack, was ihre Garderobe betraf. Die Vorstellung allerdings, sie könne sich in einem Tantra-Kurs in den Armen eines Althippies wiegen, im Beisein von anderen esoterischen Spinnern, war zu komisch. Sie ließen Szenen vor ihrem inneren Auge entstehen, die sie einander beschrieben, bis ihnen die Tränen kamen.

Wieder musste Gysi auflachen bei dem Gedanken daran und nahm mit Schwung eine etwas erhöhte Bordsteinkante.

»Ich bin doch eine Linke! Dann steht mir doch auch der linke Pfad des Tantra zu«, hatte Ruth gegrölt. »Ich will auf dem linken Pfad des Tantra wandeln und scheißmultiple Orgasmen erleben, Gregor!«

»Is' klar, Ruth, is' klar. Der linke Pfad, welcher denn sonst«, hatte er beim Nachschenken geprustet und einen großen Schluck daneben gegossen.

»Haaa, gieß mir keinen reinen Wein in meinen heiligen linken Tantraschoß!«

Als er am nächsten Tag das ulkige Gespräch Revue passieren ließ, ereilte ihn eine Eingebung. Der linke Pfad des Tantra – na, sicher, na, wie denn nicht? Schon vor einiger Zeit hatte er mit seinen Parteifreunden beschlossen, keine relevanten Interna mehr telefonisch oder digital auszutauschen. Man konnte zwar nicht wissen, wie weit die Abhörpraktiken des Verfassungsschutzes und anderer Geheimdienste tatsächlich gingen, aber man würde vorsichtiger sein müssen. Irgendjemand hatte einen Geheimcode vorgeschlagen. Bei dieser Forderung war es aber geblieben, denn niemand besaß wirklich die Muße, sich einen Code einfallen zu lassen. Ruths linker Pfad des Tantra, der ihnen beiden so viel Spaß bereitet hatte, war ihm plötzlich wie die Prophezeiung eines Orakels, eines stark angetrunkenen Orakels, erschienen.

Sie mussten einen Sexcode etablieren, den zu durchschauen niemand in der Lage war. Am selben Abend noch setzte er sich an den Schreibtisch und notierte die ersten Entsprechungen in der Gewissheit, dass seine Freunde sich ebenfalls sehr über diesen Plan amüsieren würden. Es war ein großes und langwieriges Unterfangen, aber es hatte viel Spaß gemacht, den Code zu entwickeln. Erwartungsgemäß war seine Idee auf Begeisterung gestoßen. Alle redeten gern über Schweinkram. Das half dabei, sich wieder jung zu fühlen, pubertär beinahe.

Über die Wochen und Monate war der Code zu einem Monstrum herangewachsen. Es gab derart viele Sexpraktiken, dass es ein Leichtes war, für jeden politischen Vorgang eine entsprechende Stellung, ein tantrisches Synonym zu finden.

Nun musste er also eine Entsprechung für die Opferung, den Pharmakós, finden, eine Situation, eine sexuelle Praxis, die mit freiwilliger Opferung zu tun hatte. Welche Praktiken im SM-Milieu kamen infrage, welche waren noch nicht besetzt? Als er mit dem Fahrrad in den Majakowskiring einbog, hatte er es: Rape-Play!

Na klar, Vergewaltigungsspiele beinhalten immer ein freiwilliges Opfer. Fremde verabredeten sich online zu solchen Rape-Plays und vereinbaren ein Codewort, falls das Opfer die Vergewaltigung abbrechen will. Das Codewort für den Pharmakósvorgang muss Rape-Play lauten.

Er kicherte wieder vor sich hin. Er liebte den Code. Es gab doch sonst so wenig Erfreuliches. Diese kleine Spielerei konnte einem doch wenigstens kurzweilig immer wieder den Tag versüßen. Wer also würde das Opfer in diesem Rape-Play sein? Er brauchte einen Namen. Zu Hause angekommen, brachte er das Fahrrad zurück in den Keller. Der Tinnitus nervte, aber das war nun nicht von Belang. Er musste telefonieren. Er wusste genau, wer ihn unterstützen würde, auf wen er zählen konnte in diesem Rape-Play. Er brauchte eine Liste aller Fraktionsangestellten, die keine Parteimitglieder waren. Das wäre schon mal ein Anfang. Er glaubte nicht an Zufälle. Er sah Geschichte als ein Fluidum, in dem alle Moleküle miteinander in Verbindung standen. Chaostheorie hin oder her, alles hing irgendwie zusammen. Zwar war er weit entfernt davon, von Schicksal oder Bestimmung zu sprechen, aber Zufälle, nein, die gab es nicht. Es gab nur Ursache und Wirkung, Kausalität.

Nachdem er geduscht hatte, briet er sich ein feines Stück Rindfleisch mit etwas Knoblauch an und zupfte sich etwas Salat zurecht. Mit einer Küchenreibe brachte er Parmesankäse in die richtige Form und streute ihn großzügig über Salat und Fleisch. Zum Abschluss verpasste er seiner Mahlzeit mit der Balsamicocrème noch ein lustiges Spiralenmuster und war so gut gelaunt, dass er sogar ein Liedchen pfiff, während er den Teller ins Arbeitszimmer balancierte.

Als er sich an seinen Schreibtisch gesetzt und die ersten Bissen gierig in sich hineingestopft hatte, notierte er einen Namen auf das leere Blatt, das immer noch so dalag wie zu dem Zeitpunkt, als der Tinnitus, seine Alarmanlage, plötzlich eingesetzt hatte.

Er nahm den Kugelschreiber in die Hand und notierte: Syana Wasserbrink.

Er legte den Stift neben das Blatt und schob sich ein Stück Fleisch in den Mund. Genüsslich und ruhiger schon verputzte er den Rest seines Abendessens mit einem seligen Lächeln im Gesicht. Wenn ihn jemand fragte, was das Geheimnis guter Politik war, gab es für ihn nur eine Antwort: Intuition. Er dippte die letzten Krümel Parmesan in Balsamico vom Teller und lutschte konzentriert an seinem Finger. Nein, Zufälle gibt es nicht.

Schließlich nahm er den Stift wieder in die Hand und ergänzte ein Fragezeichen: Syana Wasserbrink?

Dann griff er zum Telefonhörer.

4. Kapitel

Quatuor Coronati

Noch nie hatte Ronen, davon war er überzeugt, sich so lebendig gefühlt. Das war die Chance, auf die er nach den ersten beiden Monaten in der *Eins* kaum noch zu hoffen gewagt hatte. Er wollte es richtig machen, musste es knallhart durchziehen. Investigativjournalismus in your face, bitch. Inzwischen wusste ja nun wirklich jeder, wie eine ordentliche Ermittlung abzulaufen hatte. Er wollte es machen wie im Film, war sich nur noch nicht im Klaren darüber, wie in welchem Film. Wenn er so darüber nachdachte, gab es eigentlich kein Vorbild, dem er entsprach. Als Typ war er, genau genommen, absolut einzigartig. Er arbeitete allein und verdeckt und wagte sich noch während des Studiums an die ganz großen Themen heran, an wirklich brisante, gefährliche, heikle Geschichten. Außerdem ging er im Deutschen Bundestag ein und aus. Als Student! Nicht nur, dass er mit der Security auf Shakehands unterwegs war und jede Abkürzung in dem Tunnelgeflecht dieses Machtzentrums kannte, er wusste, wer die Ticker waren. Egal ob Crystal Meth, Ketamin, MDMA, Propofol oder Kokain – im Bundestag war alles zu haben, wenn man nur einen Blick fürs Wesentliche hatte. Verschiedene Erkennungszeichen wiesen die Eingeweihten aus und waren dabei so ausgeklügelt, dass nie ein Außenstehender auch nur einen Verdacht hätte rechtfertigen können. Für jemanden wie Ronen allerdings war das keine Story, denn User-Ehre ging vor Karriereplan, das war ungeschriebenes Gesetz. Man durfte öffentlich härtere Strafen bei Verstößen gegen das Betäubungsmittelgesetz fordern oder mit Vehemenz die These vertreten, Kiffen zerstöre Gehirnzellen oder sei Hauptgrund für Prostitution in den Balkanstaaten, egal, aber niemals, niemals durfte ein User einen anderen User verraten.

Ronen war unerschrocken, charmant und eher unmännlich, großstädtisch eben, metrosexuell, unsexistisch, genderflexibel. Ihm ging es nicht nur um Ruhm, er hatte Ansprüche an seine Arbeit und an sich selbst – ethische, politische Ansprüche. Die waren bisher nicht mal auf die Idee gekommen, eine Figur wie ihn zu kreieren. Diese Autoren, besonders diese unterbezahlten Akkordarbeiter, diese Drehbuchheinis, die hatten doch immer nur den einen Typ Mann vor Augen. Deswegen würde er ja auch den Journalismus grundlegend reformieren. Er allein würde dazu in der Lage sein, weil er eben nicht die gängigen Klischees erfüllte.

In seinem Wohnzimmer hatte er eine Wand freigeräumt und dünne quadratische Korkplatten auf einer Fläche von insgesamt zweieinhalb Quadratmetern daran genagelt. Wolle in verschiedenen Farben und eine Kiste mit Pinnnadeln, blanko Papierseiten, Karteikarten, Stifte und Post-its lagen bereit. In der Mitte seiner Arbeitsfläche prangte bereits ein Portrait von Gregor Gysi. Darunter pinnte er nun eine Karteikarte mit den Worten: Gangbang, Blowjob/Fellatio, Rapina seminum, Lokalität. Eigentlich hatte er sich eine Glaswand besorgen wollen, die sich beliebig beschriften und wieder säubern ließe. Doch dieses Vorhaben erwies sich als zu kompliziert. Also machte er es eben wie in den Achtzigern mit oldschool Korkplatten.

Wie konnte es sein, fragte sich Ronen, seit er seine Recherchen intensiviert hatte, dass die Linken in Deutschland dermaßen schlechte Umfragewerte hatten, wenn anderswo in Europa die Linke allmählich zu erstarken schien? François Hollande hatte die Wahl in Frankreich für sich entscheiden können. Zugegeben, Hollande war noch kein Mélenchon und die PS noch keine PCF, aber immerhin, da tat sich doch was. Bei den Parlamentswahlen in Griechenland war das linke Bündnis mit Alexis Tsipras überraschend erfolgreich gewesen und hatte seinen Stimmenanteil insgesamt vervierfachen können. Die Krise, das zeigten doch wohl diese Ergebnisse, machte vielen Menschen Hoffnung. So manchen ließ sie vermuten, dass der Kapitalismus tatsächlich in seine Herbstphase eingetreten war, dass sich das Ruder rumreißen lassen würde, wenn sie sich nur alle zusammenrauften. Es war möglich, es musste möglich sein.

Nur hierzulande zerfleischten sich die Linken derart in der Öffentlichkeit, dass ihnen niemand mehr abnahm, sich auch nur im Geringsten von den anderen Parteien zu unterscheiden. Sie gehörten zum Establishment, und es ging ihnen allein um interne Machtfragen. Allerdings um Machtfragen, die niemand anderen zu interessieren schienen als die Parteimitglieder selbst. Von welcher Macht konnte denn schon die Rede sein?

Ronen war nicht sonderlich bewandert, was die parteiinternen Strukturen der Linken betraf. Weder interessierte ihn, wer welchen Posten bekommen sollte, noch kannte er jemanden, dem es anders ging. Es war klar, dass die Mainstreammedien ein Thema konstruierten, das als solches nicht existierte, und die Linken selbst spielten das Spiel mit. Sie fühlten sich plötzlich wichtig und hatten das Gefühl, das ganze Land fiebere auf nichts anderes hin als zu erfahren, wer das nächste Parteivorsitzenden-Duo machen würde.

Die Linken wurden in jenen Tagen zu Opfern ihrer eigenen Eitelkeit. Sie wollten den Medien glauben, sie wollten glauben, dass sich die Menschen im Land tatsächlich über Personalfragen der Partei Gedanken machten. Die Linken waren den konservativen Medien aufgesessen, und nun schnappte die Falle zu: Wollten sie im Gespräch bleiben, musste die Beantwortung der Führungsfrage weiter hinausgezögert werden. Bockhahn und Korte stehen zu Bartsch, lauteten etwa die Nachrichten der jüngsten Tage. Ronen hatte keinen der Namen je gehört. Wer sollte das sein? Wen sollte das interessieren? Er informierte sich über Bockhahn. Was war das denn? Solche Abgeordnete hatte die Linke? Dümmlicher Blick, Wohlstandsplauze, selbstgerechtes Grinsen und kultkrausiger Minipli – das war 'ne harte Mischung. Vielleicht in den Augen der Rostocker ein Vorbild, ein beneidenswerter Emporkömmling, ein Starpolitiker nachgerade, für einen Berliner wie Ronen allerdings eine Witzfigur. Wikipedia verriet, dass der Typ im Abitur die Leistungsfächer Mathematik und Englisch belegt hatte. Hatte Bockhahn selbst die Ergänzung dieses banalen Details veranlasst? Hielt er das für relevant und war womöglich besonders stolz auf seine Fächerkombination? Ronen schüttelte sich angewidert. Dieser Bockhahn – eine Mischung aus eitlem Hahn und geilem Bock – entsprach ziemlich exakt seinem Feindbild.

Spaltungsgerüchte kursierten seit Wochen schon in den Medien. Göttingen würde die Partei nicht überstehen, der Ost-West-Konflikt sei unüberwindbar und die Linke bestenfalls als ostdeutsche Regionalpartei überlebensfähig. Dieses ganze Linkssein, dieser Eindruck sollte entstehen, war doch letzten Endes nichts weiter als DDR-Nostalgie, eine Stasi-Sache im Grunde.

Über eine Frau, eine mögliche Kandidatin für den Parteivorsitz, der wegen der Quotierung mindestens mit einer weiblichen Person besetzt werden musste, war bisher nur vage spekuliert worden. Ein Liebespärchen würde ja wohl kaum die Zustimmung der Wählerschaft gewinnen können. Diese seltsame Liaison Lafontaine/Wagenknecht hatte in Ronens Augen etwas Perverses. Der puterhäutige Puffgänger Lafontaine, dieser saarländische Mafiamacho, mit der ehemaligen ostdeutschen Kommunistin, die in Stil und Haltung in einem anderen Jahrhundert hängengeblieben war und immer dieses Gothic-Culture-Satanisten-Amulett trug, also bitte! Vielleicht war diese Hässlichkeit an schwarzem Samtband ein Talisman, ein Erbstück, das Erkennungszeichen für einen Hexenkult oder für eine geheime kommunistische Loge, genau.

Ronen hatte zu viele Vorurteile, merkte er. Er musste sich frei machen. Er rieb seinen Kopf, bis der ganz heiß war, und schleuderte dann seine Ressentiments mit einer wilden

Wurfbewegung in Richtung Fenster. »Frei, ich mach mich frei, ich bin frei, frei, frei, frei«, stieß er heiser aus und hüpfte ein wenig mit angezogenen Fäusten à la Rocky Balboa durch den Raum. Er würde einen kühlen Kopf bewahren müssen.

Nach und nach pinnte Ronen die anderen Akteure an seine Wand – vorerst Lafontaine und Wagenknecht, Bartsch, wer auch immer der war, und Lötzsch. Er würde etwas über dieses Amulett herausfinden müssen, das schien ihm fundamental. Er stellte sich vor, wie Sahra Wagenknecht fast nackt, das heißt mit nichts anderem bekleidet als einem dunklen Umhang und dem Amulett, das sie als Führerin des Kults auswies, vielleicht eines Orgienkults, einen nur von Kerzenschein erhellten Saal durchschritt. Ihre Anhänger und Gefolgsleute waren um sie herum und in den Rängen versammelt, alle maskiert. Die Jünger wiederholten ein gruseliges Mantra in einer ausgestorbenen Sprache. Ronen dachte an die zeremonielle Orgienszene im Kubrik-Film *Eyes Wide Shut*. Jeder dachte bei Orgienkulten an diese Szene. Das Netz war voll davon. Orgien à la *Eyes Wide Shut* eingebrannt in das kulturelle Gedächtnis einer Generation, die mit Marihuana zu Filmen mit Tom Cruise in der Hauptrolle aufgewachsen war.

Ronen vergrößerte das Amulett Wagenknechts auf seinem Bildschirm und druckte es aus. Das Amulett bekam einen eigenen Platz an der Pinnwand. Er spürte, dass mit diesem Amulett irgendetwas nicht stimmte. Es musste ein Hinweis sein, ein Link zu einem größeren Zusammenhang. Er würde es herausfinden.

So saß Ronen, zukünftiger Investigativjournalist der Oberliga, etwa eine halbe Stunde vor seiner Geheimagenten-Pinnwand, betrachtete nachdenklich das Amulett und beschloss schließlich, im Internet nachzusehen, ob die Form irgendeine Bedeutung hatte. Er gab »Amulett« in die Suchmaschine ein und klickte auf Bilder. Unzählige Amulette erschienen: Keltischer Lebensbaum, die Atlantisamulette Celeste Wheel und Vortex, Mandrake Alraune, Planeten

Pentagramm, Agrippa Pentagramm, Altkoreanische Glücksmünze, Amulett der vier Erzengel, Atztekenkalender, Aum, Utchat, Keltischer Knoten, Triskel, Agla, Chakra. Meine Güte, gab es viel von diesem Mist.

Wagenknechts Motiv war nicht dabei. Es bestand aus zwei übereinandergelegten silbernen Vierecken, das eine davon mit spitz zulaufenden, welligen Ecken, das andere kantiger. In der Mitte war, von kleinen Kreuzen umgeben, ein heller Stein gefasst. Der Stein hätte ein Aragonit sein können. Schneequarz, Milchopal, Perlmutt, Selenit oder Apophyllit kamen aber ebenfalls infrage. Diese kleinen Kreuze, wo hatte er die schon mal gesehen? Sie erinnerten Ronen an die Kreuze auf den Königsfiguren eines Schachspiels. Es könnten tatsächlich kleine Kronen sein, vier kleine Kronen. Ronen gab »vier Kronen« in die Suchmaschine eine. Es erschienen Bilder von ekelhaften Gebissen mit überkronten Zähnen. Überkront oder vielleicht gekrönt, dachte Ronen. Er gab ein: die vier Gekrönten. Bäämmm, Treffer, Märtyrer aus Serbien, aha.

Die vier Gekrönten Symphorianus, Clausius, Castorius und Nicostratus waren gemartert worden, weil sie sich in einem Steinbruch geweigert hatten, Statuen der Götter Aesculap und Apollo anzufertigen. Von wem sonst. Sie waren gefoltert und im Meer versenkt worden – interessant. Doch die Überlieferungen waren widersprüchlich und die angeblichen Märtyrer deshalb seit 1969 nicht mehr relevant im römischen Festkalender, so, so. Das war doch das Geburtsjahr von Wagenknecht. Ronen gab den lateinischen Begriff ein: Quattuor Coronati. Er hatte sich vertippt und Quattuor mit nur einem t geschrieben. Aber was war das denn? Quatuor Coronati, die vier gekrönten Märtyrer im Freimaurerlexikon. Die vier Gekrönten sind das Symbol der gleichnamigen Forschungsloge der Freimaurer, die bedeutendste wissenschaftliche Institution der gesamten Freimaurerei, hieß es da. Ronen wechselte auf die Bildergebnisse und hätte sich fast an seiner eigenen Zunge verschluckt. Da war es: das Symbol, das Sahra Wagenknecht um den Hals trug. Es bestand kein Zweifel. Sahra Wagenknecht war eine Freimaurerin. Ronen konnte es nicht fassen. Das war ja wohl der Hammer. Er biss sich in die Knöchel seiner geballten Faust.

Von da an ging alles ganz schnell, und Ronen fand genau die Informationen, die sein Puzzle vervollständigten. Sahra Wagenknecht hatte in der *FAZ* einen Artikel über Goethe geschrieben, in dem sie den Dichter als einen Visionär bezeichnete, der die kapitalistischen Gefahren sogar noch vor Karl Marx erkannt hatte. Einen Vordenker der Linkspartei hatte sie Goethe sogar genannt. Und Goethe war, ganz klar, der berühmteste deutsche Freimaurer überhaupt.

Ronen verfolgte den Chatverlauf zum Artikel. Da schrieb einer: »Also für mich ist ja eher Friedrich Schiller ein Marxist.« Das kommentierte ein anderer mit: »Egal, waren jedenfalls beide Freimaurer.« Verdammt, Ronen musste sich beeilen. Auch andere schienen über die Freimaurerei im Zusammenhang mit marxistischen Denkbewegungen nachzugrübeln. Außerdem hatte die *FAZ* im Jahr 1991 behauptet, dass fünf der sieben sozialistischen Außenminister der Europäischen Union Freimaurer waren. Hugo Chávez war ebenfalls Freimaurer gewesen. Er druckte das Freimaurersymbol aus und pinnte es neben das Bild von Wagenknecht.

Mit seiner Vision von einem Ritual hatte er also schon mal gar nicht so unrecht gehabt. Ob die Freimaurer Orgien veranstalteten in mittelalterlichen Gebäuden? Na, ganz bestimmt sogar, wieso denn auch nicht. Und Gregor Gysi hing irgendwie mit drin. Fellatio ohne Rapina seminum, ein Gangbang sei zu riskant, hatte Gysi gesagt. Nein, das passte irgendwie nicht so ganz zusammen. Aber er war doch schon ein ganzes Stück weitergekommen. Er würde sich erstens bei den Freimaurern einschleusen und zweitens insgesamt mehr über rituelle Orgien in Deutschland herausfinden müssen. Vielleicht musste er im Zuge dessen an einer teilnehmen, aber was tat man nicht alles für den Erfolg, die Wahrheit, nicht wahr?

Ronen griff zum Handy und schrieb eine Nachricht an Mo: »Was m8st du gerade?«

Der antwortete prompt mit: »Wollte mir gerade ein paar Eier in die Pfanne hauen.«

»Kannst du bei mir vorbeikommen? Eier sind da. Bio.«

Nach etwa einer Stunde klingelte es an der Tür, und Ronen stürzte zum Türöffner. Er erwartete zwar, dass Mo seine Agentenwand übertrieben finden würde, aufgeregt war er aber trotzdem. Was er bisher über das Amulett herausgefunden hatte, war durchaus vielversprechend. Ronen lauschte Mos trampelnden Schritten im Treppenflur und schwor sich noch, sich auf keinen Fall von seinem Kumpel verunsichern zu lassen, egal, welche Gemeinheiten entweichen würden.

Der Hacker trug einen grünen Parker und hatte die Kapuze über seinen Afro gezogen, so dass er im Halbdunkel aussah wie eine Comicfigur mit viel zu großem Kopf. Seine dunklen Jeans steckten in braunen Bikerboots, die er an den Seiten offen gelassen hatte. Ein langer, vielleicht selbstgestrickter Schal, in verschiedenen Beigetönen gemustert, lag locker um seine Schultern und reichte an seinen Armen entlang bis fast zum Boden. Ronen war ein wenig eifersüchtig.

»Mein Style ist eine Mischung aus sexy und ismirscheißegal«, hatte Mo einmal selbstbewusst erklärt. Und das traf es ziemlich genau, fand Ronen. Er selbst konnte machen, was er wollte, er sah immer irgendwie stinknormal aus. Er war zwar nicht unattraktiv, aber ein Hinkucker eben auch nicht. Sein dunkelblondes Haar war kurz geschnitten und fiel meist auf die linke Kopfseite. Wurde es länger, formte sich wegen eines Wirbels über der rechten Augenbraue eine Rockabilly-Welle ganz von allein. Er war schmal und trug hauptsächlich Röhrenjeans und eng geschnittene Hemden oder Pullover. Er sah aus, wie ein weißer Hipster in den Spätzwanzigern eben aussieht. Seine Garderobe beinhaltete auffällige Sonnenbrillen ebenso wie Halstücher, Ringelsocken und teure Wollmützen. Was bei den anderen, den echten Hipstern, so echt und lässig rüberkam, wirkte bei Ronen immer einen Tick zu bemüht. So empfand er es zumindest, und das verunsicherte ihn. Er spielte kein ausgefallenes Instrument, hatte nicht viel mit Technik am Hut und schaffte es einfach nicht, sich dazu zu zwingen, irgendeine Indie-Band zu verehren.

Ronen empfand sich als ungemein durchschnittlich und hatte schon den einen oder anderen Nachmittag damit zugebracht, sich zu überlegen, welchen Spleen er sich angewöhnen sollte. Es musste eine Schrulle sein, die jedem sofort auffiel, etwas Alltagsrelevantes. Für eine vegane Ernährung war er zu undiszipliniert. Es reichte genau genommen nicht mal für einen halbherzigen Vegetarismus oder auch nur eine gesunde LOHAS-Attitüde. Er hatte die Möglichkeit durchdacht, Musik abzulehnen, ganz, und einfach zu behaupten, er könne Musik grundsätzlich nicht ausstehen, er möge eben die Stille und die Geräusche des alltäglichen Lebens, verabscheue aber Gedudel in jedweder Form. Jedoch hätte er sich dadurch von vielen Aktivitäten seiner Altersgenossen selbst ausgeschlossen. Es wäre viel zu kompliziert geworden, außerdem tanzte er gerne.

Es musste eher so etwas sein wie Mos Eier-Marotte. Mo zog das einfach durch, und jeder, der ihn kannte, wusste davon. Eier zu lieben hatte was Sympathisches, und er überzog es nicht. Mo aß einfach gerne Ei, und wenn das nicht ging, aß er eben etwas anderes. Dazu kam noch dieses Schnelllesertalent. Er war nicht nur Hacker, sondern auch noch sportlich und dunkelhäutig und hatte eben dieses Eierding am Laufen. Es war ungerecht. Ronen würde schon noch etwas finden, das ihn besonders machen würde, abgesehen von seiner Einzigartigkeit im Spektrum der medialen Ermittlertypen. Vielleicht aber würde das gar nicht mehr nötig sein, wenn er erst mit seiner Enthüllungsstory bekannt geworden war.

Ronen trat einen Schritt zurück und ließ Mo in seine Wohnung.

»Was ist das?«, fragte Ronen und griff nach dem Plastikteil, das aus Mos Haaren hervorlugte, als dieser sich die Kapuze vom Kopf schob.

»Na, 'n Rührbesen.«

»Du hast 'n Rührbesen im Afro?«

Genau das war es, was Ronen meinte.

»Als ich das letzte Mal hier war, hattest du keinen Rührbesen, weißt du noch? Ich hab mindestens fünf, und da dachte ich mir, ich schenk dir halt einen.«

Ronen besah den Rührbesen von allen Seiten. Er wäre nie auf so eine witzige Idee gekommen, irre. Ronen überlegte kurz, ob er schnell behaupten solle, dass er Rührbesen hasste und prinzipiell ablehnte. Ihm fiel auf die Schnelle aber keine gute Begründung ein, und so bedankte er sich einfach brav und führte seinen Gast ins Wohnzimmer.

Mo starrte auf die Pinnwand. »Wow, okay, du hängst dich ganz schön rein, was?«, kommentierte er die räumliche Umgestaltung. »Hängst du das dann jeden Abend ab, oder bleibt das so?«

»Wieso abhängen?«, fragte Ronen.

»Na, könnte vielleicht 'n bisschen schräg wirken, auf Nachbarn oder so, meinste nich?«

»Mann, Mo. Du bist gerade mit 'nem Rührbesen auf'm Kopf U-Bahn gefahren!«

»Ja, aber ich hab nicht 'ne Pinnwand in meinem Wohnzimmer mit Ausdrucken von verschiedenen Rührbesenmodellen und Kommentaren darunter. Samesame but different, you know.«

Ronen war etwas verärgert, obwohl er damit gerechnet hatte, dass Mo die Sache nicht so ernst nehmen würde wie er selbst. Mo aber war eben auch kein Journalist, sondern er, Ronen, war der Journalist.

Ronen berichtet seinem Verbündeten alles, was er bisher herausgefunden hatte. Er beschrieb die Verbindung des Amuletts zu den Freimaurern und welche Thesen er daraus ableitete. Nebenbei hackte er ein paar kleine Kartoffeln und eine halbe Zwiebel in Würfel, schnitt einige Kirschtomaten auf und holte eine Dose Artischockenherzen aus der Speisekammer. Mit seinem neuen Rührbesen verquirlte er eine Sechser-Packung vermeintliche Bio-Eier und gab italienische Kräuter aus dem Tiefkühlfach hinzu. Mit allen Zutaten setzte er so was wie ein Bauernfrühstück in einer Auflaufform an und schob sie in den Ofen.

»Ein Bauernfrühstück-Auflauf, ein Bauernaufstand quasi«, scherzte Mo und zündete sich einen kleinen Joint an. Geduldig hatte er sich die ganze Geschichte angehört und nur ab und an zustimmend gebrummt.

»Weißt du, Ronen, ich verstehe nicht so ganz, wen das interessieren sollte. Mal ehrlich. Sagen wir mal, morgen stünde auf der Titelseite der Bild: Sahra Wagenknecht ist Freimaurerin. Was wäre dann? Nix. Sie würde es abstreiten oder intelligent begründen. Einige würden sich öffentlich von ihr distanzieren, andere fänden das wahrscheinlich super. Is' doch egal. Kein Mensch interessiert sich für Freimaurer. Du kannst da zum Tag der offenen Tür hin. Alle Logen haben Internetauftritte. Dieser eine Typ da, dieser Dingsda von dieser Serie, so 'n dunkelhaariger schleimiger Typ. Der saß neulich bei Markus Lanz und hat von seiner Freimaurerei erzählt. Boah, das war so langweilig. Der hat erzählt, dass sie sich da zum Beispiel über Toleranz austauschen, dass sie sich gefragt hätten, ob es für sie wohl in Ordnung wäre, wenn die eigene Tochter einen Muslim heiraten wollte. So'ne Affen sind das. Verstehste? Spießer. Und jetzt willst du ankommen und allen offenbaren, dass die Sahra 'ne Spießerin ist. Wow, was für eine Neuigkeit.«

Ronen blickte etwas beleidigt drein.

»Es gibt 'ne ganze Menge Menschen, die sich für die Freimaurer interessieren. Das Internet ist voll mit dem Zeugs.«

»Das sind Verschwörungstheoretiker, Ronen. Ich dachte, du willst in die Oberliga einsteigen. Diese Verschwörungsheinis sind die Spaßliga, Mann.«

»Kuck dir doch mal die Verbindungen an.« So schnell ließ

Ronen sich nicht beirren. »Ludwig Erhard war Freimaurer. Bämm. Goethe war Freimaurer. Bämm. Und die linke Basis hat da bestimmt keinen Bock drauf. Dann ist sie weg vom Fenster. Doppelbämm.«

»Okay, ich verstehe ja, worauf du hinauswillst. Denken wir es also zu Ende.« Mo nahm noch einen tiefen Zug und reichte den Joint an Ronen weiter. »Wir sagen jetzt mal, deine Freimaurer-Story wird 'n Riesenerfolg, alle regen sich tierisch auf. Wagenknecht tritt zurück von allen Ämtern. Sagen wir mal, es betrifft noch mehr. Die treten alle zurück, die gesamte Führungsriege.«

Ronen nickte stolz.

»Und dann Ronen, was dann?«

Ronen zuckte mit den Achseln.

»Ich kann dir sagen, was dann ist, Mann. Dann rücken die Spackos auf, die schon seit Jahren auf den Startblöcken ausharren. Die Speichellecker, die Karrieristen, die Überehrgeizigen, die Intriganten. Ich sehe sie schon vor mir, wie sie sich die Hände reiben und gegenseitig auf die Schulter klopfen. Da könnt ich kotzen. Kuck dir doch mal die Listenplätze an. Da bleibt alles beim Alten. Nur dass gar niemand mehr die Linken wählen wird, weil die Geschichte dermaßen abtörnend war. Die Welt bleibt, wie sie ist, und alle Linken hassen dich. Toll.«

Da war was dran, fand Ronen, konnte es aber nicht gleich zugeben.

»Es wäre doch 'ne Chance für die Partei, sich zu erneuern. Vielleicht würde die Basis nicht zulassen, dass eben diese Nachrücker drankämen. Die Basis könnte einen Neuanfang verlangen, Neuwahlen auf allen Ebenen.«

»Ach, und du trittst dann in die Partei ein und lässt dich aufstellen?«

»Nein, Mann, 'tüllich nicht.«

»Okay, dann kennst du aber jemanden, der sofort in die Partei eintreten würde, wenn's diese Erneuerung, wie du sagst, geben würde, und der sich dann aufstellen lässt? Und zwar vor allem einen, den dann auf Anhieb mal mindestens die Hälfte aller Wahlberechtigten wählen würde, und der so schließlich die Welt retten könnte?«

»Nö, nicht so wirklich.«

»Ach? Nicht? Dann verstehe ich deinen Plan nicht. Du möchtest der Linken schaden. Aus welchem Grund, Ronen? Such dir 'ne andere Story. Ich find's kacke, ganz ehrlich.«

Ronen fühlte sich plötzlich unbehaglich. Es ging ja irgendwie auch um Mos Job. Klar könnte der woanders arbeiten. Das wollte der aber gar nicht.

»Mo, ich muss dich was fragen. Es hat nichts mit den Wanzen zu tun.«

»Ich würde mit dir auch nicht über die Wanzen sprechen. Das hatten wir doch geklärt.«

»Ich weiß doch, ich weiß. Es ist was anderes. Vielleicht ein Bindeglied, keine Ahnung. Ist 'ne instinktive Sache.«

Mos Gesichtsausdruck verriet, dass er genervt war. Er verstand Ronens Weltsicht, obwohl er sie nicht teilte. Für Ronen war die Linke unbrauchbar, ein Haufen selbstgerechter, käuflicher Pseudoreformisten, die hauptsächlich von ostdeutschen Nazis gewählt wurden, Erststimme die Linke, Zweitstimme NPD. Immerhin verlangten beide Parteien eine Millionärssteuer. Für Ronen war der Gedanke, man könne die Welt ein klein wenig besser machen, indem man die Linke wählte, vollends abwegig. Das galt jedoch auch für alle anderen Parteien.

»Wer ist diese Syana Wasserbrink?«

Mo hob eine Augenbraue und begann, mit dem Zeigefinger in seine Wange zu bohren. Eigentlich hatte er schon viel früher mit der Frage gerechnet, immerhin hatte sie ihm die Wanze gebracht und schien ihm zu vertrauen. Ronen aber hatte Tage gebraucht, um sich für sie zu interessieren.

»Syana ist dümmlich, oberflächlich und arrogant. Sie würde mit jedem ins Bett gehen, wenn es ihr irgendeinen Vorteil brächte. Und! Sie arbeitet für den Verfassungsschutz«, zählte Mo mit ernsthaftem Ton auf.

»Im Ernst? Für den Verfassungsschutz. Ist ja krass, woher weißt du das?«

»Mann, Ronen, ey, natürlich nicht.«

Ronen verstand gar nichts mehr.

»Das ist zumindest ein kleiner Teil dessen, was über sie erzählt wird. Über den Flurfunk wurden ihr schon mindestens fünf Affären angedichtet. Erst hieß es, sie hätte was mit demjenigen am Laufen, dessen Stelle sie vertritt. Dann hieß es, sie sei mit dem Abgeordneten selbst liiert. Die Gerüchte reichen von Tarikowski über Ernst und Bartsch bis zu Gysi. So ist das halt in großen Betrieben. Syana ist erst seit Februar im Ostbüro, irgendwie frisch von der Uni. Im Vergleich zu den anderen wirkt sie immer ein wenig overdressed und ist zu stark geschminkt. Die meisten finden sie unmööööööööglich, ohne je mit ihr gesprochen zu haben.«

Ronen nickte. Er verstand, worauf Mo hinauswollte.

»Die Frauen halten sie für einen männerfressenden, karrieregeilen Vamp, und bei den Männern schwankt es zwischen der Angst, sie arbeite für einen Geheimdienst, und ihrer Herabwürdigung zu einer dummen Schlampe.«

»Na, ist ja ganz reizend. Und das alles, obwohl sie Kinder hat? Es muss wirklich toll sein, in der Fraktion zu arbeiten mit so vielen Gutmenschen unter einem Dach.«

Ronen machte ein angeekeltes Gesicht, und Mo rollte mit den Augen.

»Was aber denkst du über sie?«

Ronen zog sich einen hitzebeständigen Handschuh über und holte den Bauernauflauf aus dem Ofen. Er schnitt zwei große Rechtecke aus der Eimasse, verteilte sie auf die Teller und legte jeweils noch zwei Scheiben Schwarzbrot dazu, während Mo mit seinem Feuerzeug jedem noch ein Bier öffnete.

»Ich denke, sie passt nicht rein«, erklärte Mo, als sich Ronen wieder gesetzt hatte. »Sie ist frech bis großschnäuzig. Sie kommt aus der Hip-Hop-Szene. Eine echt schräge Posse ist das, mit der sie da abhängt. Das ist ein ganz enger Kreis:

Mode, Musik und Kunst – allerdings alles in Richtung Sport and Street, verstehste?«

Ronen verstand zwar nur bedingt, aber er würde das alles später recherchieren.

»Ich hab ihr Gras verkauft und sie 'n paar Mal auf Partys getroffen. Sie kommt spät und geht immer als Erste, allein. Ihren Mann hab ich noch nie gesehen. Jedenfalls ist er ein Glückspilz. Sie hat was Unnahbares. Ja, das trifft es ganz gut.«

Bei dem Wort »unnahbar« musste Ronen an Sahra Wagenknecht denken. Er stellte sich vor, wie sich Wagenknecht auf einer Hip-Hop-Party in den Armen eines hünenhaften schwarzen Gangsterrappers wiegte und die Hüften kreisen ließ. Twerk baby, twerk! Doch, sie könnte was drauf haben, wenn sie erst mal locker wäre. Jeans, T-Shirt, Haare auf, zwei Longdrinks und 'ne Prise MDMA, da könnte was gehen.

»Sie schreibt 'n Blog«, unterbrach Mo Ronens Gedankenfluss.

»Wer? Die Wagenknecht?«

»Mann, Syana! Einen ziemlich krassen sogar. Sie ist eine hardcore Feministin. Jedenfalls sind ihre Texte ultrapolemisch, und ich könnte mir vorstellen, dass ihr Stil manchen zu weit geht. Sie bloggt auf *menlessworld.com*. Kuck dir das an, dann weißte Bescheid.«

»Und wie sieht sie aus?«

»Hot.«

Später, als Mo gegangen war, saß Ronen allein in der Küche vor seinem Laptop. Er hatte den Abwasch gemacht und die Küche aufgeräumt und wollte noch einen kleinen Joint rauchen, bevor er ins Bett gehen würde. Er zog ein langes Blättchen aus der Packung und faltete es bis zur Mitte. Mit dem Daumennagel schärfte er die Faltkante, dann leckte er an ihr entlang, um die Hälfte des dünnen Papiers abzureißen. Er hatte es nie gelernt, backside zu bauen. Er riss ein Stück Pappe vom Deckel der Slim-Papers und rollte es zu einem Filter. Über den Tabak streute er einige winzige Krümel Gras.

Er war kein Kiffer. Jedenfalls nicht im herkömmlichen Sinn. Er ballerte sich nicht in Teenager-Manier weg, sondern würzte seinen Tabak mit einem Hauch Freude und Gleichgültigkeit, wie er es nannte. Wie sollte man diesen ganzen Scheiß auch anders ertragen.

Er hatte im Internet kaum etwas über Syana Wasserbrink gefunden. Bilder gab es gar keine. Sogar auf der Seite der Fraktion war kein Bild von ihr veröffentlicht. Das war doch seltsam. Allerdings war sie nicht die Einzige ohne Bild und außerdem ja noch nicht lange dabei. Vielleicht war man einfach noch nicht dazu gekommen, ein Portrait hochzuladen.

Er würde also ihren Blog lesen. Sie verfasste ihre Texte unter dem Pseudonym Kaspar Hauser. Das einzige Foto, auf dem vermutlich Syana zu sehen war, zeigte sie mit einer mumienartigen Mullbinde um den Kopf und nackten Schultern. Darunter stand: HIC OCCULTUS OCCULTO OCCISUS EST. Darüber würde er länger nachdenken müssen. Im Moment war er aber zu müde dazu.

Er ließ den Joint noch einige Male mit dem Filter voran auf den Tisch fallen, um die Mische zu verdichten, rollte schließlich das obere Ende des Papers zu einer dünnen Wurst zwischen den Fingern und riss es ab. Mit dem Zeigefinger feuchtete er das Papier leicht an und griff schließlich nach dem Feuerzeug, während er die Beine hochlegte. Ronen beschloss, mit dem ältesten Blogeintrag anzufangen, und klickte auf *My Confession*. Na, dann erzähl mal, Syana. Er zog noch einmal an seinem Joint und begann zu lesen.

Seit Langem schon brennt es mir auf der Seele, und heute, endlich, werde ich mich öffentlich zu meiner Schuld bekennen. Ich vergewaltige Männer. Regelmäßig. Manchmal vergewaltigen wir auch in einer Gruppe aus mehreren Frauen. Eigentlich planen wir solche Nächte nicht im Voraus. Es ist vielmehr so, dass wir in Clubs unterwegs sind und, wenn wir echt besoffen

*sind, zu pöbeln anfangen, nur zum Spaß, kennt ihr. Fighten
macht auch geil irgendwie. All die Männer mit ihren engen
Shirts, boah! – dann siehst du so Haare da rauskucken. Armhaare, Brusthaare – Hammer! Und enge Hosen, wo du voll
siehst, was die für ein Riesending haben. Und wenn die dann
so laufen – Ding-Dong-Ding-Dong. Adrenalin-Flash, wenn
wir nur knapp einer Schlägerei entgehen, und dann Männer,
überall Männer, wohin wir sehen. Solche mit großen braunen
flehenden Augen. Männer mit wippendem Knackarsch. Männer mit arrogant steilwangigem Blick. Ihr wisst, wovon ich
spreche. Wir gehen dann manchmal auch in Flatratepuffs, die
Girls und ich. Das ist geil. Genau genommen sind es ja ohnehin 70 Prozent aller Frauen in Deutschland, die professionelle
Jungs besuchen oder mal besucht haben. In den Puffs ist es echt
cool. Die Boys stehen dann da so vor ihren Zimmern und zeigen ihren Dödel oder ihren Arsch, und manche sind echt schon
voll alt und hässlich. Das ist krass lustig. Wir wollen natürlich
nur die wirklich jungen, die noch nicht lange im Geschäft sind.
Asiaten sind geil oder auch Brasilianer. Manche von uns haben viel Kohle und lassen sich auch Jungs kommen. Ob die
Boys das freiwillig machen, ist uns dabei nicht so wichtig. Wir
behandeln sie ja okay, machen ihnen auch Komplimente oder
geben ihnen ein bisschen EMMA, damit sie locker werden
und so. Manchmal fahren wir übers Wochenende nach Polen
oder Tschechien, ist ja nicht weit – da gibt's auch echt geile
Männer, die ihren Job echt gerne machen, deshalb nehmen
sie auch so wenig Geld dafür. Mal ehrlich, den meisten pros-
tituierten Jungs macht ihr Job doch Spaß. Und ich wette, viele
von diesen aufgestylten Boys in den Bars und Clubs wären
insgeheim auch gerne professionell unterwegs. Wenn wir Bock
haben, einen zu vergewaltigen, nimmt immer irgendeine von
uns KO-Tropfen mit. Damit sind wir auch juristisch abgesi-
chert, falls doch mal was rauskommt. Es wird dann nicht als
Vergewaltigung gezählt, weil wir ja keine Gewalt anwenden
mussten. Er merkt ja nix. Es wird dann gewertet als: sexueller
Missbrauch einer widerstandsunfähigen Person. Das bedeu-*

tet Freispruch. Geil. Ich meine, jede Frau grapscht doch mal, oder vergewaltigt, das war immer so und wird auch immer so bleiben. Wir Frauen sind halt so. Das ist genetisch, hormonell bedingt. Das dient ja eigentlich auch der Arterhaltung, unser Trieb. Wir haben halt einfach mehr Bock als Männer, deswegen gibt's ja auch Männerprostitution. Mal ehrlich – das älteste Gewerbe der Welt. Haalllooo?!! Ansonsten wär's bestimmt andersrum. Männer sind ja auch nicht besser. Ich finde ja, wenn Jungs wirklich sichergehen und sexuellen Übergriffen vorbeugen wollen, sollen sie sich halt schützen. Sie könnten sich verschleiern. Nicht mehr so enge Hosen und T-Shirts anziehen, wo wir alles sehen. Ey, wenn ich jetzt im Sommer den ganzen Tag so tiefe Ausschnitte sehe, oder manchmal liegen die ja auch oben ohne im Park oder so – wie soll ich da nicht geil werden? Ich meine, wenn wir nicht sehen, wie geil sie sind, können sie uns auch nicht so krass antörnen. Ist doch logisch, oder? Außerdem sollten Jungs einfach möglichst wenig auf die Straße gehen, im Haushalt gibt es doch genug zu tun. Ich hab mir da was überlegt mit den Girls – also auch was Längerfristiges. Weil, ein Problem ist natürlich, jetzt wo wir so älter werden und Familien gründen, wollen wir ja nicht, dass unseren Männern und Söhnen was passiert. Es müssen eindeutig andere Gesellschaftsregeln her. Wir brauchen endlich Gesetze, die Männer schützen. Das heißt jetzt nicht, dass wir nicht mehr in Puffs gehen würden oder so – wie auch? Also in anderen Ländern kannst du dir deinen Puffbesuch als Frau ja teilweise von der Krankenkasse bezahlen lassen, wenn klar ist, dass du sonst keinen Mann abkriegst und deswegen voll psycho oder depri unterwegs bist. Nee, deswegen ist Prostitution von Männern ja auch bei uns erlaubt. Das ist schon gut so. Aber für die Anständigen, ja, für die werden wir uns was überlegen. Vielleicht 'ne Religion oder so, mal kucken.

Bis dahin, bleibt sauber Mädels! (Spaß!)

5. Kapitel

Menless

Auf gar keinen Fall würde sie sich von Andreas diesen Abend versauen lassen. Julia und Sophie waren übers Wochenende bei ihren Großeltern, und Syana hatte sich schon vor Wochen ihr Outfit gedanklich zusammengestellt. Zwar war es ganz egal, was man auf diesen Partys trug, da kamen Leggings, Turnschuhe und Sport-BH ebenso infrage wie ein kurzes Schwarzes mit Perlenkette, ihr aber war das nicht egal. Sie ging selten aus, obwohl sie im Vergleich mit den anderen Müttern aus dem Kinderladen eine echte Partymaus war. Ihr war es wichtig, in welchem Gewand sie die Bühne bei ihrem Gastauftritt betrat. Die schwarzen Shorts mit dem hohen Bund und den dunkelbraunen Lederknöpfen hingen immerhin schon seit dem vergangenen Herbst im Schrank und warteten auf ihren Einsatz. Nun war die Frage, ob sie den hellgrauen Body im Batiklook dazu tragen würde oder doch lieber die rostbraune weite Seidenbluse. Allerdings würde die Bluse sich unter dem Bund zu schwitzigen Röllchen verklumpen und an der falschen Stelle auftragen. Sie würde den ganzen Abend in den Bund greifen und an den Röllchen rumzuppeln. Außerdem bräuchte sie eine auffällige Kette zu der braunen Seide, eine helle Kette, Gold am besten. Dann aber würde sie die langen Ohrringe nicht tragen können, und die mussten sein, denn immerhin wollte sie heute die Haare offen tragen. Der Body allerdings rutschte in die Arschritze und hatte in Kombination mit der kurzen Hose und den High Heels irgendwie was von einem Miami-bitch-look. Andreas hatte vorgestern zwar, als sie ihn um seine Meinung bat, für den Body plädiert, er entschied sich aber immer für das heißere Outfit, um seine

Eifersucht zu überspielen, die er niemals zugegeben hätte, denn so ein Mann wollte er nicht sein. Okay, Body, Haare, keine Ohrringe, gar kein Schmuck, aber Jacket – dunkelgraue Seide, Schulterpolster und die kleine braune Tasche, damit sich das Braun der Hosenknöpfe irgendwo wiederfand, Schuhe schwarz und spitz oder schwarz und rund. Rund, spitz war vorbei, oder nein, Lack mit Peeptoe, ganz genau.

»Wenn Andreas wirklich denkt, dass ich nicht auf diese Party gehe, ist er noch dümmer, als ich gedacht habe«, sagte sie laut, während sie beschwingt den Ipod in die Station steckte und in einer Discofeever-Position verharrend auf den Beat wartete. *A ghetto love is the law that we* live by, lachte es ihr aus dem Stimmengewirr entgegen. Bei *Day by day I wonder why my shorty had to die* ging sie mit kreisenden Hüften in die Knie und hob die Hände zu kleinen Partyfechern aufgespreizt über den Kopf. *I reminisce over my ghetto princess everyday. Give it up for my shorty.*

Andreas war gestern Nacht nicht nach Hause gekommen, und das war nur der Gipfel des Eisbergs.

»›Den ganzen Tag über bist du top-gestylt und stolzierst durch den Bundestag, und ich kriege abends nur die Schlabbervariante von dir zu sehen‹, hat er gesagt. Und ich so: ›Du spinnst ja wohl!‹ Ich meine, überleg mal, das ist mein Zuhause, soll ich abends in Dessous das Essen servieren, oder was?« Syana war stinksauer gewesen, als sie Charlotte anrief, nachdem sie die Mädchen im Wedding abgeliefert hatte. Charlottes Aufgabe war es, Syana eine offizielle Partyberechtigung zu erteilen, obwohl sich eine andere Frau vermutlich große Sorgen um ihren Partner gemacht hätte, wenn der einfach über Nacht weggeblieben wäre und das Telefon ausgeschaltet hatte.

»Der regt sich schon wieder ab, Syana. Gib ihm 'n bisschen Zeit. Hhm?«

»Jedenfalls hab ich ihm gesagt, dass ich mir auch noch Zahnpasta auf die Pickel schmiere, wenn er weiter nervt.«

Dass es bei dem Streit mit Andreas eigentlich darum gegangen war, dass sie kaum noch miteinander schliefen, seit Syana im Bundestag arbeitete, und Syana außerdem die heimliche Vermutung hegte, Andreas sei gerade dabei, sich aus Trotz zu einem Alkoholiker zu entwickeln, erzählte sie Charlotte nicht. Sie wollte sich die Laune nicht endgültig verderben. Ihre Freundin holte sie mit ihrer souveränen Dozentenart wieder runter. Man konnte eine handfeste Beziehungskrise, einen Organkollaps auch herbeireden, wo eigentlich eine kleine Magenverstimmung lediglich anzeigte, dass ein wenig Schonkost und viel Schlaf angesagt waren. Es hatte sich für Andreas tatsächlich als schwierig erwiesen, dass Syana ihrem neuen Job so viel Bedeutung beimaß.

Sie hatte sich angewöhnt, an den Abenden, wenn sie endlich bei einem Glas Wein gemeinsam auf der Couch saßen und die Mädchen fest schliefen, lange Vorträge über die Ineffizienz der parlamentarischen Arbeit zu halten. Andreas langweilten diese Geschichten, und der aggressive Tonfall, in den seine Frau bei ihren Schimpftiraden verfiel, reizte ihn.

»Es ist ein Sumpf, Andreas. Ich habe zwei Tage an den Ausschussvorbereitungen gesessen, und rate mal, wer sich brennend für meine Analyse interessiert hat? Niemand! Die FDP-Heinis haben angefangen, lautstark mit den Zeitungen zu rascheln, die CDU-Patienten haben auf ihre Tablets gestarrt oder telefoniert, und die SPD-Leute haben sich einfach nach hinten zu ihren Mitarbeitern umgedreht und da rumgelabert. Die einzigen, die halbwegs Anstand haben, sind die Grünen, aber widersprechen müssen sie trotzdem immer. Es ist eigentlich eine total sinnfreie Abfolge von Ritualen, was da abgeht. Es geht nicht um Inhalte. Oh, jaaaaa, da soll ich doch mal bitte den wissenschaftlichen Dienst beauftragen, die sind ja sooo was von toll und zuverlässig. Oder nein, lass uns doch am besten gleich eine unabhängige Studie in Auftrag geben. Kostet ja nur vierzigtausend Euro. Als ob es in der Politik um Wissenschaft ginge. Stell dich doch mal hin und sag: Es ist wissenschaftlich erwiesen, dass unsere Generation später einmal keine Rente kriegen wird, die über das Grundsicherungsniveau kommt. Joah, da kann man nichts machen, wa. Von wegen Wissenschaft. Und dann grüßt dieser Arsch von AK-Koordinator mich nicht. Was hat der eigentlich für 'n Problem?«

Wenn sie erst mal in Fahrt war, konnte sie endlos Galle spucken. Andreas beobachtete dann, wie sich ihr Gesicht dabei zu einer Fratze verzerrte. Manchmal zählte er mit, wie oft sie Arschloch sagte innerhalb einer halben Stunde. Meistens aber hörte er gar nicht mehr zu. Er saß seine Pflichtzeit ab, ließ den Wortschwall über sich ergehen und verzog sich dann nach etwa einer Stunde ins Bett. Manchmal fragte er noch: »Willst du nicht mit, kuscheln?«

Nach Kuscheln allerdings war Syana gar nicht, wenn sie die Ausweglosigkeit der politischen Gesamtlage vor Augen hatte. Ihre Wut war frisch, gierig und brauchte Futter.

So hatte sie begonnen, politische Talkshows zu kucken, denn plötzlich verstand sie, worüber dort eigentlich gesprochen wurde und wer die Akteure waren. Die Pseudodebatten allerdings gaben ihr nur wieder neuen Anlass zum Meckern, und so konnte sie gleich nach dem Aufwachen das Talkrundenthema der letzten Nacht aufarbeiten. Sie keifte dann vom Badezimmer aus durch die Wohnung, dass es schepperte, es war noch nicht mal 7 Uhr, und berichtete, wer wie gelogen hatte und auf was für einem dämlichen Niveau dort aus Scheiße Gold gemacht wurde und überhaupt. Andreas kam nur noch selten zu Wort. Und wenn er sich dann doch einmal traute, eine Meinung zu einem politischen Vorgang zu äußern, musste er Syanas Belehrungen ertragen. Er habe ja keine Ahnung, er arbeite ja nicht im Bundestag, habe nicht mal Abitur, sondern würde lieber die *Sportbild* studieren und über Fußballstatistiken schwadronieren, die ganz wichtigen Themen.

Andreas fand also einen anderen Weg, die Aufmerksamkeit seiner Frau wieder auf sich zu lenken. Das hatte Syana vollends durchdrungen und analysiert. Er hatte mit dem

Trinken angefangen. Von Alkoholismus im eigentlichen Sinne konnte keine Rede sein, den konnte man nicht mal so eben wegen eines Rollenkonflikts herbeisimulieren. Andreas trank heimlich, wenn er frei hatte, und es war schon vorgekommen, dass er sich mitten am Tag übergab, nur um dann vehement darauf zu bestehen, keinen Schluck Alkohol angerührt zu haben. Dieses Schauspiel ekelte sie an. Es war eine Achtung-ich-werde-langsam-zum-Alkoholiker-wegen-deines-neuen-Jobs-will-dies-aber-vor-dir-verstecken-und-gebe-deshalb-vor-an-einer-mysteriösen-Krankheit-zu-leiden-du-solltest-dich-dringend-um-mich-kümmern-Show.

»Ich kriege Ohrenschmerzen von deinem Gemecker, schalt doch mal ab. Es ist nur ein Job. Ich hab wirklich Ohrenschmerzen«, hatte Andreas nun schon mehrfach geklagt.

»Dann geh zum Arzt, Andreas. Ach nee, zum Arzt gehen wir ja nicht, wir sind ja ein Mann. Außerdem ist das nicht bloß ein Job! Merkst du denn nicht, dass wir an einem Scheideweg stehen? Die Welt wacht langsam auf. Die Occupy-Bewegung ist erst der Anfang. Die Linke muss sich jetzt richtig reinhängen. Der Kapitalismus ist am Ende.«

Auf Beziehungsspiele wollte sich Syana nicht einlassen, obschon sie ahnte, dass ihr Ignorieren der Faktenlage die Situation nicht unbedingt verbesserte. Aber was hatte sie nicht schon alles ertragen müssen, wenn Andreas mal wieder den Arbeitgeber gewechselt hatte, weil er der Meinung war, dass absolut niemand so mit ihm reden durfte, erst recht nicht bei dem mickrigen Gehalt.

Mehrfach schon hatte Andreas im Bundestag angerufen und Syana darum gebeten, Sophie abzuholen, weil es ihm nicht gut ginge. Colette, die solche Telefonate immer mitbekam, schickte Syana dann nach Hause. »Ist doch in Ordnung, Mausi, geh und hol deine Süße ab, kümmere dich um Andreas. Wir kriegen das hier hin.«

Syana hatte ein schlechtes Gewissen, wenn sie früher ging, und war sauer auf Andreas, weil der sie absichtlich in diese Situation brachte. Wenn Andreas torkelte, gab er an, unter Ohrenschmerzen zu leiden, und ihr war es zu blöd, an seinem Atem zu riechen.

In einer so langen Partnerschaft geht man alles ein wenig gelassener an. Probleme müssen nicht sofort gelöst werden und auch nicht in nächster Zeit. Sie waren eine Familie, sie beide als Paar das stählerne Fundament eines Hauses, das vielleicht manchmal kleinere Renovierungen brauchte, gegebenenfalls einen größeren Umbau, aber nichts von solch oberflächlichen Reparaturen stand in irgendeinem Zusammenhang mit oder kratzte auch nur im Entferntesten am soliden Unterbau. Beide waren sie mittlerweile Beziehungsprofis. Sie hatten zwei Schwangerschaften, zwei Geburten und zwei Jahre Stilleinlagen gemeinsam durchgestanden, und beide hatten sie auf unterschiedlichste Weisen dann und wann um Aufmerksamkeit gebuhlt. Sie waren ein harmonisches Paar, das in der Öffentlichkeit weder stritt noch jemals Zärtlichkeiten austauschte und sich dennoch bei einem Abendessen mit Freunden bei Bedarf für ein Minütchen oder zwei gemeinsam auf die Toilette zurückzog, um nach einem vermeintlichen Fussel im Auge zu fahnden. Andreas hätte sie beide in ihrer Körperlichkeit als leidenschaftlich bezeichnet, Syana hingegen bevorzugte den Ausdruck radikal. Was für ihn Stellungen waren, nannte sie Figuren des Begehrens.

Das war nun eben die Bundestagsphase, und der Fokus der Radikalität hatte sich offenbar zeitweise verschoben. Dass Andreas zuweilen ganze Nachmittage im Bett verbrachte, war ein Symptom, eine kleine Frequenzverschiebung, ein verzogener Türrahmen im ersten Stock vielleicht oder eine Maus auf dem Dachboden, mehr nicht.

Ein Pessimist hätte verlautbart: Syana arbeitet erst seit zwei Monaten im Bundestag, und ihre Beziehung ist bereits im Arsch. So ein Pessimist aber hätte von einem falschen Blickwinkel aus geurteilt, er wäre einer optischen Täuschung aufgesessen, vom struktursüchtigen Hirn irregeführt.

Für Syana war jedenfalls klar, dass er ihre Arbeit mit seinem vorgetäuschten Leid zu sabotieren versuchte und es ihr in diesem Fall oblag abzuwarten.

Vielleicht tat er es ja gar nicht bewusst und ihm war wirklich kotzübel vor Schwindel, psychosomatischer Machismus eben. Warum aber geht er dann nicht einfach zu einem Scheißarzt oder am besten gleich zu einem Kacktherapeuten? Eindeutig ein Rollenverteilungsproblem. Das, wovor Syana Andreas immer gewarnt hatte, als sie in den vergangenen Jahren hartnäckig versuchte, ihn zu einem späten Studium zu animieren, weil sie vorhersah, dass er Minderwertigkeitskomplexe bekommen würde, wenn sie erst mal gut verdiente und viel unterwegs wäre. Zugegeben, das alles war neu. Die regelmäßigen Übernachtungen im Wahlkreis, die vielen neuen Kollegen, der neue Dresscode – Andreas musste sich ja ausgeschlossen fühlen. Trotzdem hätte sie mehr von ihm erwartet.

Genau diese Situation waren sie immer wieder durchgegangen, und Andreas hatte stets beteuert, dass er einfach keinen Ehrgeiz verspüre und es toll fände, wenn Syana sich beruflich verwirklichte. Trotzdem trat er bislang im Job nicht kürzer. Entweder er arbeitete, oder er fühlte sich nicht gut. Als Sophie mit einem grippalen Infekt im Bett lag, war klar, dass Syana zu Hause bleiben musste. Andreas hatte Angst, seinen Job zu verlieren, wenn er zu oft fehlte. Wie immer arbeitete er nur mit einem Probevertrag, der halbjährlich erneuert wurde. Syana hingegen musste sich keine Gedanken machen. In ihrem Büro hatte jeder Verständnis für familiäre Ausnahmezustände aller Art. Als Linke wussten sie zudem Bescheid über die Arbeitsverhältnisse in der Bundesrepublik. Sie wussten, dass weder Andreas' Arbeitszeiten legal waren noch der Deal mit dem Probevertrag. Auch wurde er nicht bezahlt, wenn er in den Urlaub fuhr oder krank wurde. Das jedoch war in Deutschland inzwischen für einen Großteil der Bevölkerung Standard, und selbst ein Bundestagsabgeordneter konnte darauf offenbar keinen Einfluss nehmen, sogar dann nicht, wenn es seinen eigenen Enkel betraf.

Syana durfte also früher gehen, wenn die Umstände es erforderten, doch das wollte sie gar nicht. Sie wollte ihr schlechtes Gewissen nicht auch noch auf das Büro beziehen müssen. Es reichte ihr, wenn sie sich gegenüber ihren Töchtern schämte für alles, was sie zu Hause verpasste, und gegenüber ihrem Mann, der sie nur noch im Schlabberlook zu Gesicht bekam und bestenfalls an Samstagvormittagen mit ihr schlafen durfte, kurz. Sie sah ein, dass sie zu viel von ihrer Arbeit sprach, aber ihre Desillusionierung nach nur wenigen Wochen in der Linksfraktion dominierte sie dermaßen, dass es ihr schwer fiel, sich mit profanen Alltagsproblemen zu befassen. Andreas zählte dazu.

Sie drehte die Musik noch lauter und begann, tanzend vor dem Badezimmerspiegel ihr langes feines Haar mit einem Volumenspray zu bearbeiten und auf große Lockenwickler zu drehen. Heute würde sie auf den roten Lippenstift, der so etwas wie ein unumstößliches Syana-Merkmal war, verzichten und stattdessen auf Smokey Eyes und Nudegloss switchen. Das passte viel besser zu den nackten Beinen und dem Second-Day-Mittelscheitel. Es würden heute einige Leute da sein, die sie nicht mehr gesehen hatte, seit sie im Bundestag arbeitete, und die sollten eine Veränderung bemerken, eine deutliche. Sie nahm ihr Handy in die Hand und sah, dass es genau halb zehn war. Andreas war seit mehr als vierundzwanzig Stunden verschollen. Wo immer er gerade war, er würde wissen, dass sie langsam anfing, sich für den Abend zurechtzumachen. Den Prosecco hatte sie schon bei ihrem Telefonat mit Charlotte aufgemacht, also wollte sie maximal noch ein kleines Gläschen trinken, bis sie gegen zwölf das Haus verlassen würde. Die Haare brauchten etwa eine Stunde, das Make-up eine halbe, und sie würde noch irgendwas essen müssen, damit sie die Nacht überstand.

Menlessworld feierte Jubiläum und hatte dafür einen ganzen Club gemietet. Vom ersten Tag an hatte sie für die Plattform gebloggt, obwohl das kaum jemanden interessierte in der Szene. Von vornherein hatte sie sich mit Blick auf ihr zukünftiges Leben als angesehene Philosophin dafür entschieden, ein Pseudonym zu verwenden. Je nach Wetterlage würde sie so eines Tages entscheiden können, ob sie das Geheimnis lüften oder Kaspar Hauser eben still und leise wieder in der Versenkung verschwinden würde. Dieses ganze Blogger-Slacktivism-Ding konnte sie sowieso nicht ernst nehmen. Den Mädels ging es darum, ein Frauenbusiness aufzuziehen. Sie wollten unabhängig sein, Geld verdienen und Spaß haben, ob man dafür politisch sein musste oder wollte, war eine triviale Nebensächlichkeit.

Kunst, Mode, Politik – je mehr man sich dabei festlegte, umso eher verschreckte man potenzielle Kunden und Partner. Ein Job im Bundestag war für die Mädels weitaus unaufregender als ein Abend mit einer japanischen Performancekünstlerin, die davon berichtete, wie ihr Freund sich das Arschloch tätowieren ließ. Ob Syana nun für die Linke arbeitete oder für irgendeine andere Partei, war den Girls im Grunde egal. Politik war Politik und Bundestag war Bundestag. Sie fanden das alles irgendwie strange und abgefahren, das wiederum fand Syana ehrlich und auch irgendwie strange und abgefahren.

Mit ihren Eltern war das eine andere Sache. Was hatte sich Syana schon mit ihnen gestritten wegen dieses neuen Jobs. Sie hatten immer geahnt, dass ihre eigenen Gruppen von Spitzeln unterwandert waren und dennoch jahrelang unter Decknamen Nacht-und-Nebel-Aktionen durchgeführt. Ob es um den Abwurf von Flugblätterbündeln aus dem fahrenden Wagen an bestimmten Autobahnmarkierungen gegangen war oder um aufrührerische Radiosendungen, ihre Eltern hatten wirklich etwas riskiert. Nach Alliiertengesetz drohte ihnen bei solchen Aktionen immerhin die Todesstrafe. Und nun arbeitete ihre eigene Tochter für die Nachfolgepartei der SED. Dass die WASG mit der PDS fusioniert hatte, beruhigte Syanas Eltern nicht im Geringsten, denn der pseudolinke Flügel der SPD gehörte in ihren Augen ebenfalls zum Feind.

»Wer hat uns verraten, Syana, wer hat uns verraten?«

»Ja, ja, die Sozialdemokraten, weiß ich doch.«

Im Eifer des Gefechts ließ sie sich sogar dazu hinreißen, dieses Mantra aufzuschreiben und den Zettel aufzuessen, damit ihre Eltern ihr glaubten, dass sie sich niemalsnich von den Sozialdemokraten im Bundestag an der Nase herumführen lassen würde.

Echte Linke hatten kein Zuhause mehr. Sie waren gescheitert, ihre Gruppen zerfallen, ihre Zeitschriften eingestampft, ihre Bankkonten gefüllt. Sie waren gekauft worden von ihrer Bequemlichkeit. Ihre eigenen Kinder hielten sie wehmütig für feige Opportunisten, und gleichzeitig wünschten sie ihnen Erfolg im Berufsleben. Sie sollten nicht die gleichen Fehler im Leben machen wie sie selbst. Sie sollten sich aufs Studium konzentrieren und nicht fünfundzwanzig Semester studieren, wie sie es einst getan hatten, weil sie mit dem konsequenten Vorbereiten der Weltrevolution beschäftigt waren.

Syana machte alles falsch. Andreas und sie heirateten, obwohl oder weil ihre Eltern das ablehnten. Die hatten sich diesem bourgeoisen Ritus entzogen. »Drei Mal haben sie uns vorgeladen, die Partei. Sie wollten, dass wir heiraten und uns der Arbeiterklasse anpassen. Arbeiter heiraten. Nicht mit uns, haben wir gesagt! Niemand sagt uns, was wir zu tun oder zu lassen haben. An allen Fronten haben wir gekämpft.«

Für Syanas Eltern zeugte die Heirat jedoch nur von einer armseligen Hollywood-Verblendung. Zum Glück hatten sie nicht auch noch kirchlich geheiratet. Andreas war ja Katholik, Syana hingegen nicht einmal getauft, sondern atheistisch erzogen worden. Immerhin hatte sie damals durchgesetzt, in ihrer Weddinger Grundschule den evangelischen Religionsunterricht zu besuchen. Nur zwei Schüler ihrer Klasse nahmen an keinem der beiden Religionskurse teil, und sie fühlte sich ausgeschlossen. Die andere Schülerin, die wie Syana eine Freistunde hatte, während die anderen Jesusbildchen ausmalten, war eine Zeugin Jehovas. Selbst ihre türkischen

Mitschülerinnen besuchten den christlichen Religionsunterricht, weil deren Eltern auf Bildung und Anpassung bestanden. Syana bettelte und versprach, niemals, wirklich niemals an Gott zu glauben, sie wolle doch nur etwas über Religion lernen. Ihre Eltern willigten schließlich ein, in dem Wissen, dass Syana dort ohnehin nichts über das Christentum lernen würde, nichts über die Gewalt und das Blutvergießen, die Missbrauchsfälle, über die Kreuzzüge und die Kolonialisierung.

Inzwischen bereuten sie diese Entscheidung, denn wahrscheinlich beruhten Syanas Heiratswünsche doch auch irgendwie auf diesem Religionsunterricht. Als Syana dann mit gerade einmal zwanzig Jahren schwanger wurde, war für ihre Eltern die Katastrophe perfekt. Niemals würde sie ihr Studium beenden, prophezeiten sie ihr. Andreas würde sie sitzenlassen, und dann wäre sie alleinerziehend, und kein anderer Mann würde sich jemals wieder für sie interessieren. Sie selbst warteten fast neun Jahre damit, ein Kind zu bekommen, ein einzelnes Kind. Da war Syanas Mutter bereits Mitte Dreißig und stand kurz vor dem zweiten Staatsexamen. Auch war ihnen Andreas als Partner nicht gerade recht. Schön und höflich, das gaben sie zu, aber eben nicht studiert.

»Ich kann euch gerne mal ein paar Studenten präsentieren«, hatte Syana argumentiert. »Da werden euch aber die Haare zu Berge stehen. Vielleicht so einen überehrgeizigen BWLer? So einen mit gegelten Haaren und Lacoste-Polohemd mit aufgestelltem Kragen? Einen FDP-Wähler vielleicht? Das wäre doch was. Oder einen aus 'ner Burschenschaft, die mögt ihr doch besonders. Oder vielleicht lieber einen depressiven Sozialwissenschaftler, der Nietzsche liest, sich ritzt, Vogelspinnen besitzt und den ganzen Tag am Kiffen ist? Ihr habt echt eine schräge Vorstellung von Studenten. Als ob das die besseren Menschen wären. Und ihr habt euch für die Arbeiterklasse eingesetzt. Ich fasse es nicht. Von oben herab habt ihr für die gekämpft.«

»Meine beste Freundin hat in einer chemischen Wäscherei gearbeitet im Akkord, meine Liebe. Die hatte fünf Fehlgeburten wegen der Chemikalien. Wir haben politisiert. Wir haben uns mit der Arbeiterklasse verbrüdert und verschwestert. Du hast doch überhaupt keine Ahnung. Du bist total behütet aufgewachsen«, hatte Syanas Mutter daraufhin gewettert.

»Ihr seid doch die krassesten Heuchler von allen. Jede Köchin soll in der Lage sein, einen Staat zu leiten, ja? Aber Andreas ist nicht gut genug für mich, weil er kein Abitur hat? Ihr spinnt doch. Ihr habt damals gesagt, ich dürfe ruhig eine Tischlerlehre machen, ich müsse nicht studieren. Da habt ihr euch aber weit aus dem Fenster gelehnt, was?«

Ihre Syana war eine Kämpferin geworden, das mussten ihre Eltern einsehen. Sie hatte ihren eigenen Kopf, und wenn sie jung heiraten und Kinder bekommen wollte, dann würde sie das tun. Als Julia dann im Sommer 2002 zur Welt kam, glätteten sich die Wogen allmählich. Syana hatte sich bis zum Schluss in die Vorlesungen geschleppt und brav ihre Hausarbeiten geschrieben. Im Oktober schon hatte sie an zwei Tagen in der Woche ihr Studium fortgesetzt. Andreas brachte ihr an diesen Tagen Julia nach dem Mittagsschlaf in die Uni zum Stillen. Er war ein hinreißender Ehemann, der sich aufopfernd um seine schwangere Frau kümmerte und an den Sonntagen seine Schwiegereltern bekochte. Andreas erwies sich als Glücksgriff, und das Gezeter war mit den Jahren abgeebbt. Zwar waren Syanas Eltern noch nicht vollends davon überzeugt, dass ihre Tochter tatsächlich ihr Studium beenden würde, irgendwie aber rührte diese kleine fleißige Familie sie. Julia hatte den dunklen Teint ihres Vaters geerbt und wurde von ihren Großeltern vergöttert. Schnell übernahmen sie Wochenenddienste, damit das junge Paar ins Theater gehen konnte oder auf Reggaepartys. Syanas Vater gab seiner Enkeltochter nachts das Fläschchen mit der abgepumpten Milch, und ihre Mutter sang der kleinen Julia anschließend Arbeiterlieder vor, wie sie es schon bei ihrer

Tochter getan hatte. Die *Internationale* sollte sich auch im Kopf ihrer Enkeltochter festsetzen.

Im Prinzip passte der Bundestagsjob doch ins Bild. Syana begab sich zwar auf den Weg des worst case, blieb dabei aber ihren antikapitalistischen Grundsätzen treu, wie auch ihre Freundinnen ihr treu geblieben waren.

Jede von ihnen hatte sich in eine andere Richtung entwickelt. Studiengänge waren begonnen, abgebrochen und abgeschlossen worden. Kinder waren zur Welt gebracht, Ehen geschlossen und geschieden worden. Schmerzhafte Trennungen und dramatische Todesfälle hatten die Jahre geprägt, aber eben auch Blitzkarrieren und glückliche Zufälle. Alles war inzwischen anders, und doch hatte sich nichts geändert. Ein eingeschnappter Andreas war im Grunde bedeutungslos in Anbetracht der Kontinuitäten, der erfreulichen und der verhassten. Nun gut, Charlotte spielte in einer anderen Liga. Sie konnte weder dem Blogportal etwas abgewinnen, auf dem sie nicht mehr als buntes Klimbim und Mädchen mit Lippenstift erkennen wollte, noch der Szene, in der sich Syana und die Mädels bewegten.

Charlotte und Syana hatten sich während des Philosophiestudiums kennengelernt, und die Basis ihrer Freundschaft war von vornherein eine intellektuelle gewesen. Charlotte war ihre einzige Freundin, die in einem 68er-Haushalt aufgewachsen war und ein beinahe identisches Leben und Leiden erfahren hatte. Auf eine Party von *Menlessworld* wäre sie nie im Leben mitgegangen und für ein 50-Prozent-Menü im *Soho* an einem Montagabend war sie erst recht nicht zu haben, aber das war in Ordnung, denn mit Charlotte brauchte es all das nicht. Charlotte hatte ihre Magisterarbeit zu Wasserbrink geschrieben und war mit Syana dafür auf den Spuren ihres Urururgroßvaters gewandelt, sowohl in Vechta als auch in den Straßen Roms, und seither empfanden sich die beiden Freundinnen als eins. Daher war es nur logisch, dass Syana zwar mit Charlotte telefonierte und sich über Andreas ausließ, sie ihre Freundin aber nicht zu dem

Body-Blusen-Problem befragte und schon gar nicht vorschlug, dass Charlotte doch mitkommen könne ins *Looky-looky*.

Als Syana endlich um kurz nach zwölf vor dem Spiegel im Flur stand und überlegte, wie Sophie sie nun wohl nennen würde – von einer Prinzessin hatte sie wirklich nicht mehr viel –, entschied sie, Andreas noch eine letzte Nachricht zu schreiben: »Bin im *Lookylooky*. Du stehst auf der Gästeliste. Ich vermisse dich. LOVE«

Sie stakste auf der Wilhelmsaue bis zur Bundesallee, um dort ein Taxi zum Club zu nehmen, denn ein Anruf beim Taxiservice war eine Herausforderung, zu der sie nach diesem ganzen Stress mit Andreas nicht auch noch bereit war. Im Club würde sie keinen Empfang haben, und so brauchte sie nicht in regelmäßigen Abständen ihr Telefon auf Neuigkeiten zu überprüfen. Das bedeutete, dass sich Andreas entweder doch noch dazu durchrang, sein Handy einzuschalten, um ihr reumütig ins Nachtleben zu folgen und sich für sein Fehlverhalten zu entschuldigen. Oder aber er würde einfach im Bett liegen, wenn sie nach Hause kam. Oder keins von beidem. Er könnte einfach wegbleiben und ihre Angst noch steigern. Aber das war nicht seine Art. Sie war sich sicher, dass sich alles in den kommenden Tagen aufklären würde und sie endlich ein erwachsenes Gespräch über die neue Familiensituation und die Gefühle, die sie mit sich brachte, führen konnten.

Im Taxi schaltete Syana schließlich ihr Telefon aus und begann, mit dem Taxifahrer über die politische Lage in der Türkei zu plaudern, er war ein Anhänger Erdogans. Schon von Weitem sah sie, dass die Schlange vor dem Club bis zur Kreuzung reichte, auch wenn das für sie irrelevant war, denn den Türsteher kannte sie noch aus Kurvenstar-Zeiten, und auf der Liste stand sie sowieso. Trotzdem fühlte sie sich plötzlich noch viel zu nüchtern für so einen Auftritt in Hotpants. Mit gesenktem Blick lief sie an den Wartenden vorbei in dem Wissen, dass sie mit den offenen Haaren niemand erkennen würde, wenn sie nur nicht anfing, in die Gesichter der Partycrowd zu sehen. An der Kasse saß die neue Praktikantin von *Menlessworld,* die sie bisher nur vom Hörensagen kannte und die prompt versuchte, ihr einen Stempel aufzudrücken, den Syana höflich ablehnte. Den Empfangssekt an der Treppe exte sie und stellte das leere Glas im Vorübergehen auf dem Tresen der Garderobe ab. Als sie wenige Schritte weiter hörte, wie jemand schrie: »Ey, nimm dein Scheißglas mit, Trulla!«, drehte sie sich noch einmal um und warf Emily einen Kuss zu, die sofort umstellte und jubelte: »Baby, du bist da! Die Girls sind alle oben. Sag denen, ich verdurste hier. Ich will was von der Bowle, sonst fresse ich das ganze Candy allein, sag denen das!«

Im großen Raum übergab gerade Palina die Tables an Dreea. Tüla sprang wie Rumpelstilzchen um die Kuchenreste auf dem Tresen und warf Konfetti in die Runde. Maya und Rahel waren dabei, mit Lary und einer gigantischen Champagnerflasche für ihr Magazin zu posen, der Rest hatte sich auf der Tanzfläche verteilt. Syana begrüßte zuerst Dreea und übergab ihr ihren Trenchcoat, damit er unter dem DJ-Pult verstaut werden konnte. Es folgte eine lange Reihe von Umarmungen, Küssen und gegenseitigen Komplimenten. Das Begrüßungsritual war erst beendet, als Syana von irgendwoher ein Glas mit Bowle gereicht wurde. Auf den Plastikbecher war mit Edding ein Smiley gemalt, was bedeutete, dass es sich um MDMA-Bowle handelte. Syana zögerte einen winzigen Moment, dachte an Andreas und den Verfassungsschutz, an Charlotte und an ihr Outfit und trank dann einen großen Schluck. Den Becher reichte sie sofort weiter. Von dem einen Schluck würde sie wohl nicht viel merken, aber schaden konnte er auch nicht. Auf den Bänken um sie herum saßen die Ketamin-Monster: allesamt Männer aus der Werbebranche, die es zu was gebracht hatten. Rahel bemerkte Syanas Blick und lehnte sich kichernd an ihre Seite. »Die alllleeeee«, sagte sie ihr nun ins Ohr, »die alllleee werden heute Nacht keinen Sex mehr haben und nur, weil sie nicht wie jeder normale Mensch koksen können. Komm, kuck nicht so böse, die kommen doch immer, das gehört dazu. Ich werde mir heute eine Frau mit nach Hause nehmen, wie es sich bei einer Menless-Party gehört. So, und du holst dir schön 'nen Drink und tanzt dann mit mir. Geht's den Mädchen gut?«

»Welche Mädchen?«, fragte Syana und griff dabei nach den Tickets, die Rahel ihr hinhielt. Sie war nun dazu berechtigt, Menless-Cocktails en masse an der Bar abzugreifen, und immerhin war sie ja zum Feiern da. Sie quetschte sich durch die wogende Masse die kleine Treppe hinauf und ließ sich mit dem Oberkörper auf den Tresen fallen. Den ersten sofort, den zweiten für unterwegs. Danach wollte sie nur noch Wasser trinken, tanzen und früh wieder gehen. Sie warf noch einen kurzen Blick in die Lounge hinter der Bar und hätte Mo gar nicht erkannt, wenn der nicht in genau dieser Sekunde den Kopf gewandt hätte. Sein Afro war zu drei lockeren Cornrows geflochten, die von einem neongrünen Schnürsenkel zusammengehalten wurden. An den kurzen Enden der Zöpfe stand jeweils ein glitzerndes Stück Paketschnur senkrecht etwa einen halben Meter in die Luft, und an den Enden schwebten drei Heliumballons mit Spiegeleiaufdruck.

»Mo, du geile Sau!«, schrie Syana und setzte sich polternd in Bewegung. Ihren Drink balancierend, stieg sie über die Beine verschiedener Gäste, während Mo bereits die Arme ausbreitete, um sie zu sich auf den Schoß zu ziehen.

»Gott, bist du heiß, wenn das dein Chef wüsste.«

»Du hast so eine Macke, Mo!«, lachte Syana und rutschte dabei vom Schoß ihres Kollegen auf den Platz neben ihm.

»Du bist heiß, glaub mir«, sagte Mo nun mit ernstem Ton.

»Ich meine die Eierluftballons, Mann.«

»Na, besser als Balloneier, hab ich mir gedacht«, stöhnte er und blies dabei den Rauch aus, den er schon ziemlich lange zurückgehalten haben musste. Er hielt Syana den Joint hin, sie lächelte aber nur und winkte ab.

»Ich hab schon ziemlich viel getrunken. Das wär 'ne ganz schlechte Idee«, gestand sie und machte es sich an Mos Schulter gemütlich. Er roch gut, fand sie, und er war unglaublich gut gebaut. Wenn er nur nicht immer so ungelenk auftreten würde, fänd ich ihn rein optisch gar nicht mal uninteressant. Ihre Klitoris zuckte kurz auf und machte auf ihre vorteilhafte Position an der Hosennaht aufmerksam. Das MDMA, dachte Syana, shit, und rückte wieder etwas von dem Hacker ab.

»Geht's dir gut?«, wollte Mo wissen.

»Also, ehrlich gesagt, nicht wirklich, nein. Mein Mann ist gestern nicht nach Hause gekommen, weil er mich für meinen Job bestrafen will, aber das renkt sich wieder ein. Mit wem bist'n du hier?«

»Ach, mit den Guerilla-Leuten da drüben. Die hatten diese Ballons von irgend 'nem Gig und fanden es witzig. Ich meinte halt, dass das doch aber keiner rafft, is' aber eigentlich auch egal. Ich mag sie.«

»Verstehe. Was trinkst'n da?«, wollte Syana wissen, die spontan entschieden hatte, den zweiten Drink doch nicht auszutrinken, sondern gleich auf Wasser umzusteigen.

»Tonic auf Eis mit Zitrone, ohne Gin.«

»Perfekt. Darf ich?« Syana griff nach Mos Glas und trank es leer, während sie ihm einen ihrer Drink-Bons hinhielt.

»Mo. Ich weiß, das hier ist nicht der richtige Moment, aber ich muss dich noch mal fragen. Diese Transpondergeschichte war doch Bullshit, oder?«

Mo zog noch mal an seinem Joint und grinste sie an.

»Was willst du, Syana?«

»Ich will die Wahrheit«, antwortete sie und schlug ihre nackten Beine dabei übereinander.

»Nein, ich meine im Leben. Was hast du für Ziele? Bleibst du in der Politik, stehst du auf den Scheiß?«

»Nein, Mann, auf keinen Fall. Ich meine – Politik ja, aber nicht so, nicht dieses Duweißtschon. Vielleicht gehe ich in den Untergrund, wenn die Mädchen groß sind, oder ich lerne Hacken, so wie du«, lachte sie und stieß ihm dabei ihren Ellenbogen in die Rippen. Mo nickte nur, um ihr zuzustimmen, oder mit der Musik oder um seine Luftballons tanzen zu lassen.

»Oder du wirst Parteivorsitzende, he?«

»Ja, oder das. Ist dieselbe Kategorie.«

Für Mo stand fest, dass Syana wie er war. Er sah einen hellwachen Verstand hinter ihrem dunklen Lidschatten und kannte ihren Blog. In den Arbeitskreissitzungen hatte er sie beobachtet, wenn sie scheinbar gelangweilt in ihrem Notizheft rumkritzelte, aber immer in die richtige Richtung sah, wenn etwas Heikles angesprochen wurde. Sie schien genau zu wissen, auf wessen Reaktion sie zu achten hatte, wenn sie verstehen wollte, was da gerade vor sich ging. Sie war gerissen, und wäre sie nicht so ehrlich und waghalsig gewesen, hätte sie seinem Urteil nach eine hervorragende Agentin abgegeben. Er hätte sie gerne eingeweiht, ihr das Herz ausgeschüttet. Auch von Ronen hätte er ihr gerne erzählt, aber damit würde er ihr Leben verändern. Sie wusste viel, aber eben nicht so viel, als dass ihr Leben von ihrem Wissen abhing. Ihre Empörung und ihr Weltschmerz hatten etwas Reines an sich, sie waren in ihrer Naivität absolut vollkommen. Er könnte diese Vollkommenheit mit wenigen Sätzen hier und heute in diesem Club zerstören.

»Ich hab deinen Blog gelesen, ich mag deinen Stil«, nahm Mo das Gespräch wieder auf.

»Laber mich nicht voll, Hacker! Gibt es eine Geschichte zu den Transpondern, die ich wissen sollte, oder nicht?« Syana sah es in seinem Gesicht arbeiten. Sie spürte genau, dass er etwas zurückhielt, und sah ihm an, dass sie ihn knacken könnte, wenn sie nur wollte. Aber wollte sie das wirklich? Was geschah mit Leuten, die unangenehme Dinge wussten? Entweder sie plauderten sie aus und brachten sich in Gefahr, oder sie begannen, mit den Informationen zu arbeiten, und brachten sich dadurch in Gefahr. Oder aber sie behielten das alles für sich und waren bis an ihr Lebensende unglücklich, aber in Sicherheit, und würden schließlich an Krebs eingehen, am Krebs der Wissenden. Sie wusste, dass es hier gerade um nicht weniger ging als um eine eben solche Wahrheit, eine alles verändernde Wahrheit, und Mo wusste, dass sie das wusste, und dass sie wusste, dass Mo wusste, dass sie es wusste.

»Gib mir den Joint.«

Mo sah auf seine Hand herab und befand den Stummel als ihrer unwürdig. Er griff in sein Haar, zog einen neuen Joint heraus und reichte ihn Syana mit dem Feuerzeug. Syana lehnte sich in das Polster zurück, als sie den ersten tiefen Zug nahm, sah dabei an die Decke und blies den Rauch langsam wieder aus.

»Ist gut, Mo«, sagte sie schließlich und klopfte ihm dabei auf den Oberschenkel. »Ich gehe mal wieder zurück zu den Mädels und nehme diesen Joint hier mit. Ich habe mich gerade für den Parteivorsitz entschieden. Die Untergrundsache ist nicht mein Ding, und außerdem bin ich technophob. Ich sollte also nicht mit Fraktionsangestellten in Clubs abhängen, das gehört sich nicht.«

»Da hast du recht, das gehört sich nicht«, grinste Mo und zog dabei sein T-Shirt ein Stück höher, um ihr einen Blick auf sein Sixpack zu gewähren.

Syana stand auf und stieg wieder über die Beine von vorhin, die sich seither kein Stück bewegt zu haben schienen.

»Du bist heiß, mein Gott«, raunte Mo.

»Fick dich, Hacker!«, war das Letzte, was Syana an diesem Abend zu ihrem Kollegen sagte. Sie konnte ihre Entscheidung jederzeit revidieren und auf eine Transpondererklärung beharren, aber nicht heute, nicht so, das musste nicht sein. Sie war müde, der Joint haute ziemlich rein, aber das war ihr bewusst gewesen, als sie den Rauch in ihre Lunge gesogen hatte. Eigentlich rauchte sie nicht in der Öffentlichkeit. Sie fand, dass sie raus war aus dem Alter. Kiffen war etwas Privates, etwas, das man in einer ruhigen intimen Runde tat oder mit dem eigenen Ehemann oder allein bei einem Videoabend. Es war jedenfalls nicht das Richtige für eine laute und bunte Party wie diese hier. Jeder würde ihre roten Augen sofort bemerken, und auf Fotos, fand sie, sah das ziemlich billig aus. Es war halb drei, und die Party hatte noch nicht einmal richtig begonnen. Es stand noch ein Liveact an, obwohl, vielleicht hatte sie Captain Love Bubble verpasst, als sie in der Lounge abhing. Alles war gerade viel zu laut, und die Leute wirkten alle viel zu aufgeregt. Anstatt zu den Mädchen zurückzugehen, steuerte Syana die Toiletten an. Andreas war nicht aufgetaucht. Er hätte sie sicher gesucht und nach ihr gefragt. Er war nicht gekommen. Nun gut, spielen wir das Spiel also noch weiter. Ich bin die Ehefrau auf Abwegen und er der verletzte Vernachlässigte, alles klar. »Sy? Sy! Sy, hier, Schatz! Sy, komm her!«

Sie sah nicht, wer da von der Toilettenschlange aus nach ihr rief. »Reg dich ab«, sagte Syana mehr zu sich und machte auf dem Absatz kehrt. Nicht auch noch so ein lautes, schrilles Toilettengesülz, raus, dachte sie, kurz an die frische Luft. Sie nahm ihr Handy aus der Tasche, um zu sehen, wie spät es war, und erinnerte sich erst, als sie auf das tote Display starrte, wieder daran, dass sie es im Taxi ausgeschaltet hatte. In einer Viertelstunde würde der Rausch vorbei sein, sie hatte nur zwei Mal gezogen und nur einen Drink an der Bar gehabt. Genau genommen würde sie in sehr kurzer Zeit wieder absolut nüchtern sein, wenn sie nur ein wenig an der frischen Luft auf und ab ging. Um diese Zeit dürfte die Schlange vor dem Club schon viel kürzer sein, und die Türsteher waren eh beschäftigt. Personenleitsystem dachte sie, als sie lächelnd die Chromständer durchschritt und mit einem Handzeichen zu verstehen gab, dass es ihr gut ging, dass niemand sich Sorgen zu machen brauchte. Sie ging einige Schritte in den Hinterhof hinein, aber nur so weit, dass sie nicht im Schatten stand und Vorbeigehende sie sehen konnten. Sie schaltete ihr Handy ein, tippte die Pin und wartete einige Sekunden, bis das Telefon in ihrer Hand vibrierte. Ein Anruf von Unbekannt in Abwesenheit und eine neue Nachricht auf der Mailbox vor etwa einer halben Stunde. Sie war erleichtert. Die Nachricht konnte nur von Andreas sein, der seine Nummer nicht gesendet hatte, weil er befürchtete, dass sie nicht ans Telefon ginge, wenn sie sah, dass er es war. Sie hätte gerne eine Zigarette geraucht, während sie die Mailbox abhörte, und lugte um die Ecke, um zu sehen, ob da nicht irgendein Raucher rumstand, der ihr aushelfen würde. Nichts. Na gut, dann eben ohne Zigarette. Sie scrollte in ihrer Kontaktliste bis m und tippte auf Mailbox.

»Sie haben eine neue Nachricht«, schepperte es ihr entgegen, »heute, um zwei Uhr drei?«, schien die Stimme eher zu vermuten als festzustellen. Syana rückte ihren Köper an der Wand gerade und starrte mit voller Konzentration auf ihre zusammengequetschten Zehennägel. »Ja, guten Aaaarrghhh Abend, bin ich hier bei Wasserbrink? Aaaaarggggghhh.« Syana riss den Kopf hoch.

»Ja, Frau Wasserbrink. Ich hoffe, dass ich da Aaaarrghhh richtig bin. Mein Name ist Na Aaaarrghhh dine Recknagel. Ihre Telefonnummer Aaaarrghhh ist bei ihrem Mann in der Akte Aaaarrghhh als Notfallnummer angegeben. Aaaarrghhh. Ihr Mann ist hier bei uns Aaaarrghhh im Westend-Krankenhaus, bitte rufen Sie Aaaarrghhh umgehend zurück. Ich diktie Aaaarrghhh re die Nummer: null, drei, null, Aaaarrghhh, drei, null, drei, fünf, Aaaarrghhh, zwei, drei, fünf, fünf, vielen Da Aaaarrghhh nk.«

Sie merkte gar nicht, dass sie, während sie angestrengt das Telefon an ihr Ohr presste, am ganzen Körper zu zittern begann. Es war kein leichtes Bibbern, es betraf nicht nur ihre Hände oder ihre Unterlippe. Ihr gesamter Körper schlodderte unkontrollierbar. Sie nahm das Telefon vor ihren Oberkörper und versuchte, die Tastensperre zu entriegeln, schaffte es aber kaum, das Telefon nicht fallen zu lassen. Die Nummer, wie war die Nummer? Ich, ich kann nichts sehen. Ich kann meine Beine nicht kontrollieren. Ich brauche die Nummer, ich muss es noch mal hören, ich brauche die Nummer, muss es mir noch mal anhören, ich brauche die Nummer.

Sie hatte Andreas schreien hören, die ganze Zeit. Sie war sich absolut sicher, dass es seine Schreie waren. Er hatte unablässig geschrien, immer im selben Abstand. Nichts Bestimmtes, es war kein einziges Wort zu erkennen, er hatte einfach nur geschrien, immer wieder. Er schrie und schrie und schrie, während diese Frau auf ihre Mailbox sprach. Es war Andreas. So schreit kein Mensch. Kein Mensch hat jemals so geschrien.

Syana ließ das Telefon sinken und sah an ihrem zitternden Körper herab. Das ist ein Schock, ganz ruhig, du hast deinen Mann schreien hören, du hast einen Schock, dein Körper zittert, weil du einen Schock hast, weil du deinen Mann hast schreien hören, das ist normal, du hast einen Schock, dein Körper reagiert darauf. Sie merkte, wie sie zu keuchen begann und sich ihr Brustkorb zusammenzog. Keine Luft.

Sie stieß sich ab und drehte sich mit dem Gesicht zur Wand, um sich mit den Händen abzustützen, und begann langsam, die Luft auszupusten. Sie erschrak, als sie sich selbst laut japsen hörte, und zwang sich, wieder die Luft langsam auf P auszublasen. Noch ein paar Mal, dann würde sie wieder normal atmen können. Pppppphhhhhhhhh. Noch drei Mal. Ppphhhhhhhhhh. Zwei. Es funktionierte. Nur noch das Zittern würde sie in den Griff kriegen müssen, und sie brauchte was zum Schreiben, einen Stift, einen Zettel und einen Stift, um die Nummer zu notieren und im Krankenhaus anzurufen und mit Nadine zu sprechen. Pppphhhhhh. Noch einmal. Phhhhhhhh.

Als sich ihre Atmung wieder beruhigte, hob sie nacheinander die Füße nach hinten und zog sich die Schuhe aus. Sie warf sich aus dem Hinterhof zurück auf den Bürgersteig und wankte auf die Taxis zu, die vor dem Club parkten. Da standen vielen Leute und unterhielten sich. »Sy! Hier sind wir. Sy!« Sie griff nach der ersten Taxitür und ließ sich, immer noch zitternd, auf den Rücksitz fallen.

»'ne Wagenreinigung kostet vierhundert Euro. Ick meine,

wenn Se allet vollreiern, kostet ditt vierhundert Ocken, alles klar?«

»Alles klar. Zum Westend-Klinikum bitte.«

»Watt? Soll ich 'n Notarzt rufen? Watt is'n los, hier, Meeeensch, watt.«

»Mein Mann liegt da, alles klar? Los jetzt.«

6. Kapitel

Pharmakós

Es war erschreckend, wie ungenau die Angaben zur mimetischen Theorie in den Online-Enzyklopädien waren. Fast erschien es Gregor Gysi so, als werde ganz gezielt versucht, die Verbreitung dieser genialen Theorie in Deutschland zu verhindern, indem falsche Informationen gestreut wurden. Nur ein einziges Interview mit René Girard konnte man finden. Es war im Jahr 2005, kurz nach dessen Berufung in die Académie Française, von einem *Zeit*-Reporter geführt worden, der seine Abneigung gar nicht erst zu verbergen suchte. Immerhin hatte der Philosoph elf Ehrendoktortitel erhalten, das war doch nicht nichts. Lediglich einige religiöse Spinner schienen sich im europäischen Raum mit der mimetischen Theorie zu befassen, denn sie führte die Säkularisierungsthese ad absurdum. Nun ja, es war schon richtig, dass die Schlussfolgerung des Denkers, die Welt werde zu einem Hort des Friedens und der Einigkeit, wenn doch erst alle Menschen dem katholischen Glauben anhingen, eine durchaus große Angriffsfläche bot.

Wenn doch aber die erfolgreichsten Unternehmen der Welt die mimetische Theorie Girards nutzten, um Profit zu machen, dann wäre es doch durchaus sinnvoll, mal einen genaueren Blick auf die Ergüsse dieses Mannes zu werfen, oder etwa nicht?

Gregor Gysi hatte beschlossen, den Philosophen nicht zu erwähnen. Es gab einfach zu viele Aspekte der Theorie, die ihn peinlich berührten, auch wenn er den Kern für wahr hielt. Die mimetische Theorie, Girards Einsichten in Begehrensstrukturen, in die Tatsache, dass nicht das Anerkennungsbegehren die anthropologische Triebfeder der Menschheit war, wie es Hegel und viele andere Denker voraussetzten, sondern dass das mimetische Begehren als das Perpetuum mobile der Welterzeugung zu betrachten sei, das alles würde er für sich behalten. Er musste sein neugewonnenes Wissen zunächst geschickt einsetzen, um die Partei zu retten, nur das war relevant.

Er würde sich einfach auf die antiken Dramen berufen, auf Euripides und Sophokles. Das hatte Stil. Da konnte er dann immer auch die Demokratie mit einbeziehen und andere Genossen in Verlegenheit bringen, wenn die nicht genau Bescheid wussten über die Ursprünge demokratischen Denkens.

Er musste noch zwei Sitzungswochen bis zum Bundesparteitag am 2. Juni in Göttingen überstehen, ohne die Nerven zu verlieren oder Amok zu laufen. Das mit dem Hörsturz war gerade noch mal gut gegangen.

In der nächsten Fraktionssitzung wollte er Sophokles zitieren, König Ödipus. Drama-Drama-Drama, genau das Richtige für diese Muttersöhnchen. Entschieden hatte er sich für die Passage, in der ein altersschwacher Priester Ödipus von der Seuche berichtet. Mit einem kehligen Caprino würde er die Worte auspressen, gebären.

Du weißt es selbst, wie diese Stadt erbebt. Gleich zu Beginn der Tragödie geht es um die Bedrohung der gesamten Stadt Theben. *Und aus dem Wogensturz der Todesnot ihr Haupt nicht mehr zum Licht erheben kann.* Theben steht vor der totalen Vernichtung von innen. *Sie stirbt dahin mit ihrer jungen Saat.* Die Linke steht vor der totalen Vernichtung von innen. *Mit ihrem Vieh, mit jedem Frauenschoß, der nicht gebären kann.*

Er war in den vergangenen zwei Tagen die Textstelle, die er zitieren wollte, immer wieder im Kopf durchgegangen. *Es sengt und brennt der Gott der Seuche.* An dieser Stelle wollte er sich erheben und mit dem Zeigefinger langsam durch den Saal fahren, ihn auf die Abgeordneten richten. *Aller-*

*schlimmster Feind macht Kadmos' Häuser menschenleer und
füllt das dunkle Reich mit Klagen und Gestöhn.* Dann würde
er sich wieder setzen und belustigt in die Runde fragen, was
Sophokles wohl der Linken zu sagen hätte, was wir alle denn
von dieser Seuche lernen könnten.

Die Eingeweihten würden ihn verstehen, das Zitierte auf
sein Rape-Play beziehen, und der Rest würde blöd aus der
Wäsche kucken. Es geht nicht um den Tod Einzelner, würde
er mahnen, es geht um den Zusammenbruch der gesamten
Gemeinschaft, um Sterilität. Nur die wirklich Gebildeten
würden wissen, wie es in der Tragödie weitergeht, und es
dann auf sich selbst beziehen. Die Emsigen würden es später
nachschlagen oder nachschlagen lassen und es dann ebenfalls
auf die Gebildeten beziehen, denn Unwissenheit schützt ja
bekanntlich vor Strafe. Das Orakel von Delphi offenbart den
wahren Grund für die Krise Thebens. Blutschuld hat diesen
Sturm heraufbeschworen. Das Orakel fordert ein Opfer.

Gysis treue Gefolgschaft würde es verstehen, sie würden
wissen, dass das Rape-Play nun eingeleitet wurde. Selbstverständlich würde er vorher die Fraktionssitzung als ge-
schlossene Sitzung anordnen müssen. Die kritischen Blicke
der Referenten und Mitarbeiter gingen ihm ohnehin auf die
Nerven. Das waren alles Lästermäuler und Neider, und es
gab darunter ein paar ganz Schlaue, Gefährliche.

Er tauchte noch einmal unter, um sich den Schaum aus
den Ohren zu waschen, und hievte sich dann schwungvoll
aus der Badewanne. Seit er den Pharmakós bestimmt hatte,
hatte er schon zwei Kilo abgenommen, und der Tinnitus trat
beinahe nur noch auf, wenn er sich über die Wagenknecht
echauffierte, diese Autistin, oder wenn der Fahrer noch
nicht vor der Tür stand und er warten musste. Er war dann
gezwungen, eine Minute oder manchmal sogar noch länger
auf dem Bürgersteig der Wilhelmstraße auszuharren. Schon
wenn er den Sicherheitsbereich der 68a erreichte und sah,
dass die Parkbucht leer war, erzitterte er innerlich. Er ging
die wenigen Stufen zur Tür dann fast in Zeitlupe hinab oder

scherzte vorher noch mit den beiden Securitys in der Kabine in der Hoffnung, nicht dort stehen zu müssen. Es kam vor, dass er auf dem Absatz kehrt machte, zurück ins Büro ging und vorgab, etwas vergessen zu haben. Bloß nicht dort stehen und sich den Blicken des Fußvolks aussetzen. Der große Gysi – bestellt und nicht abgeholt. Ihm war bewusst, wie lächerlich seine Angst war, aber er konnte einfach nicht warten, er konnte es nicht.

In einer halben Stunde würden seine Leute eintreffen, um zu berichten, was sie über Syana Wasserbrink in Erfahrung bringen konnten. Er hatte seine beiden Besten auf sie angesetzt, Kama und Dombi.

Jeder im engen Zirkel hatte sich einen Namen aus den Überlieferungen des linken Pfad des Tantra ausgesucht. Er selbst war der Tantriker, immerhin war es seine Idee gewesen. Dombi war in der Überlieferung als die kastenlose Wäscherin bekannt. Sie verkörperte den Idealtyp der sexuellen Vereinigung, denn nur sie genoss die wahre Freiheit und göttliche Unbeschwertheit. Kama hingegen war der Gott der Begierde, was auf den Träger des Namens passte wie die Faust aufs Auge.

Es war nicht leicht gewesen, die beiden von seinem Opferungsplan zu überzeugen, aber er war eben auch im Privaten ein herausragender Rhetoriker, und man konnte sich seinen Wünschen und Plänen nur schwer widersetzen.

Gysi stand vor dem großen Spiegel im Schlafzimmer und föhnte seine Körperbehaarung. Das tat er schon seit seiner Jugend, denn wie sehr er auch das Baden liebte, er hasste es, nach einem ausgiebigen Bad zu frieren. Die kleinen Wassertropfen verfingen sich in seiner starken Körperbehaarung auf Rücken und Beinen, und beim kleinsten Luftzug standen ihm die feuchten Haare zu Berge. Das Frösteln machte die Wonnen der warmschaumigen Reinigung im Nu wieder zunichte, und so föhnte er nach dem Abtrocknen immer noch einige Minuten seinen Hals, die Achseln, den Bauch und den Schambereich.

Bei herrlichem Wetter würden sie im Garten unter dem Kupfernetz sitzen können, das nicht nur nützlich, sondern auch hübsch anzusehen war, weil die rautenblättrige Klimme, der russische Wein, es in wilden Schlingen umwuchs. Um 45 Grad umeinandergedrehte Kreuzmuster aus Kupfer sollten diesen Bereich des Gartens abhörsicher machen, man konnte nie vorsichtig genug sein. Er hatte immer noch die nötigen Kontakte, um eine Ausrüstung zu bekommen, die der Arbeit eines oppositionellen Fraktionsführers angemessen war. Es kam zuweilen vor, dass er ins Visier geheimdienstlicher Ermittler oder übereifriger Journalisten geriet, die der fixen Idee anhingen, er verwalte das verschwundene SED-Vermögen. Was für Hirnis.

Mittels eingebauter Dioden konnte Gysi zur Not über einen Hebel an der Terrasse Strom zwischen die Schaltkreise schalten, wodurch sogar Handysignale blockiert wurden. Mobile Endgeräte hatten bei solchen Unterredungen ohnehin nichts verloren. Man schrieb mit der Hand auf Papier, das war das Sicherste.

Die ganz heiklen Themen wurden überhaupt nicht mündlich besprochen, sondern nur schriftlich überreicht und anschließend verbrannt. Der Tantra-Code war lediglich in brenzligen Situationen, wenn Telefonate unumgehbar waren, angebracht, dafür aber so ausgeklügelt, dass kein Geheimdienst ihn jemals würde dekodieren können. Alle Beteiligten kannten ihn auswendig, und es gab nur ein einziges Schriftstück, das alle Benennungen enthielt. Nur er selbst, der Tantriker, war im Besitz dieses Meisterwerks und hatte es an einem Ort in Sicherheit gebracht, den nur er kannte.

Gysi schlüpfte in ein olivfarbenes Hemd aus einem Baumwoll-Seide-Mix und einen luftigen beigen Leinenanzug. Den Bund der Hose hatte er erst in der vergangenen Woche etwas weiter machen lassen, und nun saß der wieder wie angegossen. Er öffnete die oberste Schublade seiner Kommode und besah seine Sammlung aus Sonnenbrillen. Schließlich entschied er sich für ein sehr dunkles randloses Oakley-Modell, das ihn, wie er fand, jünger machte. Er hatte seine Sekretärin gezielt nach diesem Modell Ausschau halten lassen, als es ihm damals im Blockbuster-Movie *Mr. And Mrs. Smith* aufgefallen war.

Er ging hinunter in die Küche, von der aus er in den Garten sehen konnte, und richtete ein Tablett mit Eistee an. Schon am Abend zuvor hatte er frische Minzeblätter, etwas Ingwer und eine Handvoll Limettenwürfel mit kochendem Wasser übergossen und über Nacht ziehen lassen. Nun goss er den Tee durch ein Sieb in eine schöne Kristallkaraffe, die einst seiner Großmutter gehört hatte, und drapierte sie mit drei unterschiedlichen Gläsern auf das Holztablett. Zwar hätte er durchaus zur Karaffe passende Gläser parat gehabt, fand aber, dass das zu feudal wirkte. Die Gläser sollten eher wie zufällig aus dem Regal gegriffen aussehen.

Es war immer eine Gratwanderung, die man als besitzender Linker zu bewerkstelligen hatte. Er war nicht bettelarm, und das erwartete auch niemand von ihm. Er musste auf seine Garderobe achten, als Jurist, als Bundestagsabgeordneter, als Person öffentlichen Interesses. Aristokratisch anmutende Fehltritte konnte er sich aber auf keinen Fall erlauben. Er konnte nicht auf der privaten Yacht eine Freundes Urlaub machen, Hummer im Adlon essen oder mit einem auffälligen Burberry-Schal herumstolzieren. Und das wollte er auch gar nicht. Sicher genoss er gerne einen guten Wein und aß lieber frische Pasta mit einem Hauch weißer Trüffel als einen Toast Hawaii, aber wenn es darauf ankam, konnte er auf jeglichen Luxus verzichten. Was brauchte man denn schon im Leben? Er brauchte wahre Freundschaft, den intellektuellen Austausch auf Augenhöhe, die Natur, die Berge und klare Seen, ein Dach über dem Kopf, das helle Lachen von Kindern und die Wärme einer Frau. Er stellte keine großen Ansprüche, gab vor sich selbst aber durchaus zu, zu Bequemlichkeit zu neigen. Auch er saß im Hamsterrad des Systems, da machte er sich nichts vor.

Als es an der Tür klingelte, setzte er die Sonnenbrille auf

und schritt beschwingt zur Vordertür. Dombi küsste er zart, aber ausgedehnt auf die Wange, und Kama schüttelte er kräftig die Hand. Alle drei strahlten. Wohin auch immer das führen würde, sie waren nicht eingerostet, sie waren beieinander und arbeiteten immer noch zusammen. Das beflügelte sie alle gleichermaßen. Gysi griff sich im Vorübergehen das Tablett und führte seine Gäste in den Garten.

»Ich bin gespannt wie ein Flitzebogen! Gießt euch ein!«, rief er, als er noch einmal die Treppen hinaufhuschte, um die Terrassentür zu schließen. Nun saßen sie im angenehm kühlen Schatten in weißen, abgewetzten Korbsesseln um einen schmiedeeisernen runden Gartentisch, und Dombi holte einen Ordner aus ihrer Tasche.

»Womit soll ich anfangen, Gregor?«

Ihm war das vollkommen gleich. So machte er nur eine auffordernde Geste und schlug die Beine übereinander.

»Gut. Geboren im Juni 1981, Risikoschwangerschaft, Mutter 36, Vater zwei Jahre jünger. Er Mitglied der KPD/ML, sie assoziierte Sympathisantin, vorher KSV, später Distanzierung wegen China. Beide in der GEW organisiert. Er einige Jahre als Schatzmeister. Rote Hilfe. Beide haben Akten bei der Staatssicherheit, die Tochter auch. Hier ist eine Liste der Einreisen in die DDR.«

Sie überreichte Gysi das Dokument und trank einen Schluck Eistee. Gysi hatte bisher nicht einmal mit der Wimper gezuckt. Da konnte er auf sich selbst vertrauen. Sein Instinkt war brillant.

»Zwei Reisen nach Albanien. Spät, fast zu spät sogar. Hier ist die Liste der Teilnehmenden, die Kopien der Pässe vom Flughafen, Fotos von dem Mädchen, damals fünf und sieben Jahre alt.«

Gysi nahm die Fotos entgegen. Er war ein bisschen enttäuscht. Besonders hübsch war dieses Kind nicht, Topfschnitt, hellbraunes Haar, dunkler Teint. Der Vater schielte stark mit einem Auge nach außen, vermutlich von Geburt an. Die Mutter, Mittelscheitel, schwarzes langes Haar, grüne

Augen, überragte den Vater laut Pass um zwölf Zentimeter. Das nun wieder fand er sympathisch.

»Aufgewachsen ist sie im Wedding, hundertsechzig Quadratmeter Altbau, Ofenheizung bis heute. In der Grundschule ein Notendurchschnitt von 1,1. Mehrere Zeltlagerreisen mit den Falken. Erst Weddinger Gesamtschule. Halbherziger Selbsttötungsversuch, sechs Wochen Klinikaufenthalt. Wiesengrund. Hier sind die Testergebnisse und die Protokolle – sieh selbst.« Dombi überreichte eine Akte.

»Dann Gymnasium in Reinickendorf. Friedrich Engels. Erste politische Aktivitäten, Demonstrationen, Organisation von Schülerstreiks, Sternmarsch. 1997/98 Schüleraustausch nach Kolumbien. Deutsche Schule Bogotá.«

»Moment«, hakte Gysi ein.

»Schüleraustausch nach Kolumbien? Welche Organisation?«

»Keine. Privat organisiert.«

Gysi wandte sich an Kama: »Verbindungen zur FARC?«

»Entfernt. Ich bin dran, aber das braucht noch ein paar Tage.«

Gysi nickte nachdenklich. Er hatte ja keine Ahnung gehabt, wie richtig er lag.

»Abitur mit Eins-Komma. Sofort im Anschluss Studium an der FU. Philosophie mit Fokus auf frühromantische Transzendentalphilosophie. Sie ist entfernt verwandt mit dem Transzendentalphilosophen Friedrich Freiherr von Wasserbrink. Daher wohl das Interesse an dem Kram.«

Gysi erinnerte sich, wie bei ihm doch gleich was geklingelt hatte, als er den Namen hörte. Also doch.

»Barkeeperin in verschiedenen Hip-Hop-Clubs. Heirat im Januar 2002. Im Juni desselben Jahres Geburt des ersten Kindes. Julia Sarah. Schwangerschaft problemlos. 2008 dann das zweite Kind: Sophie Consuelo.«

»Was wissen wir über den Ehemann?«

Kama beugte sich vor und griff nach seinem Glas.

»Er selbst ist unauffällig. Ausbildung zum Drucktechniker in Würzburg. Anstellung bei der Expo in Hannover. Kurzehe. Scheidung. Seither verschiedene Anstellungen in Berlin. Nie länger als zwei Jahre, unterbezahlt. Aber sein Vater ist interessant – Tahitianer. Dessen Familie siedelte über in die USA, aufgewachsen in der Bronx, Gangkarriere, Drogenprobleme, dann Verpflichtung auf Lebenszeit beim US-Militär. Anfang der Siebziger wurde er in Schweinfurt stationiert, wo er die Mutter kennenlernte. Offenbar regelte der Vater Heroinschmuggel über die Militärbasis. Fahnenflucht nach acht Jahren. Bei der missglückten Festnahme wurde er«, Kama hob vier Finger, um die kommenden Worte in Anführungszeichen zu setzen, »versehentlich erschossen.«

Gysi hatte sich vor dem inneren Auge eine Mind-Map erstellt. Kolumbien, US-Militär, Heroinhandel – das war doch was, womit er arbeiten konnte.

Syana würde Parteivorsitzende werden, um geopfert zu werden, da waren alle Informationen von Belang. Gysi hatte alles genau durchdacht. Syana war kein Parteimitglied, man würde ihr aber eindeutig eine antikapitalistische Haltung nachweisen können. Er brummte zufrieden.

»Nach der Geburt des zweiten Kindes Mitarbeiterin am Max-Planck-Institut für Wissenschaftsgeschichte. Projekt: Wissenschaftsfiktion. Abschlussarbeit – da musste ich lachen, Gregor – zum Amoklauf.«

»Wieso musstest du da lachen? Wegen meiner Amokfantasien? Die hat doch wohl jeder, wenn er sich mit Unfähigkeit rumzuplagen hat.«

»Nein, nicht deshalb. Sie hat zum Amokläufer als Pharmakós der Postmoderne geschrieben. Sie vertritt wohl die These, dass sich kapitalistische Gesellschaften den Amokläufer als Pharmakós leisten oder sogar auf ihn angewiesen sind. Er wird zum Sündenbock gemacht, damit das System bestehen kann. Hast du das gewusst, Gregor? Willst du sie so zum Kandidieren überreden? Willst du mit ihrer eigenen Forschung argumentieren? Das ist ziemlich ausgefuchst, mein Guter.«

Das hatte in der Tat etwas Komisches, er würde diese Option in Betracht ziehen. Voraussichtlich aber würde das gar nicht nötig sein, so wie er die Lage inzwischen einschätzte.

Irgendwie fühlte er sich dieser kleinen West-Linken verbunden. Wie er aber auf Syana Wasserbrink gekommen war, darüber würde er keine Auskunft geben. Was sollte er auch sagen? Er konnte ja wohl schlecht zugeben, dass er von einem Fan im Wartezimmer eines Hörsturzspezialisten auf sie gestoßen worden war. Nein, er würde das alles im Vagen belassen. Die Mystifizierung des Zeremonienmeisters konnte nicht schaden. Er hörte sich noch an, wie Syana zur Rezensionsredakteurin bei *In(ter)ventio* geworden war, beim Antrag eines anthropologisch-philosophischen Forschungsprojekts mitgewirkt hatte, dessen Begutachtung noch ausstand, und so schließlich zu ihrer Vertretungsstelle im Ostbüro gelangt war. Sie hatte demnach keinerlei Pläne, in der Fraktion Fuß zu fassen. Das war schon mal eine gute Vorraussetzung.

»Es gibt bisher eine Veröffentlichung zu ihrem Dissertationsthema. Moment.« Dombi blätterte in ihren Unterlagen. »Ah, ja. Da hab ich's. Mimesis 2.0. Keine Ahnung, was das sein soll. Erschienen in der letzten Ausgabe von *In(ter)ventio*.«

Gysi hätte sich beinahe am Eistee verschluckt. Mimesis? Langsam wurde es gruselig. Syana kannte die Geschichte des Pharmakós und hatte sich zudem mit mimetischen Vorgängen befasst. Er durfte sich jetzt nichts anmerken lassen. Ganz ruhig, dachte er bei sich und achtete auf seine Körpersignale. Sie alle waren darin geschult, Körpersprache zu analysieren, sowie darin, sie gegebenenfalls zu kontrollieren. Was war diese Kleine doch für ein Geschenk. Obwohl, eigentlich wusste er das nicht, er fühlte es vielmehr.

»Ist was an den Affärengerüchten dran?«, fragte Gysi in Richtung Kama.

»Keineswegs. Die Ehe wirkt stabil. Sie ist sauber.«

»Hhhm.« Gysi streichelte seinen Hinterkopf. »Besorg mir doch mal diese Veröffentlichung, bitte. Ich werfe da mal einen Blick rein und kucke, ob sich ein intellektuelles Einfallstor finden lässt. Ach, Quatsch, das macht viel zu viel Arbeit. Für so ein anthropologisches Gedöns hab ich keinen Nerv. Kuck du dir das doch bitte mal an und gib mir Bescheid.«

Das sollte als Ablenkungsmanöver ausreichen. Gysi klatschte in die Hände und erhob sich aus dem Korbsessel.

»Ihr habt doch sicher Hunger, Leute. Ich habe da ein kleines Vitello tonnato vorbereitet. Ich würde mal eben kurz in die Küche hüpfen. Wollt ihr 'n schönes eiskaltes Bier?« Seine beiden Verbündeten nickten, und Kama zündete sich eine Zigarette an. Dombi ging kurz mit ins Haus und kam mit einem Eiskübel voller Bierflaschen zurück. Sie zog ihre Schuhe aus und legte die Beine auf den noch freien Sessel.

Es war mittlerweile schwül unter den Weinranken, und Dombi kämpfte seit einiger Zeit schon mit den Problemen des Klimateriums. Eigentlich waren sie beide nicht vollends von Gysis Plan überzeugt, hatten aber selbst mit keinem besseren aufwarten können und sich schließlich auf diese Verrücktheit eingelassen. Sie hatten schon ganz andere Leute aufgebaut und wieder zu Fall gebracht. So funktionierte eben die Politik. Menschen wurden ausgewählt, man machte sich ihre Eitelkeit zunutze und übertrug ihnen Verantwortung, der sie nicht gewachsen sein konnten. Der niemand gewachsen sein konnte. Selbstgemachte Einzelgänger, Querulanten boten sich für solche Verfahren besonders an. Man beobachtete schließlich, wie sie ertranken, machte sich rar und trat erst dann wieder als gönnerhafte Unterstützer auf, wenn es für die Auserwählten bereits zu spät war. Alles konnte immer auf das Versagen des Einzelnen geschoben werden, auf dessen Überforderung.

Das hier war zwar eine Nummer größer, immerhin ging es um den Parteivorsitz, aber was machte das schon für einen Unterschied? Sie würden nur wenige Wochen Zeit haben, die nötigen Stimmen zusammenzupeitschen. Syana Wasserbrink hatte mit parteipolitischen Vorgängen keinerlei Erfahrung. Sie würde tief fallen. Aber immerhin kam sie aus dem Westen und war sich immer zu fein gewesen für Basisarbeit, für echtes Engagement. Ihr Kritizismus stank zum Himmel, und bekanntlich kam Hochmut vor dem Fall. Sie würde sich schon wieder aufrappeln, hatte ja familiären Rückhalt und durchaus einen Hang zur Selbstgefälligkeit, auch wenn die sich womöglich als Schutzmechanismus zwangsläufig aus ihrer sozialen Isolation ergeben musste. In der Fraktion wurde sie regelrecht verabscheut, das machte die ganze Sache freilich einfacher. Den meisten würde ziemlich schnell aufgehen, welche Funktion ihrer Kandidatur zukam, und denjenigen, die es nicht verstehen würden, war eh nicht zu helfen. Die hatten Politik noch nie verstanden und dümpelten in ihrer Schlichtheit vor sich hin.

Gysi trat mit zwei Platten auf die Terrasse, Dombi sprang auf und zog noch einen kleinen Beistelltisch heran. Gysi verschwand erneut und kam mit einem prallgefüllten Brotkorb, Tellern, Servietten und Besteck zurück. Sie aßen einige Minuten schweigend beziehungsweise gaben kauend Genussbekundungen von sich und zwinkerten einander zu. Gysi war bekannt dafür, seine Gäste mit selbstgemachten Leckereien zu verköstigen.

Kama nahm als Erster das Gespräch wieder auf: »Gregor, du musst uns bitte erklären, wie du Syana zur Kandidatur bewegen willst. Willst du sie ihr persönlich nahelegen? Das halten wir für äußerst riskant.«

»Na, seid ihr denn verrückt?«

Gysi spülte sein Thunfisch-Kalbsfleisch-Ciabatta-Gemisch mit einem großen Schluck Bier herunter. »Nein, nein, das muss ganz anders laufen. Ich habe gedacht, wir setzen den Onanisten auf sie an. Er hat gute Kontakte zum Ostbüro und schon mal was für die *In(ter)ventio* geschrieben. Wir schicken ihn hin zum Vorfühlen. Er soll sie ein bisschen aufstacheln, die Partei kritisieren, ihr Komplimente machen, ein Zusammengehörigkeitsgefühl wecken. Ihr wisst schon, ihr Honig ums freche Maul schmieren. Mal sehen, wie weit er kommt. Wenn das nichts wird, kommt Shiva ins Spiel.«

Kama und Dombi hatten ihre Zweifel. Kein Mensch der Welt hätte die Chuzpe, aus dem Nichts heraus für den Parteivorsitz zu kandidieren, ohne Anweisung von ganz oben. Andererseits war Syana antiautoritär erzogen worden und fand vielleicht Gefallen daran, den Laden im Alleingang aufzumischen. Möglich war es.

»Was ist mit ihrem Chef, könnten wir den nicht einbeziehen?«

Gysi winkte ab. »Ganz schlechte Idee. Der würde den Braten sofort riechen. Nee, nee, nee, nee. Wir machen's über den Onanisten und sehen, wie weit wir kommen. Er ist gut, der kriegt das hin.«

Alle drei waren zwar ein wenig skeptisch, einigten sich aber zunächst auf diese Variante. Sie hatten noch viel vor. Syana Wasserbrink würde als Nichtmitglied nicht für den Parteivorsitz kandidieren dürfen. Selbst wenn sie in die Partei eintrat, musste sie mindestens sechs Wochen ordentliches Mitglied sein, bevor sie irgendein Mandat übernehmen durfte. Es gab nur eine einzige Möglichkeit, diese Satzungsregel zu umgehen: Beim Parteitag in Göttigen würde ein Delegierter einen Dringlichkeitsantrag stellen müssen, in dem darum gebeten wurde, Syana Wasserbrink umgehend zum vollwertigen Mitglied zu erklären. Dafür kam zum Beispiel ihr Bezirksverband infrage, dem sie bisher gar nicht angehörte.

Die Charlottenburger sehnten sich schon seit Langem nach mehr Anerkennung und Einfluss. Der Vorsitzende war in seiner letzten Mandatsperiode, er musste um sein Lebenswerk bangen. Trotz seiner vielfältigen Talente war es ihm in der Vergangenheit nicht gelungen, seinem Bezirk zu dem ihm gebührenden Respekt zu verhelfen. Vielleicht könnte man ihm die Aufgabe übertragen. Das würde man sehen. Es kamen durchaus noch andere in Betracht. Wenn über diesen Antrag positiv entschieden würde, könnte sich der Pharmakós, die Kandidatin, in einer fünfminütigen Rede vorstellen, und dann würde alles seinen Lauf nehmen.

Es musste demnach sowohl ein geeigneter Antragsteller ausfindig gemacht als auch die notwendige Stimmenzahl im Vorfeld organisiert werden. Es handelte sich immerhin um fünfhundert Delegierte aus den Gliederungen plus die Delegierten des anerkannten Jugendverbandes und die der bundesweiten innerparteilichen Zusammenschlüsse. Der Jugendverband dürfte kein Problem darstellen, und die Delegierten der Strömungen waren nicht entscheidend. Die dreihundertfünfzig Stimmen aus den bundesweiten Kreisverbänden, die hingegen stellten in der Tat eine Herausforderung dar.

Es hing von der Rede ab, die er an jenem Tag halten würde. Sie musste anklagend sein, erschütternd. Ernstzunehmende Spaltungsgerüchte sollten vorher die Runde gemacht haben. Er musste ein apokalyptisches Szenario ausmalen und Hoffnungslosigkeit verbreiten. Gleichzeitig musste ein Neuanfang gefordert und in Aussicht gestellt werden, einer, der ausschloss, dass irgendeiner von den Alteingesessenen das Rennen machte. Es käme zweifellos auch auf die Rede an, die Syana halten würde. Sie musste auf Anhieb die gesamte Partei überzeugen. Eigentlich musste sie das nicht, denn die Abstimmung wäre ja bereits im Vorfeld geklärt worden. Ihre Rede allerdings musste so gut sein, dass zumindest der Anschein erweckt würde, sie allein habe die Anwesenden von ihrer Eignung für den Vorsitz überzeugen können. Der Onanist war genau der Richtige für diesen Job. Aus taktischen Gründen war er kein Mitglied der Partei. Er arbeitete als wissenschaftlicher Mitarbeiter und stand finanziell unter Druck. Man munkelte seit Längerem schon, dass seine Abgeordnete nicht wieder kandidieren würde, und seine berufliche Zukunft schien, zumindest nach außen hin, ungewiss. Er gab vor, nicht nur Kritiker zu sein, sondern bezeichnete sich sogar als radikalen Stalinisten. So hatte er das Vertrauen vieler Mitarbeiter und Referenten gewinnen können, ohne je in Verdacht zu geraten, mit der Führungsriege verbandelt zu sein. Er war einer der wertvollsten Funktionäre des Tantrischen Kreises.

7. Kapitel

La Bataille

Schon vor einiger Zeit hatte Ronen sich online unter verschiedenen Namen in Sexforen angemeldet und so herausgefunden, welche Swingerclubs die besten Anlaufstellen waren, wenn man an einer rituellen Orgie teilnehmen wollte. Wer als Mann ohne Begleitung nach Zutritt verlangte, musste stolze zweihundert Euro hinblättern und außerdem von einem Insider eingeladen werden. Es war äußerst kompliziert gewesen, nicht aufzufallen und die richtigen Codewörter herauszufinden, um nicht gleich wieder aus dem Forum ausgeschlossen zu werden. In solchen Kreisen war man sehr vorsichtig.

Ohne Mos Hilfe wäre er aufgeschmissen gewesen. Mo hatte sich zwar geziert und versucht, Ronen von seinem Vorhaben abzubringen, sich aber schließlich doch dazu bereit erklärt, sich in die entsprechenden Foren zu hacken, um Ronen die Schlüsselwörter zu nennen. Mo kannte ein paar Tricks, die ihm halfen herauszufinden, wem er im Deep Web vertrauen konnte. In dieser Zone wurden keine Fragen gestellt, sondern Informationen ausgetauscht. Für die Zugänge zu *deSade.net* hatte Mo einige Programmierschnittstellen und Cheats der bekanntesten Onlinegames preisgeben müssen, dabei aber nicht wirklich zu seinen Ungunsten agiert. Eigentlich hatte sich sogar eine Win-Win-Situation ergeben, und der Hacker, der unter dem Namen Apollinaire bekannt war, erwies sich als äußerst nützlich.

Ronen hatte, mit dem notwendigen Vokabular gerüstet, über *deSade.net* Kontakt aufgenommen mit jemand Einflussreichem aus der Orgienszene. Der unter dem Namen

Simon Lefèbre Agierende schlug Ronen vor, sich im *Bataille* in Kladow besser kennenzulernen. Es gab dort einen Raum, der als die Grotte bekannt war. Dort wollte Lefèbre Ronen treffen, um sich persönlich zu vergewissern, dass Ronen für eine weitere Einweisung infrage kam.

Zunächst versuchte Ronen noch, Mo zum Mitkommen zu überreden. Der aber war ziemlich schnell sehr ungehalten und drohte Ronen an, ihm bei weiteren Bitten in diese Richtung jeglichen Beistand zu entziehen.

»Alter, halt mich raus aus der Scheiße. Ich hab dir gesagt, dass ich das alles für absolut schwachsinnig halte. Wenn du das durchziehen willst, bitteschön. Viel Spaß beim Sex mit Lefèbre.«

»Ich werde keinen Sex mit Lefèbre haben«, entgegnete Ronen verunsichert.

»Du wirst Sex mit ihm haben. Da verwette ich meinen Schwanz drauf. Du glaubst doch nicht ernsthaft, dass er dich zu 'nem Ritual mitnimmt, ohne dass du ihm vorher die Eier gelutscht hast.«

Ronen schwor sich, keinen Rückzieher zu machen. Andere Journalisten trafen sich mit afrikanischen Massenmördern in der Einöde oder mit albanischen Drogenhändlern. Dann würde er es ja wohl hinkriegen, sich in so einen popligen Swingerclub einzuschleusen. Also ging er shoppen.

Er versuchte, sich in einen mittelalteraffinen Orgienfan einzufühlen, und entschied sich für einen Lendenschurz aus Leder. Darunter wickelte er sich ein Ledergeflecht um Penis und Hodensack, das er möglichst kompliziert verschnürte, da er sich einen gewissen Schutz von diesem Konstrukt versprach. Er rasierte sich die Achseln, den Intimbereich, die Beine und Unterarme und machte seinen Körper mit einem Lavendelöl geschmeidig. In einem Second-Hand-Laden erstand er ein weißes Schnürhemd mit Rüschenärmeln und einen abgewetzten langen Ledermantel. Eine Pluderhose aus Leinen komplettierte sein Outfit. Er wusste zwar, dass er sich würde ausziehen müssen, wollte aber gleich am Empfang als eigenartiger, aber gepflegter Ritterfreak auftreten. Er stellte sich vor, dass das nicht unüblich war.

Mit dem Taxi ließ er sich vom Alexanderplatz aus direkt bis vor die Tür des *Bataille* bringen. Allein das kostete einen Fuffi. Mo hatte ihm dringend geraten, 1 mg Tavor einzuschmeißen, ein Mittel, dass bei Angstzuständen verabreicht wurde, und es war tatsächlich nicht schwer gewesen, das Medikament illegal im Internet zu bestellen. Eigentlich war er also ziemlich entspannt, als er in Kladow ankam, bezahlte die zweihundert Euro und zog sich in einer Kabine um. Die zumindest wirkte sehr sauber, auch wenn die Fotografien, die mit Tesafilm amateurhaft an den gekachelten Wänden befestigt waren, dem Raum ein erschreckend plastisches Ambiente verliehen. Das Tavor half ihm dabei, relativ relaxt auf das zu reagieren, was er sah, als er durch den Swingerclub schritt und zunächst an der Bar einen Wodka-Gimlet zu sich nahm. Ein Holztresen, wie er vermutlich in einem Wohnzimmer in Staaken häufig zu finden war, lud die Gäste ein mit der Aufschrift: »Fick dich glücklich, aber vorher noch einen zischen!« Der Barkeeper trug einen Fanschal von Hertha Berlin und ansonsten nicht mehr als einen ausgewaschenen blauen Badeslip und Plastiklatschen.

Binnen Sekunden gesellte sich eine ältere Dame zu Ronen, bestellte sich einen Tequila Sunrise mit viel Garnitur und begann ein unverbindliches Gespräch. Er war überrascht, wie unaufdringlich und normal sie wirkte. In ihrem roten Negligé sah sie in Ronens Augen ziemlich mitleiderregend aus, aber sie hatte eine angenehme Stimme und machte keinerlei Anstalten, ihn zu berühren. Dass sie Deutschlehrerin am Gymnasium war, erzählte sie, sich aber seit einem kleinen Schlaganfall glücklicherweise im Frühruhestand befand. Sie war Mutter von zwei erwachsenen Kindern und pflegte schon seit über zwanzig Jahren keinen sexuellen Kontakt mehr mit ihrem Ehepartner. Intelligent war sie, freundlich und hatte Humor. Als Ronen ausgetrunken hatte, fragte sie ihn, ob sie das Gespräch nicht in einer gemütlicheren Atmosphäre weiterführen wollten. Jedoch musste Ronen sich höflich entschuldigen und ihr mitteilen, dass er verabredet sei – in der Grotte. Sie reagierte keineswegs beleidigt auf die Abfuhr und bot Ronen sogar an, ihn zur Grotte zu geleiten, als er zugab, zum ersten Mal in diesem Etablissement zu Gast zu sein. Er folgte ihr durch die Räumlichkeiten und verabschiedete sich, relaxt wie er war, noch mit einem Kuss auf die Wange von ihr.

»Schade«, hauchte sie mit rauchigem Timbre und verschwand dann um die Ecke in einen anderen Bereich des Clubs. Ronen wäre spätestens jetzt vor Angst gestorben, wenn er sich nicht auf Mos Rat hin das Tavor eingeworfen hätte. So aber betrat er mit ruhigem Puls die Grotte. Bei dem Anblick, der sich ihm darbot, hätte er wohl ohne den Tranquilizer sofort panisch Reißaus genommen. Lefèbre erkannte er sofort an der großen Kreole, die dieser im linken Ohrloch trug, so wie es ausgemacht war. Er kauerte neben einer abgeranzten Lagerfeuerattrappe vor einem stümperhaft bemalten Styroporfelsen zwischen den Beinen einer jungen Frau, die stark schwitzte. Blonde nasse Haarsträhnen verdeckten ihr Gesicht. Nach dem Körperbau zu urteilen war sie nicht älter als dreißig Jahre. Sie war schlank und hatte kleine feste Brüste, an denen Lefèbre ausgiebig leckte und saugte. Als er Ronen bemerkte, winkte er ihn zu sich. Einen kurzen Moment noch zögerte Ronen und sah sich den Raum genauer an. O Goooooott, o Gooooooott, o Goooott. Ja, das war nicht Mitte hier oder Neukölln. Hier versuchte man nicht, auf sublime Weise eine Twin-Peaks-Atmosphäre zu zaubern, hier war das Trashig-Attrappenhafte, das Tölpisch-Prollige Programm.

Ronen fühlte sich aus unerklärlichen Gründen leicht erregt und spürte, wie sein Schwanz in dem Ledergeflecht wuchs und gegen das Leder anzukämpfen versuchte. Er musste schnell reagieren. Weder wollte er mit dieser fremden Frau verkehren noch aktiv oder passiv mit Lefèbres

Schwabbelfleisch zu tun bekommen. Allerdings durfte auch seine Tarnung nicht auffliegen, und so kniete er sich blitzschnell hinter Lefèbre und begann, sanft mit seiner Nase an dessen Hals auf und ab zu fahren. Er konnte Lefèbres Schweiß riechen und irgendein widerliches Eau de Toilette, das ihn an die Ausdünstungen einer Autowaschanlage erinnerte.

»Hi«, flüsterte Ronen und küsste den Haaransatz des untersetzten, kopulierenden Mannes in den Vierzigern. Egal, wie er es anstellte, schnell überzog Lefèbres Schweiß Ronens Gesicht und andere Bereiche seines Körpers.

Sofort griff der geübte Swinger nach Ronens Nacken, drehte sich zu ihm um und versuchte, ihm die Zunge in den Mund zu schieben. Ronen aber konnte sich geschickt wegdrehen und begann stattdessen, das linke Knie der jungen Frau zu küssen und zu lutschen. Das erschien ihm dann doch als das geringere Übel, und er stellte sich vor, dass es eine authentische Pornogeste war. Die Bewegungen Lefèbres wurden langsamer und fließender, und er bearbeitete wieder den Oberkörper der jungen Frau, die leise vor sich hin stöhnte.

Ey, mach hinne, Atze, dachte Ronen, überlegte verzweifelt, wie er die ganze Situation abkürzen könnte, und griff dann beherzt nach den Eiern seines zukünftigen Topinformanten. Sofort wurden dessen Stöße wieder fester, der Rhythmus seines Beckens verlangender. Ronen erkannte seine Chance und knetete wilder an dem haarigen Gehänge. Dabei küsste er den Nacken und biss Lefèbre leicht in die Schultern. Ronen zog die Haut und zwirbelte die weichen Hautlappen, nahm das Hinterteil Lefèbres in seine Hände und riss die Backen ruckartig auseinander, nur um schnell wieder nach dem Sack zu greifen. Lefèbre stöhnte auf und stieß noch ein paar Mal hart zu. Seine Partnerin, die inzwischen mit den Fingern ihrer rechten Hand angestrengt ihre Klitoris bewirtschaftete, nahm Fahrt auf. Ronen rieb sich immer wilder an Lefèbres Hinterteil und stieß Geräusche aus, die seine Ekstase bezeugen sollten. Ganz von selbst hatte er dabei begonnen, sich im selben Rhythmus wie das Paar zu bewegen. Als er kurz die Augen schloss, spürte er seinen harten Schwanz in der Sicherheitsvorkehrung gegen den Lendenschurz reiben, und überlegte kurz, ob er nicht doch abspritzen sollte, wenn er schon mal hier war. Das Tavor hatte seinen Geist aufgeweicht, seinen Körper willig und nähebedürftig werden lassen. Er wollte in eine Frau eindringen, unbedingt, sofort, oder in irgendwas anderes. Doch er konnte sich aus seiner Lust reißen und besann sich wieder auf seinen eigentlichen Plan.

Lefèbre kam endlich, nur etwa eine Minute nach seiner Partnerin, küsste ihr danach noch liebevoll die Schultern und tätschelte ihren Kopf. Als er ihr das Haar aus dem Gesicht strich, sah Ronen, dass sie doch älter sein musste, als er ursprünglich vermutet hatte, vielleicht Mitte Vierzig. Freundlich lächelte sie Ronen zu und entfernte sich dann leichtfüßig, aber schweigend aus der grottigen Grotte. Lefèbre deutete Ronen mit einer Kopfbewegung an, dass er kurz duschen wolle, und verschwand für wenige Sekunden hinter einem Zaun aus Holzlatten.

»Komm, wir gehen was trinken«, sagte Lefèbre, als er mit einem knorzigen, vergilbten Frotteehandtuch um die Hüften aus dem Duschbereich zurückkehrte. Kurz überlegte Ronen noch, ob er schnell auf der Toilette masturbieren solle, entschied aber dann, dass nur das Tavor aus ihm sprach und sah davon ab.

Die restlichen Stunden plauderten er und Lefèbre ausgelassen über rituelle Orgien. Ronen musste Orgien fingieren, die er auf Ibiza und Lesbos besucht haben wollte, und Lefèbre berichtete von den Anfängen seiner Leidenschaft und offenbarte, dass Ronen ihn mit seiner schüchternen Art an sich selbst erinnerte, als er neu in der Szene war. »Das war doch ein guter Anfang heute. Ich bin damals nicht gleich so rangegangen wie du. Ich hab gemerkt, dass du echt angetörnt warst, das war schön. Ich bin viel verklemmter gewesen in deinem Alter. Lass dir Zeit, geh es langsam an, finde raus, worauf du wirklich abfährst.«

Na toll, er hätte also gar nicht so rangehen müssen? Naja, scheiß drauf, wenigstens vertraute Lefèbre ihm jetzt. Das war die Hauptsache.

»Ich steh auf Rituale. Tierblut, Opferungen, Gangbangs und so. Ich weiß, das klingt krank irgendwie«, verlautbarte Ronen. Beide hatten ihre Drinks schon geleert und wieder volle Gläser in der Hand.

»Gar nicht. Blödsinn. Ist doch cool, dass du weißt, was du willst, und dass du dir das nimmst. Mir war gleich klar, worauf du hinauswillst – du bist immerhin von Apollinaire. Der schickt nur vertrauenswürdige Leute zu mir, die Potenzial haben. Du bist echt hübsch. Ich kann mir gut vorstellen, dass du ankommst in der Szene. Du bist doch nicht auf Geld aus?«

Für einen kurzen Moment fühlte er sich geschmeichelt, als er aber begriff, was er da gerade gefragt worden war, konnte Ronen es nicht fassen. Lefèbre hatte ernsthaft in Betracht gezogen, dass er ein Stricher war. Sein Entsetzen war nicht gespielt, und Lefèbre entschuldigte sich mehrfach aufrichtig für seine Frage.

»Pass auf, Benjamin« – den Namen hatte Ronen für seine Rechercheaktion gewählt – »am kommenden Wochenende steigt 'ne ziemlich große Sache. Ich fänd's geil, wenn du dabei wärst.« Kurz hatte sich Lefèbre umgesehen und dann näher zu Ronen gebeugt: »Schloss Marquardt. In den Kellergewölben. Oben findet ne Hochzeit statt. Ist alles Tarnung. Es werden sogar ein paar Promis dabei sein. Du gehst normal als Gast zur Hochzeit, isst in Ruhe und unterhältst dich. Irgendwann wird dich ein Kellner fragen, ob du dich schon für das Buch hast fotografieren lassen. Du sagst dann«, Lefèbre blickte wieder um sich und vergewisserte sich, dass sie keine Zuhörer hatten, »du sagst dann: Ich glaube nicht, dass ich fotogen genug bin für das Buch. Der Kellner wird erwidern, dass die Braut jedoch auf dein Mitwirken bestehe, und dich bitten, ihm zu folgen. Was dich dann erwartet, Benjamin«, er wurde noch leiser, die letzten Worte presste er beinahe geräuschlos aus und formte dabei mit Daumen und Zeigefinger ein O, »ist das Allerallergeilste. Weißt du, was mein Motto ist?«

Ronen schüttelte mit dem Kopf.

»Mein Motto ist: Ich gehe in geile Clubs, in denen geile Leute sind, die mich geil finden. Geil, wa?«

Ronen traf erst gegen halb vier wieder zu Hause ein und verbrachte noch etwa eine halbe Stunde damit, seine Pinnwand mit den neuen Aspekten zu vervollständigen.

Am nächsten Morgen konnte er sich nur mühsam auf den Beinen halten. Er hatte kaum länger als zwei Stunden geschlafen, bevor er zur Frühschicht in der *Eins* musste. Qualvoll schleppte er sich in das Büro im hinteren Teil des Lokals und entnahm dem Safe die Tasche mit dem Tageswechselgeld. Im Halbschlaf baute er die Terrasse auf, entfernte die Ketten von den Stühlen und Tischen an der Spree, säuberte die Aschenbecher mit einem Pinsel und verteilte sie auf die Tische, wechselte ein Bierfass aus und füllte die Kühlschränke unter der Bar mit Getränken aus dem Keller.

Er war wirklich erschöpft an diesem Vormittag. Die für die Jahreszeit ungewöhnliche Hitze der vergangenen Wochen sollte im Verlauf des Tages sogar noch übertroffen werden, außerdem wirkte das Tavor-Alkohol-Gemisch der vergangenen Nacht noch nach. Ronen hatte schon das zweite Red Bull geext, als Gregor Gysi die *Eins* betrat. An den Tischen auf der anderen Straßenseite saßen vereinzelte Touristengrüppchen, um die sich Ronen als Barkeeper jedoch nicht zu kümmern brauchte. Er nahm aus dem kleinen Drucker lediglich die Bons mit den gebuchten Getränken heraus und richtete die geforderten Getränke dann entsprechend auf einem Tablett an, das von einer der beiden Servicekräfte an der Bar abgeholt wurde.

Ronen wurde, als er Gysi sah, sofort von einem Adre-

nalinflash gepeitscht und bereute es fast, ein so koffein-
haltiges Getränk zu sich genommen zu haben. Er musste
unbedingt ganz normal wirken, desinteressiert, professionell, geschäftig. Seit jenem verheerenden Vormittag vor drei
Wochen hatte Ronen den Fraktionsvorsitzenden nicht mehr
gesehen und fühlte sich ein wenig wie ein Agent, als er Gysi
von der Kaffeemaschine her zurief: »Das Übliche, Chef?«

Gysi nickte und pellte sich aus dem grauen Jackett, das er
über den Barhocker zu seiner Rechten legte.

Wenn du wüsstest, dass ich dir und deinen Machenschaften auf den Fersen bin, dachte Ronen, als er Gysi die Untertasse mit dem doppelten Espresso hinschob. Er überlegte,
ob oder vielmehr wie er Gysi in ein Gespräch verwickeln
konnte. Er würde etwa eine halbe Stunde Zeit haben, bis
sein Gast wieder ginge. Gerade hatte er einen Bon aus dem
Drucker genommen, der eine lange Liste an Bestellungen
anzeigte, als das Telefon klingelte.

»Einen wunderschönen guten Tag. Ronen Wellmer, die
Eins im ARD-Hauptstadtstudio, was kann ich für Sie tun?«

»Schönen, guten Tag Ihnen auch. Wären Sie bitte so
freundlich, mir Herrn Gysi an den Apparat zu holen?«

»Selbstverständlich. Einen Moment.« Ronen hielt den
Hörer mit der rechten Hand zu und ging die wenigen
Schritte zur Theke hinüber. »Herr Gysi. Bitte entschuldigen
Sie, aber Sie werden verlangt.«

Dieser nickte nur, faltete die Zeitung zusammen und
nahm den Hörer entgegen.

»Gregor, es tut mir leid, es ist dringend.«

Es waren eben wilde Zeiten. Eigentlich hatte Gysi gehofft,
hier bei seiner kurzen Pause nicht gestört zu werden. Es gab
derzeit aber nun mal Angelegenheiten, bei denen klar war,
dass er im Zweifelsfall eine Entscheidung treffen musste, die
anderen nicht zustand.

»Schieß los.«

»Der Onanist hat die Ipsation eingeleitet und das Smegma
anal substituiert. Er lässt fragen, ob Bondage definitiv ge-

wünscht ist. Es geht um Minuten. Außerdem will er wissen, ob Sahrosk gefistet wird, oder ob es bei der Demivierge bleibt.«

Gysi schwieg einen Moment und trank einen Schluck Espresso. Den Barkeeper hatte er die ganze Zeit über beobachtet, weil er mit seiner Antwort warten wollte, bis er sicher war, dass niemand seine Worte mitbekäme. Ronen hatte gerade einige kleine Mineralwasserflaschen geöffnet und Zitronenstücke in die Gläser fallen lassen, während Espresso in ein Lattekännchen aus Edelstahl lief. Als Ronen kalte H-Milch in die Aufschäumkanne goss und, zur Kaffeemaschine gewandt, die Milchdüse betätigte, sah Gysi seine Chance.

»Es bleibt beim Rape-Play. Ipsation fortsetzen. Sahrosk wird gefistet, die Demivierge defloriert.«

»Ist gut. Bis später.«

»Ja, mach's gut.«

Gysi legte den Hörer auf die Theke und trank seinen Espresso aus. Das waren gute Neuigkeiten, sehr gute Neuigkeiten, sehr, sehr gute Neuigkeiten.

Als Ronen alle verlangten Getränke auf zwei Tabletts drapiert hatte, ging er zu Gysi hinüber und griff nach der Untertasse: »Darf's noch etwas sein, Chef?«

»Wissen Sie was, mein Lieber. Ich hätte liebend gerne ein kleines Stück von Ihrem hausgemachten Rhabarberkuchen, der mich schon die ganze Zeit aus der Vitrine anlächelt. Der sieht herrlich aus.«

»Mit Sahne?«, fragte Ronen höflich.

Gysi kniff grinsend die Augen zusammen und erhob seinen rechten Zeigfinger: »Sie! Sie sind ein Schlawiner, ein Teufel. Aber ja, ich würde ein Kleckschen Sahne dazu nehmen und ein Mineralwasser, bitte.«

Ronen bewegte sich die zwei Schritte zur Kasse, bonierte das Mineralwasser, einen Tageskuchen und einmal Küche extra. Den doppelten Espresso ließ er weg, der stand schon nicht mehr auf der Bar, war also nie getrunken worden. Das

Geld würde er als erweitertes Trinkgeld behalten. Das ging nur bei Gästen, die nicht nach einer Rechnung verlangten, denen er die zu bezahlende Summe mündlich mitteilte, indem er ihnen ihre Bestellungen vorrechnete. Nur ganz selten hakte da jemand nach, und dann bonierte er eben doch noch. Wenn er das bei drei bis fünf Bestellungen pro Schicht so machte, bekam er etwa einen Hunderter in der Woche zusammen, mit dem er sein mickriges Gehalt aufstockte. So lief das halt in der Berliner Gastronomie. In den vergangenen Jahren war er manchmal sogar nur auf neunzig oder hundertsechzig Euro angemeldet gewesen. Die Politik spielte da mit. Wenn sich einmal ernsthaft jemand berlinweit alle nötigen Servicestunden ansehen würde, die es brauchte, um all die Kneipen, Restaurants und Bars am Laufen zu halten, und dann die tatsächlich angemeldeten Arbeitsstunden damit abgleichen würde, wäre jedem klar, dass etwa siebzig bis achtzig Prozent aller Aushilfen und Angestellten schwarz arbeiteten. Dieser Betrug läuft im beidseitigem Einvernehmen zwischen Finanzämtern und Gastronomiebetreibern. Berlin ist eben arm und sexy. Würde da alles mit rechten Dingen zugehen, müsste auf Anhieb mindestens die Hälfte aller gastronomischen Betriebe dichtmachen. So viel ist klar. Da ist man eben tolerant auf Kosten der Angestellten, die weder Anrecht auf Lohnfortzahlung im Krankheitsfall haben noch Urlaub oder sonst ein Fünkchen Gerechtigkeit. Ronen hatte während des Studiums oft mitbekommen, wie Kolleginnen und Kollegen, die gegangen worden waren, anschließend übers Arbeitsgericht ihre Rechte einzuklagen versuchten, meist vergebens. Mehr als fünfhundert Euro Abfindung waren jedenfalls nie dabei herausgekommen.

Immerhin war er in der vergangenen Nacht auf knapp dreihundert Euro Spesen gekommen, die er von niemandem erstattet bekommen würde. Wegen der zwanzig Euro am Tag hatte er also kein schlechtes Gewissen. Er war derjenige, der hier betrogen wurde. Er schaffte lediglich ein bisschen Ausgleich.

Ronen holte den Kuchen aus der Vitrine und schnitt Gysi ein großzügiges Stück von dem keineswegs selbstgemachten, nach deutschem Lebensmittelrecht aber durchaus hausgemachten Rhabarberkuchen ab. Er holte den Siphon aus Aluminium aus dem Kühlschrank unter der Bar und gab Sahne auf den Teller. Erst wenige Tage zuvor hatte er erfahren, dass dieses Sahnegerät gar nicht Espuma hieß, wie er immer gedacht hatte, sondern Siphon, und dass er das Gerät fälschlicherweise als das bezeichnet hatte, was damit eigentlich erst hergestellt werden sollte. Unglaublich peinlich war es ihm gewesen, als ein Gast, ein betagter Redakteur, ihn darauf aufmerksam machte. Zu Hause hatte er die Erläuterungen seines Verbesserers nachvollzogen und für einen winzigen Augenblick überlegt, ob man jemanden wegen so etwas hätte töten müssen – in einer anderen Kultur vielleicht, zu einer anderen Zeit.

Ganz deutlich hatte Ronen eben mitgehört, dass Sahrosk gefistet werden sollte in einem Rape-Play. Ipsation würde er nachschlagen müssen. Sahrosk konnte für nichts anderes stehen als für Oskar und Sahra. Gysi wollte beide auf einmal beseitigen. Ronen hatte alle Nachrichten zur Linksfraktion seit dem Rücktritt der Parteivorsitzenden Lötzsch studiert. Dass Gysi die beiden gerne loswerden wollte, war wohl inzwischen jedem klar geworden. Und dann hatte Lafontaine auch noch gewagt zu kandidieren, ein Affront. Ronen stellte Gysi den Kuchen und das Mineralwasser hin und begann, in Gedanken versunken die Gläser zu spülen. Gysi war entspannt zum Verzehr seiner Sünde übergegangen und blätterte wieder in der Zeitung.

Rape-Play – Ronen konnte sich beim besten Willen nicht vorstellen, wie Gysi ein Vergewaltigungsspiel initiieren wollte, an dem Oskar Lafontaine und die Wagenknecht teilnehmen würden. Wenn es sich aber um ein Ritual drehte, eine rituelle Vergewaltigung vielleicht, eine Freimaurervergewaltigung, könnte Gysi jemanden eingeschleust haben und seine beiden Kontrahenten wären erpressbar. Oder Gysi hatte jemanden an der Hand, der sich als Vergewaltigungs-opfer Lafontaines ausgeben würde, eine ehemalige Prostituierte vielleicht. Das würde beide Karrieren abrupt beenden. Obwohl, die Wagenknecht könnte rauskommen aus so einer Geschichte, angekratzt zwar, aber Mitleid der Öffentlichkeit kann eine Karriere durchaus pushen.

Ronen war todmüde und hatte noch nicht mal die Hälfte seiner Schicht überstanden. Er musste dringend schlafen. Er musste dringend mit Mo sprechen. Er musste dringend an den Computer und vor seine Pinnwand. Er exte noch ein Red Bull.

Gysi erhob sich zum Zahlen erst, als Ronen alle Gläser poliert und ins Regal geräumt hatte. Er hielt dem Barkeeper einen Schein entgegen und erklärte, dass Ronen den Rest behalten durfte. Gysi schien bei bester Laune zu sein. Wie denn auch nicht, dachte sich Ronen, es ist wirklich ein Moloch. Von Beginn an hatte er das gesagt, und alles, was er sah und hörte, bestätigte seine Meinung. Vergewaltigungs-vorwürfe waren echt nicht ohne. Wenn das alles auffliegen würde, hätten es tatsächliche Vergewaltigungsopfer nachher noch schwerer, glaubhaft zu wirken. Was hatte Gysi noch mal gesagt? Mist, er hätte es sich gleich aufschreiben sollen. Irgendwas mit i. Irigi, nee, Itasi, Intera – Ronen hatte es vergessen. So eine Scheiße.

Allmählich füllte sich die Terrasse mit Mittagsgästen. Auf dem Bürgersteig an der Rollirampe saßen einige Fraktionsmitarbeiter der Grünen. Eine große Reisegruppe, deren Mitglieder ausschließlich Spanisch sprachen, hatte an der Spreeseite mehrere Tische zusammengerückt. Jenny, die Kellnerin, musste ganz schön rennen, und auch Miriam sah nicht so aus, als wäre sie über den Ansturm begeistert. Touristen gaben kaum Trinkgeld, und die Bundestagsleute waren alle knickerig. Da lohnte sich die Rennerei nicht einmal finanziell. Ronen hatte über die Mittagsstunden viel zu tun, das machte es einfacher. Nichts war schlimmer, als müde hinter der Bar abzuhängen und gegen das Gähnen anzukämpfen. Wenn was los war, kam sein Körper ganz allein wieder auf ein normales Kraftlevel und überwand den Tiefpunkt.

Am nächsten Tag saß Ronen gegen 15 Uhr an der Bar, machte eine Pause und aß eine Ofenkartoffel mit Kräuterquark und Salatbouquet, als er beim Blick über die Schulter sah, dass Syana Wasserbrink das Reichstagsufer hinuntergelaufen kam. Sie wirkte gehetzt. Ach du Kacke, dachte Ronen und sprang kauend von seinem Barhocker auf. Er musste sich so setzen, dass er beobachten konnte, was geschehen würde. Er hatte sie sofort erkannt, denn Mo hatte ihm inzwischen Bilder von ihr bei Facebook gezeigt. Sie trug einen schwarzen Rock und eine kurzärmelige Bluse in Nude mit schwarzem Rundkragen. Beides wirkte etwas oversized. Wider Erwarten trug sie dazu flache schwarze Ballerinas. Eigentlich hatte Mo ja behauptet, sie wäre immer auf High Heels unterwegs, nun ja. Syana hatte das Outfit im Ausverkauf erstanden, wie alle ihre Business-Klamotten, und es war eben nur noch Größe M erhältlich gewesen, das aber konnte Ronen nicht wissen. Wie auf den Fotos ihres Profils trug sie einen tief sitzenden Dutt mit Seitenscheitel. Von Weitem sah sie ungeschminkt aus, vielleicht etwas Rouge, überschminkt, wie Mo behauptet hatte, war sie jedenfalls nicht.

Sie sah sich in alle Richtungen um, als sie die Straße überquerte, und begrüßte ein junges Paar, das an einem der Tische mit Bierbänken an der Spree saß. Den schwammigen Typen mit schulterlangem hellbraunen Haar umarmte Syana etwas verhalten. Die junge blonde Frau allerdings, die dem Langweiler gegenübersaß und einen Teller Penne à la Carbonara vor sich hatte, wie Ronen dem Buchungssystem der Kasse entnehmen konnte, begrüßte Syana mit einer stürmischen und langanhaltenden Umarmung. Ronen konnte sich nicht vorstellen, dass dieser fade Typ da zu dem engen Hip-Hop-Szenekreis gehören sollte, von dem Mo gesprochen hatte. Auf die Blondine konnte das schon eher zutreffen. Sie trug ihr fast weißblondes Haar in einem seitlichen Zopf am Oberkopf und dazu große schwarze Ohrringe, deren Form Ronen nicht erkennen konnte. Ihre stämmigen Beine steckten in knallbunten Leggings zu Schuhen mit sehr hohen Absätzen. Ein weißes T-Shirt, dem der Ausschnitt abgeschnitten worden war, hatte sie an der Seite zusammengeknotet, typischer Hipster-Look eben. Ronen hätte schwören können, sie schon mal gesehen zu haben. Dieses hübsche knautschig-knuffige Gesicht mit leichtem Doppelkinn, eine Rapperin vielleicht, es fiel ihm nicht ein.

Syana setzte sich, und Jenny ging sofort an den Tisch, um die Bestellung entgegenzunehmen. Syana wirkte sehr freundlich, fast etwas überschwänglich. Als Jenny zurück kam, erfuhr Ronen, dass Syana eine rote Berliner Weiße bestellt hatte, aha, Alkohol während der Arbeit und das bei dieser Hitze. Sie redete ununterbrochen und gestikulierte wild dabei. Immer wieder schlug sie lachend die Hände vors Gesicht, als würde sie sich im Nachhinein für etwas schämen. Ihre beiden Zuhörer lachten wiederholt laut auf.

Ronen hätte zu gerne gewusst, was Syana da Wildes berichtete. Die drei waren ganz offensichtlich verabredet, und Syana hatte etwas zu erzählen. Die Blondine riss die Augen auf und schlug mit der flachen Hand auf den Tisch. Es musste etwas unglaublich Komisches sein. Ronen überlegte kurz, ob er sich nach draußen setzen sollte, aber der Tisch direkt daneben war nicht frei, und hier in der Dunkelheit konnte ihn niemand von draußen sehen und sich beobachtet fühlen. Plötzlich erhob sich Syana. Sie hatte die Weiße noch nicht einmal zu Hälfte geleert. Die beiden anderen machten unauffällige wegschiebende Handbewegungen und nickten ihr zu. Zögernd bewegte sich Syana entlang der Tische und sah sich mehrfach nach ihren Freunden um. Wo wollte sie hin?

Ronen suchte mit seinen Blicken die Terrasse ab. Leck mich am Arsch! Verdammte Axt, das darf ja wohl nicht wahr sein. Da saßen im Schatten unter einem der großen

Sonnenschirme Oskar Lafontaine und Sahra Wagenknecht, und Syana ging direkt auf die beiden zu. Ronens Herz schlug bis zum Hals. Er hätte schreien können, Jenny an den Schultern rütteln und rufen: »Jenny, Alter, kuck dir das an, This is it!«, kaute aber wohl nur ein wenig hektischer.

Syana baute sich vor den beiden auf. Sie straffte ihren Körper, Ronen verstand plötzlich, warum die anderen Mitarbeiter Syana zum Kotzen fanden, dieser trotzige Blick, die geschwungenen Augenbrauen. Syana sagte etwas. Wagenknecht war am Telefon und starrte Syana an. Lafontaine erwiderte etwas und lachte. Syana lachte zurück, deutete kurz mit dem Daumen hinter sich auf den Bundestag, zeigte dann auf sich selbst und versteckte schnell die Hände hinter ihrem Rücken. Lafontaine erwiderte wieder etwas. Er wirkte amüsiert. Flirteten die beiden miteinander? Syana verbeugte sich kurz, sagte noch etwas in Richtung Wagenknecht, die sich nicht in das Gespräch eingemischt hatte, und ging wieder, nun eher beschwingt, zu ihrem Platz zurück. Die Blondine hielt sich mit aufgerissenen Augen die Hand vor den Mund und schüttelte lachend den Kopf. Syana nahm einen großen Schluck Berliner Weiße.

Ronen sah zu dem Linkenpaar. Die unterhielten sich, beide lächelten und blickten sich nicht nach Syana um.

Ronen musste sich konzentrieren. Was hatte er eben beobachtet, was war das? Rape-Play, fisting, isikaliirgendwas, Sahrosk, Syana – Syana hing mit drin.

Die ganze Wanzen-Story, na klar. My Confession. Ich vergewaltige Männer, regelmäßig. So hatte Syana alias Kasper Hauser ihren Blogeintrag begonnen. Er würde arbeiten müssen, er musste herausfinden, was passieren würde und – er musste es verhindern. Diesen Entschluss hatte er eben erst gefasst. Es ging nicht mehr nur um Gysi und die üblichen Intrigen. Hier lief was richtig Krasses. Entweder würde Syana vorgeben, dass Lafontaine sie vergewaltigt hatte, oder – ja, oder sie und Sahrosk hatten was miteinander, was Krankes, ein Dreierding. Ronen war sich hundertprozentig sicher, dass das Rape-Play, das Gysi initiierte, zwischen Lafontaine, Wagenknecht und Wasserbrink laufen würde, egal, wer da wen fistete, und dass Gysi sich so seiner Widersacher entledigen wollte. Er, Ronen Wellmer, der zukünftige Träger des Henri-Nannen-Preises, jüngster Journalist der Oberliga, würde das alles aufdecken und verhindern.

Er ging hinter die Bar, um sein Handy aus der Schublade zu holen. Er wollte Mo eine SMS schreiben, um sich mit ihm zu verabreden, und nahm das Telefon in die Hand, sah aber, dass Mo ihm bereits eine Nachricht gesendet hatte. Er öffnete den Posteingang und las: Syana Wasserbrink kandidiert für den Parteivorsitz.

8. Kapitel

Machiavelli

»Na, Mausi, du siehst super aus! Wie war dein Wochenende?«, fragte Colette, als Syana am Montagmorgen über-
pünktlich das Büro betrat.

»Schön. Ich hab renoviert. Und rate, was ich endlich ge-
schafft habe! Ich hab am Samstag dieses Pulverreinigungs-
zeugs für die Kaffeemaschine besorgt. Das mach ich gleich
mal«, erwiderte Syana und ging vor dem Schränkchen mit
der Kaffeemaschine in die Knie.

»Tüchtig, tüchtig!«, rief Bertram von seinem Schreibtisch
aus und verfiel sofort in einen zehnminütigen Vortrag über
das Kandidaturproblem und die Qualitäten, die man für
den Führungsposten mitbringen musste. Immerhin war er
einmal PDS-Landesvorsitzender gewesen.

»Dieses ganze Führungsgelaber. Führung! Wenn ich das
schon höre«, fiel Syana ihm irgendwann ins Wort. »Eigentlich sollte dieses Wort ja wohl verboten sein in Deutschland.
Wer will sich denn nach dem Zweiten Weltkrieg, nach dem
Holocaust ernsthaft noch Führer nennen lassen? Das ist
doch abartig.«

»Sag nicht immer abartig, Syana, das ist ein Naziwort.«

»Ach so, und Parteiführung nicht, oder was?«

»Ein Parteivorsitzender«, nahm Bertram seinen Vortrag
wieder auf, »muss in erster Linie repräsentieren, Öffentlichkeitsarbeit leisten, Wählerschaften ansprechen und sie für
die Ziele der Partei einnehmen, Vertrauen schaffen eben. Jemand Normales sollte es sein, jemand, der es versteht, auch
außerparlamentarische Gruppen zu einen.«

»Eine arbeitslose, alleinerziehende Mutter mit Migrationshintergrund? Oder ein Obdachloser, der wegen der Hartz-IV-Sanktionen auf der Straße gelandet ist, ein Freiheitskämpfer, so was? Wenn sich keine Frau findet, mach ich es halt«, frotzelte Syana. »Nee, im Ernst. Es sollte jemand machen, den man nicht mit Parteiintrigen in Verbindung bringen kann. Dieser Hierarchiedreck! Diese Aufstiegsschleimerei geht mir so was von auf den Sack. So wird das nie was mit eurem demokratischen Sozialismus. Was soll'n das eigentlich sein? Es darf ja wohl nicht wahr sein, dass keine einzige Frau sich traut, diesen Job zu machen. Wie wolln die denn so die Nichtwähler gewinnen? Wir sind die 99 Prozent. Die Linke muss den Menschen Hoffnung machen, sie aufrütteln.«

»Nicht, dass du kandidierst, Syana, und es dann auch noch wirst. Das wäre krass«, witzelte Bertram.

Ein Kollege schaute rein, Siegmund Taffelt. Syana mochte ihn von Beginn an. Sie kannte seine Aufsätze, die in der *In(ter)ventio* erschienen waren, und bewunderte seine Radikalität. Endlich mal einer, der die Schnauze aufmacht. Siggi war ein Freund des Ostbüros, äußerst schlagfertig und intelligent, starker Raucher und Vater von zwei Kindern. Sein Job stand auf der Kippe, weil seine Abgeordnete im kommenden Jahr nicht wieder kandidieren würde. Er war schon mal arbeitslos gewesen und hatte keine Lust, sich auf das Gehacke um die Stellen in der Fraktion einzulassen, die sich ja deutlich verkleinern würde, wenn man sich die aktuellen Umfragewerte von gerade mal vier Prozent ansah. Siggi wollte sich was anderes suchen, raus aus dem Drecksladen.

»Wusstest du eigentlich schon, Siggi, dass wir hier im Büro eine der führenden Expertinnen auf dem Gebiet der repräsentativen Parteiarbeit haben? Ihr reicher Erfahrungsschatz und ihre fundierten Kenntnisse der Parteistruktur haben sie zu der Einsicht gelangen lassen, dass sie selbst die qualifizierteste Anwärterin wäre«, erklärte Bertram.

»Iiiihhhh, bist du fies!«, sagte Syana.

»Ach, was!«, raunte Siggi, ehrlich erstaunt darüber, wie viel Vorarbeit schon geleistet worden war ohne sein Zutun, und bleckte die Zähne. Schnell überdachte er noch einmal seine Strategie und sprang sofort über zu Phase fünf.

»Jetzt kommt es darauf an, ob du den Schneid eines Machiavelli hast!«, sagte er zu Syana gewandt, die gedankenverloren an einem Farbrest auf ihrem linken Unterarm herumpulte.

Den Schneid eines Machiavelli. Es war schon seltsam, dass nach Mo nun schon wieder jemand vorschlug, sie solle kandidieren. Obwohl eigentlich beide nicht ernst zu nehmen waren. Mo war ein kiffender Hacker, der sich einen Dreck um Vorsitzposten und dergleichen scherte, und Siggi hasste alles und jeden und ganz besonders diese verschissene Partei. Über diesen Politphilosophen wusste Syana nur so viel, dass sich der Musiker Tupac Shakur mit seinem Pseudonym Makaveli auf ihn berufen hatte. Eigentlich, so wird spekuliert, wollte Tupac damit andeuten, dass er demnächst seinen eigenen Tod vortäuschen würde, um sich in Sicherheit zu bringen, denn Makaveli steht eigentlich für »I am alive«, und der Buchstabe K für nichts Geringeres als Kill, weshalb Tupacs Album, das unter dem Künstlernamen Makaveli post mortem veröffentlicht wurde, auch »The Don Killuminati: The 7 Day Theory« hieß. Against All Odds war in den Hip-Hop-Clubs Berlins nach Tupacs Ermordung rauf und runter gelaufen. *One love, one love … twenty-one gun salute. I'm hopin' my true motherfuckers know, This be the realest shit I ever wrote. Against all odds, up in the studio, gettin' blowed, To the truest shit I ever spoke … Since you lie you die. GOODBYE!*

Als sie kurz darauf mit Colette allein im Büro saß, fragte Syana: »Sag mal, Colette, wenn ich wirklich kandidieren wollen würde, ja … na, wie würde denn so was ablaufen? Was müsste ich'n da machen? Wie fändst'n das?«

Verschwörerisch beugte Colette sich vor. In den vergangenen Wochen hatte sie ihrer erfrischenden Kollegin immer wieder gesagt, dass sie fand, Syana würde eine echt gute Abgeordnete abgeben.

»Naja, du müsstest in die Partei eintreten und dann im

Karl-Liebknecht-Haus deine Kandidatur bekanntgeben. Ganz einfach. Jedes Parteimitglied ist berechtigt zu kandidieren, für jeden Posten. Wieso? Denkst du ernsthaft drüber nach?« Kichernd rieb sie sich die Hände. »Ey, mach das doch. Ich meine, gewählt wirst du eh nicht, dazu sind die doch viel zu borniert, aber du könntest ein Zeichen setzen, anderen Mut machen zu mehr Eigeninitiative.«

Syana dachte nicht an Andreas, nicht an das Blut, nicht an den Gleimtunnel. Sie dachte an ihre Eltern und an Menlessworld. Sie würde so vielleicht ein paar Menschen aus ihrer berechtigten Politikverdrossenheit reißen können. Bestimmt würden die Girls sie supporten. Strange und abgefahren wäre so eine Aktion allemal, und die Szene war durchaus einflussreich, weltweit vernetzt. Sie hatte Charlotte mehrfach ermahnen müssen und ihr zu erklären versucht, dass es ignorant sei, besonders im Hinblick auf philosophische Überlegungen, diese Szene zu unterschätzen.

Sie könnte einen Wahlkampf durchziehen und politisieren. Links waren eh alle, aber wählen gingen die nicht. Sie könnte tatsächlich einen Mainstream erreichen, der mit Politik nichts am Hut hatte.

»In die Partei eintreten, hhhm. Das geht doch online, oder?«

»Ja, das geht auch online.« Colette war nur noch am Feixen. Syana erzählte von ihren Möglichkeiten, ihren Verbindungen, und Colette steigerte sich ebenfalls in die Vorstellung hinein. Siggi kam noch mal vorbei – er hatte einen Aktenordner liegen gelassen – und ließ sich von den beiden Frauen ihre Spinnereien erzählen. Alles lief wie am Schnürchen, die Ipsation schritt voran, und dabei war er nicht einmal ein besonders großes Risiko eingegangen.

»Syana – zieh das durch. Mich haste schon mal auf deiner Seite, Colette und Bertram sowieso, das Büro gegenüber bestimmt auch. Das wäre der Knaller. Lass sie uns wachrütteln. Ich bin dein Wahlkampfhelfer. Überleg doch mal, die Leute von *In(ter)ventio*, die sind doch einflussreich, die könnten sich öffentlich zu deinen Unterstützern erklären. Ey, ich glaube, du hättest sogar eine echte Chance.«

»Okay, Colette, ich ruf kurz den Chef an und frage ihn, ob er mich rausschmeißt, wenn ich so 'ne Nummer bringe.«

Syana schwitzte und zitterte leicht, als sie in das Büro des Abgeordneten ging. Sie wollte nicht, dass ihr jemand beim Telefonieren zuhörte. Telefonieren hatte sie schon immer verunsichert, besonders, wenn sie Fremde anrufen musste. Schon der Thai-Lieferservice kostete sie unglaubliche Überwindung.

»Hallo, hier ist Syana, hast du einen Moment? Ich muss dich dringend etwas fragen.«

»Jaaaa? Was ist denn los?«

»Also, ich wollte dich fragen, also, ob ich meinen Job bei dir verlieren würde, wenn ich für den Parteivorsitz kandidiere.«

Schweigen.

»Hallo? Bist du noch dran?«

»Äh, ja, entschuldige. Das kommt aber ein bisschen überraschend.«

»Ja, ich weiß. Ich will dich da gar nicht mit reinziehen. Ich muss nur wissen, ob du mich dann feuerst.«

»Ähm, nein. Wie kommst du denn auf die Idee? Du bist eine eigenständige Person, und ich unterstütze Eigenständigkeit grundsätzlich. Weißt du, Syana, ich bin vor vielen Jahren Feminist geworden und habe nicht vor, wieder zurückzurudern. Ich muss jetzt los. Na, dann, viel Spaß!«

Syana stürzte in den Nebenraum, in dem Colette und Siggi gespannt warteten.

»Er findet's in Ordnung. Ich trete gleich online in die Partei ein, und du, Colette, musst mir helfen, ein Schreiben ans Karl-Liebknecht-Haus aufzusetzen.«

»An Klaus Ernst«, korrigierte Colette.

»An wen? Na, meinetwegen auch an den.«

Dann nahm alles seinen Lauf. Das Onlineformular wurde ausgefüllt und ein Schreiben aufgesetzt.

»Wenn du Vorsitzende wirst«, betonte Colette noch, »werde ich aber deine Büroleiterin.«

»Wer sonst?«

Die beiden lachten so sehr, dass sie sich beinahe in die Hose pinkelten. Siggi lief los und versprach noch, schon mal die Werbetrommel zu rühren.

Nach einer halben Stunde etwa war alles vorbereitet. Sie hatten entschieden, die Kandidatur sowohl mit der Post als auch per Fax in das Büro des amtierenden Vorsitzenden zu schicken. Nach nur fünf Minuten klingelte Syanas Telefon.

»O Gott, Colette, das KL-Haus.« Das Display ihres Telefons blinkte dramatisch.

»Geh ran, geh ran. Bleib ganz cool, einfach gaaaanz souverän, komm das packste.«

Syana unterdrückte einen aufkeimenden Lachkrampf.

»Das Ostbüro, Syana Wasserbrink, hallo?«

»Ja, hi. Hier bei uns ist eben deine Kandidatur eingegangen.«

Syana musste sich den Mund zuhalten und winkte Colette, sie solle hinter dem Computerbildschirm abtauchen, damit sie ernst bleiben konnte.

»Ja, is' richtig. Gibt's ein Problem?«

»Wir hier wollten mal fragen, zu welchem Bezirksverband du gehörst. Wir können dich nämlich nicht im System finden.«

»Bezirksverband?« Syana hatte keine Ahnung. Konnte man sich den aussuchen? Colette schob leise wimmernd einen Zettel mit der Aufschrift »Charlottenburg-Wilmersdorf« über den Rand ihres Computers.

»Charlottenburg-Wilmersdorf«, antwortete Syana selbstbewusst.

»Ah, okay, vielen Dank. Na, mal kucken, ob wir dich finden. Wirst du dich denn morgen Abend bei der Regionalkonferenz vorstellen?«

»Bei der Regionalkonferenz vorstellen?« Syana wiederholte die Frage, damit Colette ihr ein Zeichen geben konnte. Sie wusste nichts von irgendeiner Regionalkonferenz, warum auch. Sie war kein Parteimitglied, regte sich hauptsächlich über die Arbeitsweise und Medienauftritte der Linken auf und hatte sich seit Freitagnacht gedanklich mit nichts anderem befasst als mit ihrer Ehe und der Psychose ihres Mannes. Colette schob ihren Daumen über den Rand des Bildschirms, hinter dem sie noch immer kauerte.

»Ja, klar, hatte ich vor«, antwortete sie also.

»Gut, dann lass ich dich auf die Rednerinnenliste setzen. Viel Erfolg.«

»Danke. Ciao.«

»Tschö.«

Colette ließ sich von Syana genau beschreiben, wie ihr Gesprächspartner aus dem KL-Haus geklungen hatte. Bei der Regionalkonferenz also würde Syana reden müssen. Sie hatte keine Ahnung, vor wie vielen Menschen, hoffte aber, dass es sich mal wieder um so eine misslungene Veranstaltung handeln würde mit einer Handvoll Gästen im Altersdurchschnitt von siebzig Jahren. Wer denn sonst bitte geht zu einer Regionalkonferenz der Linken? In diesem Punkt allerdings täuschte sie sich.

Sie rief eine Bekannte vom SDS an. Lizzy hörte sich Syanas Kandidatur-Story am Telefon an.

»Komm schon«, rechtfertigte sich Syana, »ein bisschen Hoffnung. Vielleicht trauen sich ja dann noch andere zu kandidieren. Alle in den Medien gehandelten Optionen sind doch wohl Katastrophen.«

»Ich bin eigentlich für Katja, um ehrlich zu sein. Die ist ein Profi, sie ist jung, Mutter, die könnte was bewegen.« Lizzy ließ sich nicht so schnell überzeugen.

»Wer ist denn plötzlich die Träumerin von uns beiden? Diese langweilige Tante? Die reißt doch keinen Nichtwähler aus dem Sessel.«

»Du aber, oder was? Ey, lass uns einfach morgen treffen, um drei in der *Eins*, in Ordnung? Ich werde mich mal umhören, wie die anderen darauf reagieren, und versuchen, dafür zu sorgen, dass dir nicht der Kopf abgerissen wird.«

»Alles klar. Wir sehen uns morgen. Kusskuss.«

»Warte mal!«

»Ja?«

»Props, bitch. Du bist krasser, als ich gedacht hätte.«

»Against all odds! Bis morgen.«

Colette hatte das ganze Telefonat mitgehört und fand das Ergebnis gar nicht schlecht. Syana allerdings wirkte ein wenig zerknirscht, denn Lizzy hatte nicht unrecht mit ihren Befürchtungen.

»Mach dir keine Sorgen«, versuchte Colette, Syana zu beruhigen.

Keine Sorgen machen, genau das war es, was Syana wollte, sich keine Sorgen machen um ihren Ehemann. Diese Angst, die ihr in Mark und Bein gefahren war, diese schreckliche Verlustangst, die wollte sie nicht mehr spüren, nie wieder. Der Tag hatte zwar einen Verlauf genommen, den sie sich noch am Vorabend niemals hätte ausdenken können, aber es ging ihr schon besser. Sie würde kämpfen, für die Linke, für die Revolution, gegen den Kapitalismus, das konnte sie, das hatte sie immer getan.

Wozu sollte diese Phase in ihrem Leben denn sonst gut sein? Sie konnte doch nicht mit ansehen, wie immer mehr Wähler absprangen wegen dieser bescheuerten Personalpolitik. Sie hatte Philosophie studiert, sie würde in öffentlichen Debatten den richtigen Ton treffen. Sie würde Unterstützung haben, und was die Partei von ihr dachte, war ihr ohnehin schnuppe. Mal sehen, wie ihre Eltern reagierten. Andreas wollte sie erst einmal nichts von der Kandidatur erzählen. Das würde noch ein paar Tage Zeit haben. Der sollte wieder gesund werden und genesen von seiner … ja, wovon eigentlich? Seinem Schädel-Hirn-Trauma? Von seinem Rollenverteilungsproblem? Seinem Burnout? Seiner organischen Psychose?

Colette drückte sie so herzlich, als sie sich in der S-Bahn verabschiedeten, als wüsste sie, dass Syana nun ins Krankenhaus fahren würde.

Syana hatte einen späten Termin bei Andreas' behandelnder Ärztin bekommen. Bevor sie zu ihm ging, wollte sie von einem Fachmann hören, wie so etwas passieren konnte. Am Empfang der Intensivstation nannte sie ihren Namen und nahm im Wartebereich Platz. Dort saß sie ganz allein und zupfte blutige Hautfetzen von ihren Nagelbetten. Nach etwa zehn Minuten entstieg eine junge, hübsche blonde Frau dem Fahrstuhl und ging auf sie zu.

»Frau Wasserbrink!«

»Ja.«

»Hallo, schön, Sie wiederzusehen. Ich habe gute Neuigkeiten für Sie.«

Syana nickte und merkte bereits, wie ihr wieder Tränen in die Augen schossen.

»Ihr Mann ist wach und bei klarem Verstand. An den Sturz kann er sich nicht erinnern. Wir können nun mit den Tests beginnen. Er ist sehr stark, wissen Sie.«

Syana weinte. Sie weinte und weinte und verbarg ihr Gesicht in ihren Händen. Dieses Arschloch, wie hatte er ihr nur einen solchen Schreck einjagen können.

»Was hat er denn? Was für Tests?«

»Wir arbeiten uns allmählich voran, nach dem Ausschlussprinzip, verstehen Sie? Ihr Mann berichtete von Schwindelanfällen und Übelkeit in Folge in den vergangenen Wochen. Es kann sich dabei um einen psychogenen Schwindel handeln, um eine Angststörung oder eine Depression. Schwindelattacken können aber ebenso zentrale Ursachen haben wie Schlaganfälle, Tumore. Die Fallneigung allerdings lässt eher auf eine Nervenentzündung schließen. Wir werden sehen. Wenn Sie wollen, können Sie sofort zu ihm. Er sollte sich nicht aufregen. Bleiben Sie gelassen und sprechen Sie ihm Mut zu, das braucht er jetzt.«

Syana fiel der jungen Frau um den Hals, diese erwiderte zaghaft die Umarmung und legte dem aufgeweichten Häufchen Elend die Arme um den Körper.

»Wissen Sie«, schniefte Syana und trat dabei wieder einen

Schritt zurück, »ich hab ihm nicht geglaubt. Ich hab gedacht, es läge an unserer Ehe, an meinem neuen Job.«

»Ich verstehe.«

Die junge Ärztin zog eine Packung Taschentücher aus ihrem weißen Kittel und überreichte sie Syana. Ihr war nicht anzumerken, was sie von diesem Geständnis hielt. Selbstvorwürfe gehörten zweifellos zu ihrem Tagesgeschäft, und es war ihr nicht erlaubt, diese zu kommentieren. Syana dachte an ihr Partyoutfit und daran, wie sie im Krankenhaus aufgelaufen war, mit ihren Lackstelzen in der Hand, nach Alkohol riechend und mit glasigen Augen, Mutter von zwei Kindern. Sie konnte sich vorstellen, wie man darüber gelästert hatte. Das nuttige Drogenopfer, das sich keine Sorgen macht, wenn ihr Mann über Nacht nicht nach Hause kommt und nicht erreichbar ist, sondern stattdessen auf eine Party geht, während die Kinder fremdbetreut werden. Das hatte die Krankenschwester gefragt in der Nacht. »Ihre Kinder? Sind die fremdbetreut?«

»Ja, fremdbetreut«, hatte Syana erwidert, denn sie war zu schwach gewesen für eine Diskussion über reproduktive Arbeit, Feminismus und Mutterschaft.

Als sie sich wieder gefangen hatte, bedankte sich Syana und bestieg den Fahrstuhl.

Zart klopfte sie an die Tür und betrat das Krankenzimmer. Andreas lag zusammengekauert auf dem Bett und schien zu schlafen. Auf der Wunde am Kopf klebte nur noch ein dünnes weißes Pflaster. Sie hatten sein Haar am Oberkopf rasieren müssen. Das würde ihm das Herz brechen. Er liebte und pflegte sein langes Haar und maß ihm spirituelle Bedeutung zu. Bibelfest wie er war, berief er sich dabei entweder auf Delila und Samson oder wahlweise auch auf eine militärische Studie über das lange Haar der amerikanischen Ureinwohner. Sein Haar sei so etwas wie seine Fühler oder Antennen, eine Notwendigkeit für das Senden und Empfangen von Informationen aus der Umgebung. Kurzes Haar, davon war er felsenfest überzeugt, trage zu sexueller Frustration bei. Und nun war dort ein großes Loch mitten auf dem Kopf, eine Frustrationsmulde, sexuelles Haarbrachland, ein gerodetes Antennenfeld. Leise schlich sie durch den Raum, setzte sich auf die Bettkante und legte ihre Hand vorsichtig um die kahle Stelle.

»Schatz? Ich bin da. Alles wird gut.« Andreas schlug die Augen auf.

»Es tut mir so leid«, wimmerte Andreas und begann zu schluchzen.

»Alles ist gut. Es muss dir nichts leid tun. Ich hätte besser auf dich aufpassen müssen. Ich hätte dir besser zuhören müssen. Mir tut es leid, Liebling.«

Andreas breitete seine Arme aus, und Syana legte sich zu ihm.

»Sie wollen ganz viele Tests machen.«

»Schschsch. Ich weiß. Alles wird gut.«

Wenn Andreas wüsste, was ich heute für eine Aktion gebracht habe, dachte Syana und küsste ihn sanft auf die Stirn. Ob sie wollte oder nicht, sie würde ihm von ihrer Kandidatur erzählen müssen, denn irgendwann würde die Presse darauf aufmerksam werden. Sie blieb, bis Andreas eingeschlafen war, und dann holte sie die Mädchen, die den Nachmittag über von ihrer Nachbarin fremdbetreut worden waren.

Am Dienstag erschien Syana wieder pünktlich bei der Arbeit. Es war kaum zu glauben, was der Stress für Kräfte in ihr freisetzte. Colette und Bertram standen schon um den Stehtisch und gackerten vor sich hin. Sie hatten etwa zwanzig Minuten Zeit, bis Syana zur Arbeitskreissitzung im Paul-Löbe-Haus aufbrechen musste. Sie erzählte nichts vom Krankenhaus, nichts von ihrem Schock und nichts von ihren Albträumen, in denen sie immer und immer wieder versuchte, Andreas zu reanimieren, während das Blut aus seinem Kopf quoll und ihre Töchter im Hintergrund schrien, genauso rhythmisch und grauenhaft wie Andreas, als ihm vor lauter Angst der Kot die Beine hinabgelaufen war und er nicht wusste, wer und wo er war.

Um kurz vor halb zehn griff Syana ihre Unterlagen und verließ das Büro mit den Worten: »It's showtime.« Ihren Abgeordneten würde sie direkt im AK treffen, da der noch an einem parlamentarischen Frühstück teilnahm. So ging sie allein ihrem Auftritt entgegen und nahm den Fahrstuhl ins Untergeschoss. Sie hatte sich für ein biederes Ensemble in Schwarz und Hauttönen entschieden. Es hatte mit diesem schwarzen Kragen zwar etwas von einem Zimmermädchen-outfit, außerdem war es zwei Nummern zu groß. An diesem Tag aber wollte sie nicht zu dick auftragen, ihre Kandidatur war eine Provokation, da musste sie nicht noch zusätzlich mit einem gewagten Outfit reizen.

Am Fahrstuhl zur Plenarebene nickte sie kühl einem Staatssekretär zu, mit dem sie im Wahlkreis zu tun gehabt hatte. Schmierig hatte der damals nach ihrer Hand gegriffen, sie nah zu sich gezogen und mit bedeutungsschwangerem Ton gesäuselt: »Wie kommt es denn, dass jemand wie Sie mir noch nicht untergekommen ist?« Syana hatte nur höflich entgegnet, dass sie neu sei und nur eine Vertretung, und war dann während der Konferenz bemüht gewesen, den zwinkernden Annäherungsversuchen dieses dicklichen Gartenzwergs mit Gleichmut zu begegnen. Von ihrem Chef war sie schließlich vorgewarnt und auf Abwerbungsversuche der anrüchigen Art vorbereitet worden. In den Pausen unterhielt sie sich dann lieber mit der netten Dame von der CDU, die ihr in ehrlich besorgtem Tonfall riet, unbedingt ein kommunales Amt zu übernehmen, weil sich das super machen würde im Karriereverlauf. Erst Andreas hatte sich dann an jenem Abend ihren Hass auf diesen Dreckssexis-mus reinziehen müssen und war wie üblich früher ins Bett gegangen, von Kuscheln fing er gar nicht erst an.

Den Durchgang vom Reichstagsgebäude zum Paul-Löbe-Haus durchschritt sie schon etwas eiliger und passierte die propagandistische Wand, an der die deutsche Geschichte angeblich wertneutral dokumentiert wurde. Dreißig große Glastafeln sollen dort die Umbrüche der Geschichte vom Vormärz bis zur Wiedervereinigung anzeigen. Alle Überschriften sind in Rot gehalten, bis auf die der Holocaust-Tafel und die der Tafel zur »Verfassungswirklichkeit in der DDR«. Beides offenbar Themen, an die man mit derselben Scham zurückdenkt, schwarze Kapitel, zwei blutige Unrechtsregime eben, das eine wie das andere, Tod, Vernichtung, Unterdrückung, eine Soße.

So viel zum Thema gegenseitige Anerkennung, dachte sie. So erinnert man sich an die Wiedervereinigung, unverblümt dreist, und führt täglich Besuchergruppen an dieser Wand der totalitären Schande entlang. Die Tafel zur Wiedervereinigung zeigt doch ein aussagekräftiges Foto: Brandt, Genscher, die Kohls, Weizsäcker – freudestrahlend winkend – und der halbe abgeschnittene Kopf irgendeines Kackossis, egal – Lothar de Maizière, auch bekannt als IM Czerny, letzter Ministerpräsident der DDR und ehemaliger Vorsitzender der CDU. Zu schade auch, dass ausgerechnet dieser gute Mann sein Mandat abgeben musste, obwohl ihn doch Schäuble persönlich bei einer Pressekonferenz in Schutz genommen hatte. Immerhin war der zum Kapitalismus konvertiert, ein Christ außerdem und nicht so ein unbelehrbarer Sozialismusverfechter wie diese linken Sklavenversteher.

Ob eigentlich mal jemand nachgezählt hat, bei der ganzen Ostverachtung, wie viele Bürgermeister der CDU auf ostdeutscher kommunaler Ebene in der SED oder bei der Stasi gewesen sind oder vielleicht dem BND als Doppelagenten berichtet haben? Ekelhaft. Ja, da könnte man ja mal 'ne Debatte anstoßen, hatten ihre Eltern zugegeben. 'ne Debatte anstoßen, 'ne Debatte anstoßen, wenn irgendjemand noch mal vorschlägt, 'ne Debatte anzustoßen, kotze ich ihm vor die Füße. 50 000 Tote durch Heckler-&-Koch-Waffen im Jahr – und das sind nur die offiziellen Zahlen und nur ein einziger Waffenhändler. Ja, da muss man doch mal 'ne Debatte anstoßen, vorher aber muss man das beim Parteitag verhandeln, is' klar. Pfff, den Schneid eines Machiavelli. Payback, I knew you bitch niggas from way back.

Die Linke hatte sie so was von radikalisiert, aber holla.

Im Arbeitskreis angekommen, nahm sie den Platz ein, von dem aus sie auch sonst den Vorgängen nicht wirklich folgte. Neben sich die Vorsitzende a. D., deren Rücktritt im AK nicht einmal erwähnt worden war, kein Blumenstrauß, keine Worte des Bedauerns, nix. So sieht eben echte Kollegialität in der Linken aus. Ooooch, der Alte krepiert, na, wen interessiert's, wir müssen hier weiter unsere Anträge für die Schublade besprechen, das hat ja wohl Vorrang, und uns darüber streiten, ob es in Ordnung ist, wenn sich Menschen mit Behinderung selbst als Behinderte bezeichnen. Das ist doch wohl das eigentliche Problem, diese politisch inkorrekten, ignoranten und undankbaren Behinderten. Und so wird auch immer schön auf dem einzigen Rollstuhlfahrer der Fraktion rumgehackt, wenn der noch eine Formulierung zu Menschen mit Behinderung ergänzen will, weil die mal wieder vergessen worden sind. Der soll doch jetzt endlich mal mit diesen Contergan-Opfern aufhören, was zu teuer ist, ist zu teuer. Man muss mit seinen Forderungen schon realistisch bleiben. Na sicher, das Geld, der Bundeshaushalt, das sind die relevanten Maximen. Und realistisch für Contergangeschädigte ist eben 'ne Arschkarte, da kann man nichts machen, da sind einem die Hände gebunden. The truest shit I ever spoke.

Nach den üblichen Verteilungskämpfen um Fressalien verlas die Leiterin die Tagesordnung und fragte, ob jemand noch einen Punkt zu ergänzen habe.

Syana hob die rechte Hand. Es war das erste Mal, dass sie sich überhaupt zu Wort meldete. Erst wurde ihr verhaltenes Zeichen nicht bemerkt, und sie musste ihren Arm noch höher recken. Endlich wurde sie gesehen. Sie drückte den Knopf an ihrem Mikrofon und beugte sich vor.

»Ich wünsche euch allen einen schönen, guten Morgen.«

Ihre Stimme hatte sie bewusst etwas tiefer angesetzt als üblich. Sie wollte abgeklärt und kaltherzig klingen.

»Ich möchte diese Gelegenheit nur kurz nutzen, um meine Kandidatur für den Parteivorsitz bekanntzugeben.«

Es wurde unruhig im Saal.

»Ich bin gerne bereit, konkrete Fragen dazu zu beantworten.«

»Watt willst'n da?«, keifte die Leiterin völlig außer sich.

»Wie gesagt, ich bin gerne bereit, konkrete Fragen zu beantworten. Aber ich werde hier nicht beginnen, mein komplettes politisches Weltbild auszubreiten.«

»Sag mal, geht's noch?«

Die Leiterin schien nicht zu wissen, was von ihr erwartet wurde. Der Ton machte Syana wütend. Wie redete die eigentlich mit ihr?

»In Ordnung. Eines möchte ich gerne noch loswerden. Es geht doch um die ganz grundsätzliche Frage, ob wir finden, dass alle Menschen gleich viel wert sind und jedem Menschen dasselbe Maß an Respekt zusteht oder eben nicht.«

»Na, da machst du es dir ja ganz schön einfach, Fräulein.«

»Ja, schön, nicht?«

Syana ließ den Blick in die Runde schweifen, um herauszufinden, wie die Einzelnen auf ihre Offenbarung reagierten. Mehrere Abgeordnete tippten wie wild in ihr Handy. Aha, das sind also die mit den Pressekontakten. Und die Frauen? Ja, die Frauen. Die lächelten ihr zu, gleich mehrere hoben ihren Daumen und nickten, verhalten zwar, aber zustimmend. Und Gesine? Der Hauch von einem Lächeln, immerhin. Na, geht doch, dachte Syana und blätterte in ihren Unterlagen nach Top 1, dem Antrag zur Finanzierung eines Flyers für die weltbewegende Forderung: Alles unter sechshundert Kilometer auf die Schiene. Der Tagesbetrieb wurde wieder aufgenommen, mögliche Parteivorsitzende nicht weiter diskutiert.

Mal sehen, wie lange es dauert, bis die Presse sich meldet, dachte Syana und kritzelte weiter in ihrem Notizblock. Die Presse aber hatte sich schon längst gemeldet. Nämlich so ziemlich dreißig Sekunden nachdem die jeweilige Kontaktstelle von ihrem jeweiligen Maulwurf die SMS erhalten hatte: »Syana Wasserbrink kandidiert für den Parteivorsitz. Ostbüro.«

Ein ganzer Stapel Interviewanfragen lag auf Syanas Schreibtisch, als sie wieder ins Büro kam und Colette erschöpft um den Hals fiel. Kurz berieten sie, mit wem sie zuerst sprechen sollte, und Syana machte sich einige Notizen, damit sie sich im Falle hinterlistiger Fragen nicht verzettelte.

Colette rief die Redaktionen nacheinander an und vereinbarte zeitnahe ASAP-Termine.

Syana konnte Selektieren und Sektieren nicht auseinanderhalten. Sag nicht Selektiererei, sag nicht Selektiererei. Sie sagte Selektiererei. Die Journalistin war jedoch so freundlich, sie darauf aufmerksam zu machen, und Syana schlug sich klangvoll gegen die Stirn. Naja, die würde sie eben für total bescheuert halten, aber was soll's. Viel Zeit hatte sie nicht, immerhin war sie um drei mit Lizzy in der *Eins* verabredet, und irgendwann würde sie sich auch überlegen müssen, was sie in ihrer dreiminütigen Redezeit bei der Regionalkonferenz im Verlagsgebäude des *Neuen Deutschlands* am Abend sagen wollte. Sie hoffte, dass sie Lizzy überreden konnte, sie dorthin zu begleiten.

Als die Interviews eingetütet waren und endlich auch der *Spiegel* sie online in das Gruselkabinett der Kandidaten befördert hatte, trat Bertram hinter sie und stützte sich auf der Lehne ihres Bürosessels ab.

»Ich muss dir was sagen. Du wirst sehr enttäuscht sein.«

»*In(ter)ventio?*«

»Ja.«

»Schließen sie mich aus der Redaktion aus?«

»Ja.«

»Na toll. Wieso das denn? Wie begründen die das denn?«

»Sie haben mir eine Mail geschrieben und verlangt, ich solle dich sofort dazu bringen, deine Kandidatur zurückzuziehen.«

»Weil …«

»Weil du eine Gefahr für die Partei bist.«

»Wie bitte? Das ist ja wohl nicht deren Ernst. Ich arbeite seit zwei Jahren für die, für lau. Seit zwei Scheißjahren. Weißt du, was ich für beschissene Rezensionen auf'm Tisch hatte? Und die sind durchgewunken worden, weil sie Angst hatten, dass die Typen sonst nicht mehr für sie schreiben. Die sind am Aussterben. Unlesbares Zeug. Und wenn eine junge Frau, die für sie arbeitet, den Mut aufbringt, ach was … bereit ist, die Bürde auf sich zu nehmen, eine linke Partei zu repräsentieren, dann ist das ein Ausschlussgrund? Sind die bekloppt? Richte dem Patriarchen aus, dass mir niemand zu sagen hat, was ich zu tun oder zu lassen habe.«

»Ich weiß. Es tut mir so leid, Syana. Vielleicht könntest du ja noch mal 'ne Mail schreiben, deine Beweggründe erklären, oder ruf ihn doch mal an.«

»Na, auf gar keinen Fall! Die schmeißen mich raus, ohne mit mir gesprochen zu haben. Ich glaub, es hackt. Ich hätte auf meine Eltern hören sollen. Die Revis sind echt die Schlimmsten. Ich und eine Gefahr für die Partei. Was soll'n da bitte noch gefährdet werden? Die komplette Fraktion ist verwanzt, aber ich bin diejenige, die hier irgendwas gefährdet. Alles klar.«

Damit hatte Syana nicht gerechnet. Eigentlich sogar hatte sie auf Unterstützung der Redaktion gehofft. Nein, eigentlich nicht wirklich, das wäre gelogen. Sie hatte genau gewusst, dass kein Linker der Welt ihre Kandidatur unterstützen würde und dass sie der Linken nicht ans Bein pinkeln und erwarten konnte, dafür auch noch bejubelt zu werden. Ihr Schritt musste wie eine Kampfansage klingen, und das sollte er auch. Es war ihr von Beginn an um eine andere Wählerschaft gegangen, um die, die der Politik weltfremdes Gebaren vorwarfen, um die stillen Kapitalismusgegner, um die ängstlichen, um die Selbstbetrüger. Sie würde aufhören zu schweigen, das Spiel nicht mehr mitmachen. Alle jungen Mitarbeiter waren ihrer Meinung, was den Zustand der

Fraktion und der gesamten Partei betraf. In den Zeitungen erschien seit Wochen ein Parteiverriss nach dem anderen. Sie würde jetzt keinen Rückzieher machen. Sollten sie sie doch als Sündenbock benutzen.

Ja gut, dann bin ich eben allein schuld an allem, an der Resignation der Altlinken, an der DDR-Nostalgie der Reformer, an der verbohrten Arroganz der linken Bohème, an der Gewaltbereitschaft der Anarchos, am Scheitern der Occupy-Bewegung, an allem. In jedem Fall musste sie heute mit Andreas darüber sprechen. Der Shitstorm könnte doch gewaltiger werden, als sie angenommen hatte. Ob man ihre Kinder beschimpfen würde in der Schule, im Kindergarten, mit Farbeiern bewerfen sogar, fragte sich Syana plötzlich. Bullshit, ich steigere mich ja schon genauso rein wie diese Parteiheinis. Bloß nicht die Außenperspektive verlieren. Morgen würde sie sich mit den Mädels von *Menlessworld* für ein Interview zusammensetzen und endlich wieder mit normalen Menschen reden. Dann würde Kaspar Hausers Geheimnis wohl doch eher gelüftet werden müssen, als sie geglaubt hatte, aber das Gute am Internet war ja, dass sie so viele Pseudonyme haben konnte, wie sie wollte. Sie würde bloggen, wo und worüber sie wollte, unter egal welchem Namen.

In der Szene würde sie als Freak gefeiert werden, so viel war klar. Ob sie sich denn reale Chancen ausrechne, war sie im Interview gefragt worden. »Natürlich. Sonst würde ich das hier nicht machen«, hatte sie gesagt, ohne sich ihre Unsicherheit anmerken zu lassen. Es gab kein Zurück mehr.

Mit fünfzehnminütiger Verspätung hetzte Syana zu ihrer Verabredung mit Lizzy. Es war heiß, und sie war nicht zum Mittagessen gekommen. Der Schweiß lief ihr an der Kante ihrer Frisur entlang, und auf ihrer Stirn klebte inzwischen ein von Haarspray starrer Klumpen. Von Weitem schon sah sie, dass Lutz dabei war. Sie war sich nicht sicher, ob sie ihm vertrauen konnte. Er mischte in linken Intellektuellenkreisen mit, hatte aber zu wenig Profil, überspielte Unsicherheit mit überheblichem Gehabe und Pfeiferauchen. Das war ihr alles zu unehrlich, zu inszeniert und berechnend. Lutz wirkte verkrampft, und verkrampfte Leute stellten mit ihrer passiven Aggressivität grundsätzlich ein Risiko dar. Syana mochte die offen Aggressiven, die Lauten, die Fettnäpfchentreter.

Sie selbst wirkte auf andere wie eine verrückte Furie, die der Meinung war, wenn sie zu ihrem Gegenüber ehrlich wäre, alles Recht der Welt zu haben, dieselbe Ehrlichkeit zu erwarten, sofort und ohne Umschweife. Für sie gab es nichts Erschreckendes an der Ehrlichkeit, sie vertrat vielmehr die Anschauung, dass es eine Vielzahl an Ehrlichkeiten gab. Es hätte ihr jemand ehrlich sagen können, dass er fand, die Hose, die sie gerade trug, würde sie dick machen, und sie hätte darüber gelacht. Sie hätte sogar gesagt: Wart's ab. Vielleicht siehst du das morgen schon ganz anders. Woran sie glaubte, war Genesung. Sie gestand jedem das Recht zu, seine Haltung zu ändern. Was andere stutzig gemacht hätte, hielt sie für eine Notwendigkeit. Sie liebte felsenfeste Überzeugungen, die schlagartig abgelegt wurden. Jemand erklärte beispielsweise voller Inbrunst, er könne keinen Weißwein vertragen oder hasse klassische Musik. Wenn dieselbe Person dann eine Woche später das genaue Gegenteil behauptete, fand sie das spannend und wollte in allen Einzelheiten berichtet bekommen, was ihre Meinung geändert hatte.

Mit Ehrlichkeit konnte man sie nicht verletzen, aber Unehrlichkeit machte sie rasend. Wann immer sie witterte, dass jemand etwas zurückhielt, eine kleine private Wahrheit, von der er glaubte, sie ginge sie nichts an, brach sie das Gespräch ab. Sie empfand die Ausflüchte von anderen als dreiste Verschwendung ihrer kostbaren Lebenszeit. Sie sagte in solchen Situationen oft: »Pass auf, sag doch einfach, dass du nicht darüber reden möchtest, das kann ich akzeptieren, aber so eine gespielte Rumdruckserei find ich furchtbar.« Wenn dann aber der andere sagte, er wolle tatsächlich nicht darüber reden, fragte sie ihn: »Warum? Du musst es mir nicht erzählen, echt nicht. Dann möchte ich aber bitte wissen, warum du nicht darüber reden kannst. Ist es dir unangenehm? Schämst du dich? Hast du Angst, dass ich dich vorschnell verurteile? Das muss doch einen Grund haben. Kennst du den Grund überhaupt? Entweder du kennst den Grund, oder du weißt nicht mal, warum du nicht darüber reden kannst, und das wäre ja wohl total absurd.«

Lutz war so ein Rumdrucker. Lizzy hingegen war eine Wortführerin, ein Energiebündel, das sich von der Lebenssucht antreiben und nur von einem analytischen Scharfsinn bremsen ließ.

»Das ist echt 'ne heikle Sache. Ich weiß noch nicht so genau, was ich davon halten soll. Entweder du bist total verrückt oder genial, keine Ahnung. Was steht denn jetzt an?«, fragte Lizzy.

»Ich soll nachher bei der Regionalkonferenz reden. Ich dachte, ich sag was zum Mainstream, zu den 99 Prozent, zu den Chancen der Linken und so, und ich werde auf jeden Fall was zum Kommunismus sagen. Kommst du mit, Lizzy?«

»Du bist so was von hardcore, ey. Klar, komm ich mit. Aber du musst dir erst mal klar darüber werden, was genau dein Ziel ist. Sonst kann das ganz übel nach hinten losgehen. Du hast dir gerade 'ne Menge Feinde gemacht, Sweetie«, gab Lizzy zu bedenken.

»Ach Quatsch, wen denn? Das nimmt eh keiner ernst. Ich werde doch nicht Vorsitzende. Aber ich kann der Partei ruhig mal den Spiegel vorhalten. Alle Menschen sind gleich viel wert, oder? Jeder darf angeblich kandidieren, tut es aber nicht, aus Angst. Alle meckern sie über ihre Abgeordneten, über ihre saumäßigen Arbeitsbedingungen. Die haben doch alle nur halbe Stellen und kriechen auf'm Zahnfleisch. Wir brauchen völlig andere Abgeordnete, vielleicht ein paar Punks und außerdem ein Rotationssystem. Schau mal, das linke Spektrum in Deutschland, ach was, weltweit, ist dermaßen breit gefächert. Warum sind nicht all diese Gruppen bei den linken Abgeordneten vertreten? Mann, ey, die Linke könnte locker die absolute Mehrheit bekommen. Ich kenne nicht einen, der nicht links ist. Niemand tritt doch heutzutage noch an und verteidigt den Kapitalismus, und diese Scheißpartei hier liegt im Koma.«

Lizzy hatte sich alles geduldig angehört und ab und an geseufzt.

»Syana, ich weiß doch, wie du drauf bist, und du hast ja recht. Ich bin auf deiner Seite. Aber was die Partei betrifft, sind deine Vorstellungen echt 'n bisschen naiv. Du glaubst doch nicht, dass du eine Rede hältst und diese intriganten karrieregeilen Pseudolinken plötzlich zu Altruisten werden. Genau deshalb hab ich mit dem Laden nix zu tun und meine Leute auch nicht.«

»Aber du bist doch Delegierte beim Parteitag, hast du erzählt.«

»Ja, vom SDS. Das ist doch was ganz anderes.«

»Und genau das ist das Problem. Dass alle immer sagen, sie seien total links, aber das sei was völlig anderes als die Linke.«

»Weil es so ist, Mann, babe.«

»Es muss aber nicht so bleiben. Komm schon, Lizzy, wir übernehmen die Partei.«

»Wenn du es sagst.«

Syana berichtete den beiden noch von den Ereignissen der letzten Stunden und äffte nach, wie die AK-Leiterin »Watt willst'n da?« geschnauzt hatte.

Lutz gab zu bedenken, dass es sich bei der Abgeordneten nun mal um einen vollkommen anderen Typ Frau handele und dass ja klar sei, dass sie und Syana nicht zusammengingen. Lizzy und Syana wollten gerade zu einem Vortrag über Pluralitäten und Toleranz anheben, als sie Oskar Lafontaine und Sahra Wagenknecht an einem Tisch am anderen Ende der Terrasse entdeckten.

»Los, komm, Syana, geh hin und stell dich vor. Ist doch geil.«

»Meinste echt? Einfach rübergehen, so nach dem Motto, ich wollt mich mal eben vorstellen, ich kandidiere übrigens für den Parteivorsitz?«

»Ja, klar. Easypeasy. Und dann sehen sie dich nachher bei der Regionalkonferenz und denken sich: What the fuck.«

Alle drei brachen sie in Gelächter aus.

»Okay, ich geh rüber. Passt auf.«

Syana stand auf und arbeitete sich langsam durch die Tischreihen vor. An dem Tisch der beiden baute sie sich auf, entschuldigte sich für die kurze Störung und sagte ihren Spruch auf.

Lafontaine blickte amüsiert auf seine Partnerin, die jedoch offenbar nicht daran dachte, diese Aktion mit irgendeinem Kommentar zu würdigen.

»Welcher Partei denn, wenn ich fragen darf?«

Syana stutzte. Mit dieser Frage hatte sie überhaupt nicht gerechnet.

»Na, für den Vorsitz der Linken.«

»Ah, verstehe. Man wird ja ständig von Spinnern angesprochen, da wollte ich mich vergewissern, dass ich Sie recht verstanden habe.« Lafontaine lachte kurz auf. Für ihn schien nun klar zu sein, dass es sich bei dieser jungen Dame um eine Geisteskranke handelte.

»Ich wollte Sie gar nicht lange unterbrechen. Einen schönen Nachmittag wünsche ich Ihnen beiden noch.«

Syana ging schnellen Schrittes zu ihrem Platz zurück, keiner der beiden blickte ihr nach.

»Also, mir macht's wieder Spaß«, sagte Syana, als sie einen großen Schluck von ihrer roten Weiße trank.

»Mir inzwischen auch«, gab Lizzy zu.

»Mir nicht.«

Lutz würde es nie verstehen.

9. Kapitel

Mimesis 2.0

Gregor Gysi setzte sich, zuppelte sein Jackett zurecht und warf einen schnellen Blick auf seine Notizen. Sein Herz raste wie wild, er hatte fast gebrüllt. Die Rede hatte gesessen. ... *und füllt das dunkle Reich mit Klagen und Gestöhn,* in Vibrato, kein einziger Patzer, jawollo. Irgendeiner aus der hintersten Ecke hatte noch ergänzt: »Und die Prophezeihungen haben sich alle bewahrheitet, alle!«

Die Fraktionssitzung war geschlossen. Viele Mitarbeiter versammelten sich jedoch vor der Tür des Sitzungssaals und auf der Terrasse. Eine Menge Presse war anwesend. Man erwartete, dass heute die endgültigen Kandidaturen bekanntgegeben würden oder zumindest, dass man sich zerfleischen würde über diese Frage. Die Reporter fingen die Abgeordneten immer direkt nach der Fraktionssitzung ab, und diejenigen, die sich etwas davon versprachen, kommentierten das Geschehene.

Da konnte er noch so mit Konsequenzen drohen und versprechen, dass er sich jedes Plappermaul persönlich vorknüpfen werde, irgendjemand redete immer, und das war auch gut so. Eine Hinterbänklerin hob die Hand. O Gott, was wollte die denn? Die seiberte immer in diesem lethargisch weinerlichen Ton rund zwei Minuten, bis sie auf den Punkt kam. Das machte Gysi unglaublich aggressiv.

»Bitte, ja.«

Er erteilte ihr das Wort. Das war sein Job. Vor allem stellte sie einen guten Kontrast zu seinem Vulkanismus dar. Hier die Explosion – Fraktionsführer, dort die personifizierte Langeweile – Hinterbänklerin, da brauchte man nicht viel zu erklären. Er nannte das die Offensichtlichkeit der Offensichtlichkeit, die Unabdingbarkeit der Unabdingbarkeit.

»Ähm, entschuldige bitte, Gregor. Entschuldigt, liebe Kolleginnen und Kollegen, ihr wisst ja, dass ich mich nur selten zu Wort melde, und wenn, dann nur, wenn es mir wirklich am Herzen liegt, die Sache, also die Angelegenheit, und deshalb muss ich heute mal was sagen und mal meine Stimme erheben. Äh, weil ich mir wirklich eine Frage gestellt habe, die sich vielleicht auch schon andere gestellt haben. Ich meine, schließlich machen wir uns ja alle Gedanken, und das finde ich ja auch so schön, dass wir alle ja eigentlich irgendwie das Gleiche wollen und uns deshalb ja auch alle Gedanken machen.«

Gysi verspürte bereits Mordgelüste. Er stellte sich vor, wie er sich völlig außer Kontrolle über seinen Tisch warf, dabei das Mikrofon abriss, über die Tischreihen sprang, sich vor ihr aufbaute und ihr mit dem Mikrofon die Fresse einschlug, während er »Halt dein Maul, halt dein Maul, halt dein Maul!« schrie.

Er nickte jedoch nur lächelnd. Nicht einmal seine Finger knetete er, fuhr sich mit der Hand nicht über den Kopf, rollte nicht mit den Augen und blähte nicht die Nasenflügel. Nein, er hatte seine Körpersprache im Griff, im Gegensatz zu manch anderen, wie ihm wieder einmal auffiel. Diese Unprofessionalität regte ihn mindestens genauso auf wie diese endlosen Wortmeldungen. Wenn jemand schon ewig palavern wollte, dann doch aber bitte wenigstens zackig und nicht in Zeitlupe.

»Ja, also, liebe Leute, mir geht es um die Aufklärung eines Sachverhalts, der zwar gar nicht auf der Tagesordnung steht, den ich aber einfach mal anspreche, dafür sitzen wir ja zusammen, um Dinge offen anzusprechen, nicht wahr? Da hat ja nun dieses junge Mädchen kandidiert, diese junge Mitarbeiterin, und da mache ich mir schon ein bisschen Sorgen. Also, das ist ja noch eine ganz Unbeholfene, die noch gar nicht mit beiden Beinen im Leben steht, und ich hab Angst, dass da irgendjemand ein Spiel mit ihr spielt und sie ausnutzt. Ich glaube gar nicht, dass diese Kleine versteht, was sie da eigentlich gemacht hat, und ich will ihr ja gar nicht unterstellen, dass sie der Fraktion was Böses will. Ich glaub, das ist 'ne ganz Liebe, na, vielleicht intellektuell nicht ganz auf der Höhe, aber das verurteile ich nicht. Jedenfalls wollte ich mal wissen, was ihr davon haltet und wie wir jetzt damit umgehen, wir müssen ja irgendwie reagieren. Vielleicht könnte ihr Arbeitgeber sich ja mal dazu äußern, der muss das ja alles irgendwie mitbekommen haben.«

Plötzlich richteten sich alle Blicke auf die Abgeordnete. Offenbar hatte sie die letzte halbe Stunde über geschlafen oder sich ausschließlich darüber Gedanken gemacht, wie und mit welchen Worten sie dieses Thema ansprechen sollte. Alle waren fassungslos. Syana Wasserbrinks Chef hob lässig die Hand, und Gregor gab ihm das Zeichen zu sprechen.

»Meine Mitarbeiterin ist eine eigenständige Person und intellektuell übrigens ganz und gar auf der Höhe. Ich denke, sie wollte damit bestimmte andere Personen zum Kandidieren animieren, und das hat ja nun auch geklappt. Für mich ist dieses Thema damit beendet.«

Gregor nickte und fragte dann ruhig in die Runde: »Möchte sich sonst noch jemand zu dieser Spaßkandidatur äußern, oder können wir mit der Tagesordnung fortfahren?« Bloß nicht nervös werden, niemand würde ihm an dieser Stelle in den Rücken fallen. Stimmungen konnten zwar jederzeit umschlagen, besonders in so aufreibenden Situationen wie dieser, auf seine Leute aber, auf den Tantrischen Kreis, konnte er sich verlassen. Da fiel niemand um. Noch eine Wortmeldung, beinahe hätte er gezuckt, was wollte der denn nu, der soll die Klappe halten, kein Risiko eingehen jetzt.

»Bitte.« Gysi erteilte das Wort.

»Ich finde, man kann ihr Gesicht gut auf ein Plakat draufklatschen.«

Grundgütiger, was für ein Idiot. Er hätte nie zulassen dürfen, dass der Abgeordneter wurde, er hätte sich damals nicht um den Finger wickeln lassen sollen, nicht bei dem. »Mein Bester, pass lieber auf, dass dein Gesicht nicht irgendwo draufklatscht.«

Im Saal verbreitete sich Gelächter. Das Thema war nun abgehakt. Wie besprochen, würde sich niemand zur Kandidatur Syana Wasserbrinks äußern. Man würde diese Tatsache geschlossen ignorieren und nur im absoluten Notfall dementieren. Sie war schließlich nicht berechtigt zu kandidieren. Da konnte die Presse über sie berichten, was sie wollte, Satzung bleibt Satzung. Seine Leute hielten dicht, und beim Parteitag würden alle ihr blaues Wunder erleben. Wasserbrink würde Parteivorsitzende. Relativ schnell würden sie sie zu Fall bringen und so die mimetische Krise der Partei bewältigen. Mit der Vernichtung des Pharmakós würden sie endlich zusammenwachsen, und dann wäre sogar ein zweistelliges Ergebnis bei der Bundestagswahl denkbar, vielleicht sogar Ministerposten.

Nach der Fraktionssitzung und den üblichen Interviews, die wenig Weltbewegendes zum Inhalt hatten, ging Gysi zurück in sein Büro. Dort wartete noch einiges an Arbeit auf ihn, und außerdem wollte er noch den *In(ter)ventio*-Artikel von Syana zur Mimesis zu Ende lesen. Wie er bereits vermutet hatte, berief sie sich bei ihren Ausführungen auf denselben Theoretiker, der ihn von der Pharmakós-Idee überzeugt hatte. Die Sprache, die sie dabei verwendete, war allerdings dermaßen hermetisch, dass man schon einen sehr guten Tag haben musste, damit einem beim Lesen nicht die Augen zufielen. Außerdem bezog sie sich nicht auf den Sündenbockmechanismus, sondern versuchte darzulegen, inwiefern soziale Medien den abendländischen Individualismus als Illusion entlarvten. Er konnte sich nicht vorstellen, dass es jemand über die dritte Seite hinaus schaffte, zu viele Fremdwörter, zu viele Implikationen, Rhabarbersülzlaber. Es war doch wirklich albern, dass diese jungen Dinger einen Wissenschaftsjargon imitierten, um dazuzugehören, und sich damit nur selbst ins Aus manövrierten.

Als er im Büro ankam, schickte er zunächst seine Sekretärin und die Mitarbeiter nach Hause. Er wollte ungestört sein, zumal Kama später noch vorbeikäme, um ihn auf den neuesten Stand zu bringen.

Aus dem Kühlschrank klaubte er sich die Reste seines Mittagessens zusammen. Da gab es noch ein kleines Blätterteigtäschchen mit Blattspinat und Sonnenblumenkernen vom Vorabend, eine Ecke Schweinefilet, die er sich sofort in den Mund schob, und die Hälfte vom Birchermüsli im Becher, dass ihm seine Sekretärin aus der Kaffeebar an der Friedrichstraße mitgebracht hatte. In der Rotkäppchen-Sektflasche, die offenbar während der Fraktionssitzung im Büro angebrochen worden war, plätscherte noch ein Spuckrest, als er sie anhob und schüttelte. Er goss ihn sich in seine Kaffeetasse. Ein winziger Absacker konnte nicht schaden.

In epischer Breite erklärte Syana den Aufbau der Facebook-Seite, die Öffnung der Programmierschnittstellen der Plattform seit 2005 und warum die Bezeichnung »romantisch« im Französischen etwas vollkommen anderes bedeutete als im Deutschen. Sie verwies auf die Beziehung Don Quijotes zu den Amadisromanen und erklärte daran entlang den Unterschied zwischen der Nachahmung einer Person in einem Buch und einer realen Person. So was Langweiliges.

Dann ging sie darauf ein, dass keine Einigkeit herrsche über den Fiktionsvertrag, den der User mit dem Worl Wide Web eingeht, was auch immer ein Fiktionsvertrag sein sollte. Jedenfalls war sie der Meinung, dass die Startseite von Facebook-Profilen mit ihren neuesten Meldungen den Blick eines Users auf einen anderen offenbarte. Somit sei klar, dass es sich nicht um ein Medium der Selbstdarstellung handele, das eben sei die romantische Lüge. Es gehe dabei immer um den Blick des Users auf die anderen, die ihm als Vorbild dienten. Daher gebe es auch nur einen Like-Button. Was jemand nicht begehrt, sei nämlich irrelevant. Facebook vermittele offenbar über Algorithmen die Vorlieben des Freundeskreises gemäß dem mimetischen Begehren und mache damit Riesenprofite. Nee, also echt nicht, das konnte er nicht lesen. Nicht, dass er es nicht hätte interessant finden können. Über die Werbeschiene war er ja erst auf Girard gestoßen, aber diese Ausführungen waren dermaßen einschläfernd. Sein Facebook-Profil wurde selbstverständlich von Profis verwaltet, er hatte für diesen neumodischen Kram nichts übrig. Also mit dem Geseiber würde Syana jedenfalls niemanden gewinnen. Den Aufsatz sollte er besser nicht wieder erwähnen. So ein abgehobener Scheiß schreckte ja nur ab. Vielleicht konnte man den Aufsatz später verwenden, wenn sie als Vorsitzende erst mal zum Abschuss freigegeben war. So von wegen: bürgerliche Intellektuelle verschreckt Arbeitergefolgschaft. Partei bereut bereits die Wahl der durchtriebenen Einzelgängerin. Oder so.

Das Individuum eine Erfindung, pah. Individualisierbare Produkte wären ein Beweis für die Richtigkeit der Theorie, Blödsinn. Das trifft vielleicht auf die Kiddies zu, die sich ständig mit neuem Zeugs eindecken, aber doch nicht auf jemanden wie mich. Ich trage Maßanzüge wegen meines besonderen Körperbaus, nicht weil ich mich abheben will. Ich bin Demokrat. Jeder hat eigene, individuelle Bedürfnisse und muss diese gegebenenfalls dem Gemeinwohl unterordnen, so ist das. Antimimetische Mimesis, geht's noch komplizierter? Wenn also jemand etwas macht, das sich ganz bewusst von dem unterscheidet, was andere machen, dann ist das auch nur Nachahmung, weil das ja alle so machen. Ha.

»Biddesehr, aufgepasst, fünf Mal um die Ecke gedacht, linksrum und marsch, klatscht dem Vordermann eine uff'n Arsch«, raunte Gysi kopfschüttelnd in seine Kaffeetasse. Es gab eben einfach Menschen, die waren kreativ und durchsetzungsfähig, hatten eigene Ideen und Charisma, so wie er selbst. Und dann gab es Menschen, die immer nur hinterherliefen und andere kopierten, weil sie selbst keine innovativen Einfälle hatten. So war das.

Diese Gleichmacherei von einer kleinen Westtussi, also bitte, das ist doch einfach lächerlich. Selber will sie was Besonderes sein, so sieht das aus, deshalb hat sie auch kandidiert. Der Onanist hat sie aufgestachelt und, selbstverliebt, wie sie ist, hat sie den Köder geschluckt. Wenn sie wirklich glauben würde, dass Individualität eine Lüge ist, die dem Kapitalismus in die Hände arbeitet, hätte sie niemals kandidieren dürfen, basta. Alle sind eins, und sie will die Obereins sein, schon klar. Mit solchen Typen hatte Gysi den ganzen Tag zu tun, mit diesen vermeintlichen Weltverbesserern kannte er sich aus.

Die letzten drei Seiten des Aufsatzes ersparte er sich, er war schon gereizt genug. Niemand ging ungestraft seine Individualität an. Das Birchermüsli war schon ausgelöffelt, und nun kippte er noch den abgestandenen Sekt hinunter. Wenn er es sich genau überlegte, ging seine Opferungsidee total auf. Obwohl die Wasserbrink ursprünglich ein willkürlich ausgewähltes Opfer war, kam er nicht umhin, mittlerweile einen gewissen Hass auf sie zu verspüren. Er hatte zugegebenermaßen mit mehr Widerstand gerechnet, was ihre Kandidatur anging. Aber nein, so mir nichts dir nichts, denkt sich dieses Miststück, kann sie die Partei übernehmen, meine Partei. Er hatte bereits zwei Interviews gelesen, die sie gegeben hatte. Die Peitsche wurde sie angeblich genannt. Da konnte er ja nur lachen. Die Peitsche am Arsch! Er war derjenige, der hier die Peitsche schwang, sie war nur ein Opfer, ein armes, kleines, benutztes, mitleiderregendes Opfer.

Eine Philosophin, die die 99 Prozent repräsentieren will, occupy Parteivorsitz, da musste man erst mal drauf kommen. Die hat sich doch noch nie die Hände schmutzig gemacht, ist im Westen mit einem goldenen Löffel im Mund geboren worden, und damit ihre Eltern kein schlechtes Gewissen haben müssen, haben sie ihr erzählt, sie soll sich für die Menschheit einsetzen. Da kommen einem ja die Tränen. KPD/ML, pfff, Mitläufer waren das, Modekommunisten mit Schlaghosen, Kiffer, Drogenabhängige. Da waren ihm echte

Konservative ja noch lieber als solche Hippielackaffen mit Peacezeichen auf'm T-Shirt.

Er griff nach seiner Tasse und ging zu seinem Schrank hinüber, in dessen hinterster Ecke eine Flasche Kräuterschnaps stand, die ihm einmal vom Kegelklub Hohenschönhausen geschenkt worden war. Er goss sich einen kleinen Schluck ein und prostete in Richtung Marxbüste: »Auf die Pissnelke, möge sie eine große Vorsitzende werden!«

Es klopfte an der Tür. Das musste Kama sein. Gysi verstaute schnell die Flasche wieder hinter der Kiste mit den Clara-Ausgaben und ging zu seinem Schreibtisch zurück. Über den Aufsatz schob er einige Plenarprotokolle und rief schließlich: »Komm rein.«

Kama setzte sich ihm mit versteinertem Gesicht gegenüber. »Wir haben ein Problem, Gregor.«

Was bitte sollte es für ein Problem geben? Fast von allein hatte die Tussi ihre Kandidatur eingereicht, die Presse war drauf angesprungen, und niemand hatte auch nur ein einziges Mal den Verdacht geäußert, Gysi könne irgendwas mit der Nummer zu tun haben. Zwar hatte er mehrere hysterische Anrufe bekommen, bei denen andere verdächtigt worden waren, mit Syanas Kandidatur irgendwas zu bezwecken, dass aber nur wenige Stunden nach ihrer Bekanntgabe im Arbeitskreis auch noch zwei andere Frauen erklärt hatten, kandidieren zu wollen, hatte die Wogen schnell wieder geglättet. Es waren eben alle verrückt geworden.

»Was denn nu?«, wollte Gysi genervt wissen.

»Es gibt einige in der Partei, die davon überzeugt sind, dass sie beim Verfassungsschutz arbeitet. Sie schreiben Rundmails an ihre Bezirks- und Kreisgenossen und warnen vor der Unterwanderung durch Geheimdienste.«

»Och bitte, ja, verschone mich. Solche Spinner hat es doch immer gegeben. Du weißt, wer die V-Leute sind, ich weiß, wer die V-Leute sind, alles andere ist doch piepegal.«

»Nein, ich kenne nicht alle V-Leute.«

»Zu deinem Schutz!«

»Und ehrlich gesagt, macht mich das gerade ein bisschen nervös. Das Rape-Play kann uns alle den Kopf kosten. Wenn das auffliegt, wird es zur Spaltung kommen, das garantier ich dir, aus die Maus.«

Auf so ein Gespräch hatte Gysi nun überhaupt keinen Bock. Kama war schon immer der Misstrauischste von allen gewesen, und immer wieder hatte er ihn mit Gefälligkeiten von seiner Dazugehörigkeit überzeugen müssen. Für Gysi war das alles Koketterie, eine Masche, damit ihm der Kopf gestreichelt wurde und man ihm sagte, wie lieb man ihn habe.

»Ich versichere dir, dass der Tantrische Kreis sauber ist. Du glaubst doch nicht, dass ich den Kern gefährden würde. Du bist mein bester Freund. Okay?«

Kama machte ein zerknautschtes Gesicht.

»Okay?«, fragte Gysi nun mit noch weicherem, fast liebevollem Tonfall.

»Ja, ist gut.«

»Ich liebe dich, Mann.«

»Ich dich auch, du Schweinehund.«

»Dann können wir ja endlich zum Wesentlichen übergehen. Die Bundesländer von Nord nach Süd – wen haben wir?«

Kama berichtete nun von Dombis und seinen Fortschritten. Brandenburg war eine harte Nuss. Schleswig-Holstein, Bremen und Niedersachsen stellten hingegen kein Problem dar. Die implizite Behauptung der *Jungen Welt,* Syana gehöre zu den Bartsch-Anhängern, hatte einige verschreckt. Es hatte aber auch Ärger gegeben, weil sie in einem Interview behauptete, sie stehe der antikapitalistischen Linken nahe. Dann stellte sich aber heraus, dass das lediglich die wohlüberlegte Interpretation der Journalistin war und Syana lediglich betont hatte, sie sei Antikapitalistin und dass das ja wohl der Minimalkonsens aller Parteimitglieder sei. Dieser Nebensatz allerdings war unter den Tisch gekehrt worden, die eigentliche Aussage verdreht, und das bei einer angeblich regierungskritischen Tageszeitung. Das Interview war telefonisch geführt worden, und so hatte Kama schließlich einen wichtigen Meinungsmacher mit einem mitgeschnittenen Ausschnitt des Gesprächs überzeugen können, dass es sich nicht um eine Fehde gegen seine Strömung handelte. Außerdem fühlte der sich noch geehrt, weil er in Interna der Spitze eingeweiht worden war, die diese Mitschnitte ja wohl darstellten.

Nicht wenige konnten sich mit der Vorstellung einer Doppelspitze aus Syana als einer Westdeutschen und einem männlichen ostdeutschen Konterpart anfreunden. Damit wäre Lafontaine abgewehrt. Andere wiederum konnten sich vorstellen, dass Syana als Ostdeutsche durchgehen würde, immerhin arbeitete sie im Ostbüro und hatte bereits verschiedene sehr einfühlsame Artikel zur Ostpolitik verfasst, dann würde Ernst das Rennen neben ihr machen können, oder eben doch Lafontaine. Den meisten ging es ohnehin ums Prinzip, nicht um eine bestimmte Person. Aversionen mussten ernstgenommen werden und Präferenzen relativiert, das war Dombis Spezialgebiet.

Kama kümmerte sich um Finanzanträge. Wer eine bestimmte Summe aus dem Topf haben wollte, für eine Veranstaltung, für Informationsbroschüren in Hochglanz, für eine unabhängige Studie, tja, der musste bei Personalfragen schon mal flexibel sein. Nicht umsonst war der FUPV, der Finanz- und Personalvorstand, eingesetzt worden, der insgeheim den Namen Puff trug. Wie auch immer die Abgeordneten in einem Arbeitskreis über ein Projekt abstimmten, letzten Endes musste jeder Antrag vom FUPV-PUFF genehmigt werden. Die Abstimmungsvorgänge im Vorfeld waren die reinste Beschäftigungstherapie. Nur ganz selten traute sich mal einer aufzumucken.

Als die beiden mit allem durch waren, war es bereits 21 Uhr.

»Sind die Transponder inzwischen eigentlich alle entfernt worden?«

»Das war ja nicht zu verhindern.«

»Und Kolumbien, die FARC?«

»Ist nahezu im Sand verlaufen. Im näheren Umfeld gab es mehrere Entführungen. Und wohl auch einen einzelnen Kontakt, eine Holländerin, drei Jahre älter, war damals dabei. Man hat sich aber gegen sie entschieden. Das kam von oben. Die Spuren sind alle längst verwischt, manche Entscheidungsträger schon seit Jahren nicht mehr am Leben.«

»Alles klar, schade. Komm, lass uns zusammenpacken, war 'n langer Tag.«

Gemeinsam verließen sie den Bundestag, und jeder stieg in ein Auto des Fahrdienstes.

Gysi wollte sich zu Hause noch mal an die Rede für den Göttinger Parteitag setzen. Sein Plan war bisher aufgegangen, und er wusste, dass nicht wenig von den Signalen abhängen würde, die er aussenden wollte. Im Grunde musste die Rede drei wichtige Punkte enthalten. Erstens: Die Partei ist in einer mimetischen Krise und deshalb von der Zerstörung bedroht. Zweitens: Wir brauchen also einen Pharmakós, der stellvertretend gelyncht wird, damit wieder Einmütigkeit herrschen kann. Und drittens: Ich war schon mal so frei, euch einen Pharmakós zu beschaffen, Syana Wasserbrink, bedankt euch später.

Zu Hause angekommen, schlüpfte Gysi in eine schwarze Jogginghose und behielt nur das weiche T-Shirt an, das er unter seinem Hemd trug. Essen würde er nicht mehr, er war auf Diät. Wenn ihn der Hunger spät am Abend doch noch überkommen sollte, würde er Gemüsesticks kauen. Das hatte ihm sein Arzt geraten. Und nicht mehr als ein Glas Wein, vorerst zumindest. Er setzte sich an den Schreibtisch und holte seine Notizen aus der Schublade. Den Schlüssel zur Schublade versteckte er auf der Rückseite des Lampenschirms. Er nahm einen Stift zur Hand.

Schon vielfach wurde in Reden betont, dass unsere Partei in einer extrem schwierigen Situation ist.

So wollte er beginnen. Das waren klare Worte, keine

Schnörkel, kein Klimbim. Er würde von Reden sprechen und nicht von Vorrednern. Vorredner klang zu holprig, als ob man würgen müsse. *In Reden* klang weicher. *Vielfach* war besser als zahlreich, *schwierig* besser als eklatant. *Unsere Partei* zielte ab auf das Zusammengehörigkeitsgefühl. Da saßen einfache Leute im Publikum, die er berühren musste. *Ich will zunächst an den Beginn zurückkehren.* 1989/90. Genau, keiner sollte vergessen, wer er war und was er geleistet hatte.

Dann schön was zum Staatssozialismus und betonen, dass der selbstverständlich völlig zu Recht gescheitert ist. Das wollten die Leute so. Die Anti-DDR-Propaganda war wirksamer denn je. Ein blutiger Unrechtsstaat, eine menschenverachtende Diktatur sei das gewesen. Da gab es eigentlich schon gar keine Steigerung mehr, und jeder, der es wagte, sich in der Öffentlichkeit anders zur DDR zu äußern, hatte sein berufliches Leben verwirkt. Da war er selbst völlig machtlos. Der Staatssozialismus galt als gescheitert, Punkt.

Die Menschen wollten ihn nicht. Nein, besser: *Die Menschheit wollte ihn nicht als Alternative zum Kapitalismus.* Dann was zu den Erfolgen der PDS, zu den gemeinen Medien, die die Linke immer nur ins schlechte Licht rücken. Und er würde noch was zu den Vorwürfen sagen müssen, er biedere sich zu sehr bei der SPD an. Kritik implizieren, selbstverständlich, aber doch auch auf die Notwendigkeit von Koalitionen insistieren. Der goldene Mittelweg. Dann käme er auf den Koalitionsvertrag in Brandenburg zu sprechen und auf ihre Diskussionen darüber in der Fraktionssitzung. War das ätzend gewesen. Da hatte sich nun wirklich niemand mit Ruhm bekleckert. *Fast alle, die in den alten Bundesländern aufgewachsen waren und sprachen, haben den Koalitionsvertrag kritisiert und erklärt, dass sie diesen Vertrag abgelehnt hätten. Und fast alle, die aus den neuen Bundesländern da waren und sprachen, haben erklärt, dass er in Ordnung ginge.* Ostlinke, Westlinke, mimetische Krise.

Er würde bei einer einfachen Sprache bleiben. Er wusste, dass die Kamera bei diesem Teil der Rede auf Lafontaine hielte und dass dessen Mundwinkel wie wild zucken würden. Versuch es doch mit deiner WASG-Truppe allein und sieh, wie weit du kommst. Versuch's doch mit der MLPD oder der DKP. Viel Spaß dabei.

Er würde dann fragen, ob man diesen fundamentalen Unterschied jemals vernünftig miteinander analysiert habe. Das hatten sie nicht. Und wer litt darunter am meisten? Er selbst, der liebende Vater.

Selbstkritik kam immer sympathisch rüber. *Das ist auch eine Selbstkritik,* würde er sagen, genau. An diesem Punkt dann käme er auf die Personalpolitik, um zu erklären, wie abhängig doch die meisten Entscheidungen von persönlichen Befindlichkeiten gegenüber Einzelpersonen seien. *Es tut mir leid, meine lieben Genossinnen und Genossen, aber das ist für mich ein pathologischer Zustand!* Spätestens dann würde den meisten klar werden, dass unbedingt eine neutrale Person den Parteivorsitz übernehmen musste. Und wer kam da wohl infrage? Na? Na? Pharmakós, mach dich bereit.

An irgendeiner Stelle musste er Oskar loben, da kam er nicht drumherum.

Ganz klar, *wer dessen Erfolge nicht anerkennt, hat nicht den geringsten Sinn für Realitäten,* bums, Totschlagargument. Erfolg ist ein relativer Begriff. Von manchen würde er positiv, von anderen negativ gewertet werden. Erfolg, ja, Erfolg. Gysi unterstrich die Zeile doppelt.

Und erst zum Ende hin würde er zum Hass kommen.

Es herrscht auch Hass. Hass ist ein starkes Wort, das man nur mit Liebe wieder ausgleichen kann. Es ist eine dünne Linie, nicht wahr. Eben noch Liebe, dann plötzlich Hass, und dann doch wieder Liebe.

Die Liebe würde dann Syanas Aufgabe sein. Wir sind alle eins, transzendentaler Kommunismus, Liebeliebeliebe, 99 Prozent, Weltfrieden, bla. Liebe als Antwort auf Hass.

Eine kooperative Führung würde er verlangen, die in der Öffentlichkeit dafür sorgte, dass man wieder als politisch wahrgenommen wird. Er würde mit der Spaltung drohen, ja, er würde aussprechen, dass er eher für eine Spaltung sei, als diese mimetische Krise weiter mit zu tragen.

Mimetische Krise musste er weglassen. *Verkorkste Ehe!* Das war eine schöne Metapher. Und dann zur Bergpredigt, ganz zum Schluss, wie bei Girard. Zwar durfte er nicht so auf Jesus herumreiten, wie Girard das in *Das Heilige und die Gewalt* tat, aber erwähnen wollte er ihn doch. *Denkt daran, was Jesus Christus vorgeschlagen hat, wie man mit seinen Feinden umgehen soll, wenn wir das schaffen würden,* irgendwie so. Alle würden verstehen, warum er nicht über Politik gesprochen, sondern die innere Krise ins Zentrum seiner Rede gestellt hatte. Ohne innere Krise würden sie ja wohl keinen Pharmakós brauchen, keine Syana Wasserbrink. *Ihr müsst einen Parteivorstand wählen, der dafür sorgt, dass solche Kämpfe, wie wir sie gegenwärtig erleben, nicht mehr geführt werden können. Ich beneide euch nicht um eure schwere Aufgabe.*

Und dann würde er enden mit Marx: The proof of the pudding is in the eating. Oder nee, Rosa Luxemburg: die Freiheit der Andersdenkenden. Nee, das war auch ausgelutscht. Luxemburgs: Trotz alledem! Oder ganz raffiniert: Das Trotz alledem! von Karl Liebknecht, ha. Kalle hat's ja auch gesagt, und zwar wesentlich poetischer und auch irgendwie kraftstrotzender als Rosa. Abgang.

Gysi war zu müde, um die Lücken noch zu füllen. Überhaupt war er es leid, war er alles leid. Seine Brust zog sich vor Schmerz zusammen. Wie konnte er es nur so weit kommen lassen? Sein Arzt hatte gesagt, er müsse den Tinnitus akzeptieren, nur so würde er allmählich lernen, ihn zu beherrschen. Wie aber sollte er lernen, etwas zu akzeptieren, das er nicht beherrschen konnte? Er solle sein Bewusstsein mit dem Ton eins werden lassen, er müsse mit dem Ton verschmelzen, den Dualismus von Beherrschen und Beherrschtwerden aushebeln, indem er die Duplizität anerkannte.

Für einen winzigen Augenblick ließ er los. Seine Gesichtszüge entglitten ihm, und die Schultern begannen, sich in einem Weinkrampf zu schütteln. Er hatte doch nur dieses eine Leben, und was er bisher erreicht hatte, war nicht genug. Dieses Elend auf der Welt, die Kriege, die Gier, der Hunger, das Siechen – es war nicht genug.

10. Kapitel

Schloss Marquardt

Ronen ging in die Hocke und wippte einige Male auf und ab. Die Hose des Smokings saß ziemlich eng, und wenn die Naht reißen würde, dann doch bitte gleich und nicht erst im Schloss. 120 Euro hatte er im Verleih hingeblättert, obwohl sie dort nicht, wie zuvor versichert, die richtige Größe da gehabt hatten. Eine Kaution musste er zusätzlich hinterlegen. Ronen war seit dem vergangenen Wochenende ziemlich durch den Wind. Erst seine Nacht im *Bataille*, dann die Ipsation Gregor Gysis – das Wort war ihm wieder eingefallen, als er ausgeschlafen hatte.

Selbstbefriedigung! Für Ronen ergab das alles einen Sinn. Die Orgie, das Rape-Play, Bondage, die Ipsation, das Smegma und die Angst vor dem Samenraub. Die Kandidatur Syana Wasserbrinks allerdings hatte ihn etwas aus der Bahn geworfen. Für ihn war klar, dass sie mit drin hing in der ganzen Verschwörung und dass es Gysi letztlich um die Beseitigung von Oskar und Sahra ging. Wollte Gysi die Spaltung der Partei erreichen? Aber warum? Um selbst unangefochtener Throninhaber zu sein? Das war er in den Augen der Öffentlichkeit doch sowieso. Oder Gysi hatte etwas mit Syana am Laufen und sie war doch die eiskalte Karrieristin, die nichts anbrennen ließ, um vorwärtszukommen, wie es ihre Kollegen vermuteten. Hatte sie doch etwas mit dem Verfassungsschutz zu tun, dessen Aufgabe nun darin bestand, die letzte Bastion des Widerstands auszumerzen?

Ronen stand unter Druck. Er hatte beschlossen, die Linke zu retten, auch wenn er anfangs noch von anderen Plänen getrieben worden war. Er durfte nicht einfach der

Führungsriege zu überlassen, was mit der Linken geschehen sollte. Irgendwie war es doch auch seine Linke. Was mit dem Parlamentarismus geschehen würde, wenn die Linke in eine ostdeutsche Regionalpartei und eine unbedeutende Westlinke zerfiele, wollte er sich nicht ausmalen. Bei allen Widrigkeiten war die Linke dennoch die einzige ernstzunehmende Kraft geblieben, die gegen den entarteten Finanzkapitalismus ankämpfte, die Waffenexporte verhindern wollte, die gegen Leiharbeit auftrat und der Altersarmut vorbeugen wollte. Zwar hatte die Linke den falschen Weg eingeschlagen, aber das war nichts, was nicht rückgängig gemacht werden konnte.

So fühlte sich also Investigativjournalismus an. Dieses Hin- und Hergerissensein, das Auf und Ab der Emotionen, die Zwangsläufigkeit, eine Entscheidung zu treffen, für oder gegen das Objekt der Ermittlungen, die verzweifelte Suche nach einem Mittelweg, die Angst vor dem Versagen.

Mit Lefèbre hatte er noch einige Male in einem sicheren Raum im hidden Web gechattet. Eigentlich vermutete Ronen aber, dass die Marquardt-Orgie in Bezug auf die Linke eine Sackgasse war. Lefèbre hatte im *Bataille* mit vom Alkohol gelöster Zunge von anwesenden Prominenten gesprochen. Es könnte also noch eine weitere Story für Ronen dabei herausspringen. Der Besuch im *Bataille* sollte schließlich nicht umsonst gewesen sein. Dafür hatte es ihn zu viel gekostet.

Mo hatte sich vor Lachen gar nicht mehr eingekriegt. »Ich hab's dir gesagt, du wirst Lefèbre die Eier lutschen.«

»Ich hab ihm nicht die Eier gelutscht. Ich hab den Koitus mittels manueller Stimulation einer erogenen Zone beschleunigt, damit er mir vertraut und zu quatschen anfängt. Und das hat ja wohl auch funktioniert.«

»Ronen, ich hab mich echt in dir getäuscht. Du bist hammerhart. Du wirst ein herausragender Journalist werden. Davon bin ich überzeugt.«

»Mach dich nicht über mich lustig. Dein Widerstand als

revolutionärer Hacker, der der Linken die Homepage pflegt, ist ja wohl auch eher halbherzig.«

»Ich mach mich nicht lustig, und außerdem: Woher willst du wissen, dass mein Job nicht nur eine Tarnung ist?«, fragte Mo.

»Die Linke als Tarnung? Also ich weiß ja nicht. Solltest du dann nicht eher für den BND arbeiten?«

»Lassen wir das.«

Haarklein hatte Ronen alles berichten müssen, und sie waren beide zu dem Schluss gekommen, dass die Freimaurertheorie, in Anbetracht der plötzlichen Kandidatur Syanas, wohl doch etwas weit hergeholt war. Es konnte zwar durchaus sein, dass die Wagenknecht dieser Loge angehörte, aber dass diese Tatsache irgendwas mit dem Rape-Play zu tun haben sollte, schien abwegig.

Ronen war am Dienstag bei der Regionalkonferenz der Linken gewesen und hatte sich die Rede von Syana reingezogen. Sie schien ganz allein gekommen zu sein. Im Raum war es schwül. Bei gefühlten sechzig Grad lief allen Anwesenden der Schweiß, und man fächerte sich mit Infobroschüren Luft zu. Wagenknecht hielt eine zwanzigminütige Rede, danach sprach Klaus Ernst. Zimmermann verteidigte ihre Kandidatur, doch schon nach wenigen Sätzen war klar, dass das nicht wirklich ernst gemeint sein konnte.

Aus irgendwelchen Gründen spielte sie eine Rolle, deren taktische Ausrichtung wohl nur einige wenige verstanden. Sie zitterte und stotterte und erzählte etwas über ihre Vergangenheit als Gewerkschafterin. Wie hatte die nur so weit kommen können, fragte Ronen sich. Vielleicht war die Zimmermann ein guter Mensch, das mochte sein, als Repräsentantin machte sie allerdings keine sonderlich passable Figur. Bei ihrem Anblick dachte Ronen nicht an Revolution, sondern vielmehr an Katzen, Beruhigungsmittel und Sahnelikör. Ein Karsten Krampitz erläuterte ungelenk, inwiefern seine Spaßkandidatur die Partei erziehen könne, und fuchtelte dabei mit einer Brottüte herum. Ronen fiel es schwer, bei der Sache zu bleiben. Anstatt den Ausführungen zu folgen, grübelte er angestrengt über den Sinn einer solchen Konferenz nach. Gefühlte achtundvierzig Stunden vergingen. Endlich betrat Syana lächelnd die Bühne und begann ihre Rede mit: »Ich bin die 99 Prozent!«

Gar keine schlechte Positionierung. Damit hob sie sich ab von dem Parteien-Argot, fand Ronen.

»Wir suchen nicht nach Wegen zum Kommunismus, wir befinden uns bereits auf dem Weg zum Kommunismus, und wer *Das Kapital* gelesen hat, der weiß das auch«, hallte es durch den Saal. Jemand unterbrach sie, indem er sie als Mainstreamtussi beschimpfte. Obwohl sie zuerst sehr unsicher wirkte, war sie bei diesem Angriff richtig aufgeblüht. »Ja, ja. Ihr schimpft immer auf den Mainstream«, ätzte sie von der Bühne herab. »Wer aber soll euch denn eurer Meinung nach zur Regierungspartei machen, wenn nicht der Mainstream?« Dafür erntete sie spontanen Applaus. »Meine Kandidatur meine ich sehr ernst!«, waren ihre letzten Worte. Die drei Minuten Redezeit schöpfte sie nicht aus. Es war doch seltsam, dass sie das so betonte. Ronens Erfahrungen mit dialektischen Denkmustern ließen ihn vermuten, dass Syana selbst Zweifel an ihrer Ernsthaftigkeit hegte.

Die gesamte Führungsriege hatte in der ersten Reihe gesessen und ungläubig auf diese Rotzgöre gestarrt, die sich in ihrer unangenehmen Selbstgewissheit doch sehr von den anderen Spaßkandidaten, die zuvor ihre Motivationen erläutert hatten, unterschied. Ronen konnte sich nicht vorstellen, dass Syana die Sache mit einem derartigen Stolz angegangen wäre, wenn sie nicht von irgendwo Rückendeckung hätte. Er war die Interviews durchgegangen, die Syana verschiedenen Tageszeitungen gegeben hatte. Sogar die Gerüchte, sie wäre eine Geheimdienstlerin, wurden von ihr angesprochen: »Die glauben gar nicht mehr daran, dass jemand wie ich für die Linke eintreten würde«, stand da. Was meinte sie mit »jemand wie ich«? Und wie war das noch mit der Wahrheit als bester Tarnung, noch vor der Sentimentalität und dem Witz?

Das Zeitfenster bis zum Parteitag wurde immer enger. Ronen musste sich ranhalten, und er würde für die Aufklärung dieser Intrige keine Kosten und Mühen scheuen, so viel war gewiss.

Schloss Marquardt war idyllisch gelegen. Von der Terrasse aus überblickte man einen wunderschönen Park und das Ufer des Schlänitzsees. In den vergangenen Jahren hatten im Sommer Kunstausstellungen in den teilweise verfallenen Räumlichkeiten stattgefunden.

Ronen parkte den Wagen seines Vaters in einer der Seitenstraßen und schlenderte in seiner Verkleidung zum Tor. In Ruhe wollte er alle Eindrücke dieses kleinen Ortes aufsaugen. Eindeutig hatte es schon zahlreiche Yuppies in das Dorf geführt. Fachwerkhäuser waren aufwändig renoviert und Gärten angelegt worden, von Schwaben vielleicht. Nur vereinzelt erinnerten verfallene Einfamilienhäuser mit den obligatorischen Bänken vor dem Küchenfenster an die Armut, oder war es Bescheidenheit, der ostdeutschen Ureinwohner. Die Gaststätte *Zum alten Krug* lockte in dieser Jahreszeit mit Beelitzer Spargel. Großformatig angelegtes Natursteinpflaster gab der Straße am Schlosspark einen mittelalterlichen Charme.

Vom Tor aus führte ein mit Fackeln beleuchteter Weg zu der Terrasse des Schlosses auf der Seeseite, obwohl es noch nicht einmal dämmerte. Das Tor stand offen, es war ein öffentlicher Park. Schon auf der Straße konnte Ronen Musik und Menschengewirr hören. Er ging langsam an einer Kapelle vorüber. »Eingeweiht 1901«, verriet ein überwuchertes Schild. Die Stimmen und das Gelächter wurden lauter. Er passierte große Fenster, die Einblicke in den von funkelnden Kristallleuchtern erhellten Festsaal gewährten. Es mochten sich gut zweihundert Gäste in dem Raum tummeln, alle festlich gekleidet. Die Frauen trugen lange Abendkleider in allen Farben und hatten ihr Haar hochgesteckt, die Männer traten einheitlich im Smoking auf. Ein blau erleuchteter

Champagnerturm wuchs aus einem riesigen Eisblock in der Mitte des Raums. Als Ronen um die Ecke bog, bot sich ihm ein herrlicher Anblick. Musiker, alle in weißem Smoking, spielten einen brodelnden Swing, und Tanzpaare wirbelten über den Steinboden. Ronen ging im Kopf die Formulierungen durch, die er verwenden würde, wenn er in seinem Artikel später die Szenerie beschreiben musste: klischeehafte Kultiviertheit, lukullische Opulenz, barock-honoriger Pomp. Gatsbyesk, gibt es das Wort?

Er stieg die wenigen Treppen hinauf auf die Terrasse, und sofort wurde ihm von einem befrackten Kellner ein Tablett mit Amuse Gueules entgegengehalten. Ronen griff nach einem der winzigen Schälchen, die verschiedene Leckereien enthielten: Lachsröllchen mit einer teigigen Masse gefüllt, Kartoffelscheiben mit Schweinebauch und Crèmewölkchen, Polentaecken mit Roastbeef und Tatar aus schwarzen Oliven und getrockneten Tomaten, Käseschwäne, die auf kleinen Löffeln in einem schwarzen See aus Kaviar schwammen.

Eine junge Frau löste sich von ihrem Tanzpartner, wirbelte zu dem Tablett und ließ frivol ein Lachsröllchen in ihrem Mund verschwinden. »Ich liebe diese Häppchen«, sprach sie Ronen an. »Welches nehmen Sie?«

»Ich hatte etwas mit Sauerkraut und wollte eventuell noch einen von den Schwänen kosten.«

»Sie müssen unbedingt alle probieren!«, lachte sie und warf dabei den Kopf in den Nacken.

Ronen stellte sich noch zwei der Schälchen auf die flache Hand und die Frau tat es ihm gleich.

»Ich wollte gerade hineingehen und mir einen Drink besorgen«, gab Ronen an.

»Eine gute Idee, ich begleite Sie.«

Das war ja leichter als angenommen. Eigentlich hatte er verschiedene Sätze eingeübt, mit denen er sich in ein Gespräch einmischen könnte. Diesen Künstler verehre ich ebenfalls, besonders das Frühwerk hat seinen ganz eigenen Charme. Oder: Entschuldigen Sie, ich hörte gerade, wie Sie

Sardinien erwähnten, erst vor Kurzem hat meine Familie darüber nachgedacht, dort in Agriturismi zu investieren – ach, Sie sagten gar nicht Sardinien, da muss ich mich verhört haben.

Tatsächlich führte die junge Frau Ronen zu einer Gruppe, der er sich als Benjamin vorstellte. »Benjamin Lavender, wie der Lavendel.«

Schnell kam er ins Gespräch, und die Themen des Grüppchens waren weit weniger distinguiert als in seiner Vorstellung. Mo hatte ihm geraten, über die Entartung des Kapitalismus zu sprechen.

»Das kommt an bei diesem Volk, glaub mir, je kritischer, desto besser. Hau richtig auf'n Putz.«

»Und was soll ich sagen, wenn mich jemand fragt, was ich beruflich mache?«

»Ach, sag einfach, dass du noch auf der Suche bist. Das ist glaubwürdig. Reicher Leute Kinder sind immer auf der Suche nach ihrer Bestimmung. Sag, du hast gerade die Gastronomie aufgegeben und willst es nun mal mit dem Schreiben versuchen. Ist doch ehrlich.«

»Was aber, wenn das gar nicht reicher Leute Kinder sind, sonder einfach irgendwelche Orgienfetischisten, die genauso verkleidet sind wie ich?«

»Dann improvisierst du eben.«

»Super Tipp.«

Allmählich brach Dunkelheit ein über die Kulisse. Ronen tanzte, obwohl er kein Swinger war, und amüsierte sich durchaus. Aus dem Augenwinkel beobachtete er, wie sich die Berliner Bussiprominenz der C-Klasse in Ausgelassenheit soff. Beinahe hätte er vergessen können, warum er eigentlich hier war. Nach zwei Wodka-Gimlet und einigen kleinen Gläsern Champagner war er gut dabei. Er konnte sich angeregt über Kunstrasen und die kalte Progression unterhalten, und fast kam das Gefühl auf, unter Freunden zu sein. Mo hatte recht damit gehabt, dass einige kritische Spitzen zu Ausbeutungsverhältnissen und ehrlicher Arbeit, die ja kaum noch gewürdigt wurde, gut ankommen würden. Niemand fragte Ronen, wessen Gast er eigentlich sei oder zu wem er gehöre. Zwar wartete er immer noch gespannt darauf, von einem Kellner aufgefordert zu werden, sich für das Brautbuch fotografieren zu lassen, seine Nervosität aber hielt sich mittlerweile in Grenzen.

Nach einem ausgelassenen Tanz mit zwei snobistischen Jungunternehmern – sie arbeiteten an einer App für individualisierbare Nachrichten, nachdem die Printversion der Idee den Bach runtergegangen war – entschuldigte sich Ronen und schwankte in Richtung Toilette. Vor dem Spiegel im Kaminzimmer, in dem ein Jahr zuvor im Rahmen einer Ausstellung noch ein riesiger Bugatti-Motor mit Dornenkrone gestanden hatte, blieb er stehen und besah sein Spiegelbild. Er bildete sich ein, dass man ihm den Alkoholpegel ansah. Die Haut in seinem Gesicht war deutlich gerötet und mit einem schmierigen Glanz überzogen, die Augen glasig, und sein Atem ging immer noch schneller als üblich. Aufgedunsen bin ich, dachte Ronen, als sich eine junge Frau aus der Toilette an ihm vorbeidrängte. Verärgert taumelte er einen Schritt rückwärts und musste sich stark auf seinen Gleichgewichtssinn konzentrieren, damit er nicht rücklings auf das dunkle, abgewetzte Parkett fiel. Er blickte der Frau nach und öffnete gerade den Mund, um eine Gemeinheit zu formulieren, als seine Welt für einen Moment stillzustehen schien. Alles zog sich zu einem winzigen Punkt zusammen und explodierte sofort wieder ins Unendliche.

Es war eindeutig Syana Wasserbrink, die ein langes, blaugelbes Satinkleid mit Paisleymusterung in ihrer linken Hand zusammenraffte und in Badelatschen Richtung Festsaal eilte. Ronen begann sofort zu rennen und sah, als er den Saal erreichte, gerade noch, wie sich Syana an einer Gruppe vorbei auf die Terrasse schob. Sie war also hier. Sie war auf der Veranstaltung, auf die ihn Lefèbre wegen einer rituellen Orgie in den Kellergewölben eingeschleust hatte. Ronen wünschte sich plötzlich, keinen Alkohol getrunken zu haben. Er hatte nun wirklich mit allem gerechnet, nicht aber mit der Anwesenheit von Syana. Was sollte er nun tun, was würde ein professioneller Journalist tun? Er eilte zur Toilette. Als Erstes würde er Wasser lassen müssen. Als er wieder in das Kaminzimmer trat, wartete dort ein Kellner. »Herr Lavender, hatten Sie schon die Gelegenheit, sich für das Gästebuch fotografieren zu lassen?«

Es ging also los. Er musste Syana folgen, sie vielleicht ansprechen, mit ihr ins Gespräch kommen. Was tat sie hier? Wer hatte sie eingeladen? Warum trug sie Badelatschen? Wusste sie von der Orgie? Nahm sie an der Orgie teil? Das Rape-Play, die Lokalität, Rapina seminum. War er, ohne es zu ahnen, zum Kern der Verschwörung vorgedrungen?

Er blickte sich um. Er hätte sich die Gesichter auf der Fraktionshomepage der Linken einprägen sollen, alle, die des Bundestages und die des Berliner und des Brandenburgischen Landtages. Er war alles falsch angegangen, hatte zu früh sein Bauchgefühl verworfen, zu früh aufgehört, in Betracht zu ziehen, dass er richtig lag.

»Ich befürchte, nicht fotogen genug zu sein«, antwortete er schließlich nach längerem Zögern.

»Die Braut besteht darauf, mein Herr. Wenn Sie mir bitte folgen würden.«

Die umstehenden Gäste schienen sich nicht um diese Unterhaltung zu scheren. Der Kellner setzte sich steif in Bewegung, und Ronen folgte ihm. Sie durchquerten den Saal, betraten die Terrasse und gingen an ihrer Nordseite eine schmale Treppe hinab. Einem kleinen Pfad folgend, umrundeten sie in bedrohlicher Dunkelheit das Schloss bis zu einem Seiteneingang. Der Kellner blieb abrupt stehen und wies Ronen an, die letzten Meter allein zurückzulegen. Schweigend ging Ronen weiter an der Schlosswand entlang, als er einen kleinen Lichtschimmer wahrnahm. Beim Näherkommen sah er, dass es sich um zwei winzige Teelichter handelte, die auf der Mauer einer Kelleraußentreppe kläglich vor sich hin zappelten. Er tastete sich vorsichtig die Stufen hinab, da er kaum etwas sehen konnte. Eben, als er zur Toilette gegangen war, war es noch hell gewesen. Mittlerweile aber verdeckten die großen Laubbäume in diesem Teil des Parkanwesens die Sicht auf den Mond. Alles Gegenständliche verschmolz mit seiner undurchsichtigen Sphäre zu einer friedvollen Totalität. So würde er es beschreiben, genau so.

Ronen klopfte zaghaft an die Eisentür und musste einige Sekunden warten, bis sie geräuschlos aufgeschoben wurde. Körperbau und Größe verrieten, dass sich unter der Kutte und hinter der Maske ein Mann verbarg. Ronen hätte ihn gern an der Schulter gepackt und ihm gesagt, wie abgefahren er die ganze Sache fand: das Schloss, den Keller, den Code, die Kutte. Er riss sich aber zusammen. Die Kutte war aus schwarzblauem Samt, die Form der Maske jedoch fremdartig: Arabesk ineinander verschlungene Metallstränge, die sich nicht an die Konturen des Gesichts schmiegten, sondern einen größeren Abstand zur Haut haben mussten, bildeten eine Art Käfiglarve. Vielleicht war das Gestell am Hinterkopf befestigt. Ronen spürte den unebenen kalten Boden unter seinen Schuhsohlen. Der Mann trat hinter eine kleine Theke in einen Verschlag, der als Garderobe fungierte. Flackernde Kerzen dienten als einzige Lichtquelle. Routiniert griff er nach einem Bügel, an dem ein Schwarzer Umhang hing und eine Maske baumelte. Eine ganze Reihe solcher Maskeradenoutfits hing dort an einer Stange. Es roch modrig. Auch die Kutte, die Ronen nun überzog, schien ihm muffig und fleckig zu sein. Ein seltsames Gefühl kam in ihm auf. Das war nicht gut.

Die Kutte dürfte nicht muffig sein, das war ein Fehler. Dieser Geruch – ihm wurde leicht übel. Alles fühlte sich plötzlich falsch an. Sein verschwitzter Anzug aus dem Verleih – von wem der wohl alles zu welchen Anlässen getragen worden war? Und nun noch dieser speckig-eklige Umhang, so hatte sich Ronen das alles nicht vorgestellt. Schimmel! Der Umhang roch stockig, wie wenn die Wäsche zu lange in der Waschmaschine geblieben war, man den Geruch aber erst bemerkt, wenn man schon unterwegs ist und allmählich zu transpirieren beginnt. Das kann einem den ganzen Tag vermiesen. Jeder bemerkt den Geruch sofort, und man ist damit beschäftigt, den ganzen Tag über Menschen aus dem Weg zu gehen, ihnen nicht zu nahe zu kommen, weil man darauf fixiert ist, zu beobachten, wie sich ihr Gesicht heimlich angewidert verzieht. Irgendwann ergreift der Ekel vollkommen Besitz von einem und man kann an nichts anderes mehr denken, als daran, die Kleidung zu wechseln und sich zu waschen. Diese unangenehme, peinliche Beklemmung empfand Ronen, als er sich die schwarze Halbmaske aufzog und darauf wartete, dass der Wächter die an den kleinen Vorraum angrenzende Tür öffnete. Es war schon faszinierend, wie mit diesem Hauch eines Verwesungsgeruchs die ganze glamouröse Atmosphäre des Schlosses innerhalb weniger Sekunden zunichte gemacht worden war.

Als die Tür offenstand und den Blick freigab auf einen dunklen Kellergang, hob der Einlasser seinen blaubesamteten Arm und wies Ronen den Eintritt. Ronen hätte lieber diese Samtkutte getragen als den müffelnden, ollen Stofffetzen. Langsam setzte er sich in Bewegung. Er meinte, entfernt Musik zu hören. Noch war es keine Melodie, sondern vielmehr ein gleichtöniges Heulen. Die Wände waren unterhalb der Kerzenhalter mit einer dicken Wachsschicht überzogen. Schon viele Kerzen mussten in diesen Haltern niedergebrannt sein. Endlich erreichte er einen weiteren Gang, von dem einige Meter entfernt der Raum abging, aus dem die Musik kam. Er hatte keine Ahnung, was er sich vorstellen sollte. Als einziges Vorbild hatte ihm bislang die Filmszene gedient, doch wie realistisch war das schon? Eine aufwändig, mit hunderttausenden von Dollar finanzierte Orgieninszenierung konnte wohl kaum vergleichbar sein mit dem, was Menschen wie Lefèbre wiederholt zu erleben schienen. Ein strenger Geruch nach saurem Sperma, Urin und abgestandenem Schweiß schlug ihm beim Näherkommen entgegen. Wieso stank das alles denn nur so widerlich?

Die Musik konnte Ronen inzwischen den gesichtslosjazzigen Fahrstuhlmelodien zuordnen. Fast hätte er sich nicht getraut, in den Raum zu sehen. Seine peinliche Beklemmung schnürte ihm die Kehle zu. Er fasste sich ein Herz und schob sich hinein. Sofort tat sich eine Wand aus schwarzbekutteten Rücken vor ihm auf. Etwa zwanzig spitze Kapuzen ragten grotesk aus dieser Mauer empor. Ronen hielt sich links und rückte zaghaft an der Wand entlang, um eine Stelle zu finden, in die er sich drängen könnte. Er bückte sich ein wenig, um durch die Körperlücken etwas von dem zu erkennen, was auf der anderen Seite des Raumes stattfinden musste. Das fischige Bouquet getragener Frauenslips mischte sich unter den aggressiven Schweißgeruch. Er konnte Haut erkennen, Bewegungen, ein angewinkeltes Bein, einen Frauenfuß, der auf und ab wippte. Lackierte Fußnägel. Ronen trat einen Schritt zurück an die Wand und schloss die Augen. Er konnte sich nicht entscheiden, ob er das wirklich sehen wollte, diese Frau und diese Kuttenträger. Die Plastikausstattung im *Bataille*, die Lagerfeuerattrappe, das Styropor, die Holzabsperrung zur Dusche, das hatte irgendwie einen billig-trashigen Charme gehabt, den Ronen offenbar als antörnend empfand. Die Bar mit den Plastikpalmen, die goldgerahmten Bilder in Airbrush-Optik hatten diesen Achtziger-Jahre-Pornoflair vermittelt. Das hier aber war schmutzig. Die hatten keinen Orgienfetisch, sondern standen auf Kellerdreck, Züchtigung, Missbrauch und Vergehen an Untergebenen in furchterregenden nasskalten Zellen. Typen, die so was gut fanden, mussten in ihrer Kindheit missbraucht worden sein, dachte Ronen.

Noch einmal ging er in die Knie, um ein Sichtfenster zu erwischen. Wieder sah er den Fuß. Irgendetwas fesselte ihn an diesem Fuß. Dieser Nagellack.

Es arbeitete in ihm, er würde darauf kommen. Ronen dachte darüber nach, wieder nach oben zu der Feier zu gehen, wo er so viel Spaß gehabt hatte. Er konnte versuchen, Syana zu finden. In Badelatschen hatte sie den Saal durchquert, fast gerannt war sie, mit ihren Latschen, mit ihren lackierten Zehennägeln. Scheiße! Der Nagellack. Ronen schwindelte. Er fiel zurück und machte ein lautes Geräusch mit seinen Schuhen, als diese in Richtung Decke kratzend vom Boden abhoben. Es war Syana.

Syana musste das Opfer sein. Sie war das auf der anderen Seite des Raumes!

Zwei Kuttenträger sahen sich nach ihm um, wandten den Blick aber gleich wieder ab. Ronen stand auf, klopfte sich den Dreck von der Hose und hob die Hand vors Gesicht. Er glaubte, sich beim Abstützen auf dem harten dreckigen Boden am Handballen verletzt zu haben, konnte aber nichts erkennen. Er musste sicher sein. Er musste einen richtigen Blick auf die Frau werfen. Entlang der Rücken suchte er nach einer Möglichkeit, weiter nach vorne zu kommen, und wechselte die Seite des Raumes. Entfernt hörte er eine Tür schlagen, Schritte näherten sich langsam. Offenbar kamen noch weitere Gäste, und er hatte noch immer nichts gesehen. Er konnte schließlich nicht einfach »Ey, Kumpel, lass mich ma durch, ich will die Olle sehen«, sagen. Zwei Männer im selben Outfit wie der Rest der Anwesenden erschienen in der Tür.

»Wir wären so weit«, sagte der eine von beiden.

»Wir auch«, antwortete jemand am anderen Ende.

Zwischen den beiden Maskierten erschien eine kleine Person in dunkelrotem Satinumhang, der ihr halbes Gesicht verdeckte. Nur von der Nasenspitze abwärts erkannte man die Züge einer Frau. Ronen starrte auf die Füße. Sie trug einen anderen Nagellack als die Frau, die bereits benutzt worden war. Die Masse vor ihnen teilte sich, und Syana schritt im gleichen roten Umhang mit gesenktem Kopf auf sie zu. Die Frauen sahen einander nicht an, sondern gingen schweigend aneinander vorbei. Der Gestank war zum Verrücktwerden. Für einen winzigen Augenblick konnte Ronen den Altar sehen, auf dem die Frauen ausharren mussten, während mehrere Männer in sie eindrangen. Ronen kämpfte gegen seine Übelkeit an. Er musste etwas tun, er musste sicher sein, dass es sich um Syana handelte. Er durfte da kein Risiko eingehen. Wie sonst konnte er ihr helfen?

Die beiden Männer hatten die Frau an den Armen gefasst und liefen langsam den Gang entlang, gleich würden sie um die Ecke biegen, und Ronen würde nie wieder die Möglichkeit haben, die Wahrheit herauszufinden. Er rannte einige Schritte und stoppte wieder abrupt.

»Syana!«, rief er. »Syana, warte!«

Die Gruppe blieb zögernd stehen. Niemand sagte etwas. Die Frau hob langsam den Kopf, ihr Kinn wurde sichtbar und sie blickte zu Ronen. Er wusste, dass sie ihn sehen konnte.

»Syana«, sagte er nun leiser. Die Frau schüttelte langsam ihren Kopf. Dann setzten die drei ihren Gang fort. Ronen blickte wieder in den Raum mit der Kapuzenwand. Zwei Kutten kamen mit raschen Schritten auf ihn zu.

»Für dich ist der Abend hier zu Ende.«

Ronen fuhr erschrocken herum und überlegte, ob er abhauen sollte. Aber er war in einem Kellergewölbe mit einem Türsteher. Es wäre einfach lächerlich.

»Es tut mir sehr leid. Ich dachte nur für einen Augenblick …«

»Raus jetzt, du Arsch.« Der eine schubste Ronen leicht an der Schulter.

»Okay, okay, keine Panik. Ich bin weg … Alles klar.«

Zügig ging er zum Ausgang, riss sich dort den stinkenden Stoff vom Körper und nahm die Maske vom Gesicht. Beides hielt er dem Garderobier hin und fuhr sich mit der Hand ins Haar, um seinen Scheitel zu richten. Ronen war auf Streit aus.

»Das ist 'n Drecksladen hier«, pöbelte er los und griff sich an die Nase.

»Ich wünsche noch einen angenehmen Abend.«

»'n Drecksladen, haste gehört? Eure Kutten stinken.«

»Ich muss Sie bitten, nun zu gehen.«

»Ey, Alter, war das Syana Wasserbrink eben?«

Ronen trat nervös auf der Stelle und blickte sich um. Er musste etwas tun.

»Wie bitte?«

»Ich weiß Bescheid, Mann. Das war Syana Wasserbrink da drin.«

»Gehen Sie jetzt.«

»Alles klar, Mann. Richte deinen Leuten aus, dass ich euch drankriegen werde. Euer Rape-Play könnt ihr vergessen. Keine Fellatio, kein Samenraub, kein nix, richte das Gysi aus. Ich fick euch alle weg.«

Ronen griff nach dem Türriegel, stieß die schwere Tür auf und trat noch einmal nach.

»Ich fick euch weg!«, schrie er.

Die Tür fiel wieder zu.

11. Kapitel

Triaden

Auf Syanas Neuigkeiten reagierte Andreas relativ gelassen, denn er kannte die Stressbewältigungsstrategien seiner Frau. Selbst wenn er zugeben musste, ein wenig froh darüber zu sein, dass die Kandidatur an formalen Gegebenheiten gescheitert war. Er wollte sich gar nicht vorstellen, was es bedeutet hätte, wenn die Kandidatur seiner Frau, die wohl am ehesten mit dem emotionalen Schock zu erklären war, tatsächlich von einer innerparteilichen Strömung oder dergleichen instrumentalisiert worden wäre.

Syanas Beichte klang für ihn wie ein makabrer Schwank mit glücklichem Ausgang, wobei er sogar insgeheim den Verdacht hegte, dass die Kandidatur vor allem den Zweck erfüllen sollte, ihn aufzuheitern. Zumindest, das war für ihn sonnenklar, war es ein Stellvertreterakt. Es ging um Kontrolle. Syana war es gewohnt, alles nicht nur im Blick, sondern auch in der Hand zu haben. Die Tatsache, dass sie keinerlei Einfluss auf seine gesundheitliche Verfassung nehmen konnte, ihren Kontrollverlust, musste sie an anderer Stelle ausgleichen. Sie hatte nach einer Machtposition gegriffen, die ihr nicht zustand, und Einfluss auf einen Vorgang genommen, den sie gar nicht durchschaute.

Gemeinsam lachten sie bei Syanas Besuch im Krankenhaus am späten Dienstagabend über den Auftritt bei der Regionalkonferenz. Syana war noch ziemlich aufgekratzt, denn seither war noch nicht einmal eine Stunde vergangen.

Allein das Outfit, das an ihrem Körper schlabberte, fand Andreas zum Schießen.

»So bist du da aufgetreten? In diesem Altweiberfummel?

Ungeschminkt? Da bist du aber nahtlos in deiner Rolle aufgegangen. Respekt! Ich fände es ja nur konsequent, wenn du dir dazu die Wagenknecht/Luxemburg-Frisur hintoupiert hättest. So mit den beiden Zotteln an der Schläfe. Das wäre geil gewesen. So nach dem Motto: Hallo, mein Name ist Syana Wagenknecht, äääh Luxemburg, äääh Wasserbrink, sorry!«

Der Dutt hing ihm fast auf der Stirn, denn die Haare wollte er sich, wie zu erwarten, keinesfalls abschneiden lassen, sondern die kahle Stelle von nun an mit dieser schrägen Hipstermädchen-Konstruktion verbergen. Er freute sich wie ein kleines Kind, setzte sich im Bett auf und lauschte mit strahlenden Augen. Das war sie, seine Frau, ein Faszinosum, und sie war hier bei ihm.

»Du musst dir vorstellen, sechzig Grad in dieser Halle, ja? Vierhundert Leute, mindestens. Ich dachte eigentlich, da sitzen so zwanzig oder so. Lizzy sagt, sie geht mal kurz 'ne Runde drehen, und dann ist sie weg. Ich bleib also da stehen und warte. Und plötzlich kriege ich so was wie 'ne Panikattacke, die Knie sacken mir weg, die Hände fühlen sich taub an, es ist viel zu hell. So was hatte ich noch nie. Ich setz mich also auf so 'nen Infotisch, und werd dafür noch von irgend 'ner Uschi angeranzt. Lizzy kommt aber nicht wieder, und ich kann da ja nicht ewig sitzen bleiben. Die einzigen Leute, die ich irgendwie kenne, kucken mich an, als wäre ich der Antichrist persönlich. Weißte, die haben ja sogar Colette die Freundschaft gekündigt, weil die zu mir gehalten hat. Na, jedenfalls kommt Lizzy nicht wieder, und irgendwann werde ich angesagt. Ich drängle mich also nach vorne, noch ein Redner vor mir. Irgend so ein Schriftsteller, nie gehört, der kandidiert auch. Er zieht eine Kotztüte aus der Hosentasche und erklärt, dass er von dieser Flugzeug-Kotztüte seine Rede ablesen wird. Der labert also, irgendwie wirr und unzusammenhängend, ich verstehe kein Wort und hab das Gefühl, gleich ohnmächtig zu werden. Und dringend pinkeln musste ich obendrein. Ich hatte den krassesten Achselkeks aller Zeiten und denke mir: bloß nicht die Arme anheben, wenn du da gleich stehst. Mann, ich war da ganz alleine! Lizzy ist abgehauen und hat mir 'ne Nachricht geschrieben, dass sie mich nicht mehr gefunden hat, is' klar, aber is' ja auch egal, ist ja nicht ihr Bier. Ich geh da also auf die Bühne und sage: Ich bin die 99 Prozent. Ey, du hättest sehen sollen, wie mich die Wagenknecht angestarrt hat. Die muss gedacht haben: Das ist doch die Verrückte von heute Nachmittag. Gott, ich war so schlecht. Ich hab nur Schwachsinn erzählt, alles, was ich sagen wollte, ja, weg. Black out. Ich hab mich so übelst zum Nappel gemacht.«

Alles erzählte sie, haarklein, vom Parteieintritt, vom Arbeitskreis, von den Interviews, von Lizzy und Lutz, vom *In(ter)ventio*-Verrat und von der Parteisatzung, in die sie bislang immer noch nicht reingesehen hatte, weil es sie im Grunde überhaupt nicht interessierte. Dass seine Frau nun auch noch ein Parteimitglied war, bereitete Andreas keine Sorgen. Nicht einen Monat würde sie überstehen innerhalb solcher Strukturen, da hatten ihre Eltern ganze Arbeit geleistet. Sie las keine Hausordnungen, keine Gebrauchsanweisungen und erst recht keine Parteisatzungen. Andreas hatte sie bei den Mitgliederversammlungen im Kindergarten erlebt, wo alle so tun mussten, als seien sie ein Verein und der Vorstand habe eine Funktion. Sie hatte jedes Mal mit den Beinen gezappelt, wie ein ADHS-Patient, der gleich aufspringen würde, »langweilig, laaaaangweilig«, um irgendwas zu zertrümmern. Andreas musste sich sehr zusammennehmen, weil ihm sein Kopf bei jedem Lacher zu platzen drohte.

»So, und jetzt halt dich fest.« Syana zog zum Abschluss noch ihr Smartphone aus der Tasche: »Das Video von der Konferenz ist schon online. Und rate mal, bei welcher Minute meine Rede beginnt? Na, bei Minute 99. Ich hab's mir allerdings nicht angesehen. Wenn du es sehen willst, gehe ich so lange auf Toilette, ich kann das nicht.«

Ja, ja, das war sie, ganz die Alte, wollte der Partei, ach was, der gesamten Welt den Spiegel vorhalten, war aber selbst nicht in der Lage hineinzusehen. Sie gerade hätte doch dieses Theaterstück als Spiegel begreifen müssen. Entsetzt wäre sie gewesen. So eine Dusche hätte sie rundum erneuert. Obwohl, wahrscheinlich wäre sie im Selbstmitleid zerflossen, wenn sie genau hingesehen hätte. Genauso wie sie sich immer über die Obrigkeitshörigkeit der anderen beschwerte, sich dann aber nicht traute, der Wagenknecht den Rang als schönste Linke abzulaufen, und deshalb wie ein farbloses Mauerblümchen bei einer Konferenz auftrat.

»Ich find's ganz witzig. Ist nicht so schlimm, kannst du dir ruhig ankucken«, meinte Andreas, als Syana von der Toilette wiederkam, und sprach weder seine Spiegelthese noch die Obrigkeitshörigkeit an, denn sie hätte ihn dafür in Grund und Boden gestampft und ihm so lange die Worte im Mund herumgedreht, bis alles wieder einen Sinn ergab.

»Schick das doch an die Occupy-Leute, so von wegen Occupy Parteivorsitz oder so«, schlug er also vor, ohne sie zu provozieren.

Das hatte Charlotte längst getan. Syana aber fand, dass sie Andreas nicht die Freude an seiner Idee nehmen musste, und tat so, als müsse sie sich darüber erst noch Gedanken machen. Zwar war sie froh darüber, dass er ihre Kandidatur mit Humor nahm, gleichzeitig aber wurde ihr mal wieder klar, wie wenig er sie verstand. Vom Lachen der Erkenntnis konnte bei Andreas keine Rede sein.

Charlotte war die Einzige, die den Zweck der Kandidatur von Beginn an richtig deutete und Syana weder vorwarf, nur die eigene politische Karriere befeuern zu wollen, noch davon ausging, dass ihre Freundin sich versehentlich in die Machenschaften des Stasimobs involvieren ließ. Schon viel zu oft hatten die beiden sich über die politischen Verhängnisse ihrer Eltern ausgetauscht, über die Selbstanklagen dieser Generation, über die Angst der 68er, als Heuchler in die Annalen der Weltrevolution einzugehen, und über die Rolle, die ihnen als den Kindern der Bewegung dabei eigentlich zukam.

»Und, wirst du zum Parteitag fahren?«, fragte Andreas noch vorsichtig.

»Auf keinen Fall. Was soll ich'n da? Nein, nein, die Sache ist gelaufen. Ich komm da ja nicht mal rein. Soll ich da draußen vor der Tür stehen wie einer, der nicht in den Club gelassen wird?«

»Ich finde, du solltest wenigstens versuchen zu reden, vielleicht gibt es ja doch einen Weg. Dann hast du die Chance, die verpatzte Rede wieder auszugleichen. Oder willst du als die verpeilte Olle mit den Schweißflecken in Erinnerung bleiben?«

»Na, vielen Dank, jetzt bin ich schon die verpeilte Olle. Gerade hast du noch gesagt, es sei gar nicht so schlimm gewesen. Es ist mir scheißegal, was die von mir halten.«

Inzwischen war es tatsächlich egal. Syana hatte von der üblen Stimmung gegen sie in der Fraktion schon genug. Die eine Hälfte der Mitarbeiter grüßte sie seit heute Mittag nicht mehr, und die andere Hälfte ging ihr aus dem Weg. Colette hatte sich mit den alten Ostsekretärinnen zerstritten, und nicht mal Siggi war reingeschneit wie üblich, obwohl der sie doch von Anfang an angespornt hatte. Nur zwei Referenten waren auf sie zugekommen, hatten nach ihren Motiven gefragt, sie kaum zu Wort kommen lassen und sie beschimpft. Wie sie denn auf die Idee käme, dass die Linke gegen Hierarchien sei, und warum sie denn nicht zu den Piraten gehen würde und dass sie doch erst mal Basisarbeit leisten solle und ob sie sich denn nicht schämen würde und dass ihre Kinder eines Tages von ihrer Kandidatur erfahren würden, weil das Internet nun mal nicht vergesse.

Als Syana sich schließlich verabschiedete, sagte Andreas noch etwas, was sie für längere Zeit beschäftigen sollte.

»Merkst du, dass du genau das Gleiche machst wie deine Eltern?«, fragte er, als sie schon aufgestanden war und nach ihrer Tasche griff.

»Wieso, was meinst du?«

»Du kämpfst an der falschen Front.«

Welcher Kampf, welche Front? Eine Neckerei war das, ein Spaß, eine Provokation, wenn man so wollte, eine friedvoll humoristische Intervention, ein situationistischer Akt.

Endlich, gegen halb zwölf, schloss sie ihre Wohnungstür, riss sich sofort den hässlichen, stinkenden Lappen vom Leib und stieg in einen Jumpsuit mit Ethnomuster. Die Mädchen waren von ihrer Mutter schon vor Stunden ins Bett gebracht worden, so hatte diese genügend Zeit gehabt, die Rotweinflasche fast vollständig zu leeren. Der Fernseher lief auf Überlautstärke. Auf keinen Fall hatte Syanas Mutter Hörprobleme, niemand brauchte ein Hörgerät oder dergleichen. Eigentlich lief der Fernseher in einer durchaus moderaten, erträglichen, aber eindringlichen Lautstärke und Syana war einfach nur hypersensibel nach diesem erschöpfenden Tag.

Syana bat darum, mal nicht zu reden, und ihre Mutter akzeptierte das – ganze fünf Minuten lang. Dann fing die Fragerei an, die sich bis halb eins zu massiven Vorwürfen steigerte und in einem Zerwürfnis auf Zeit aus politischen Gründen gipfelte – da war es viertel nach zwei. Obwohl Syanas Mutter die Linke verabscheute, wollte sie die Aktion nicht als situationistischen Akt durchgehen lassen.

»Du hast dich doch überhaupt nicht mit den Situationisten beschäftigt, erzääääääähl doch niiiicht.«

»Ich hab Debord gelesen und …«

»Debord, Debord. Gelesen! Wenn ich das schon höre! Genauso wie du auch das Kapital gelesen hast, nicht wahr? Nix habt ihr gelesen, mit nix habt ihr euch beschäftigt. Wir damals, ja, wir haben das ernstgenommen. Da konnte sich niemand rausreden. Da waren Kapitalschulungen Pflicht!«

»Ich habe das Kapital gelesen, ob es dir nun passt oder nicht.«

»Niemand von euch hat das Kapital gelesen, genau das ist das Problem. Weißt du, meine Liebe – das Kapital liest man nicht mal eben so, da schmökert man nicht mal eben rein wie in einen Krimi. Das ist harte Arbeit, da kämpft man sich durch.«

»Ich weiß, ich hab's gelesen.«

»Wann denn bitte? Und nur, weil man was gelesen hat, heißt das noch lange nicht, dass man es auch verstanden hat. Man muss über das, was man liest, auch diskutieren, sich austauschen, und dann muss man da Konsequenzen draus ziehen, sich organisieren. Du musst endlich aufhören, dir einzureden, du wärst irgendwie politisch. Wir waren politisch, ja, wir, ja. Ihr, deine Generation, ihr seid verblendet und bequem. Wenn du dich tatsächlich mit Parteistrukturen befasst hättest – das wäre was anderes, dann könnte ich mit der Aktion was anfangen, aber hier mal eben so für den Parteivorsitz kandidieren…« Ihre Stimme überschlug sich beinahe: »Den Parteivorsitz!«

Syana fand das Wort plötzlich urkomisch. Einmal Phat Thai zum Mitnehmen. Ja, die Nummer einunddreißig bitte: Phat Thai Phoa Siths, extra scharf. Lautlos lachte sie in sich hinein. Sie könnte nach dem Telefonhörer greifen und bei Phat Thai Foods an der Ecke anrufen. Haben Sie auch Phoa Siths? Nein? Schade.

»Ich verstehe nicht, was du willst. Ich bin euer Produkt, und ich habe mich nicht abgekehrt. Ich habe euch nicht verraten, nicht BWL studiert oder Management. Ich laufe nicht rum und mache euch lächerlich. Ich agitiere den ganzen Tag von morgens bis abends und hoffe, dass meine Kinder mir die verbotenen Spielsachen eines Tages ebenso verzeihen, wie ich sie euch verziehen habe. Du machst mir einen Vorwurf, den du eigentlich dir selbst machst. Du kannst dir nicht verzeihen, aufgegeben zu haben, also wirfst du mir vor, gar nicht erst angefangen zu haben – was nicht wahr ist – und das weißt du auch. Was willst du, Mama?«

»Mach waaaaas! Mach irgendwaaaas. Kämpfe verdammt noch mal. Kääääääämpfeeee!« Vollkommen außer sich war sie und viel zu laut für diese Uhrzeit. Als Syana ihre Mutter beobachtete, wie sie dasaß und schrie und trank und sich selbst bemitleidete, rannen ihr die Tränen am Kinn herab.

Mit ruhiger Stimme antwortete sie, dass sie ja was gemacht habe, dass sie kandidiert habe. Ihre Mutter aber schrie nur: »Nein!«, stürmte in den Flur, zwängte sich in die Jeansjacke und verlautbarte noch, während sie ihre Schuhe anzog, sie sei der Meinung, Syana solle sich lieber um ihren Mann kümmern, so sei das nun mal in einer Ehe, da müsse man sich umeinander kümmern, und sie selbst würde erst mal Abstand brauchen von ihrer Tochter und könne nicht verstehen, was sie falsch gemacht habe, dass da so was bei rausgekommen sei. Rumms.

Ich bin dreißig fucking Jahre alt, seit zehn Jahren verheiratet, habe zwei Kinder und heule, weil meine Mutter mit mir einen Kampf zu führen versucht, den sie mit ihren Nazieltern hätte ausfechten müssen. Eigentlich erwarten sie doch, dass ich ihnen Stalin vorwerfe, damit sie sich verteidigen können. Da können sie aber lange drauf warten. Viel wichtiger ist es ja wohl, wie es passieren konnte, dass ich Andreas' Leiden so lange relativiert und auf mich selbst bezogen habe? Zu welchem Zeitpunkt habe ich das Vertrauen in meinen Mann verloren?

Sie war überzeugt davon gewesen, dass er sich über ihr Engagement in der Fraktion lustig machte. Nicht mal, als sie ihm in Rage von den Wanzen im Büro erzählt hatte, verzichtete er auf seinen Sarkasmus. Was sie denn bitteschön erwartet hatte, als sie beschloss, für einen Abgeordneten zu arbeiten, der ganz offiziell vom Verfassungsschutz beschattet wurde? Ob sie denn nur für eine Sekunde an ihn und an die Mädchen denken würde, hatte er wissen wollen.

Auch schon zuvor, beim Brunch am Ostersonntag, hatte sich Andreas, als ihre Eltern wieder mit den alten Geschichten anfingen, nicht durchringen können, sich auf ihre Seite zu schlagen.

»Ich habe euch doch immer unterstützt. Ich bin sogar für euch zu diesem bescheuerten Stasi-Radiologen gegangen. Der hätte mich anzeigen können.«

»Und uns in die Todeszelle bringen!«

»Ja, vor hundert Jahren! Ich bin da hin, als Achtzehnjährige, und habe ihm gesagt, dass er ein Verräterschwein ist, weil ihr zu feige wart. Warum habt ihr überhaupt in eure Stasi-Akten reingeguckt, wenn ihr dann keine Konsequenzen daraus zieht? Er hat euch bespitzelt! Jahrelang!«

»Ja, und jetzt arbeitest du für so einen. Für einen Spitzel! Ach was, für den Staatsfunktionär einer Diktatur!«, hatte ihre Mutter durch die Wohnung gefaucht. Andreas bat zwar scheinheilig darum, das Gespräch nicht im Beisein der Mädchen fortzusetzen, irgendwie aber schien er es auch zu genießen, dass Syana allmählich die Argumente ausgingen.

»Ich finde auch, dass du dich fragen solltest, ob du dich nicht selbst verrätst mit diesem Job«, ergänzte Andreas vorsichtig.

»Es ist eine Vertretungsstääääääälllääääää, Mann, ey. Können wir bitte einfach in Ruhe frühstücken.«

»Was ist ein Fakstuntionär, Mama?«, wollte Sophie wissen.

»Das ist ein ganz böser Mann, mein Schatz«, hatte Syanas Mutter gezwitschert und Sophie dabei liebevoll den Kopf gestreichelt.

»So, es reicht!« Mit Schwung schmiss Syana bei diesen Worten ihr Besteck auf den Teller und hob ihren Zeigefinger. »Wie könnt ihr euch eigentlich erlauben, über diese Menschen zu urteilen. Wir leben heute in einem totalen Überwachungsstaat. Hier!« Sie hob ihr Handy an und hielt es ihrem Vater ins Gesicht. »Das ist ein Abhörgerät, sogar wenn es ausgeschaltet ist. Jeder auch nur halbwegs begabte Hacker kommt da rein. Ich kenne nicht einen, nicht einen, der seine Webcam nicht abgeklebt hat.«

»Oh, Syana bitte, das sind Verschwörungstheorien. Du leidest ja unter Verfolgungswahn. Sei doch mal ehrlich, du bist vollkommen SED-indoktriniert. Das ist Gehirnwäsche, was die mit dir machen.«

»Nein, ihr seid naiv. In zweihundert Jahren werden sich die Menschen fragen, wie wir das alles mitmachen konnten. Ihr seid fett, kuckt euch doch mal an, verfressen und gleichgültig! Und wenn im *Auslandsjournal* mal wieder Kindersklaven gezeigt werden, schaltet ihr weg, weil euch sonst der Appetit auf Pralinen und Rotwein vergeht. Du liest Trash-Krimis, Mama, vom Allerseichtesten, und der türkische Fußballverein im Haus ist dir eigentlich auch nicht recht. Ihr seid Spießer! Wir lassen uns von einer imperialistischen Mafia regieren, die für den Tod von Millionen verantwortlich ist. Der Schießbefehl, der Schießbefehl! Ihr müsst doch mal die Relationen sehen, verdammt noch mal. Aktives Nichtwählertum und einmal im Jahr einen Blumenstrauß auf Rosas Grab legen, wollt ihr das als Widerstand bezeichnen? Ihr müsst mit diesem DDR-Scheiß aufhören.«

»Erzähl du uns nichts von Widerstand! Ich möchte dir mal was über den Misthaufen der Geschichte erzählen.«

»Nein!«

Nein, wenn sie es recht bedachte, hatte Andreas sie nicht unterstützt. Belustigt hatte der sich Sahnemeerrettich auf den Lachs geschmiert und ab und an den Mädchen zugezwinkert. Er hatte sie auflaufen lassen. Das alles stand in keinem Verhältnis zu irgendeiner organischen Fallsuchtpsychose oder was auch immer. Das waren sie, sie beide als Paar.

Bei dem ganzen Stress wurde Syana über Nacht von einem riesigen, unübersehbaren Herpes auf der Oberlippe heimgesucht, den sie am nächsten Morgen unter einem Pflaster und dunklem Lippenstift verbarg. Abends sollte sich Syana der Linksjugend Westberlin vorstellen, von der sie eingeladen worden war, und vorher noch wollte sie zu Rahel zum Interview. Die Girls waren angetan von der ganzen Nummer, denn so was hatten auch sie noch nicht erlebt.

Überschwänglich wurde Syana begrüßt und sofort mit Ideen überhäuft: Einen Youtube-Channel sagten sie, würde Syana brauchen, und auf jeden Fall würden sie ein Bundestags-Feature einbauen, und wenn *Menlessworld* erst mal den Pitch klar hätte, wären noch ganz andere Sachen denkbar.

»Voll cool, voll feministisch«, sagte Rahel vor ihrer Staffelei stehend und fuhr damit fort, winzige neongrüne Kreuze in kleine neonblaue Dreiecke in größere pinke Vierecke auf schwarzem Grund zu malen.

»Voll!«, pflichtete ihr auch Maya bei, damit beschäftigt, kleine hölzerne Skateboards mit der Aufschrift »Superwet« in verschiedenen Konstellationen auf ein Metallgestell zu stecken, das sie immer mal wieder hochhielt und dann abwartete, ob Rahel entweder mit einem Nicken oder mit einem Kopfschütteln auf das Ergebnis reagierte.

»Das hat doch bestimmt was mit deinem Mimesis-Ding zu tun, oder? Mit diesem Blafacebook Jeder-macht-jeden-nach-wir-sind-alle-eins-Ding, ne?«

Syana überlegte kurz, wie sie darauf antworten sollte. Sie hatte Rahel mal wieder unterschätzt und nicht damit gerechnet, dass ihre Freundin instinktiv auf einen Zusammenhang mit ihrer philosophischen Arbeit tippen würde.

»Na, es ist etwas komplizierter, aber im Grunde hast du recht«, gab sie zu.

»Ist das so 'ne Art Experiment?«, fragte Maya und hielt dabei wieder das Gestell mit den Skateboards hoch. Rahel und Syana schüttelten nun beide die Köpfe, und Maya klaubte die Boards wieder aus dem Gitter.

»Wenn man so will, ist es auch ein Experiment.« Auf diese Beschreibung war Syana selbst noch gar nicht gekommen.

»Mehr so wissenschaftlich oder eher so performance-like?«, wollte Rahel wissen.

»Beides«, antwortete Syana.

»I feel you!«, hauchte Maya hinter ihrem Gitter.

»Ich fänd's voll wichtig, dass du was zu Yoga sagst, gleich, geht das? Weißte, ich hab mir Gedanken gemacht, wie wir unseren Leserinnen dieses Gegen-die-Wirtschaft-Sein und so schmackhaft machen können, und ich glaub, so über die Yogaschiene zu kommen, wäre ganz schlau.«

»Ich bin nicht gegen Wirtschaft«, hakte Syana ein.

»Maaaannn, weiß ich doch. System, Kapitalismus, Krieg und so. Schlechte Wirtschaft meinte ich.«

»Meinetwegen.«

»Es darf halt nicht so radikal sein, so sind wir ja auch nicht, das käme voll pseudomäßig rüber. Mehr so als Denkanregung. So, ja hier, unser Girl, Sy, bloggt schon von Anfang an bei uns, is' krass politisch und eben ganz fresh im Bundestag am Start, denkt doch mal nach, ist die Welt wirklich nur super? So, dachte ich.«

»Okay, ist gut, lasst uns anfangen.«

»Und kein Kommunismus!«

»Nichtmonetäre Weltgemeinschaft?«

»Deal.«

Maya hatte sich inzwischen auf die Couch gesetzt und einen Laptop auf ihren Schoß gezogen.

»Wir haben uns vorher schon mal ein paar Fragen überlegt, und die gehe ich gleich einfach durch, okay?« Syana nickte und fixierte dabei Ron Englishs pinkes POPaganda-Figment in Rahels Bücherregal.

»Aaaalso, was wäre deine erste Handlung als Parteivorsitzende?«

»Ich darf nicht kandidieren, also ist die Antwort auf diese Frage doch irrelevant.«

Rahel hob die Hand und begann mit ihrem Zeigefinger zu drohen: »Eh, eh, eh, eh, erstens ist das scheißegal, es geht hier nicht um die Partei, du musst jetzt representen, und zweitens ist das ja wohl die zentrale Frage, oder? Was würdest du als Vorsitzende anders machen, besser?«

»Hhm.« Syana blickte aus dem Fenster auf den Haupteingang der Volksbühne und dachte nach. Tatsächlich hatte ihr bisher kein Interviewpartner diese Frage gestellt, diese zentrale Frage, und sie selbst hatte auch nicht davon angefangen. Einmal hatte sie erklärt, sie vertrete ubiquitäre demokratische Strukturen, aber eigentlich nur, weil sie an Rahel gedacht hatte, die immer sagte, sie solle bloß den Begriff Kommunismus nicht verwenden. Den aber hatte sie dann bei der Regionalkonferenz gebracht. Andersherum wäre es wohl sinnvoller gewesen, dachte sie nun.

»Als Erstes würde ich eine Selbstanzeige wegen des Verstoßes gegen das Betäubungsmittelgesetz machen und das als fette Kampagne aufziehen.« Maya tippte mit und grinste dabei vor sich hin.

»Dann würde ich eine Presseerklärung aufsetzen und noch ein letztes Mal die Sache mit dem klitoralen Orgasmus erklären.«

Rahel kicherte hinter ihrer Leinwand.

»Und zum Schluss würde ich eine 10-Punkte-Liste machen, was die mittelfristig zu planende Entwicklung der Weltgemeinschaft angeht.«

»Nenn mal drei …«

»Die Abschaffung aller nationalen Grenzen mit dem Ziel einer Weltbürgerschaft. Die Abschaffung des monetären Systems bei gleichzeitiger egalitärer Verteilung aller lebenswichtigen Ressourcen und die sofortige Abschaffung aller militärischen Organisationen.«

»Ich übersetze mal«, kündigte Maya an, »Frontiersblasting, Moneyblasting, Warshitblasting.«

»Voll idealistisch, ey«, freute sich Rahel.

»Voll!«, nickte Maya. Plötzlich funkelten sich beide an und begannen, fast gleichzeitig mit Kastratenstimme zu singen: *Waaaar is oooover, iiiif you want it … war is ooooover …* Da musste auch Syana lachen, warshitblasting, worshipblasting, whoreshitblasting.

»Na, klar!«, kreischte Rahel da. »Du machst mit Andreas genauso ein Happening wie John und Yoko. Das passt doch voll, die langen Haare und so.«

»Auf jeden«, meinte Maya »bed-ins for peace! Im *Adlon* oder, noch besser: auf der *Soho*-Terrasse! Geil!«

Hair peace, dachte Syana, das würde ihm gefallen, mal abgesehen davon, dass das eine vollkommen verrückte Idee war und Andreas gerade eine kahle Stelle auf dem Kopf hatte.

»Genau«, sagte Syana. »Andreas und ich liegen im Bett und werden von einer Stimme aus dem Off gefragt, was wir für den Weltfrieden tun. Und wir antworten dann: Ficken! – Was eigentlich steht für … hhhhm… Fight idiotic capitalism, nein, fight irgendwas, egal. Und dann – auf die Straße und alle antworten: Ficken! Die neunzigjährige Oma, die Frau mit Kopftuch, Kinder auf dem Spielplatz, je geschmackloser, desto besser, ein Vater mit seiner Tochter auf dem Schoß, eine Yogagruppe im herabschauenden Hund von hinten gefilmt und alle zusammen: Wir ficken!«

Zu schön war es, wie sie sich freuten, die beiden, und nun wild durcheinander redeten und immer fantastischere Promotion-Ideen entwickelten, dabei durch den Raum hüpften und alles, was sie ersponnen, sogleich pantomimisch vorführten.

Syana hatte ihnen nichts von Andreas erzählt und nichts von Freitagnacht. Sie befürchtete, dass sie sich dann gleich zu ihr setzen, ihr die Hand auflegen und mit so einem furchtbar besorgten Gesichtsausdruck anfangen würden, ihr den Kopf zu streicheln. Rahel würde mit ziemlicher Sicherheit sogar weinen, nein, das ging gerade wirklich nicht. Wenn sie nachher bei der Linksjugend vorsprechen würde, musste sie klar und aufgeräumt rüberkommen, was anderes ging gar nicht.

Das verlängerte Pfingstwochenende war genau das, was sie brauchte. Die Wetteraussichten waren gut, und sie wollte mit den Mädchen endlich mal wieder einen Ausflug machen. Das hatten sie sich alle nach zwei Nachmittagen im Krankenhaus verdient. Die Operation war gut verlaufen, und Andreas würde nach den Feiertagen endlich entlassen werden.

Syana wollte ins Umland an einen See. Die Woche hatte sie wie im Dschum überstanden, wie auf irgendeinem abgefahrenem Trip, der sie alles viel intensiver, gleichzeitig aber als komplett unwirklich erleben ließ.

Am Samstag packte sie die Mädchen ins Auto und fuhr mit ihnen über die B2 nach Marquardt. Die Heerstraße war ihre Fluchtlinie. Ob Teufelssee, Schildhorn, Lieper Bucht oder Glienicker See, zu allen Jahreszeiten war der Südwesten Berlins die Kraftquelle der Familie.

Im Schloss Marquardt lief mal wieder eine Hochzeit. Als sie ankamen, wurden gerade Gruppenfotos auf der Terrasse gemacht. Frauen mit bis zur Unkenntlichkeit bemalten Gesichtern, in bonbonfarbene Scheußlichkeiten gepresst, drängelten sich quietschend in den Reihen und gaben albern Gleichgewichtsprobleme vor. Am Ufer vor dem Schloss standen Hochzeitsgäste in kleinen Grüppchen mit Sektkelchen in der Hand. Einige Unerschrockene pellten sich aus ihren Anzügen und rannten testosterongetrieben ins Wasser. Zu viel Action.

Syana bog nach links ab und steuerte mit ihren Töchtern die große Badestelle an, die etwa zweihundert Meter weiter südlich im Park gelegen war. Sie und Andreas hatten es noch nie voll erlebt an diesem idyllischen Ort, und so kamen sie schon seit etwa vier Jahren regelmäßig an den Schlänitzsee, sowohl mit den Kindern als auch ohne. Entdeckt hatten sie das Schloss wegen einer Ausstellung, die ihnen damals empfohlen worden war. Lange hatten sie dabei zugesehen, wie eine schwarze Flüssigkeit aus einer Badewanne lief und in einem endlosen Kreislauf zurückgepumpt wurde und wieder troff und wieder gepumpt wurde und lief und gepumpt wurde. Bestimmt zwanzig Minuten hatten sie da gestanden, dem Brunnen der Finsternis zugesehen und waren dann händchenhaltend in den Park geschlendert, um am Stamm einer alten Eiche für einen kurzen Moment die Vergänglichkeit zu vergessen und das Leben zu feiern. »Rheingold«, hatte Andreas geflüstert, als sie ihn in sich aufgenommen hatte. Zu nichts anderem sollte dieses Modergebilde anregen, da waren sich beide einig gewesen.

Die Mädchen hatten sich Buddelzeugs, Badetiere und anderes Spaßgerät mitgebracht. Syana lief an den hintersten Rand der Wiese, um endlich wieder einige Yogaübungen zu praktizieren, während die Mädchen sich beim Boccia stritten. Sie lasen gemeinsam *Die Menschen im Meer*, spielten

Uno und Federball, verputzten Erdbeeren, Sandwiches und Haferkekse und brachen erst am Abend wieder nach Berlin auf. Als sie am Schloss vorbeikamen, musste Syana noch mal zur Toilette. Julia und Sophie aber hatten Angst und wollten nicht am Hintereingang bei der Kapelle allein mit den ganzen Sachen warten. Genervt musste Syana sie also wieder zurück zur Terrasse schieben, auf der inzwischen getanzt wurde. Dort war es hell, laut und lustig, und ein paar Frauen erklärten sich bereit, einige Minuten auf die Mädchen aufzupassen. Alles in allem war es ein gelungener Ausflug.

Manchmal ist es viel schöner, wenn Andreas nicht dabei ist, dachte Syana auf der Rückfahrt, und bekam sofort ein schlechtes Gewissen. Andreas fühlt sich immer so schnell ausgeschlossen, hat so viele Erwartungen. Ein Familienausflug soll immer auch ein Liebesdate sein, mit vielen Berührungen und sanften Streicheleinheiten. Die Mädchen sind eifersüchtig und attackieren uns mit ihren unsanften Umarmungen und endlosen Forderungen. Kannst du mir vorlesen, gehst du mit mir ins Wasser, baust du mit mir eine Burg, kuck mal Mami, kuck mal, kuck mal Papi, kuck mal, hier kuckt doch mal, kuckt mal, was ich mache. Familienausflüge sind eigentlich immer nur anstrengend und am Ende erlebt niemand das, worauf er zu hoffen gewagt hat.

Abends steht dann der obligatorische After-Familienausflugssex an, der den Liebesschwur festigen soll, obwohl wir beide sowieso schon erschöpft und unzufrieden sind. Der zur Vollkommenheit bestimmte Akt macht die Enttäuschung dann perfekt. Das Gefühl der Einheit will sich einfach nicht wieder einstellen. Die Interessenlage ist zu vertrackt.

Es war schon seltsam, aber an einem dunklen Ort ihrer Seele saß seit Andreas' Verschwinden ein Gefühl, von dem sie niemals jemandem erzählen würde. Ein Gedanke war dort gewachsen, eine ekelhafte, abstoßende, unreine Idee, die nicht ausgesprochen werden durfte, die sich dort in der Tiefe verstecken musste. Was wäre gewesen, wenn Andreas sie wirklich verlassen hätte, einfach so, von einem Tag auf den anderen? Und was wäre gewesen, wenn sie das überlebt und sich schließlich sogar davon erholt hätte? Es hatte einen Moment gegeben an jenem Abend beim Schminken, als ihre Angst, ihm könne etwas zugestoßen sein, sie alles andere ausblenden ließ, sie gezwungen hatte, einen schwarzen Lidstrich bis fast zur Augenbraue zu ziehen. In diesem Moment hatte sie laut zu sich gesagt, ohne die Worte in Gedanken bereits vorformuliert zu haben: »Ich hoffe, es ist ihm nichts zugestoßen. Ich hoffe, es ist eine andere Frau.«

Erst konnte sie nicht fassen, was da aus ihr sprach. Es war einfach aus ihr gefahren. Doch diese Wahrheit, die sie in diesem unkontrollierten Moment entweichen ließ, hatte eine Lücke hinterlassen, in der nun dieses hässliche Ding heranwuchs, das sich von ihrer Verbitterung ernährte. Der Satz hallte nach. Ich hoffe, es ist eine andere Frau.

Sie würde nach Göttingen fahren, Andreas hatte recht. Alles andere wäre feige und inkonsequent. Sie würde Gespräche führen, Fremden ihre Einsichten erläutern und ihr Entsetzen schildern. Sie wollte die Zwangsläufigkeit ihres Vorgehens darlegen, Mitkämpfer gewinnen. Die Parteisatzung war nicht das Ende der Fahnenstange. Eine Rede zwar würde ihr der Parteitag nicht zugestehen, aber man musste auf alle Eventualitäten vorbereitet sein. Syana wollte diese Rede schreiben. Auch wenn sie nie gehalten werden sollte, musste sie existieren, ins Leben treten.

Am Sonntagabend, als endlich Ruhe eingekehrt war und die Mädchen von ihren beschäftigungstherapeutischen Maßnahmen abgelassen hatten, um sich den manischen Ausbrüchen Bibi Blocksbergs hinzugeben, öffnete Syana ein neues Worddokument.

Sie füllte ein Glas mit billigem spanischen Rotwein und schnitt einen klebrigen Schokoriegel in dünne Platten, die sie nach und nach auf der Zunge zergehen lassen konnte. Die glaubten also, sie sei an allem schuld, gut, dann würde sie sie eben mit Liebe überschütten. An meiner Liebe sollt ihr ersticken, ihr Frevler, ihr Abtrünnigen, dann könnt ihr mich zur Schlachtbank führen, dann werde ich bereit sein, mein Schicksal anzunehmen.

Liebe Freunde,

die Liebe ist der Endzweck der Weltgeschichte – das Unum des Universums.

Deshalb spreche ich heute nicht als Genossin zu euch, sondern als Mitglied einer Gemeinschaft, die wir Menschheit nennen. Weder habe ich vor, mich über Personalfragen auszulassen, noch werde ich realpolitische Debatten wiederkäuen. Weder Feinde werde ich benennen noch Schuld zuweisen. Wir alle spiegeln einander im jeweils Anderen, ob wir nun wollen oder nicht.

Der Brüder- und Schwesternzwist als Überwindung des Selbstzweifels ist ein Irrweg, Verblendung.

Die menschliche Sprache, dieses komplexe Symbolsystem, das heute schon so kriegerisch und kunstvoll zum Einsatz kam, basiert auf unserem Vermögen, uns von uns selbst zu trennen.

Den Abstand, der sich aus diesem Vorgang ergibt, diese Leere füllen wir an mit dem, was wir Kultur, Zivilisation nennen.

Wir sind in der Lage, uns selbst von einem imaginären Außerhalb aus als einen Anderen wahrzunehmen, als einen Fremden.

Ist dieses Gefühl der Fremdheit gegenüber dem Anderen im eigenen Selbst der Kern allen Übels? Nein!

Dieses Empfinden ist vielmehr der Motor, das Perpetuum mobile der Welterzeugung, das Band aller Menschen untereinander. Wir sind einander fremd und doch in unserer Gesamtheit auf ein einziges Selbst zurückgeworfen. Was ist diese Selbstfindung, von der so viele sprechen heutzutage? Der Fehler besteht darin, ein individuelles Selbst zu suchen, von dem wir vermuten, es sei uns mit den Jahren abhanden gekommen.

Es lässt sich aber nicht finden und erst recht nicht wiederfinden, weil es nicht existiert, nie existiert hat.

Unser kollektives Selbst, die Einheit, das Unum ist alles, worauf wir bei unserer Suche stoßen können.

Was immer wir tun, wir befinden uns auf dem Weg zum Kommunismus.

Wir müssen nicht mehr die Systemfrage stellen, dieses Kapitel ist nun abgeschlossen.

Wir werden Nationalismen und Dualismen, die kapitalistische Vernichtung überwinden, die Illusion jeglicher Singularität aufgeben. Das ist unsere Bestimmung. Seit Jahrtausenden schon ist dies die Forderung unserer Ahnen, und kaum einer lässt davon ab, ihrer zu gedenken.

Wir als Menschheit müssen es für möglich halten, in Einheit unserer eigentlichen Bestimmung zu folgen. Wir müssen dieses gigantische evolutionäre Experiment vollenden. Wir müssen das Sein sein, das das Sein und das Nichtsein in sich vereint.

Jeder von uns sollte sich täglich die Frage stellen, ob er alles daran setzt, dieses unser aller Ziel zu erreichen, oder ob er sich auf Abwegen befindet, einer Illusion verfallen ist. Die Linke ist nicht angetreten, einem Feind den Kampf zu erklären. Ihr einziger Zweck ist die Kollektivierung des Begehrens. Wir werden den Gott, den wir suchen, in unserem kollektiven Selbst finden müssen. Ihr möchtet mir vielleicht zu viel Pathos vorwerfen, schwülstige Schwärmerei sogar, doch ich trete hier heute nur als Beobachtende auf. Ihr habt das Wesen unserer Zusammenkunft doch selbst benannt und anerkannt: Solidarisch. Demokratisch. Gerecht. Friedlich.

So soll es sein.

12. Kapitel

Masochismus

Nur noch wenige Tage blieben bis zum Showdown in Göttingen, und das vorläufig letzte Treffen des Tantrischen Kreises stand an. Bis auf wenige Ausnahmen hatten die ausgewählten Delegierten eingewilligt, Syana Wasserbrink zur Vorsitzenden zu wählen. Endlose Gespräche waren geführt worden über Umgehungsstraßen, Talsperren, Braunkohlereviere und andere kommunalpolitisch relevante Themen. Man zeigte sich kompromissbereit, sicherte Listenplätze und Direktkandidaturen, Vorstandssitze und Einflusssphären in Bundesarbeitsgemeinschaften. Gysi hatte sich aus all dem rausgehalten und nur hin und wieder deeskalierend Anweisungen ausgesprochen.

Immer wieder, so war ihm berichtet worden, war bei den Verhandlungen mit den Delegierten nach seinen Abtrittsabsichten gefragt worden. Er hatte Kama angewiesen, auf diese Frage stets mit derselben Phrase zu antworten: »Breshnew wurde zum Schluss getragen. Das wird Gysi nicht passieren.«

Ohnehin ließe sich niemand finden, der ihn trüge. Da würde er wohl eher auf Rollstuhl, Rollator oder Stock angewiesen sein. Jedenfalls würde er nicht von der Überzeugung ablassen, der Welt die eigene Meinung kundzutun, so viel war gewiss.

Eben diese Beständigkeit und Penetranz erwartete er auch von seinen Genossen. Wenn sie ihn absetzen wollten, wenn sie ihn ersetzen wollten, dann müssten sie schon kämpfen. Es kam vor, dass er gefragt wurde, ob er nicht allmählich beginnen wolle, einen Nachfolger aufzubauen. Aber auch auf diese Frage konnte er nur eine Antwort geben: »Nachfolger werden nicht aufgebaut, sie erstreiten sich die Macht.«

Jemand, der aufgebaut werden musste, verdiente in seinen Augen keinerlei Hochachtung, der war ein Opportunist, ein Versager.

Am Abend vor dem letzten Treffen – endlich hatte er die Lücken seiner Parteitagsrede gefüllt – fielen ihm Malereien seiner Enkelkinder in die Hände. Er gönnte sich noch ein weiteres Glas Rotwein, trotz der Mahnungen des Arztes, und verfiel in Wehmut.

Aus dem obersten Fach des Bücherregals klaubte er die alten Fotoalben und ließ sich schließlich vom Sofa auf den Boden sinken. Er legte ein Kissen in den Nacken, öffnete den Hosenbund und machte es sich mit kleinen Pumpernickelhappen richtig gemütlich. Dazu hatte er eine leichte Avocadocreme angesetzt und sie mit Crème Fraîche, Zitrone, Salz und Pfeffer abgeschmeckt. In der hintersten Ecke des Küchenschranks fand er ein kleines Glas Foie Gras, ein Urlaubsmitbringsel. Säuberlich schichtete er die Zutaten auf die ausgestochenen Brotkreise und zerstampfte im Mörser eine Handvoll gesalzener Cashewkerne. Die beiden Brotscheiben presste er zusammen, so dass der cremige Inhalt an den Seiten herausquoll. Er verstrich die weiche Masse an den Seitenrändern und wälzte seine Türmchen zum Schluss noch in den Cashewkrümeln. Sein Arzt würde das niemals erfahren, diesen Fehltritt protokollierte er nicht im Buch.

Mit den Fingerspitzen hatte er auf den Fotos die Gesichter der Verstorbenen berührt, war aufgesprungen und hatte eine CD eingelegt – Schostakowitschs 7. Sinfonie.

Die heitere Musik ließ ihn zu jüngeren Familienalben übergehen – Kinder auf Schaukeln und vor Geburtstagstorten, am Strand und neben Weihnachtsbäumen. Er betrachtete das Leben einer privilegierten Familie. Woran lag es, dass man die Freude über das eigene Davongekommensein, über das Glück, das man hatte, in Richtung Vergangenheit perspektiviert über das Mitleid mit anderen erhob? Wäre die Menschheit ein einziger Körper, in welcher Verfassung befände er sich gerade? Was fühlte er? Trauer über den Zerfall, Reue wegen der selbstzerstörerischen Vergangenheit oder Freude über das Noch-am-Leben-Sein? Was für Pläne würde dieser Körper schmieden, würde er versuchen, den Zerfall aufzuhalten, den Tod zu überlisten, oder würde er sich apathisch und steif vor Angst seinem unausweichlichen Schicksal ergeben?

Das war gut, dachte Gysi. Das konnte er in einer Rede verwenden, vielleicht bei einer der Gedenkfeiern, die in letzter Zeit immer häufiger stattfanden.

Er dachte an Syana Wasserbrink, die sich waghalsig in diese Episode seines Lebens eingebracht hatte, ohne zu ahnen, welchen Kräften sie ausgesetzt war. Nachdem seine Wut abgeflaut war, versuchte er, ihre Beweggründe zu analysieren. Sie wollte ursprünglich in einem Forschungsprojekt promovieren. Das konnte sie nun ja wohl vergessen. Nie im Leben würde irgendeine Kommission die Finanzierung eines Projekts genehmigen, bei dem sie mitwirken wollte, nicht nach dieser Nummer. Sie hatte nicht nur ihre eigene Karriere aufs Spiel gesetzt, sondern auch die der anderen Antragsteller. Oh, Syana, mein Pharmakós: Das Lebend'ge will ich preisen, das nach Flammentod sich sehnet.

Vielleicht befreite sie sich so von Forderungen, die andere politische Menschen an sie stellen könnten. Sie hätte eine Ausrede: Ich habe es versucht, man hat mich nicht gelassen, ich wurde verstoßen. Sie würde die Last der dogmatischen Erziehung ihrer Eltern abstreifen und ein Leben fernab von politischen Debatten führen können, ein sorgenfreies, ein glückliches. Sie war nie ernsthaft an einer politischen Laufbahn interessiert gewesen, sie wollte an die Uni, forschen, lehren, vielleicht hatte sie eine Professur im Auge. Bei ihrem Narzissmus war ihr das zuzutrauen. Auch das würde sie sich nun abschminken können. Da musste sie schon ins Ausland gehen. Gysi war sich sicher, dass Syana nicht damit rechnete, Vorsitzende zu werden.

Beim Treffen des Tantrischen Kreises würden zwei zentrale Dinge geplant werden. Erstens mussten sie Syana dazu bringen, am Parteitag teilzunehmen, nach Göttingen zu reisen. Und zweitens musste sie eine Rede vorbereiten, die sie in dem zumindest für sie vollkommen überraschenden Fall einer doch noch möglichen Kandidatur halten könnte. Den Onanisten würde er nicht wieder einsetzen, niemand sollte aufmerksam werden auf den Einfluss, den dieser bisher gehabt hatte. Er musste noch in der kommenden Wahlperiode einsetzbar sein, ohne Wasserbrinksche Vorbelastung.

Die Anreise aber war nicht das eigentliche Problem. Sie hatte kandidiert, hatte mit der Presse gesprochen und erfahren, dass sie wegen der Parteisatzung nicht als Mandatsträgerin infrage kam. Schon aus Stolz würde sie hinfahren, da war sich Gysi sicher.

Für das Treffen hatte der Kreis den Pfingstmontag bestimmt. Das bedeutete, dass schon am Samstag alle Einkäufe erledigt sein mussten. Es sollte festlich zugehen, schließlich bereiteten sie eine Opferung vor. Mit Antipasti wäre es diesmal nicht getan. Es sollte etwas Symbolisches aufgetischt werden, eine sinnlich magische Verköstigung musste es werden, ein tantrisch-kulinarisches Ritual.

Gysi hatte sich lange darüber Gedanken gemacht, was er seinen Gästen servieren sollte, als er vom Besuch bei seinem Kardiologen, in den späten Abendstunden des Freitags, nach Hause gelaufen war.

»Seit wann kochst du wieder, Gregor?«, hatte der ihn gefragt.

»Es ist eine vorübergehende Phase. Ich verspreche, dass sich nach dem Parteitag alles wieder normalisieren wird.« Gysi schämte sich für seinen Rückfall und meinte dennoch, die Zügel nicht aus der Hand gegeben, es immer noch unter Kontrolle zu haben.

»Wie schlimm ist es?«

Es war schlimm, sehr schlimm sogar, sein Arzt und Freund aber sollte sich nicht zu große Sorgen machen.

»Ach, es ist nichts, gar nichts, ein paar WanTan, Pulposalat, ein paar Kleinigkeiten, pfff. Gemüseflan, Salsicce, so was eben. Ich hab's im Griff.«

»Du hast gesagt, du hättest den Fleischwolf entsorgt.«

Gysi hatte begonnen, mit der flachen Hand durch Kochbuchseiten zu blättern, bis sein Freund nach seinem Unterarm griff und ihm tief in die Augen sah.

»Gregor. Es hat dich drei Herzinfarkte gekostet. Der nächste könnte dein Ende sein. Verstehst du mich? Keine Kochexzesse! Verstehst du, was ich sage? Willst du mit jemandem sprechen?«

Na klar, er würde darüber sprechen und einem Therapeuten alles erklären – Girard, die Mimesis, *Das Heilige und die Gewalt,* Theben, der Pharmakós, die Wasserbrink, das Rape-Play, der Parteitag – wohl kaum.

Gysi hatte wieder zu sich gefunden. Er lachte verschmitzt und klopfte seinem Freund auf die Schulter. Nach dem Parteitag, ja, nach dem Parteitag würde er wieder Diät halten, und spätestens zur Wahl wäre er wieder in Topform.

Die Wahrheit war, dass er sich gleich nach dem Arztbesuch daran gemacht hatte, zwei Kilo winzige Tellmuscheln in gesalzenem Knoblauchwasser zu kochen und sie anschließend per Hand einzeln auszulösen. Mit den Muscheln setzte er, es war schon weit nach Mitternacht, eine Weißwein-Aspik-Terrine an und übertrug schließlich seine Kreation in das alte Rezeptbuch: Terrine Telline, das Bad der Meerolive. Am Samstagmittag zauberte er sich dazu noch ein Risotto vom Camargue-Reis und einen erfrischenden Spargel-Erdbeer-Salat.

Als sich das Carpaccio der Muschelterrine langsam seinem Ende zuneigte, wusste er endlich, was der Tantrische Kreis am Montag essen musste, damit das Rape-Play erfolgreich sein konnte: Timballo del gattopardo.

Ein Timballo für die Garibaldi-Lösung, würde er ausrufen und seine Freunde wieder einmal in Erstaunen versetzen können. Dann aber mal pronto ins Centro Italia, dachte er und machte sich sofort auf den Weg. Für das erste Ragù benötigte er 400 Gramm gemischtes Biohackfleisch, eine Zwiebel, zwei Knoblauchzehen, 50 Gramm Parmaschinken und 50 Gramm Bacon. Das Ganze musste er mit Olivenöl, Petersilie, Basilikum, Lorbeerblättern, Nelken, Rosmarin, Majoran, Zimt, Pfeffer, Salz, Tomatenmark und Rotwein – Frappato selbstredend – mindestens zwei Stunden köcheln lassen. Wenn alles erkaltet wäre, würde er das Entfetten bleiben lassen. Das war sein Geheimnis.

Beinahe den gesamten Sonntag über kochte er. Während das Ragù leise blubberte, setzte er den Mürbeteig an, in den er, das war sehr wichtig, beim Kaltstellen eine Zimtstange versenken wollte. Die Rinderhackbällchen gingen ihm flott von der Hand, er nahm immer etwas mehr Parmesan als vorgeschrieben, damit sich alles besser formen ließ, und außerdem zwei Wachteleier anstatt eines Hühnereis. Das allerdings war eine reine Spielerei und hatte keinerlei Auswirkung auf den Geschmack.

Die Herstellung der Makkaroni erforderte besondere Akribie: Schon vor Jahren hatte er sich ein Bronzestäbchen zu diesem Zweck anfertigen lassen, als er merkte, dass es mit dem Stroh nicht wirklich funktionierte. Sogar eine kleine Gravur hatte das Stäbchen: Hasta la victória siempre! In Seidenpapier eingeschlagen, bewahrte er es seither in seinem Safe auf. Jede einzelne Nudel rollte er zärtlich, bis sie die gewünschten Ausmaße hatte, ließ sie kurz antrocknen und zog dann vorsichtig das Stäbchen aus ihrem Inneren. Die Nudeln mussten einzeln zum Trocknen aufgehängt werden, zum Glück aber hatte er sich noch am Samstagabend dazu gezwungen, die dafür notwendigen Schnüre in der Küche zu spannen.

Ganz zum Schluss machte er sich an die eigentliche Füllung und briet die Salsiccia an, würfelte den Büffelmozzarella und schnitt die hartgekochten Eier in Scheiben. Er wiegte die eingeweichten Steinpilze, löste die autogamen Erbsen aus ihren Hülsen und bröselte den Parmesan, um dann alles mit noch mehr Bacon, Pancetta und Zwiebeln in Weißwein einzukochen. Erst um halb zwei in der Nacht zog er den Timballo aus dem Ofen. Aufgewärmt schmeckte er nämlich am besten.

Bis auf Shiva, die sich immer verspätete, kam der Kreis am Montag pünktlich um 20 Uhr zusammen. Der Onanist, der bis zu seiner Scheidung noch Vishnu genannt worden war, Kama, Dombi, die furchterregende Kali und Vamacara. Shakti war nun nicht mehr dabei, aber das war eine andere Geschichte.

Es hatte zwar am späten Nachmittag gewittert, Gysi richtete die Tafel dennoch unter den Weinranken an. Kleine Lampions erhellten das wild bewachsene Schutzgemach. Einige Kerzenhalter, ein – wie sollte es anders sein – zufällig ausgewähltes Ensemble, diente als schlichte Tischdekoration. Mehrfach hatte er sich setzen müssen bei seinem Bemühen, den großen ausziehbaren Esstisch, ohne dass der neue Kratzer bekam, allein in den Garten zu hieven.

Pünktlich, um zwanzig vor neun, holte Gysi die dampfende Backform aus dem Ofen.

»Achtung, Achtung, meine Freunde«, rief er schon von der Terrassentür aus, »ein Timballo für die Garibaldi-Lösung!«

»Ach, du Fuchs!«, kreischte Kama, und man verfiel direkt in eine Diskussion über die Palmen im Film, von denen die eine Hälfte am Tisch behauptete, sie seien aus Plastik, und die andere, dass es sich bei Visconti selbstverständlich um echte Palmen handeln musste. Reihum wurden Teller gereicht, und alle machten sich über diesen Traum von einem Auflauf her.

»Völlerei!«, stieß Shiva aus.

»Dekadenz!«, verbesserte der Onanist.

»Ich möchte heute mit euch zur Wahrheit des Begehrens hinabstoßen«, begann Gysi den ernsthaften Abschnitt dieses verschwörerischen Arbeitstreffens.

»Och, schade, ich dachte, wir würden anstoßen.« Man war in Feierlaune und konnte diesem apokalyptischen Ton im Moment nichts abgewinnen.

Die Teller wurden abgeräumt, und alle willigten ein, eine ausgedehnte Pause zu machen, bis man zu den Millefeuille übergehen wollte.

»In den vergangenen Wochen«, begann Gysi seine Rede, »habe ich viel über Masochismus nachgedacht und ich denke, wir alle sind uns darüber im Klaren, dass das Rape-Play nicht ohne eine gehörige Portion Masochismus denkbar ist. Ein französischer Philosoph, der Name ist mir entfallen, hat diesen uns allen eigenen Wesenszug sehr anschaulich beschrieben. Wir gehen also von folgender Situation aus …« Die Anwesenden zogen mit angehobenen Augenbrauen die Mundwinkel herab und tauschten erwartungsvolle Blicke aus. »Die Befriedigung des Urbegehrens, das Glück, ist unter einem Stein zu finden. Das ist nicht nur eine Annahme, sondern vielmehr ein Fakt. Der Mensch zieht also los und hebt eine Menge Steine an, einen nach dem anderen, doch kann er es nicht finden. Obwohl er seiner vergeblichen Suche langsam müde wird, kann der Mensch nicht vom Wenden der Steine ablassen. Was er zu finden hofft, ist einfach zu kostbar. Was wird der Mensch also tun?«

»Er gibt die Suche schließlich auf«, vermutete Vamacara.

»Quatsch, na, er lässt nicht ab von der Suche, niemals«, entgegnete Kali.

»Weder noch«, setzte Gysi seine Ansprache fort. »Der Mensch wird sich schließlich auf die Suche nach einem Stein machen, den er nicht anzuheben vermag, der zu schwer ist, um jemals von einem Menschen bewegt zu werden. In diesen Stein wird er fortan seine ganze Hoffnung setzen. An diesem Stein wird er sich abarbeiten, bis auch der Rest seiner Kräfte vollends ausgeschöpft ist. An diesem Stein wird er zugrunde gehen.«

»Oder er geht schon vorher an deinem Timballo zugrunde.«

Gysi ärgerte sich darüber, mit wie wenig Ehrfurcht der Kreis seiner Geschichte begegnete.

»Der Masochist«, ergänzte er, »sehnt sich nach dem eigenen Scheitern.«

»Du bist mit Sicherheit kein Masochist, Gregor, du bist ein Sadist.«

Verstand denn wirklich niemand, worauf er hinauswollte?

»Der Sadist erkennt sich doch nur selbst im leidenden Anderen. Nein, nein, nein, der Masochist ist im Grunde fundamental pessimistisch, versteht ihr? Der Masochist weiß, dass das Gute nicht siegen kann. Er ist verzweifelt, er kämpft, und je aussichtsloser ihm die Sache erscheint, desto verdienstvoller ist für ihn der Kampf.«

»Du sprichst von Wasserbrink.« Der Onanist hatte bisher gedankenverloren mit dem heißen Kerzenwachs gespielt und seine Fingerkuppen immer wieder hineingetaucht.

»Nein. Ich spreche von uns. Vom Tantrischen Kreis.«

»Aber was ist das Glück, Gregor? Was hältst du für das Urbegehren?«

»Es ist der Wunsch nach Einheit, die narzisstische Sackgasse, die Sehnsucht nach dem Selbst im Anderen. Die Verschmelzung mit dem Bild, mit dem Vorbild über die Dritte Instanz der Triade – den Spiegel.«

»Du fährst ja schwere Geschütze auf heute. Mein lieber Scholli!«

Alle begannen laut durcheinanderzureden. In immer kürzeren Abständen mäßigten sie sich gegenseitig mit »Schscht!« und »Nicht so laut!«.

Sie stritten darüber, ob der Kommunismus als masochistische Gesellschaft denkbar wäre oder inwiefern der Kapitalismus demgemäß als dessen dialektischer Umschlag, als Sadismus betrachtet werden müsse.

Gysi jedoch war enttäuscht. Ob Syana ihn verstehen würde? Da fiel ihm etwas ein: »Kama, hast du dir eigentlich diesen Aufsatz von der Kleinen angesehen?«

»Ja, ist Bullshit. Zu Ende gedacht ist dieses Mimesis-Ding dystopisch, eine Absage an die Einzigartigkeit des Individuums, lächerlich, nicht der Rede wert.«

»Worum genau geht es denn?« Gysi sah eine Chance, zum Kern des Problems vorzudringen.

»Also, die beschreibt da eine Dreiecksstrukur. Mit irgendeiner Theorie meint unser Pharmakós belegen zu können, dass jeder Wunsch, egal ob auf materielle, emotionale, existenzielle oder metaphysische Dinge bezogen, dass jeder Wunsch nur die Nachahmung des Wunsches eines Anderen ist. Und dass eben diese Nachahmung wieder zum Vorbild für den nächsten wird und so weiter. Und die kulturelle Vielfalt, die zunehmende Individualisierung von einfach allem – Kunst, Musik, Kleidung und so –, die entsteht aus der Verleumdung dieser Nachahmung.«

Kama hatte immer wieder aussetzen müssen bei seinem Erklärungsversuch, um seine Gedanken zu ordnen, schien aber zufrieden mit seiner Zusammenfassung.

»Also, alles ist Nachmache?«, wollte Shiva wissen.

»Na, und gleichzeitig Vormache, oder?« Kalis Frage war an Kama gerichtet.

»Genau. Und je mehr sich der Mensch bemüht, seine Nachahmung zu verbergen, ein umso krasserer Nachmacher ist er – ein Verblendungszusammenhang.«

»Versteh ich nicht«, log Gysi, denn er hoffte, das Gespräch doch noch in die richtige Richtung lenken zu können. Doch Kama ging nicht darauf ein, er sei viel zu vollgefressen, um über so einen Kram zu labern. Außerdem täte das nichts zur Sache und sie sollten lieber darüber sprechen, wie das beim Parteitag alles abzulaufen hatte.

Gysi versuchte es ein letztes Mal: »Irgendwie hab ich das Gefühl, unser Pharmakós hat da was am Wickel.«

»Na, zum Glück hatse keene Pickel.«

Alle prusteten los, und Gysi sah ein, dass er nicht mehr zu ihnen durchdringen würde. Vielleicht waren sie doch eingerostet. Früher hatten sie sich tagelang über philosophische Themen austauschen können, hatten sich Briefe geschrieben, doch heute waren alle mehr oder weniger mit den alltäglichen Gefechten beschäftigt. Die Pharmakós-Nummer nahm keiner von ihnen so ernst wie er selbst. Alle anderen sahen im Rape-Play nicht viel mehr als ein Abenteuer, vielleicht eine letzte Darbietung ihrer unangefochtenen Tantramacht. Sie alle ahnten, dass die schönen Tage nun zu Ende waren.

Das Ziel einer kommunistischen, nichtmonetären Weltgemeinschaft hatten sie längst aus den Augen verloren. Es ging nur noch ums Überleben, um Verzögerung.

In diesem Augenblick, nur dieses eine Mal, wünschte sich Gysi, mit Syana sprechen zu können, sie in seinen Plan einzuweihen, mit ihr diesen nur scheinbar dystopischen Ansatz zu Ende zu denken. Mit ihr gemeinsam wäre er vielleicht zu dem Schluss gekommen, dass nur die Einsicht in das mimetische Begehren, also die Aufgabe der Illusion von Individualität, die Menschheit zu einer Einheit zusammenwachsen ließe. Und das Ganze ohne religiöses Klimbim, allein aufbauend auf dem Sichtbarmachen einer simplen Struktur. Doch dieses Gespräch würden sie nie führen. Wenn sein Rape-Play bekannt werden sollte durch irgendeine kleine Nachlässigkeit, dann würde die Linke als Partei, wie sie heute war, aufhören zu existieren. Es käme zur Rebellion, und niemand konnte wissen, wohin sich schließlich alles entwickeln würde.

Gysi hing seinen Gedanken nach und stieg erst wieder in die Gesprächsrunde ein, als er erahnen konnte, worum es gerade ging.

Der Antragsteller war also bereits bestimmt worden, das hatte er aber schon gewusst. Es fehlten noch genau zwei Delegiertenstimmen. Dieses Problem ließe sich erst auf dem Parteitag selbst lösen. Außerdem konnte niemand vorhersehen, wer sich dieser Mehrheit noch aus freien Stücken anschließen würde. Die zwei Stimmen erachteten sie alle nicht als entscheidend.

Bis zur letzten Sekunde wollte man warten. Sie überlegten hin und her, was der beste Weg sei, ein Codewort abzusetzen, das sich später nicht geheimdienstlich nachvollziehen ließe. Verschiedene Optionen wurden durchgespielt. Eine Ansage wäre möglich: Der Fahrer eines roten Fiat Brava mit dem Kennzeichen S-W 0069 wird gebeten, sich an der Information zu melden – Zack! Antragstellung. Das allerdings war riskant, weil alle durcheinanderreden würden und der Moderator einfach abbrechen konnte, ohne noch den letzten Dringlichkeitsantrag vortragen zu lassen. So war es schon oft geschehen, und mal hatte der Kreis dadurch verloren, ein anders Mal bedeutete es für ihn den Sieg.

Wenn der Antrag zu früh gestellt würde, hätte die andere Seite noch zu viel Zeit, einen Gegenangriff zu starten. Es musste der allerletzte Antrag sein.

Zeichensprache kam nicht infrage. Es waren Leute unterwegs, deren einzige Aufgabe es war, mögliche geheime Signale zu bemerken und weiterzutragen. Sie liefen permanent durch die Reihen, hielten Schwätzchen und konnten so unbemerkt ihre Spionagetätigkeit ausführen. Der Delegierte, der den Antrag stellen würde, musste vor der Tür warten, damit klar wäre, warum er seinen Antrag in letzter Minute stellte. Er hatte getrödelt, zu lange an der Toilette angestanden oder war rauchen gewesen.

Er musste ein Zeichen erhalten, in den Saal stürmen und unvermittelt ans Mikrofon treten, in genau der richtigen Sekunde.

Sie einigten sich schließlich auf eine SMS.

Gysi war am nächsten dran am Geschehen und hatte den Überblick, außerdem war das Rape-Play von Beginn an sein Plan gewesen. Er würde also die SMS schreiben.

»Ich hab's«, schrie Dombi. Sie beugte sich vor und winkte allen mit beiden Händen, sich vorzubeugen.

»Das Codewort ist: Injakulation.« Die anderen blickten sie fragend an. Dombi kicherte. »Injakulation ist das höchste Ziel des linken Tantra-Pfades. Das passt doch.«

Man stimmte ihr zu. Es war wirklich ein raffiniertes Wort für die Abschlussphase des Rape-Plays.

»Und wisst ihr, was der Brüller ist? Ein anderer Ausdruck für diese Praktik ist: der Sächsische Griff.«

Nun gab es wirklich kein Halten mehr. Es war einfach zum Schreien komisch.

Die Idee, man könne doch nun zum Dessert übergehen, wurde dann auch von allen begrüßt. Nur eine letzte Anweisung gab Gysi noch: Vamacara musste ein Rede vorbereiten, die er der überforderten Syana zustecken sollte, wenn sie erfahren hätte, dass sie doch zur Kandidatur zugelassen wurde und überhaupt nichts vorbereitet hatte. Dankbar wäre sie, wenn jemand ihr aus der Patsche half.

Für den Blätterteig allein, nach einem alten Rezept des Hausmädchens aus Kindertagen, hatte Gysi am Sonntag fünf Stunden investiert. Auf ein Kilo Teig kamen in der traditionellen französischen Küche 900 Gramm Ziehbutter. Bei zwei einfachen und zwei doppelten Touren zuzüglich der dazwischenliegenden Ruhezeiten ergab das 144 Butterschichten und 288 Teigschichten. Doch so ein exklusives Wissen wurde ja heutzutage schon über Wikipedia verbreitet, das schmälerte den Genuss enorm. Den Mandelpudding kochte er rasch nebenher, aber das Schichten und Dekorieren bis zum fertigen Kunstwerk dauerte noch eine weitere Stunde.

Der Tantrische Kreis wusste das nicht zu schätzen, dessen war sich Gysi bewusst. Sie fraßen, was immer er ihnen vorsetzte, das zumindest hatte er aus seinem letzten Diätmarathon mitgenommen. Mettwurst aus der Plastepackung auf einem pappigen Toast, zwei Scheiben Gewürzgurke obendrauf, und sie juchzten ebenso wie bei Hummerschwänzen an einer frischen, selbstgefärbten Sepiapasta. Es war zum Heulen.

Die kleinen Küchlein stopften sie lieblos in sich hinein. Gysi beobachtete die Bewegungen der Kuchengabeln.

»Mhhh. Schön knackig.«

»Ja.«

»Und schön cremig.«

»Ja.«

»Bisschen süß vielleicht.«

Gysi sprang von seinem Stuhl auf. Alle starrten ihn an.
War er wütend? Ging es etwa um diese Vanilletörtchen?
Doch er fasste sich wieder, gab an, zur Toilette zu müssen,
und fragte freundlich in die Runde, ob jemand noch einen
Grappa oder einen Kaffee wünsche. Vor der Vitrine stehend,
den Kopf weit in den Nacken gelegt, die Zunge im Mundwinkel und in den Knien wippend, überlegte er, ob tatsächlich der gute Grappa heute draufgehen sollte. Sie würden
nicht einmal bemerken, wenn ihnen ein Obstler untergeju-
belt wurde. Nicht aber, dass sein Geiz noch alles gefährdete.
Auf ein schlechtes Karma konnten sie ja nun alle in den
kommenden Tagen verzichten.

Als er mit der Flasche wieder auf die Terrasse trat – anstatt zum Kristall zu greifen, hatte er kleine, olle Schnaps-
gläser mit lokalpatriotischem Aufdruck gewählt –, stritten
sie schon wieder um den zweiten Vorsitzenden. Sie hatten
zwar beschlossen, wenigstens auf diese Wahl keinen Einfluss
zu nehmen, dennoch verfolgten beinahe alle Anwesenden
eigene Präferenzen.

»Liebe Leute!«, erhob Gysi die Stimme und begann noch
von der Treppe aus, die Gläser in die Runde zu werfen. Die
Frauen quiekten, doch niemand verfehlte sein Glas.

»So, das war die Probe aufs Exempel. Ihr seid also noch
nicht zu betrunken für ein Lied. Worauf habt ihr Lust?«

»Die Unzulänglichkeiten, Gregor, bittebittebitte.«

»Also gut.« Gysi stellte die Flasche ab, blieb auf der obersten Stufe stehen und stemmte die Fäuste in die Hüfte: »Da,
ratt, da, da, da, daaaaaaaaa. Und alle! Da ran dann, dann,
dann, daaaa. Lalalala laa laaaaa, lalalala la la laaaaaa. Der
Mensch lebt durch den Kopf. Dombi!«

»Der Kopf ist nicht genuuuuuug.«

»Ach Quaaatsch«, schrie Kali, »du hast es versaut! Noch
mal von vorne.«

Es war ein schöner Abend gewesen, und alle konnten sich wenigstens für diese wenigen Stunden wieder jung fühlen. Kali war wie immer noch etwas länger geblieben, hatte beim Aufräumen geholfen, ihre Gesellschaft für die Nacht angeboten und Gysi hatte wie immer abgelehnt. Diesmal allerdings schenkte er ihr eine besonders lange Umarmung zum Abschied. Er liebte sie, aber eben nicht auf diese Weise.

Als er gegen halb drei endlich im Bett lag und die Vorhänge beobachtete, die sich nur sanft wiegten, obwohl draußen ein Gewitter heranzuziehen schien, gab es eigentlich nur eine Frage, die offen geblieben war: Waren es nun Plastikpalmen im *Gattopardo* oder nicht?

13. Kapitel

Kapital

»Ich bin mir sicher, dass das Syana war.«

Ronen scharrte mit dem Fuß ein Häufchen kleiner Kiesel um die Bierflasche, die vor ihm auf dem Boden stand. Es war ein Feiertag, und Mo musste nicht in den Bundestag. Ronen war in der *Eins* nur als Springer für die Spätschicht eingeteilt, was bedeutete, dass er bis etwa 20 Uhr noch eine Nachricht erhalten konnte, in der er darum gebeten wurde, wegen des großen Andrangs doch noch ins Restaurant zu eilen. Die beiden saßen in Strandliegen im Monbijou-Park.

»Ich find's scheiße hier.« Mo lehnte sich zurück und blickte um sich. »Echt ätzend.«

»Is' halt Mitte.«

»Zieh dir doch mal bitte die Leute rein. Was is'n mit denen los? Kuck dir das an. Irgendjemand hat denen allen ins Gehirn geschissen.«

»Ich war's nicht.«

»Boah. Sind die alle ätzend.« Mo hatte offensichtlich einen schlechten Tag, und Ronen war nicht in der Lage, irgendjemanden aufzuheitern. Die Hitze lähmte.

»Also, ich fasse mal zusammen: Du bist davon überzeugt, dass Syana –« Mo senkte seine Stimme etwas: »Dass Syana bei einer rituellen Sexfeier im Keller von Schloss Marquardt von mehreren Typen sexuell missbraucht worden ist und dass das alles in Verbindung mit ihrer Kandidatur steht und Gysis Rape-Play. Du glaubst das, weil die maskierte Frau –«

»Sie trug einen Umhang.«

»Okay, die Frau, die unter einem Umhang verborgen war –«

»Die Kapuze fiel ihr ins Gesicht.«

»Weil die Frau, die einen Umhang trug, dessen Mütze ihr tief ins Gesicht hing –«

»Ja.«

»Weil diese Frau auf deine Frage hin, ob sie Syana Wasserbrink sei, mit dem Kopf geschüttelt hat.«

»Und wegen dem Nagellack.«

»Genau, der Nagellack. Du hast nämlich vorher auf der Hochzeitsfeier von hinten eine Frau gesehen.«

»In Badelatschen.«

»In Badelatschen … Von der du glaubst, es sei Syana.«

»Ich hab sie genau erkannt.«

»An dem Nagellack.«

»Nein, an allem. Frisur, Gesicht, Gang. Es war Syana.«

»Die Frau im Keller?«

»Nein, die Frau von der Toilette.«

»Im Keller.«

»Nein, im Kaminzimmer.«

»Verstehe. Und du hast echt gesagt: Grüß Gysi – Ich fick euch weg?« Mo fasste sich lachend in den Afro. »Alter, wenn das alles wirklich stimmen würde, was du da erzählst, wärst du jetzt tot.«

Mo lachte immer noch, setzte die Flasche an den Mund und trank einige Schlücke dieses Hipster-Biers, das man eben gerade trank.

Sie redeten nun schon seit etwa einer Stunde darüber, was Ronen herausgefunden zu haben glaubte. Auch wenn es Ronen nicht gelang, die Mosaikteilchen seines Dramas zusammenzusetzen, war er von seiner Verschwörungstheorie nicht abzubringen. Er war der Einzige, der die Telefonate mitgehört hatte und dabei gewesen war, als Syana mit Lafontaine und Wagenknecht zusammentraf. Ihre plötzliche Kandidatur und dann die Nachricht, dass man sie gar nicht zur Kandidatur zuließ, konnten darauf schließen lassen, dass sie in irgendeinen Machtkampf der linken Führungsriege verwickelt war.

»Mo, was denkst du denn, warum sie kandidiert hat?«

»Pfff, keine Ahnung, vielleicht wollte sie einfach auf ihre Position aufmerksam machen, auf die außerparlamentarische Linke und deren Skepsis gegenüber parteilichen Strukturen. Jedenfalls ist die Sache erledigt. Alle haben sich tierisch aufgeregt für ein paar Tage, und schon ist wieder alles beim Alten.«

»Ich denke, dass noch was passieren wird. Beim Parteitag.«

»Ja, klar wird da was passieren. Es werden zwei neue Vorsitzende gewählt, und über den Leitantrag wird abgestimmt. Ein nicht nur in meinen Augen, sondern auch in den Augen der Weltöffentlichkeit absolut unbedeutendes Ereignis.«

»Ich denke, ich werde hinfahren, nach Göttingen. Kannst du mich da reinbringen?«

»Schon, ja, kann ich. Aber ich sage dir, das ist Zeitverschwendung. Da fand ich ja die Freimaurerstory noch gewinnbringender.«

»Und wenn die mit drin stecken?«

»Wo drin, Ronen, wo drin?«

Sie drehten sich im Kreis. Ronen hing zu sehr an der Vorstellung, einer Enthüllungsgeschichte gigantischen Ausmaßes, einem neuen Watergate auf der Spur zu sein. Mo hingegen war der Auffassung, die Linke in Schutz nehmen zu müssen. Er kannte die Strukturen zwar, fand aber auch, dass trotz mancher Widrigkeiten einige sehr aufrichtige und engagierte Leute in der Fraktion ihr Bestes gaben, um mit parlamentarischen Mitteln auf Missstände aufmerksam zu machen. Für ihn war dieser Job immer noch besser, als in der freien Wirtschaft um Marktanteile zu pokern. Er hatte dreißig Tage Urlaub im Jahr, bezahlte Feiertage, ein eigenes Büro im Bundestag, Weihnachts- und Urlaubsgeld. Die Sommerpause, die nun bevorstand, war eine einzige Reihe aus Geburtstagen und anderen Anlässen, in verschiedenen Büros der Fraktion zusammenzukommen und der Leichtigkeit des Seins zu frönen. Viele wären verreist, man konnte kommen und gehen, wann man wollte. Rufumleitung aufs Handy und gut is'.

Vom elenden Weltgeschehen konnte man sich ablenken, indem man Freunde traf, feiern ging, trank, shoppte, renovierte, Ausflüge unternahm oder Reisen plante. Sie beide würden die Welt mit dem, was sie taten, nicht verändern. Ronen würde sich nach seinem Studium bei irgendeinem Print- oder Onlinemedium prostituieren und mithelfen, alles weichzuspülen und undurchdringlich erscheinen zulassen. Ein bisschen Kunst hier, ein Skandälchen dort, die sporadische Opferung irgendeines hohen Tiers wegen Steuerhinterziehung oder anderer Fehltritte, was den Glauben in den Rechtsstaat aufrechterhielt, Beauty, Stars, Gesundheit, Umwelt, Innovationen. Wenn Ronen eine Pauschalistenstelle ergatterte, könnte er sich glücklich schätzen.

»Ronen, Mann. Vielleicht brauchst du einfach eine Frau. Du brauchst irgendwie wieder mehr Stabilität. Du bist total unausgeglichen, aufgekratzt irgendwie. Fahr zum Parteitag. Kuck dir an, wie es aussieht, wenn die Linke ihre Rituale abhält. Ich bring dich rein. Du wirst sehen, dass da nichts passiert, worüber zu schreiben lohnt. Und wenn du wieder zurück bist, konzentrierst du dich erst mal auf deine Abschlussarbeit und suchst dir 'ne nette, süße Freundin.«

Mo hatte zwar einerseits recht, Ronen würde tatsächlich irgendwann seine Abschlussarbeit schreiben müssen. Bisher hatte er nicht mal eine Gliederung. Andererseits hatte Ronen die vergangenen Wochen wie im Rausch erlebt, und das war genau, was er wollte. Ein Leben im Rausch der Enthüllungen: Korruption, Vetternwirtschaft, Menschenhandel, Kriegsgeschäfte. Es gab noch so viel aufzudecken, und er würde Gutes tun, aufklären, die Menschen erleuchten und so vielleicht auch einen Beitrag leisten zur friedvollen Revolution, die eines Tages kommen würde, kommen musste. Er war sich noch nicht sicher, ob er einmal eine Familie haben wollte, ob er ein Vater sein konnte, sich eine Frau an seiner Seite wünschte oder doch lieber zahlreiche Liebschaften überall auf dem Globus verteilt – eine Wirtschaftsprüferin in Dubai, eine Redakteurin in New York, eine Atomkraftgegnerin in Tokio, eine NGO-Tante in Accra. Für diese Entscheidungen hatte er aber noch mindestens zwanzig Jahre Zeit. Mit Ende Vierzig konnte er immer noch zur Ruhe kommen und eine Familie gründen, seinen Kindern von all seinen Journalistenabenteuern berichten, die Kriegsberichterstattung, der Dschungel, reißende Flüsse, die Wüste, das ewige Eis. Mit Fünfzig würde er dann eine Kolumne schreiben irgendwo und ab und zu einen Essay veröffentlichen oder ein Buch schreiben über seine Erlebnisse. Ein Buch vielleicht über all die Fälle, die er nicht hatte lösen können, über die unbeantworteten Fragen im Leben. Vielleicht wäre die Welt bis dahin ein bisschen gerechter geworden, mit seiner Hilfe, und wenn nicht, würde er darüber schreiben können, über die Ungerechtigkeit.

»Mo, meinst du, wir sollen vor dem System kapitulieren?«

»Wir sind Kopflanger, da müssen wir uns nichts vormachen. Die Alternativen sind Irrenhaus oder Gefängnis. Das muss jeder selbst wissen. Ey, Mann, nimm's mir nicht übel, aber ich hau rein. Diese langsamen Gespräche strengen mich an. Und diese Hitze macht alles noch viel, viel langsamer, weißt du. Da hab ich das Gefühl durchzudrehen.«

»Und was machst du jetzt?«

»Ich pack mich irgendwo in den Schatten und lese. Ich schreib dir, wenn du in Göttingen angemeldet bist.«

»Alles klar. Danke, Mann, für deine Hilfe und alles.«

Mo reichte ihm noch kurz die Faust und stampfte dann am Wasser entlang Richtung Hackescher Markt. Ronen fuhr nach Hause und beschloss, sein Handy auszuschalten. Er hatte absolut keinen Bock, heute noch hinter der Bar zu stehen. Falls es Ärger gäbe, würde er einfach behaupten, nicht gemerkt zu haben, dass der Akku leer gewesen sei. Er musste zusehen, dass er noch eine Übernachtungsmöglichkeit in Göttingen fand, er brauchte Waschmittel und neue Staubsaugerbeutel.

Am Abend dann erfuhr Ronen von Mo, was der für ihn erreicht hatte. Ronen fertigte gerade eine Liste an, mit dem, was er für seine Reise nach Göttingen benötigte, als sein Telefon klingelte.

»Also, pass auf Ronen. Du bist für die kommende Woche ein vollwertiges Parteimitglied, seit drei Jahren dabei. Anschließend lösche ich dich wieder aus dem System, und du hast nie existiert. Die haben eh den Überblick verloren. Du bist in Tempelhof-Schöneberg organisiert und beim Parteitag als Ordner eingeteilt, weil du dich freiwillig gemeldet hast. Du sicherst den VIP-Bereich, wirst also an dem Durchgang positioniert sein, wo du den besten Überblick darüber hast, wer wann kommt und geht.«

»Geil.«

»Das heißt aber, dass du den ganzen Tag da stehen musst. Du musst dir bei der Linksjugend Westberlin im Wedding deinen Kram abholen, und zufällig weiß ich, dass die untereinander Mitfahrgelegenheiten organisieren. Wenn du dich nicht ganz blöd anstellst, kannst du bei denen mitfahren und vielleicht sogar irgendwo pennen.«

»Voll gut. Dann kann ich auch die Stimmungen von denen einfangen.«

»Ganz genau. Mach einfach auf engagierten Verpeilo.«

Und Mo behielt recht. Alles lief absolut reibungslos. Ronen rief in der Malplaquetstraße an, vereinbarte einen Zeitpunkt und ließ sich dort von einem jungen Studenten sein Outfit und seine Zutrittsdaten aushändigen. Man versprach ihm, ihn in einem der Autos unterzubringen, und erklärte, dass er, wenn er keine großen Ansprüche stellte und ein wenig kriminelle Energie aufbrächte, auch in einem der angemieteten Hotelzimmer auf dem Boden schlafen könnte.

Ronen entschied, auf Nummer sicher zu gehen.

Er würde eine Schwarzlichtlampe brauchen, um eventuelle Spermaflecken sichtbar zu machen, und ein Nachtsichtgerät. Der Verkäufer, dem er seine Liste vorlegte, reagierte alles andere als skeptisch. Er hatte in seinem Kunden sofort jemanden entdeckt, der bereit war, viel Geld auszugeben. Kritische Fragen würden so einen nur vergraulen. Ronen folgte dem durchtrainierten, sympathischen Typen, der zu jedem Produkt eine Anekdote zum Besten gab, und ließ sich bei seiner Tour durch das Fachgeschäft von dessen Zeit bei der Bundeswehr erzählen.

Er entschied sich schließlich für ein Yukon-Nachtsichtgerät, ein Monokular, das selbst in absoluter Dunkelheit eine Sichtweite von dreihundert Metern versprach. Zudem ließ er sich noch eine 12 MP Wildkamera mit Bewegungsmelder und Aufzeichnungsgerät für Bilder und Videos mit mobilem Monitor andrehen, die im Umkreis von 20 Metern alles aufzeichnete, was sich bewegte. Der Verkäufer erklärte ausgedehnt, dass der Infrarotblitz mit Schwarzlicht nachts nicht zu erkennen sei und dass sich die Ausrüstung bestens eignete, Grundstücke, Lagerplätze, Hofeinfahrten oder Wohnungen zu überwachen. Absolut unsichtbar, rief er begeistert aus. Auf ein Richtmikrofon konnte Ronen dann ebenfalls nicht verzichten, und als der Verkäufer ihn an der Kasse fragte, ob er denn nicht auch noch einen Flöffel mitnehmen wolle, die seien gerade im Angebot, nahm Ronen auch noch den Flöffel mit.

Ronen würde sich am Samstag um 7.30 Uhr an seinem Posten einfinden müssen. Die Linksjugend allerdings wollte schon am Freitagnachmittag in Göttingen ankommen, denn in den frühen Abendstunden fanden bereits die Sitzungen der einzelnen Strömungen statt.

Am Donnerstagabend breitete Ronen seine komplette Ausrüstung auf dem Wohnzimmerboden vor der Pinnwand aus: Wechselsachen für zwei Tage, Kulturtasche, Schlafsack, Ordnerkarte, Linke-T-Shirt, Technik. Ob es Headsets für die Ordner geben würde, konnten auch die Weddinger nicht mit Sicherheit sagen, die Kommunikation im Vorfeld sei eine Katastrophe gewesen, E-Mails waren nicht beantwortet worden und niemand fühlte sich verantwortlich.

Als er aus der Dusche kam, hatte Ronen beschlossen, dass

er nach dem Parteitag aufgeben würde. Entweder hätte er nach dem Trip seine Story zusammen oder eben nicht, und wenn nicht, dann wäre erst mal die Abschlussarbeit dran. Er hatte sich überlegt, über die Rolle der Mainstreammedien bei der Verbreitung von Verschwörungstheorien zu schreiben.

Mit noch nassem Oberkörper stand er vor der Pinnwand und folgte ein letztes Mal den bunten Verbindungsfäden seines Kunstwerks. Sahra, Syana, Oskar und Gregor starrten ihn mit undurchdringlichen Blicken an. Was sie wohl von ihm halten würden, wenn sie ihn die ganze Zeit über von dieser Wand herab beobachtet hätten, sein Kommen und Gehen, sein Verharren in höchster Konzentration, sein hektisches Fädenziehen? Ob sie ihm wohl dabei zugesehen hatten, als er sich Abend für Abend vor dieser Wand einen runtergeholt hatte, damit die Anspannung nachließ? Ob sie ihm die Spritzer in ihren Gesichtern übelnahmen? Ob sie ihn womöglich verhöhnten?

Immer wieder hatte er sein Kommen verzögert und von seinem Schwanz abgelassen, gewartet, bis der sich wieder gänzlich entspannt hatte und das Ziehen im Anus nachließ. Erst dann fing er wieder an, langsam erst und sanft, nahm seine Eier in die Hand und hob sie vorsichtig an, kniff sich in die Brustwarzen, dachte an Lefèbre und an den Fuß bei dem Gangbang im Keller, wie der hilflos, aber lasziv auf und ab gehüpft war. Er ließ seine Protagonisten vor dem inneren Auge in unterschiedlichen Kombinationen wild übereinander herfallen, zu zweit, zu dritt, zu viert, und er hörte sich sagen: Ich vergewaltige Männer, ich vergewaltige Männer, ich vergewaltige Männer.

Er hatte seine Figuren alle in diesen Wochen liebgewonnen, ihnen das ein oder andere Mal die Wange getätschelt oder gefragt, ob sie wüssten, wo er sein Portemonnaie abgelegt hatte oder was er kochen solle, ob sie auch hungrig seien. Sorgen hatte sich Ronen wegen seiner intimen Beziehung zu seinen neuen Mitbewohnern nicht gemacht. Ein klassischer Fall von agierender Gegenübertragung, dachte er sich, völlig normal und temporär, ein wenig infantil vielleicht, aber keineswegs besorgniserregend.

Nach Göttingen kamen sie gut durch und saßen kaum mehr als vier Stunden im Auto. Ronen saugte alles auf, wovon diese lebhafte Truppe berichtete. Sie erzählten sich gegenseitig die gefährlichsten Situationen bei Auseinandersetzungen mit der Polizei. Einer von ihnen musste sogar einmal drei Wochen im Gefängnis verbringen, weil er vor einigen Jahren am Mauerpark beim Tanz in den Mai Wackersteine ausgegraben und sie zu den Leuten an den Fenstern hochgeworfen hatte, die dann mit den Steinen von oben auf die Polizisten zielten. Ein junges Mädchen berichtete, dass sie auf einer Telefonzelle gestanden hatte, nachdem man sie vom Dach der *Ankerklause* gescheucht hatte, als dieses einzubrechen drohte. Sie sei von einem Polizisten angeschrien worden: Runter von der Telefonzelle! Und dann sei sie gesprungen, und wäre sie nicht beim Aufkommen in die Hocke gegangen, wäre sie von der Gehwegplatte, die genau in diesem Moment über sie hinweg in die Scheibe der Telefonzelle flog, geköpft worden. Geköpft! Ein anderer erzählte, dass er überwacht worden war, als er noch in der Anarchoszene abhing, und dass er überhaupt der absolut Jüngste sei, der jemals vom Verfassungsschutz observiert worden sei.

Ronen zeigte sich beeindruckt – und das war er tatsächlich. Demonstrationen in allen deutschen Städten, in Italien, der Schweiz, Österreich. Er hatte gar nicht gewusst, wie diese Leute untereinander vernetzt waren, dass sie ganze Reisebusse mieteten und eine Art Aufstandstourismus praktizierten, alles für die gerechte Sache, damit man Gehör fand bei den Mächtigen, damit man Forderungen stellen konnte, die sich dann in der breiten Bevölkerung durchsetzen würden. Und sie sangen: »Unter dem Pflaster, ja, da liegt der Strand … Avanti o popolo, alla riscossa, bandiera rossa, bandiera rossa … So flieg, du flammende, du rote Fahne voran dem Wege, den wir ziehen, wir sind der Zukunft getreue Kämpfer, wir sind die Arbeiter von Wien.«

Ronen erzählte von sich, er sei zwar schon seit drei Jahren Mitglied, habe sich aber erst vor Kurzem entschieden, aktiv zu werden, eben wegen dieser Personalquerelen. Alle beglückwünschten ihn zu seiner Entscheidung, niemand schöpfte Verdacht. Wie einfach es doch für einen V-Mann wäre, sich in diese Clique zu schleusen! Doch was hätte so einer schon herausgefunden? Das waren junge Leute mit dem Herzen am rechten Fleck, ein wenig abenteuerlustig vielleicht, aber eigentlich ganz und gar harmlos. Er war überrascht, wie gut sie Bescheid wussten, was sie alles gelesen hatten, womit sie sich auseinandersetzten. Jungs, die sich selbst als Feministen bezeichneten, den sechsten Sieg der Turbine Potsdam-Ladys bei der deutschen Meisterschaft feierten und sich darüber unterhielten, warum *Amour* die Goldene Palme von Cannes auch tatsächlich verdient hatte. So ein V-Mann würde einiges von diesen Kids lernen können. Auf keinen Fall war vorstellbar, dass irgendein Mensch derart verblendet sein konnte, diesen Jugendlichen böse Absichten zu unterstellen.

Sie hatten mehrere Zimmer in einem superranzigen Hostel am anderen Ende der Stadt gebucht, und Ronen durfte auf dem Boden schlafen. Alle waren sie gemeinsam ausgezogen, um sich in einem nahegelegenen Discounter noch mit Alkohol, Chips und Dosenravioli einzudecken. Als um zwei endlich Ruhe war – immerhin wollten sie am nächsten Morgen früh raus –, warf Ronen noch zwei Aspirin ein, um dem Kater vorzubeugen, und sank, dankbar für den Rausch, in tiefen Schlaf.

Lautstark beschwerten sich einige Zimmergenossen, als sein Handywecker nur viereinhalb Stunden später klingelte, da sie inzwischen beschlossen hatten, doch erst gegen Mittag zur Lokhalle in der Weststadt aufzubrechen.

Ronen hatte sich eine Diktier-App auf sein Handy geladen, um den Verlauf seines Einsatzes genauestens zu protokollieren. Eine Beweisführung konnte bei ungenauen Zeitangaben schnell in sich zusammenfallen. Den Rucksack mit der Ausrüstung hatte er extra schon gepackt und in seiner Reisetasche verstaut, damit er nicht im Beisein anderer irgendwelche mysteriösen Geräte umsortieren musste.

Um zwanzig nach sieben erreichte Ronen den Eingang und bewunderte das große Banner mit der Aufschrift: »Solidarisch. Demokratisch. Gerecht. Friedlich.« Das klang doch sehr nach Selbstermahnung.

In der Eingangshalle ging es geschäftig zu. Stände wurden errichtet, rote Lackdecken auf Biertische verteilt, Flyer ausgelegt, Plakate aufgehängt. Ronen sah, wo einmal der Stand seiner Jugendtruppe stehen würde, wenn sie denn noch rechtzeitig käme. Er meldete sich am Empfang und beobachtete, wie sein Name, Benjamin Lavender, abgehakt wurde. Er bekam ein Programm, einen Hallenplan mit einem Kreuz an der Stelle, an der er bis etwa 0.30 Uhr zu stehen hatte, und zwei Gutscheine für jeweils eine Tasse schwarzen Kaffee. »Nur für unsre Schdände, nedd für d Bar«, mahnte die pummelige Genossin mit schwäbischem Akzent.

»Wo kann ich denn hier meine Sachen lassen?«, erkundigte sich Ronen.

»Hir gibd s koi Schränk odr so. Lass d oifach bei doin Leide am Schdand.«

Das ging aber in seinem Fall nicht. Er musste sich etwas einfallen lassen. Niemand nahm ihn weiter zu Kenntnis, und so machte er sich auf zu seiner Position. Er stand an einem sehr schweren, von der Hallendecke herabhängenden Vorhang, der bis auf den Durchlass von einem Meter Breite noch von einem Absperrgitter bis Nabelhöhe verstärkt wurde. Vor dem Vorhang die Halle mit der Bühne, den Delegiertenreihen und der Galerie über dem Eingang. Hinter dem Vorhang eine kleinere, leere Halle, die zu irgendwelchen Räumlichkeiten in anderen Teilen der riesigen Anlage führte. Hier würden sie also durchlaufen vor und nach ihren Reden, wenn sie sich nicht sofort wieder ins Publikum setzten.

Wahrscheinlich gab es dort eine Garderobe, separate Toiletten für die Oberschicht, vielleicht ein Konferenzzimmer. Ronen traute sich nicht nachzusehen. Er hatte große Angst, bei seiner Schnüffelei erwischt zu werden und Aufmerksamkeit auf sich zu ziehen. Das rote Promo-T-Shirt hatte er über ein schwarzes Longsleeve gezogen und sich die Kette mit seinem Namensschild um den Hals gehängt. Seinen Rucksack schob er behutsam zwischen die Falten des Vorhangs.

Ronen rief sich noch einmal die aktuellen Kandidaten ins Gedächtnis. Syana war raus. Inzwischen kandidierten die jungen Frauen Kipping und Schwabedissen für eine weibliche Doppelspitze, Zimmermann hatte zurückgezogen und an ihrer statt einen Mann vorgeschlagen. Für die Männer gingen nunmehr Bartsch und Riexinger an den Start.

Headsets gab es, wie zu erwarten gewesen war, keine. Und so vergingen die ersten Stunden. Ronen war schon zwei Mal mit seinem Rucksack zur Toilette am Ende der Eingangshalle gelaufen und hatte sich am Stand der Linksjugend Kaffee und Kekse abgeholt. Offenbar waren alle trotz des Besäufnisses am Vorabend noch rechtzeitig angekommen, um ihr Material auszulegen und den Stand optisch aufzupeppen. Der junge Klinker, wie er sich nannte, versprach, Ronen nachher noch was zu essen vorbeizubringen, und winkte freundlich. Klaus Ernst beendete seine Rede – in der er darauf hinwies, die SPD habe erklärt, man rechne an diesem Tag mit der Auflösung der Linken – mit einer endlosen Danksagung. Gespannt wartete man inzwischen auf den Auftritt Gregor Gysis, als Klinker mit einem Pappteller bewaffnet um die Ecke bog. »Komm, lass uns doch da hinten kurz hinsetzen, damit du in Ruhe essen kannst.«

»Eigentlich soll ich hier stehen bleiben«, erwiderte Ronen.

»Komm, da hinten geht doch in der nächsten halben Stunde eh keiner mehr rein, die sind alle vorne und hören dem Spalter zu. Da ist 'n Hinterausgang, da können wir eine rauchen.«

Ronen sah ein, dass es wohl ungefährlich war, dem Vorschlag zuzustimmen, und griff nach seinem Rucksack. »Lass doch hier stehen, ist doch egal«, meinte Klinker noch. Das aber überhörte Ronen, denn der Inhalt war zu brisant, um zurückgelassen zu werden. Ronen aß sein Thunfischsandwich, und Klinker plauderte über den Porsche-Skandal von Klaus Ernst, die Gewerkschaftsconnections der Partei und Wagenknechts missglückte Hummerepisode, während er sich eine Zigarette drehte.

Zusammen traten sie vor die Hintertür. Es war drückend schwül. Ronen blickte über einen kleinen Park und sah einen Parkplatz durch die Bäume schimmern. Dort stand ein Haus, eine Turnhalle vielleicht, dachte Ronen, als sich zwei Gestalten aus dem Dickicht lösten. Erst erschrak er, doch dann erkannte er seine Kumpels von gestern Nacht. Er hob die Hand zum Gruß, doch sie reagierten nicht, sondern kamen weiter auf sie zugelaufen.

»Du hältst uns für bescheuert, oder?«, fragte Klinker plötzlich.

»Wie meinst du?«

Ronen blickte belustigt zu seinem Genossen und sah im selben Moment eine Faust auf sich zufliegen.

Als er wieder zu sich kam, war es dunkel. Er konnte sich nicht bewegen, seine Augen waren verklebt, er schmeckte Blut. Er musste in einem Gebüsch liegen. In etwa hundert Metern Entfernung sah er den Hinterausgang, der nun verschlossen war.

Was war passiert? Vorsichtig begann er, sich abzutasten. Er war überfallen worden. Das Letzte, woran er sich erinnerte, war, dass er ein Thunfischsandwich gegessen und Klinker vor die Tür begleitet hatte.

»Klinker«, stammelte er. Keine Antwort.

Mühsam richtete sich Ronen auf. Um ihn herum lag seine Ausrüstung. Sie war komplett zerstört. Die Scouting-Kamera war nicht mehr wiederzuerkennen, das Glas seines Nachtsichtgeräts gesprungen. Nur sein Rucksack war heil geblieben.

Wie spät war es? Er suchte in seinen Hosentaschen nach seinem Handy, fand es aber nicht. Es lag zu seinen Füßen, ein Trümmerhaufen. Fuck, fuck, fuck, fuck. So langsam dämmerte ihm, was passiert war. Sie mussten seine Sachen durchwühlt haben, als er schlief, und waren dabei auf seine Ausrüstung gestoßen. Wahrscheinlich hielten sie ihn für einen Spion.

Der Parteitag musste schon vorbei sein. Wie ist die Wahl ausgegangen? Wer sind die neuen Vorsitzenden? Ronen begann unter Schmerzen, die Reste der Apparaturen im Rucksack zu verstauen. Den Schlafsack und die Reisetasche konnte er nun wohl auch vergessen. Die zeig ich an, diese Arschlöcher, dachte Ronen, schämte sich aber gleichzeitig wahnsinnig für seinen Verrat. Vielleicht hätte er sie einfach einweihen sollen. Wer konnte ihnen schon ihre Reaktion verübeln? Alle hatten sie von Polizisten wiederholt die Fresse poliert bekommen, und nun glaubten sie, hatte es einer von denen gewagt, sich in ihre Gruppe einzuschleichen, mit ihnen zu feiern. Bestimmt war ihnen aufgefallen, dass Ronen die Texte der Lieder nicht kannte und auch sonst wenig zu erzählen wusste. Sie waren misstrauisch geworden und hatten nach ihrer Entdeckung geplant, ihm einen Denkzettel zu verpassen.

Ronen würde niemanden anzeigen. Was sollte er der Polizei auch erzählen? Warum er diese Ausrüstung dabei hatte, warum der Name auf dem Ordnerpass ein anderer war als der in seinem Personalausweis.

Vielleicht würden die Bullen vermuten, er sei ein Wahnsinniger oder noch schlimmer: ein Nazi. Sie könnten anfangen, ihn unter die Lupe zu nehmen, seinen Computer konfiszieren, seine Pinnwand entdecken, die Spermaflecken, seine Internetsuche nachvollziehen, auf Lefèbre stoßen. Und dann noch das Gras in der Sockenschublade, und irgendwo hatte er auch noch ein bisschen Koks von Silvester. Mit dem Journalismus wäre es dann vorbei, jedenfalls mit der Oberliga. Er war nicht hart genug, nicht professionell, nicht gewieft genug. Er konnte es ja nicht mal sein lassen, auf seine Ermittlungsakten zu wichsen.

Mo musste ihn so schnell wie möglich aus dem System löschen. Benjamin Lavender durfte nie existiert haben.

Ob er noch einen Zug nach Berlin bekäme? Wie spät war es überhaupt? Ronen erinnerte sich, morgens am Bahnhof an einer Toilette vorbeigegangen zu sein. Dort musste er hin, sich waschen, klarkommen. Ihm fiel sein Portemonnaie ein, und hysterisch begann er, den Rucksack wieder auszukippen und nach der Geldbörse zu suchen. O Gott, sie wissen, wer ich bin, wo ich wohne, vielleicht haben sie mein Geld und die Kreditkarte geklaut.

Doch alles befand sich da, wo es hingehörte, in der Innentasche seines Rucksackdeckels, unangetastet. Wieder sammelte er den Schrott zusammen und versuchte ächzend, sich aufzurichten. Die Wiese war feucht, und er säuberte sich mit abgerissenen Grasbüscheln seine Hände. Vorsichtig tasteten seine Fingerspitzen über Augenbrauen und Mund, doch fanden einfach nicht die Wunde, aus der das Blut kam. Als er sich wieder einigermaßen gefasst hatte, griff Ronen nach seinem Rucksack und sah sich noch einmal um. Was war er doch nur für ein Idiot, ein saudummes Mega-Arschloch. Einen letzten Blick wollte er noch auf die Lokhalle werfen, auf das Epizentrum der Verschwörung.

»Willst du mich verarschen?«

Ronen sprang mit einem einzigen Hechtsprung zurück ins Gebüsch.

Dort vor dem Hinterausgang saß Syana Wasserbrink auf dem Boden, mit dem Rücken an der Wand, und daneben stand Gregor Gysi. Sie mussten miteinander sprechen. Scheißescheißescheißescheiße, Ronen kramte mit zitternden Händen nach dem Nachtsichtgerät und hob es an sein Auge – tot. Er wühlte nach dem Richtmikrofon, aus dem einige Kabel hingen, und versuchte, es anzuschalten. Bitte, bitte, lieber Gott, nur dieses eine Mal, stieß er aus. Heilige Maria, Muttergottes, führe mich jetzt und in der Stunde meines Todes. Ronen begann zu weinen. Das war nicht fair. Er war im Recht. Er musste es beweisen. Bitte, Gott, bitte, mach, dass irgendeins dieser Scheißgeräte funktioniert, bitte. Er hatte die beiden nicht aus dem Auge gelassen. Sie sprachen nun schon seit mindestens drei Minuten miteinander. Ronen konnte sein Schluchzen nicht unterdrücken. Bitteeeee, bitteeee, Gott, bitteee, jammerte er leise, bitteee. Gysi sah in seine Richtung, und Ronen zog reflexartig seinen Kopf zurück, obwohl er sicher war, dass ihn aus dieser Entfernung niemand sehen konnte. Gysi drehte sich um und ging in die Halle zurück. Syana wartete noch einen Augenblick und folgte dem Fraktionsvorsitzenden dann.

Mit gesenktem Haupt schlurfte Ronen zum Bahnhof, wusch Gesicht und Hände und kaufte sich am Automaten ein Zugticket nach Berlin. Auf einer Bank machte er es sich gemütlich und blieb dort liegen, bis er von einem Bahnangestellten aufgefordert wurde, sich entweder ordentlich hinzusetzen oder das Gebäude zu verlassen. Der erste Zug ging um kurz nach sechs, und wegen der üblichen Verspätung erreichte Ronen um zehn endlich seine Wohnung. Der Parteitag war ihm egal, die Vorsitzenden waren ihm egal, die Freimaurer waren ihm egal, das Rape-Play war ihm egal. Das Geld, das er verschwendet hatte, das war ihm nicht egal. Nachdem er geduscht und rasiert war und erkannte, dass er eine ganze Weile mit blauen Flecken übersät sein, aber wohl keine bleibenden Schäden behalten würde, rief er Mo übers Festnetz an.

»Hey, ich bin's.«

»Okay, ein altes Gedicht, ja, griechisch, aber egal, und in der letzten Zeile wird gesagt, dass das Land, das in Tränen liegt, geläutert wird. Wunder, o Wunder. Jonathan checkt einfach nicht, dass das Tränenland von seinem Traumbruder Yonathan mit Ypsilon geheilt wird. In zweitausend Jahren. Die vierte Richterin, ja, also eine von den sieben, von Neschan, Ascherel, ist natürlich eine seiner Vorfahrinnen, hallo, Zaunpfahl! Mann, ihre weiße, unzerstörbare, niemals verrottende Rose ist die gleiche Rose wie die auf dem Wappen. Jonathan ist der siebte Richter. Und das ganze auf Russisch. Heiliger BimBam! Sagt dir der Name Edathy was?«

»Die Linksjugend hat mich zusammengeschlagen.«

»Ehrlich jetzt? O Mann, ist das geil! Ich liebe dich so krass.«

14. Kapitel

Paralyse

Würde sie sich mit dieser Rede lächerlich machen? Das war zwar ausgesprochen wahrscheinlich, aber sie würde immerhin gesagt haben, was ihrer Ansicht nach zu sagen war. Schluss mit diesen Stellvertreterdebatten, Schluss mit der Schizophrenie der vermeintlichen Realpolitik. Vorsitzende, Leiter und Führungspersönlichkeiten – diese Konzepte hatten ausgedient in einer Welt, wie Syana sie für möglich hielt. Sie meinte das wirklich alles ernst. Das wurde Andreas gerade wieder bewusst, als sie ihm feierlich ihre Rede vortrug.

»Und?«, fragte Syana, als sie sich wieder neben ihn aufs Sofa setzte.

»Ist doch ganz niedlich«, gab Andreas zu und zog sie zu sich, damit sie sich bei ihm einkuscheln konnte.

»Hast du es denn verstanden?«, fragte sie, hielt den Kopf schräg und zog dabei die Decke über ihre Beine. Andreas hatte ein paar Kerzen angezündet und schaltete nun mit der Fernbedienung die Stereoanlage ein. Keith Jarretts *Köln Concert* setze ein.

»Naja, die sollen aufhören zu streiten und sich alle lieb haben, und dann wird's irgendwann Kommunismus geben.«

Offenbar genügte Syana das, denn sie hakte nicht weiter nach. Was hätte er auch anderes antworten sollen? Es war nun wirklich nicht der Zeitpunkt für eine Grundsatzdiskussion. Vorrangig war, dass sie als Paar wieder zueinanderfanden.

»Es ist wirklich hübsch geworden«, sagte Andreas und reichte Syana ihr Weinglas. »Mir ist immer noch schleierhaft, wann du das alles gemacht hast.«

»Na, mit dem Flur habe ich gleich an dem Samstag be-

gonnen, als sie mir gesagt haben, dass sie dich wieder ruhig-
stellen mussten, als du zu dir gekommen bist, weil du gleich
wieder mit der Schreierei angefangen hast. Das war mir alles
too much. Ich musste mich auspowern, so richtig. Ich wollte
nicht reden und über irgendwas spekulieren. Und als ich
den Flur und die Küche fertig hatte, hab ich überlegt, was
sonst noch so gemacht werden muss. Ich war ja die meiste
Zeit beschäftigt, aber sobald ich zu Hause rein bin, hab ich's
nicht ausgehalten stillzusitzen.«

»Wow, eine Beschäftigungstherapie quasi. Ich bin beeindruckt.«

Andreas war nun schon seit drei Tagen wieder zu Hause
und hatte einsehen müssen, dass seine Frau die ganze Geschichte auf ihre Art verarbeitete. Inzwischen hatte er erfahren, wie die Dinge aus ihrer Perspektive abgelaufen waren.

Am Donnerstag vor ihrer Kandidatur war er pünktlich
zur Arbeit aufgebrochen, zur Spätschicht. Müde hatte er aus-
gesehen. Aber er sah fast immer müde aus. Syana war nichts
auffällig erschienen. Es war abgemacht, dass Andreas nach
der Arbeit noch mit einem Kollegen etwas trinken ging. Sie
hatte gegen 23 Uhr seine SMS bekommen mit »Grüße von
Marlon, drück dich«.

Doch dann war er nicht nach Hause gekommen, und sie
hatte über den Tag verteilt immer wieder versucht, ihn zu
erreichen, vergebens. Immer mehr in Rage hatte sie sich
gedacht. Dieser Arsch, kann er nicht einfach ausgehen, sein
beklopptes Bier trinken und nach Hause kommen? Musste
so was immer ausarten, diese scheiß Männerbesäufnisse.
Als sie am frühen Abend immer noch nichts von ihm gehört
hatte – seine nächste Schicht hatte ja bereits begonnen –,
rief sie in der Druckerei an, zum ersten Mal. Syana wollte
irgendwo ihre Wut ablassen, Andreas anscheißen, weil er
sich nicht meldete und weil er nicht erreichbar und ein
verantwortungsloser Penner war. Daran erkennt man mal
wieder den Unterschied zwischen Müttern und Vätern, hatte
sie gedacht, nie hätte sie sich so etwas erlaubt, nie.

Er war aber nicht bei der Arbeit erschienen, man machte sich Sorgen, wollte auf dem Laufenden gehalten werden. Konsterniert hatte sie sich für die Auskunft bedankt und war nervös in der Wohnung auf und ab gelaufen. Bloß nicht ausrasten. Andreas' Telefon war immer noch aus. Sie hatte nach dem Festnetztelefon gegriffen und Fred angerufen, seinen besten Freund. Fred versuchte, sie zu beruhigen, und riet ihr, die Krankenhäuser in der Umgebung abzutelefonieren, denn er konnte sich nicht vorstellen, dass Andreas einfach so nicht bei der Arbeit erschienen war. Außerdem musste Fred an den Arztbesuch denken, von dem Andreas Syana nichts erzählt hatte und an den vermuteten Kleinhirnbrückenwinkeltumor. Als Syana aber Charlotte von Andreas' Verschwinden berichtet hatte und die ihr riet, auf die Party im *Lookylooky* zu gehen und ihm einfach noch ein wenig Zeit zu geben, kam ihr das ganz gelegen.

Also hatte Fred vielleicht eine Eingebung gehabt, vermutete sie nun. Fred hatte etwas gespürt und sich Sorgen gemacht, und sie selbst, als Ehefrau, war nicht dazu in der Lage gewesen. Irgendwie hatte sie wohl gehofft, dass Andreas einfach irgendwann nach Hause kommen würde, als wäre er bei der Arbeit gewesen, oder vielleicht sogar zur Party. Vielleicht hätte er ja so getan, als hätte er seinen Dienst abgeleistet. Immerhin hatte Syana noch nie im Betrieb angerufen. Das fand sie weibchenmäßig.

Währenddessen hatte er im Gleimtunnel gelegen, den ganzen Tag über. Passanten nahmen offenbar an, er würde seinen Rausch ausschlafen, und beugten sich deshalb nicht über seinen Körper und konnten auch nicht die Blutlache sehen. Der Frau, die schließlich den Notarzt gerufen hatte, war er schon am Nachmittag aufgefallen. Aber erst als sie gegen ein Uhr nach Hause kam und er immer noch dort lag, hatte sie beschlossen, nach dem Rechten zu sehen.

Als Syana im Krankenhaus eintraf, war Andreas gerade sediert worden. Die Schreie, die sie auf der Mailbox gehört hatte, erklärte man ihr, waren Ausdruck einer organischen Psychose. Er war im Krankenhaus wieder zu sich gekommen, dehydriert und mit einem akuten Schädel-Hirn-Trauma. Alle Versuche, ihn zu beruhigen, schlugen fehl, er war nicht ansprechbar, sondern schrie unablässig. Er war aufgesprungen und stand einfach schreiend in seinem Krankenhemd im Behandlungszimmer und kotete ein. Es war nicht möglich gewesen, ihn zu säubern, ohne Gewalt anzuwenden, da mussten sie ihn schließlich sedieren. Beim Übersteigen der Leitplanke im Tunnel war er gestürzt und hatte sich den Kopf angeschlagen. Am Samstag, als Syana ihn nach einer kurzen Nacht besuchen wollte, war er noch nicht wach gewesen, und an seinem Bett hielt sie es nicht aus. Deshalb war sie losgelaufen, um drei Zehnlitereimer Polarweiß-superdeckend zu kaufen, und verbrachte das Wochenende größtenteils mit der Renovierung von Küche und Flur. Und am Montag hatte sie sich dann in ihrer Verzweiflung für die Kandidatur entschieden. Das war zwar alles ein bisschen extrem, fand Andreas, andererseits wusste er nicht, wozu er wohl fähig wäre, wenn ihr das Gleiche geschehen wäre wie ihm.

»Letzten Endes hast du also kandidiert, weil du so große Angst um mich hattest«, fasste Andreas seine Überlegungen zusammen. Syana war in Gedanken versunken.

»Hhhm.«

»Ich finde, dass du das auch ruhig deinen Eltern so erklären kannst. Die wollen dich doch nur verstehen. Die werden sich schon wieder abregen, wenn sie erst mal einsehen, dass du es nicht gemacht hast, um sie zu ärgern, sondern weil du so verzweifelt warst.«

»Hhhm. Ja, mal sehen.«

Andreas gab Syana einen Kuss und streichelte ihr über den Kopf. Gedanklich war sie schon längst wieder bei diesem Parteitag, zu dem sie morgen sehr früh aufbrechen würde. Sie wollte das unbedingt durchziehen, und er konnte damit leben.

Diesmal würde sie zum Glück nicht allein sein, denn sie

hatte Leidensgenossin Charlotte das Versprechen abgerungen, sie nach Göttingen zu begleiten. Keine Panikattacken, kein Blackout, keine Unsicherheit – mit Charlotte an ihrer Seite konnte nichts schiefgehen.

Charlotte war verwundert darüber gewesen, dass ihre Freundin bei einer Partei eingestiegen war, die sie beide als aktive Nichtwählerinnen für unwählbar hielten, dann aber ebenfalls in die Partei eingetreten. Syana sollte wissen, dass Charlotte für sie da war, dass sie diesen Kampf nicht allein führen musste. Außerdem schämte sich Charlotte wohl dafür, Syana darin bestärkt zu haben, zur *Menlessworld*-Party zu gehen. Sie hatte doch nur versucht, eine gute Freundin zu sein. Andererseits hätte Syana beim Abtelefonieren der Krankenhäuser eh nichts über Andreas erfahren, denn der lag zu diesem Zeitpunkt ja noch verletzt unter einer S-Bahn-Brücke.

Für Andreas war klar, dass Charlotte bei der Parteisache nicht den gleichen Fehler machen wollte. Wenn Syana ertragen konnte, von ihren Eltern fertiggemacht zu werden, würde sie es eben genauso ertragen, und später könnten sie beide zusammen die Episode psychologisch auswerten, wie Frauen das eben so tun.

Charlotte verdankte ihren Spitznamen T(ee) der Tatsache, dass sie der wahnhaften Vorstellung anhing, Lebensqualität ließe sich grundsätzlich mit Kräuterteemischungen optimieren. Einen regelrechten T-Kult praktizierte sie, wenn sie an ihrem Teetisch saß und sich ästhetisch fühlte. Diese Verrücktheit begründete sie nicht etwa mit esoterischen Annahmen, nein, sie verwies auf die Relevanz jahrtausendealter Erkenntnisse tibetischer und chinesischer Heilpraktiker.

Pünktlich wartete sie am Samstagmorgen in der Wilhelmsaue und winkte Andreas von der Straße her zu, als Syana ihren Rucksack im Kofferraum verstaute. Mit den beiden Mädchen im Arm stand Andreas auf dem Balkon, und alle drei winkten sie so lange, bis das Auto warnblinkend um die Ecke verschwand.

Dieser Parteitag sollte endlich einen Schlussstrich ziehen unter ihrer beider Eskapaden. Andreas hatte Syanas Albernheiten längst für sich ausgewertet und eine besonnene Haltung gegenüber den hitzköpfigen Revolutionsfantasien seiner Frau eingenommen. Sie tat ihm beinahe leid in ihrer Zerrissenheit. Eine politische Erziehung wie Syana zu erleben, führte seines Erachtens zu nichts anderem als zu unüberwindbaren emotionalen Widersprüchen. Zwar beharrte sie darauf, dass diese Widersprüche sie produktiv machten. Wenn Andreas aber seinen Schwiegereltern bei ihren betrügerischen, heuchlerischen Ergüssen zuhörte, war er beinahe froh, dass seine eigenen Eltern viel zu sehr mit sich selbst beschäftigt gewesen waren, als dass sie ihn derart traumatisierend zu einer Ablehnung der Realität hätten erziehen können. Ob er den Kapitalismus nicht auch widerlich finde? Doch, selbstredend. Aber er raubte ihm eben nicht den Schlaf.

Syana aber wurde von Albträumen geplagt. Nachts fuhr sie hoch, zitternd und verschwitzt, und griff nach dem ersten Körperteil, das sie von ihm zu fassen bekam, so hart, dass er aufschreien wollte. Sie behauptete dann atemlos, mal wieder von einer Schlaflähmung gepeinigt worden zu sein: »Ich habe sie schreien hören, Andreas, sie schreien, ihre Schmerzen, ich kann sie hören.« Wie der Engel der Geschichte sah sie aus. Als hätte sie in die Hölle geblickt, spiegelten ihre Augen die Qualen eines zur Selbstgeißelung verdammten Menschengeschlechts wider. Sie gab an, wach zu werden, die Augen aufzuschlagen und sofort zu wissen, dass sie wieder eine Schlaflähmung gehabt habe, weil sie nicht atmen könne. Ihr Körper fühle sich an, als würde er schweben, und sie versuche, von Panik getrieben, irgendwie ihre Zunge zu bewegen. Und während sie sich verzweifelt bemühe, etwas zu sagen, Andreas ein Zeichen zu geben, beginne sie, die Schreie der anderen zu hören, der Elenden, der Siechenden, der Hungernden. Über dieses markerschütternde Schreien hinweg müsse sie sich angestrengt auf ihren großen Zeh konzentrieren und irgendwann, manchmal erst nach Stunden, gelänge es ihr dann, ihn zu bewegen. Die Schreie der anderen hörten sofort auf, und sie selbst schrecke zurück ins Leben.

In manchen Zeiten häuften sich diese Erlebnisse, teilweise lagen Jahre zwischen ihnen. Andreas hatte sie zum Neurologen begleitet und einsehen müssen, dass das, was seine Frau erlebte, für sie real war. Der Arzt schwor sie ein auf die Konzentration auf einen Zeh oder einen Finger und wollte seine Patientin mit der Aussage beruhigen, dass die schlafparalytischen Zustände mit dem Alter meist seltener und irgendwann ganz ausbleiben würden. Dass sie nur Schreie höre, erklärte der Arzt, sei beinahe ein Segen. Gewalterfahrungen, Vergewaltigungen und dergleichen gehörten nämlich ebenfalls zum Erlebnisrepertoire der Betroffenen und seien keine Seltenheit. Manche glaubten gar, der Teufel persönlich habe sie sexuell missbraucht. Jeder dritte Mensch habe so etwas schon einmal erlebt, wurde ihnen erklärt, und das Allerwichtigste sei, dass Syana diese Angriffe als reale, neurobiologisch bedingte Vorfälle verstand und durchdrang.

Für Andreas war es naheliegend, dass sie vor allem wegen ihrer Erziehung glaubte, die Schreie der Armen, Verletzten und Kranken zu hören. Das waren ganz offenbar die verheerenden Auswirkungen einer atheistischen Erziehung. Wer als Kind nicht lernte, Verantwortung an ein übergeordnetes Wesen abzugeben, der musste eines Tages davon überzeugt sein, dass er selbst verantwortlich war, dass er selbst es würde richten können, wenn er nur hartnäckig genug bei der Sache blieb. Obwohl er selbst längst aus der Kirche ausgetreten war, kam es ihm so vor, als habe ihn sein demütiger Glaube in Kindertagen davor bewahrt, am System zu zerbrechen. Kein Mensch der Welt, fand er, solle die Last der Eigenverantwortlichkeit tragen, an der er scheitern musste. Von wegen Urvertrauen in das Menschsein. Ein Urvertrauen in die Verantwortungslosigkeit brauchte man, um das Leben zu ertragen. So sah er das. Selbst wenn es einem gelang, den Glauben wieder aus sich rauszureflektieren – das kindliche Urvertrauen in die eigene Unschuld, das blieb. Er liebte Syana für die Schuld, die sie empfand, und für ihre Verzweiflung, die ihm selbst so fremd war. Er liebte sie, weil sie der festen Überzeugung war, die Stärkere von ihnen beiden zu sein, obwohl er es doch war, der ihr Halt gab, der sie bremste, wenn sie mal wieder mit dem Kopf durch die Wand wollte. Wäre er nicht ausgerechnet in diesem Frühling krank geworden, da war sich Andreas sicher, hätte sie niemals kandidiert, sie hätte, ihrem Gewissen folgend, diesen Job gekündigt. Sie hätte vielleicht eine Kurzgeschichte über die desillusionierenden Erlebnisse geschrieben und wäre dann wieder zu ihrem Alltag übergegangen. Sich in der Arbeitslosigkeit schon mal ganz ohne Druck an die Dissertation machen, das hätte ihr gefallen. Es passte einfach nicht zu ihr, in einem verwanzten Umfeld zu arbeiten, in dem ihr die Kollegen eine Affäre nach der anderen andichteten. Sie war kein Bürotyp, sie war der Alleine-am-Schreibtisch-Typ.

Dass Syana doch zum Parteitag fuhr, kam ihm sogar eigentlich ganz gelegen, denn er wollte sich nach dieser Katastrophe voll und ganz auf seine Mädchen konzentrieren.

Die hatten von der ganzen Aufregung im Prinzip überhaupt nichts mitbekommen und sich vielmehr über die Renovierungsmaßnahmen gefreut. Da hatte sie als Mutter wirklich einen guten Job gemacht, das musste man ihr lassen.

Manchmal fand er es aber trotzdem viel schöner, wenn Syana nicht dabei war. Immer wollte sie diese ernsthaften Gespräche beim Essen führen. Ihm aber machte es viel mehr Spaß, mit dem Essen zu spielen und seine Töchter zum Lachen zu bringen, indem er sich Spaghetti ins Gesicht klebte. Sie trugen wohl beide zuweilen schwer aneinander.

Charlotte und Syana waren aufgedreht. Sie hatten nicht einmal annähernd eine Vorstellung von einem Parteitag. Wenn sie ehrlich waren, wussten sie beide bis vor Kurzem nicht einmal, dass es so etwas wie Parteitage gab. Als Parteitreffen hatten beide Lehrertöchter die Kapitalschulungen in den Wohnzimmern ihrer Elternhäuser in Erinnerung. Parteitage waren Tage, an denen Freunde zu Besuch kamen und Wein, Avocadocreme, Pide und Pistazien mitbrachten. Ein Parteitag in einer ehemaligen Lokhalle musste etwas anderes sein.

»Und dieses Morbus Menière ist nicht heilbar? Was hat dann dieses Sakkodingsbums eigentlich gebracht, das verstehe ich nicht«, sagte Charlotte, kaum dass sie den Berliner Ring verlassen hatten.

»Sakkotomie.«

»Genau, genau.«

»Es geht dabei um Druckentlastung, um den Schwindel in den Griff zu kriegen. Soll ich's dir wirklich ganz erklären? In epischer Breite?« Aber Syana war klar, dass sie das sollte. Charlotte würde das Ganze auf der symbolischen Ebene interpretieren und ihr am Ende sagen, welchen Tee Andreas zu trinken hatte, damit er sich schnell wieder erholte.

»Aaalso: Der Sacculus ist im Prinzip ein kleiner Sack im Ohr, der mit Endolymphe gefüllt ist – eine wässrige Flüssigkeit, so was wie Tränen in etwa. Und dieses Tränensäckchen in Anführungszeichen liegt innerhalb des häutigen Labyrinths, das nicht zu verwechseln ist mit dem knöchernen Labyrinth – und um diesen Sack herum haben sie den Schädelknochen weggebohrt, damit der Sack mehr Platz zur Ausdehnung hat. In Andreas' Fall haben sie dieses Säckchen sogar geöffnet, damit das Tränenwässerchen über eine Silikonschiene ablaufen kann. Es bildet sich dann wohl ein Neo-Saccus. Sie haben gesagt, sie würden es erst mal mit dieser schonenden Variante probieren. Ich hab's nachgelesen – in Wahrheit gehen die Erfolgsergebnisse dieser Operation nicht über den Placeboeffekt hinaus.«

»Wirklich?« Charlotte zog die Stirn kraus und kaute wild auf ihrer Unterlippe herum. »Gibt es denn eine Alternative?«, hakte sie nach.

»Die einzige Möglichkeit, die sonst noch bleibt … ist die

komplette Stilllegung des Gleichgewichtsorgans durch die topische Anwendung von Gentamicin.«

»Aaaaaaahhh.«

»Morbus Menière zeichnet sich durch eine Symptomtrias aus – Schwindel, Ohrensausen, einseitiger Hörverlust – die Menièrsche Trias.«

»Aaaaaah. Und woher kommt das?«

»Über die Ursachen ist bisher wenig bekannt. Es liegt am Überdruck.«

»Wie lautet der Fachbegriff?«

»Hydrops – griechisch für Wassersucht.«

Sie sahen sich kurz an und brachen in Gelächter aus.

»Weißte, was krass war gestern Abend?«, keuchte Syana, als sich beide langsam wieder fingen.

»Nee, was'n?«

»Na, wir sitzen auf der Couch gestern Abend, und ich hab ihm grad die Rede vorgetragen und will wissen, wie er's findet. Kerzenschein, Musik, kuschelig, bla. Und da sagt er plötzlich, dass er denkt, dass ich kandidiert habe, weil ich so schreckliche Angst um ihn hatte.«

»Na, ist doch gut.«

»Ja, klar, aber mir ist beinahe das Obwohl rausgerutscht.«

»Uuuuhhhh.«

»Ich musste mich echt zusammenreißen. Und dann meinte er noch, dass ich das auch meinen Eltern erklären soll, damit sie mich verstehen.«

»Ach Gott, irgendwie goldig.« Beide schwiegen einen Moment. Bislang kamen sie gut durch, und Staus wurden keine angesagt. Wenn sie Glück hätten, könnten sie sogar noch vor elf in Göttingen sein.

Syana begann als Erste wieder zu sprechen: »Syana erzählte, wie ihr beinahe ein Obwohl rausgerutscht sei. Na, ist doch gut, entgegnete Charlotte. Ich werde ihm diese Version bestätigen, ergänzte Syana. Alles andere wäre auch zu gefährlich, fügte Charlotte hinzu – immerhin hat er zwei Kinder. Diesmal lachten die Freundinnen nicht.«

»He, he, he.«

»He, he, he, erwiderte Charlotte.«

»Nein, im Ernst. Du machst das alles richtig.« Charlotte griff sanft nach Syanas Oberschenkel und drückte ihn in ehrlicher Anteilnahme. Sie war sich nicht sicher, ob sie selbst zu all dem bereit wäre, wenn sie eine Familie hätte. Als sie erfahren hatte, was mit Andreas geschehen war, hatte sie Syana gefragt, ob sie abbrechen wolle, doch die hatte das vehement abgelehnt. Dass sie das alles hinbekommen würde, hatte sie versprochen und gesagt, dass sie nicht wolle, dass ihr jemals wieder diese Frage gestellt werde.

Eine Übernachtungsmöglichkeit hatten Charlottes Eltern klargemacht, indem sie alte Studentenverbindungen spielen ließen. Hans und Claudia wohnten mit ihren Söhnen in einem Vorort von Göttingen, fanden es spannend, dass zwei junge Frauen zum Parteitag der Linken anreisten, und hatten angeboten, im Wintergarten Betten herzurichten.

»Wenn ihr kein Problem habt mit Schildkröten, könnt ihr bei uns pennen.«

Wer hatte schon ein Problem mit Schildkröten? Zehn afrikanische Schnabelbrustschildkröten allerdings, die die ganze Nacht über Turmspringübungen ausrichteten in dem kleinen Teich eines liebevoll eingerichteten indisch-tropischen Hausanbaus, waren etwas anderes.

»Es ist wie mit dem Parteitag«, sagte Charlotte, als sie den Wintergarten der Hoffmanns am Vormittag bezogen und besprachen, dass sie sich auf jeden Fall noch Alkohol besorgen mussten, wenn sie mit den Schildkröten zusammen schlafen wollten. Claudia hatte eine köstliche Gemüsequiche vorbereitet, und Hans berichtete beim Essen von den gefährlichen Chemieversuchen, die er mit Charlottes Vater in den späten Fünfzigern im Hobbykeller seiner Eltern durchführte. Das freundliche Ehepaar ließ sich von der irrwitzigen Kandidatur Syanas erzählen, und alle beschlossen, am kommenden Tag gemeinsam zu grillen, um noch mehr voneinander zu erfahren. Hans beschrieb ihnen den Weg zur Lokhalle und versicherte, dass er das ganze Geschehen im Fernsehen verfolgen und sehr hoffen würde, dass Syana doch noch zu Wort käme.

»Ey, T? Ich glaube, ich habe noch nie so nette Menschen kennengelernt.«

»Ich auch nicht.«

Dabei wussten sie zu diesem Zeitpunkt noch nicht einmal, dass, wenn sie spät in der Nacht ernüchtert in das Haus der Hoffmanns geschlichen kämen, im Wintergarten Kerzen, zwei Flaschen Wein, selbstgemachte Kekse und andere Leckereien auf sie warten würden, daneben ein kleiner Zettel: »Wir glauben an euch. Ihr dürft nicht aufgeben! Claudi & Hans«

Syana und Charlotte hätten nie vermutet, dass sie sich beim Anblick jener Herzlichkeit nach diesem Tag schluchzend in die Arme sinken und einander versprechen würden, niemals aufzugeben, dafür wären sie schon zu weit gegangen. Nein, niemals würden sie aufgeben, und sei es nur für die Hoffmanns, auch wenn die nicht die geringste Ahnung hatten.

Der Parteitag hätte unspektakulärer nicht seien können. Syana begrüßte die Wenigen, die sie kannte, und stellte Lizzy und Charlotte einander vor. Ein Abgeordneter aus dem Arbeitskreis war so freundlich, den beiden Freundinnen im Vorübergehen Besucherausweise zu besorgen, nicht ohne Syana noch einen zynischen Spruch zu drücken: »Ich hab gehört, du wirst heute zur Vorsitzenden gewählt? Hoffe, du hast eine Rede vorbereitet.«

»Sehr witziiiig«, rief Syana ihm hinterher.

Charlotte und sie betraten die Eingangshalle und begannen sofort, über das Ambiente abzukotzen: »Zieh dir mal diese Fressen rein. O Gott, ey, Weltuntergangsstimmung.«

»Bei den Alten, ne? Echt gruselig. Komm, lass uns mal zur Linksjugend gehen. Ich will denen kurz Hallo sagen.«

Irgendwie hatten sie beide mehr Trubel erwartet: eine Percussiongruppe vor dem Eingang vielleicht und eine Capoeira-Inszenierung, eine Hüpfburg für Kinder oder Entenangeln, ein Rockkonzert vielleicht. Die bundesweite Linke müsste doch ein bunter Haufen sein. Wo bitte sind die Punks, Hippies, Studenten, Künstler und Facharbeiter, die in großer Freude über ihr Zusammentreffen in ein spontanes Ringelpiez mit Anfassen verfallen und *We Shall Overcome* singen?

Sie kauften Bionaden an der Bar und setzten sich an einen der Biertische vor die große Videoleinwand mit der Live-Übertragung. Ein aggressiver, selbstverliebter Macho nach dem anderen hielt seine Rede.

»Die meinen vielleicht, das Geschrei wirkt kämpferisch. Ich find's aber echt abschreckend und beängstigend. Boah, kuck doch mal, der platzt ja gleich.«

Um sie herum erhob der ein oder andere seine Stimme zu einem cholerischen Anfall über einen der Drecksführungspisser und verließ schimpfend die Halle. Der Altersdurchschnitt der Anwesenden musste bei weit über fünfzig Jahren liegen, und die wenigen Jüngeren wirkten wie schlechte Kopien derjenigen, die sie eines Tages abzulösen hofften.

Als die Vorstellungsrunde der Kandidaten begann, wechselten Syanan und Charlotte auf die Tribüne in der Haupthalle. Dort war es unruhig, hin und wieder konnte man einen Schrei hören, eine Auseinandersetzung vielleicht oder eine freudige Begrüßung. Das war von da hinten nicht zu erkennen. Neben ihnen auf den Bänken saßen einige junge Leute mit ernsten Gesichtern und Laptop auf dem Schoß, um die jeweiligen medialen Kanäle mit Neuigkeiten und Eindrücken zu füttern. Alles in allem war es eine unglaublich langweilige Veranstaltung. Bernd Horn, die rote Speerspitze des Kommunismus, hatte seinen Auftritt, und Syana und T applaudierten ihm euphorisch: »Wooooohoooo, Bernd for President, we love you!«

Sie waren die Einzigen.

»Ich glaube, die denken, wir verarschen ihn«, flüsterte Charlotte.

»Pech. Die Sonne ist nicht schuld daran, wenn der Blinde den Weg nicht findet.«

Lizzy setzte sich zu ihnen und erklärte, sie raste aus, wenn Bartsch gewählt würde. Schwabedissen zog überraschend die Kandidatur zurück. Die Umsitzenden erklärten, dass das ein unglaublich gewiefter, politprofimäßiger Schachzug sei. Andere fanden es eklig. Syana und Charlotte konnten nicht folgen, und niemand wollte ihnen erklären, worin denn jetzt die Verschlagenheit von Kipping und Schwabedissen zu erkennen sei.

Kipping und Riexdings wurden gewählt.

Sie erklärten, dass in Zukunft alles total toll, friedlich und erfolgreich zugehen würde, und die Delegierten jubelten Beifall.

»Wie? Das war's?«, wollte Charlotte wissen.

»Offenbar.«

Sie beschlossen, nach der roten Speerspitze zu suchen und ihm für seine Rede zu danken. Schnell kamen sie mit diesem Koloss von einem Mann und seinen Begleitern ins Gespräch, und man einigte sich darauf, bei der nächsten Liebknecht-Luxemburg-Demo gemeinsam zu marschieren. Sie aßen Bratwurst, und Charlotte begann, mit einem Italiener zu flirten, der seinen Freund, einen Landtagsreferenten aus Saarbrücken, zum Parteitag begleitete und ähnlich enttäuscht von der Veranstaltung war.

Syana beobachtete die beiden und fühlte plötzlich eine tiefe Traurigkeit in sich aufsteigen.

»Leute, ihr kommt doch sicher allein zurecht?«

Die beiden grinsten sich an. Immerhin hatten sie schon ihre Telefonnummern ausgetauscht.

»Ich geh mal eben 'n bisschen Luft schnappen, mir is' schlecht von der Wurst, glaub ich.«

»Soll ich mitgehen?«, fragte Charlotte besorgt.

»Nee, bitte, wirklich nicht. Lass mich mal für 'nen Moment.«

Sie verstand. Syana trat aus der Halle in eine dichte Wolke aus Tabakqualm. Es war schon nach Mitternacht, und die Hälfte der Delegierten war bereits zur Afterparty übergegangen. Man gab sich ausgelassen und versöhnlich. Syana drängelte sich durch die Menge und wunderte sich darüber, dass der ein oder andere ihr auf die Schulter klopfte. Sind es also doch nicht nur Unmenschen, dachte sie und beschloss, um die Halle herum zur Rückseite des Gebäudes zu laufen, wo sie am Mittag auf einem nahegelegenen Parkplatz bei einer Turnhalle das Auto abgestellt hatten. Sie wollte einfach noch mal alles Revue passieren lassen, um diese Episode abschließen zu können.

Als sie zwei Mal links um die Ecke gegangen war, sah sie die Baumreihe, hinter der die Leine plätschern musste. Sie ging an der Hallenwand entlang und überlegte, dass es wohl besser sei, im Licht zu bleiben, das von der Vorderseite über das Dach hinüber schien und die Sicht auf den Sternenhimmel verschmutzte. Immerhin konnten irgendwelche psychotischen Vergewaltiger in den Gebüschen auf ein Opfer lauern.

Sie setzte sich neben den kleinen Hinterausgang auf den Boden, lehnte sich mit dem Rücken an die Wand und schloss die Augen, als sich die Tür öffnete und Gregor Gysi in das Halbdunkel trat. Syana fuhr zusammen, und beide starrten einander für einen Augenblick lang an. Keiner von ihnen hatte wohl damit gerechnet, hier hinten, fernab vom Trubel, auf irgendjemanden zu treffen.

»Hallo«, sagte Syana verlegen.

»Hallo«, entgegnete der Fraktionsvorsitzende.

»Ich weiß, dass Sie mich nicht kennen, aber dürfte ich Ihnen vielleicht was sagen?«

»Nur zu, nur zu.«

»Wissen Sie, ich habe auch für den Parteivorsitz kandidiert, vielleicht haben Sie das mitbekommen.«

»Ach, Sie sind das. Na, da haben Sie sich aber ganz schön weit vorgewagt, junge Frau.«

»Ich arbeite erst seit Februar im Ostbüro.«

»Hab ich von gehört.«

»Herr Gysi, um zum Punkt zu kommen: So darf das alles nicht weitergehen. Die Linke verrät ihre eigenen Ideale und schöpft so nicht einmal annähernd ihr Wählerpotenzial aus. Die Werbemethoden sind archaisch, die Stimmung unter den Mitgliedern ist vom Konkurrenzkampf verpestet, Eitelkeiten und Aversionen machen jegliches Zusammenwirken unmöglich. Ich bitte Sie, ich bitte Sie eindringlich, einen neuen Kurs anzupeilen. Die Linke ist doch unsere einzige Hoffnung. Versuchen Sie, die Herzen der Massen zu gewinnen, indem Sie sich vom Spießertum abgrenzen – nicht nur rhetorisch, sondern global-visionär. Die Zeit ist so weit. Wir alle spüren es. Bitte, Sie dürfen nicht zulassen, dass wir diese historische Chance verpassen. Verlangen sie keine neuen Rentengesetze und streiten Sie in den Talkshows nicht mit Koalitionären über Prozentsätze bei der Energiewende. Machen Sie keine halben Sachen mehr. Verlangen Sie einen weltweiten Friedensvertrag, der eine neue Ära der Menschheitsgeschichte einleiten wird, verlangen Sie eine nichtmonetäre Weltgemeinschaft. Lassen Sie dieses Kleinklein bleiben, gehen Sie denen nicht auf den Leim, und Sie werden sehen, dass die Menschheit über sich hinauswachsen wird.«

Syana wälzte die Sätze in ihrem Kopf hin und her. Ihn einzuweihen stand außer Frage, der Moment könnte aber dennoch nützlich sein, wenn sie doch nur noch schneller denken könnte. Sie war wie paralysiert in Anbetracht der Möglichkeit, die sich ihr unverhofft bot. Mehr als das »Hallo« hatte sie nicht herausbekommen. Sie tastete in der Gesäßtasche ihrer Jeans nach dem Zettel mit ihrer Rede und überlegte, ob sie sie Gysi überreichen sollte – melodramatisch wäre eine Option.

Da aber schlug Gysi kurz die Hacken zusammen, nickte

in ihre Richtung und ging zurück in die Lokhalle. Diesmal war Syana diejenige, die eine Chance vertan hatte.

Aber Halt! Immerhin war sie eine attraktive, selbstbewusste Frau. Sie raffte sich auf und folgte dem Fraktionsvorsitzenden in die Halle. Sie musste sich beeilen.

Eine Möglichkeit blieb am Ende immer: Sex.

15. Kapitel

Injakulation

Wie es sich wohl anfühlen mochte, zu erwachen und keinen unsäglichen Heißhunger zu verspüren? Gregor Gysi jedenfalls hatte es vergessen. Er sah, roch, schmeckte die Versuchungen schon mit dem ersten Augenaufschlag. Geisterhände schienen ihm die gustiösen Aussichten direkt vor seinem Gesicht zu präsentieren. Sie teilten ein Croissant, aus dem sofort heißer Dampf emporstieg. Sie jonglierten mit pochierten Eiern und richteten sie dann liebevoll auf einem Muffin an. Aus einem Meter Höhe ließen diese Hände Hollandaise aus einer silbernen Saucière herabtropfen, und verspielt wich Gysi den Tropfen aus, die sich sonst auf sein Gesicht setzen würden. Speckstreifen formierten sich auf diesen Händen zu beeindruckenden Türmen, wie er sie bei den Colles Castelleres in Tarragona gesehen hatte. Krevetten hüpften von der einen Hand, wo sie noch ordentlich in einer Reihe warteten, in den Dillmayonnaisetopf in der anderen Hand. Eine der Hände erhob Aufmerksamkeit heischend den Zeigefinger. Gleich käme der Höhepunkt. Auf der anderen Hand erwuchs ein kleines, heißes Schokoladentörtchen, ein Fondant au Chocolat. Der Zeigefinger tippte kurz dagegen, da brach es auf. Ein unendlicher Schwall ungezügelten Schokoladenteigs ergoss sich auf die bebende Brust des Getriebenen.

Diese ganze Pharmakós-Sache wird mich noch um den Verstand bringen, dachte Gysi, als er kurz in die Badewanne stieg. An den kommenden drei Tagen würde ihm in seinem Hotelzimmer nur eine Dusche zur Verfügung stehen, ein letztes Bad war demnach unabdingbar. Ein paar Mal tauchte er unter und wischte sich beim Auftauchen den Schaum vom Schädel. Er fand, es hatte was von einem Reinigungsritual, einem Clearing, das ihn überhaupt erst zur Bewältigung des bevorstehenden Akts befähigte.

Den Anfang seiner Rede am Samstag musste er so bekümmert und schwermütig wie nur irgend möglich hinbekommen. Ganz der erbötige Schäfer, der seine Herde zusammentreibt und den Fanghaken nur zum Stützen braucht. Erst wenn er im Text zu den Gruppen und Strömungen käme, würde er langsam an Fahrt aufnehmen. Personalvertretungen, i wo, Kaderkommissionen waren die Strömungen doch inzwischen, die sich erdreisteten, darüber zu entscheiden, wer wie wann und wo auf welcher Liste kandidierte. Die Widersprüche würde er alle einen nach dem anderen aufzählen: westlinke Interessenpartei versus ostlinke Volkspartei, Gewerkschaftsflügel, diese sogenannten Unabhängigen, die sich von niemanden missbrauchen lassen wollten undundund.

Es war eine gute Rede, eine wirklich gute Rede, auch wenn er sich beim Üben immer verhaspelte, sobald er zu der Ungerechtigkeit kam, die seinem lieben Kollegen Lafontaine widerfahren war. Na ja, man würde es ihm nachsehen. Er konnte noch nie gut lügen.

Noch im Bademantel joggte er die Treppe hinab in die Küche und riss die Kühlschranktür auf. Viel Zeit hatte er nicht, sein Fahrer würde schon in weniger als einer Stunde vor der Tür stehen. Ein Eiersalat war schnell angerichtet, im Notfall konnte er auch auf die Mayonnaise im Glas zurückgreifen, da war er nicht pingelig. Während die Eier kochten, holte er im Garten ein wenig Schnittlauch und setzte den Bierteig für die Räucherforelle an. Schnell noch einen Camembert erst in Mehl, dann in zerbröselten Cornflakes wälzen, und ab damit in das siedende Öl, den Fisch im Teig hinterher, Toastbrot aus dem Toaster und diagonal halbieren, Eiersalat obenauf und ein Löffelchen Preiselbeeren auf den Käse. Schnell, effizient und hochkonzentriert brauchte er für ein kleines Frühstück wie dieses nicht mehr als acht

Minuten, ohne irgendwelche Spuren in der Küche zu hinterlassen. Er griff sich den Teller und flog die Treppe wieder hinauf. Die Forelle ragte ihm noch zur Hälfte aus dem Mund, als er seine Krawattensammlung inspizierte. Beim Presseempfang am Abend wollte er die Farben des Feindes tragen, wie eine Skalpsammlung.

Er griff nach der Krawatte mit den breiten schwarz-gelb-grünen Streifen. Kurz legte er das aufsehenerregende Relikt über die Schulter und trat vor den Spiegel. Mit aufgerissenen Augen, die Zähne fletschend, stieß er aus: »Ich bin ein gruseliger Clown, ein Hohepriester, ein Schamane der Unterwelt.« Ja, die musste es sein.

Bei seiner Rede würde er die blutrote Krawatte tragen. Ein moderner Burgundy-Ton, ach, was denn, Premier-Grand-Cru-Classé-Bordeaux-y!

Und für Sonntag? Na, mal sehen. Vielleicht die lila-blaue, die würde frisch wirken, wenn er sich neben der neuen Vorsitzenden fotografieren lassen musste. Das hing jedoch maßgeblich davon ab, was Syana tragen würde. Er griff einen ganzen Schwung. Was nach der Wahl sein würde, wollte er noch offen lassen.

Sein Handy klingelte, es war Dombi. Mit dem Bauch voran warf er sich auf das riesige Polsterbett und flötete mit Fistelstimme in den Apparat: »Ich heiße Sie herzlich willkommen im Tantrazentrum Pankow. Wir verwöhnen Ihre Sinne mit professionellen Yoni- und Lingammassagen. Tao, Prostata, Selbsterkenntnis – heute alles zum halben Preis.«

Dombi kicherte. Ob sie genauso aufgeregt war wie er selbst?

»Kurze Bestandsaufname, Herr Seminarleiter: Die Koprophagie hat sich ausgedehnt zu einem Coitus in axilla, der Godemiché aber sitzt wie angegossen.«

»Was macht die Anorgasmie von Siddhi?«

»Bye-bye Preputium, hallo Irrumatio.«

»Sehr schön. Alles klar. Wir sehen uns im Darkroom. Küsschen.«

Das war es also schon. So einfach war das alles.

Alle gingen immer davon aus, dass der Angstfreie der Herr sei und der Angstvolle der Knecht. Das war ein Irrtum. Die Dialektik, die mit diesem tantrischen Coup zutage trat, war die der Heuchelei. Die Gewalt des Tantrischen Kreises entsprach lediglich der Intensität seines Begehrens und war der eigentliche Beleg für die Knechtschaft, in die sie sich alle begeben hatten.

Ein Parteitag steht zur Partei im selben Verhältnis wie die Literaturkritik zur Literatur. Er ist die Weiterführung, die Formalisierung impliziter Systeme, die Strukturierung von Intuition. Seine Qualität lässt sich letztlich nicht daran messen, wie geschickt seine Systematik verborgen bleibt oder wie viele Grundsatzfragen umgangen werden. Sie lässt sich allein daran messen, wie umfangreich es ihm gelingt, die Substanz der Partei zu erfassen, zu begreifen und anschaulich zu machen.

Der Pharmakós als Symbol der inneren Krise, als Symbol des Ost-West-Konfliktes musste Liebe und Hass in sich vereinen, war Gift und Heilmittel zugleich. Der Pharmakós musste den Seinsmangel der Partei offenlegen, um die Schuld daran zu tragen. Sein Sturz wäre der notwendige Gründungsmord.

Der *Süddeutschen Zeitung* hatte Gysi es ganz deutlich gesagt: Entweder es gelingt ein Neubeginn, oder es endet in einem Desaster bis hin zur möglichen Spaltung. Auf beinahe allen Radiokanälen, das hatte er bereits überprüft, wurden seine Worte zitiert. Das Land erwartete ein politisches Wunder, und der Tantrische Kreis würde es vollbringen, Gregor Gysi würde es vollbringen.

Er fühlte sich großartig, als er die Stufen an diesem lauen Morgen mit seinem kleinen Koffer herabschritt und dem Chauffeur die Hand entgegenstreckte.

»Wie geht es Ihnen, Chef?«

»Es könnte mir nicht besser gehen.«

Auf der Fahrt nach Göttingen wollte er einen Blick in die

Auswertungen der Antworten der Bundesregierung auf die Kleinen und Großen Anfragen der Fraktion werfen.

Schön, schön, schön, nicht schön, gar nicht schön, wen juckt's.

Intensiv studierte er die Papiere, denn er musste sich vom Hunger ablenken. Schon kurz vor Magdeburg hatte der wieder eingesetzt und verwandelte die Leitplanke von einem Hefezopf in einen Quarkstrudel in Cabanossi-Trassen in Mozzarellasticks, sobald Gysi von seinen Dokumenten aufblickte.

Nach dem Parteitag musste das alles ein Ende haben. Die Speisekammer würde er ausräumen, den Fleischwolf endgültig entsorgen und den Schlüssel zum Weinkeller mit der Post ins Wochenendhaus schicken. Im kommenden Jahr könnte er problemlos zehn oder sogar fünfzehn Kilo bis zur heißen Wahlkampfphase verlieren. Es wäre nicht das erste Mal. Es kam dabei auf die Einstellung an.

Zugegeben, beim Presseempfang in der Lokhalle am Abend vor dem großen Showdown hätte er etwas weniger trinken können. Es bereitete ihm aber einfach zu viel Spaß, in seiner Rolle als durchgeknallter Narrenkönig aufzugehen. Man hing ihm buchstäblich an den Lippen, und seine Krawatte versetzte sie alle in Hypnose. Wann immer jemand versuchte, ihn mit den Ergebnissen des Frauenplenums vollzutexten, wedelte er mit der Spitze dieses trancefördernden Zauberwerkzeugs, und schon überließ man ihm das Wort. Er war der Psychopompos, und diese Erkenntnis erfüllte ihn mit Leichtigkeit.

Dem Weißwein verdankte er einen unglaublich befriedigenden, intensiven Schlaf. Als er endlich am Tag der Tage in der Lokhalle seinen Platz einnahm, fühlte er sich siegessicherer denn je.

Klaus Ernst als amtierender Vorsitzender hielt die erste Rede: »Nein, es hat kein Ausmauscheln in Hinterzimmern einer neuen Führung gegeben. Einige haben das kritisiert.

Die haben gesagt, das ist eine Führungsschwäche, weil es keinen entsprechenden Vorschlag gibt!«

Meine Güte, geht's noch auffälliger, dachte Gysi, wir sind hier doch nicht im Bierzelt.

»Wenn Teile der Partei mit der neuen Führung genauso umgehen wie mit der alten, dann werden wir wieder ein Problem haben.« Na, da hat er allerdings recht.

»Wir sind die Erben großer Kämpfe. Wir sind die Erben großer Opfer.«

Und wir werden die Erben noch größerer Opfer sein, mein Lieber. Ach, das hat er aber richtig schön gesagt. Überhaupt gibt sich Klaus heute richtig Mühe, spricht langsam und deutlich, fast allgemeinverständlich. Freundlich nickte Gysi seinem Kollegen zu. Das Codewort *Unkenrufe* war zwei Mal gefallen, was bedeutete, dass zu erwarten war, der Süden würde geschlossen abstimmen, wunderbar, die letzten beiden waren eingeknickt.

Schon früh hatte Gysi beschlossen, seine eigene Rede abzulesen. Sie musste sich mit ihrer eindringlichen Botschaft von allen bisherigen Reden unterscheiden. Keine Witze, keine Anekdoten, und dann noch das Ablesen als zusätzlicher Bruch. Die Krise musste so deutlich hervortreten, dass die Wahl einer Syana Wasserbrink den Beobachtern der Presse als einzig logische Konsequenz erscheinen musste. Ohne den Pharmakós würde es zur Spaltung kommen, es musste unmissverständlich sein.

Die Rede verlief einwandfrei. Erst der Ritualkelch, das leere Wasserglas, das vor aller Augen langsam gefüllt wurde als Zeichen dafür, dass der Tantrische Kreis am Plan festhielt. Am Schluss noch den einmaligen *Unkenruf* als Danksagung für die Bemühungen im Süden.

Nach seiner Rede musste er kurz Rücksprache mit Kama halten und sich von seinem Mitarbeiter das Medienecho auf seine Rede zusammenfassen lassen, auch wenn das, bis auf Nuancen vielleicht, bereits klar war: Hass, Spaltung, Katastrophe, Horror.

Die eigentliche Kunst aber war, bei einem Parteitag mit offenen Augen zu schlafen. Schon sehr früh in seinem Leben war ihm das von seinem Vater erklärt worden. »Wenn du einmal erfolgreich sein willst, mein Sohn«, hatte der gesagt, »dann musst du mit offenen Augen schlafen können.«

»So wie die Kaninchen«, hatte der kleine Gregor eifrig ergänzt.

»Du hast ein ausgezeichnetes Gedächtnis, mein Sohn: Lagophthalmus – das Hasenauge. Und dennoch liegst du falsch, denn hierbei handelt es sich um ein Krankheitssymptom. Ich aber spreche von Bewusstseinsmeditation.« Verschwörerisch hatte sein Vater bei seinen Worten mit den Händen wie ein Zauberer um den Kopf seines Sohnes gewirbelt.

Sogar das Bild, das ihm half, in andere Bewusstseinszustände überzuleiten, ohne dabei die Augen zu schließen, hatte Gysi nach dessen Tod von seinem Vater übernommen. Doch auch noch dieses Geheimnis hier an dieser Stelle preiszugeben, geneigte Leserschaft, darüber sind wir uns wohl einig, wäre schlicht unanständig.

Gysi jedenfalls verschlief einige Reden mithilfe dieses Bildes, das sich vom Rand seines Blickfeldes langsam bis vor ins Zentrum fraß und mit jedem Millimeter Realität, das es verschluckte, auch die Geräusche um ihn herum bis zur totalen Stille dämpfte. Nur durch direkte Ansprache plus Berührung war er diesem Zustand zu entreißen.

Der Pharmakós sei eingetroffen und das Rape-Play würde in wenigen Minuten vollstreckt, flüsterte ihm Kali sanft ins Ohr und berührte dabei mit ihren langen Fingern seinen Nacken. Der Tag war wie im Flug vergangen. Sofort öffnete sich sein Blickfeld wieder und die Geräuschkulisse von gut siebenhundert undisziplinierten Menschen in einer klangoptimierten Halle drang an sein Ohr. Vorsichtig blickte er sich um und sah, dass der Antragsteller des Kreises bereits den Saal verlassen hatte. Gysi schloss die Augen und sah ihn vor sich. Aufgeregt zog der an seiner Zigarette. Die Schuppenflechte hatte er zwar seit Jahren im Griff, aber seine unebene Haut ließ ihn noch immer kränklich wirken. Nervös griffen Daumen und Zeigefinger der linken Hand immer wieder um die eigene Nase und fuhren an ihr herab. Diese Geste hatte er sich nicht mehr abgewöhnen können, obwohl die Operation seiner Stinknase nun schon zehn Jahre zurücklag und sich die Schleimhaut beinahe vollständig regeneriert hatte.

Gysi öffnete die Augen. Das war der Moment, auf den sie alle seit Wochen hingearbeitet hatten, auf den ein Großteil der Anwesenden vorbereitet war. Sollten sie doch nach Listenplätzen gieren. Das Einzige, was wirklich zählte, war die Genesung der Gemeinschaft.

Die folgenden Minuten erlebte Gysi wie in Zeitlupe.

»Die Liste der offiziellen Anträge ist nun abgearbeitet. Haben sich noch Dringlichkeitsanträge aus den bisher gefassten Beschlüssen ergeben?«

Die gesamte Lokhalle stand unter Strom. Er konnte fühlen, wie sich bei den Personen um ihn herum die Armhaare aufstellten. Dieser Moment war immer der spannendste bei solchen Veranstaltungen. Diesmal aber, das war allen bewusst, ging es um alles, auch um die Macht des Tantrischen Kreises. Langsam griff Gysi in seine Hosentasche. Er durfte keinen Fehler machen. Das hier war sein Spiel.

»Wir warten noch eine Minute, da hinten im Saal scheint sich was zu tun? Nein?« Der Moderator wies in Richtung Tribüne.

Einige Delegierte konnten der Versuchung nicht widerstehen und drehten langsam ihren Kopf in die Richtung, die von der Bühne aus vorgegeben wurde. Syana Wasserbrink betrat in diesem Moment die Halle und begann, sich auf den Stufen der Tribüne langsam weiter nach oben zu bewegen. Mehrmals blickte sie sich nach ihrer Begleitung um. In diesen Momenten wanderte ihr Blick wissend zwischen der Bühne am anderen Ende des Raumes und dem Gesicht der ihr folgenden Person hin und her. Geschmeidig, katzengleich fast, wand sie sich, so zumindest nahmen es diejenigen wahr, die es wagten, diesem Schauspiel zu folgen, in das Halbdunkel ihres machtvollen Beobachtungspostens.

»Wenn wirklich keine weiteren Anträge vorliegen, würden wir –«

Gysi begann zu tippen. In – ja – ku – la – tion. Empfänger wählen. RRR. Senden. Zwei Mal ruckte der Ladebalken über das Display. Gesendet.

»Da es keine Dringlichkeitsanträge zu geben scheint, würden wir dann jetzt zur Vorstellungsrunde der Kandidatinnen und Kandidaten übergehen. Sind alle damit einverstanden? Das ist eure letzte Chance, Leute. Nicht, dass es später heißt, ihr hättet nichts von der Ansage mitbekommen. Der Moment für Dringlichkeitsanträge ist vorüber in zehn … neun …«

Gysi griff mit beiden Händen nach der Tischkante, wie im Gebet schlossen sich seine Augen und er senkte den Kopf in Demut vor der eigenen Größe, vor dem inneren Lehrer. Er zählte mit: »Acht … sieben … sechs … fünf …« Es musste die letzte Sekunde sein, der letzte Antrag. Der Moderator schien die Geschwindigkeit seines Countdowns noch einmal zu drosseln. Gysis Zehen verkrampften sich schwitzig in den Schuhen. Sein Kinn senkte sich langsam weiter bis auf die Brust. »Vier … drei … zwei … eins …« Eine schier unendliche Pause entstand.

Etwas musste geschehen sein. Gysi riss die Augen auf und sah sich panisch nach Dombi und Kama um. Entsetzt starrten die zurück und schüttelten langsam in Unwissenheit ihre Köpfe. Der gesamte Kreis starrte nun zum Halleneingang. Wo blieb er? Wie konnte das sein?

»Null! Vielen Dank. Wir gehen dann jetzt über zur Vorstellungsrunde. Es werden keine weiteren Dringlichkeitsanträge angenommen.«

Gysi sprang auf. Seine zeitverzerrende Wahrnehmung hielt weiter an. Ohne darüber nachzudenken, griff er nach Lafontaines Schulter und stützte sich mit seinem gesamten Gewicht auf ihr ab. Sofort blickte der sich verärgert um und wollte Gysi schon wegstoßen, als dieser wieder zu sich kam und zum Ausgang stürmte. Kama und Dombi waren ebenfalls aus ihren Sitzen geschnellt. Sie mussten verhindern, dass Gregor die Besinnung verlor. Zwar war auch ihnen beiden nicht klar, was schiefgegangen war, der Schutz des Kreises aber hatte nun oberste Priorität. Ein öffentlicher cholerischer Anfall des Fraktionsvorsitzenden, vielleicht noch vor laufender Kamera, gäbe einen Eklat apokalyptischen Ausmaßes und würde sie alle in den Abgrund reißen.

Gysi rannte fast und riss dabei mit seiner rechten Hand an der Krawatte. Er bekam keine Luft. Kama sprang dem Tobsüchtigen in den Weg, und sie prallten mit großer Wucht aufeinander. Die Brille rutschte Gysi beim Aufprall von der Nase und baumelte nur noch mit dem Bügel an seinem linken Ohr. Kama hob den Ellenbogen und schob seinen Unterarm gegen den Hals seines Meisters, der mit aller Kraft gegen den Griff anging. »Nein, Gregor, nein. Du wirst diesen Saal nicht verlassen. Es ist zu deinem Schutz.«

Der Tinnitus setzte wieder ein. Klagend, sägend schnitt er sich in seine geschundene Seele. »Mein Pharmakós«, flüsterte Gysi, und seine Augen suchten verzweifelt den oberen Teil der Tribüne ab. Da saß sie. Lachend warf sein Pharmakós den Kopf zurück und formte mit den Handflächen ein Dreieck, um ihrer Begleitung irgendetwas zu veranschaulichen. Unbekümmert beugte Syana sich vor und tippte ihrem Vordermann auf die Schulter, als wolle sie ihm eine wichtige Frage stellen. Sie sah nicht in Gysis Richtung, sie sah ihn nicht. Auf der Bühne verabschiedete sich gerade Schwabedissen winkend von ihren Anhängern. Offenbar hatte sie ihre Kandidatur soeben zurückgezogen. Nein, nein, das war alles falsch.

Kama ließ den Arm sinken, als er merkte, dass der Widerstand nachließ, und legte seinem Freund den Arm um die Schulter. »Komm, komm, gehen wir ein paar Schritte. Du musst jetzt ruhig bleiben, hörst du.« Gysi nickte. Dombi hatte die ganze Szene aus nur wenigen Metern Entfernung beobachtet und gab Kama nun zu verstehen, dass sie herausfinden wollte, was geschehen war. Mit kurzen Schritten verließ sie die Eingangshalle und blickte sich nicht mehr um. Kama drückte Gysi auf die linke Seite des Saals. Normalität vortäuschend, schritten sie lächelnd zum Vorhang, der den VIP-Bereich von der restlichen Veranstaltung abgrenzte. Warum gab es hier keinen Ordnungsdienst, der verhindern würde, dass ungebetene Gäste ihnen folgten? So eine Schlamperei. Die Veranstaltung nahm ihren ungeplanten Lauf.

Im Durchgang vor dem Konferenzzimmer stand ein einsamer Pappteller auf dem Boden.

Kama dirigierte Gysi auf einen Platz an der großen Tafel und goss ihm ein Glas Wasser ein.

»Kein Wasser!«

»Dombi müsste jeden Moment kommen. Sie wird uns mehr sagen können, Gregor. Du musst einen kühlen Kopf bewahren. Trink einen Schluck Wasser.«

»Kein Wasser!«

Gysi nahm sein Telefon in die Hand und öffnete die letzte Nachricht, die an RRR rausgegangen war. Dort las er: Ejakulation. Mit zitternder Hand hielt er Kama das Telefon entgegen. Der verstand nicht.

»Ejakulation. Die Worterkennung hat Ejakulation daraus gemacht. Abschuss, Ende.«

Sie blickten einander an. Sollte das die Lehre sein, die sie aus ihrem Scheitern ziehen mussten? War es letzten Endes die Technik, die ihnen ein Schnippchen geschlagen hatte?

Erst bebten nur ihre Schultern, noch unschlüssig, zu welcher Reaktion ihre Körper nun übergehen wollten. Als Dombi kurz darauf das Zimmer betrat, fand sie die beiden auf dem Boden, weinend und lachend zugleich schlugen sie auf den billigen Teppich ein.

Auch sie hatte bereits erfahren, welches Schicksal ihr gemeinsames Rape-Play ereilt hatte.

»Ist das das Ende? Leute, sieht so unser Ende aus?«

Kurz sahen die beiden auf. »Offenbar.« Zu dritt nun gaben sie sich grölend den Krämpfen ihrer Verzweiflung hin.

Es hatte nicht sollen sein. Irgendein nebulöser Strippenzieher hatte vermutlich von Anfang an geplant, sie alle der Lächerlichkeit preiszugeben. Sie waren in einem falschen Film gelandet, in der chaotischen Novelle eines Provokateurs, in einem bürgerlichen Trauerspiel.

»Sie werden Kipping und Riexdings wählen.«

»Sollen sie doch. Es ist vorbei.«

»Die Wahlen können wir vergessen.«

»Es ist, wie es ist.«

»Komm, Gregor, wir müssen zurück. Es fällt auf, wenn wir drei so lange fehlen.«

Dombi legte Gysi noch ein Schreiben vor. »Hier. Eine erste Reaktion, Gregor.«

Er las: »Heute müssen wir feststellen, dass unsere Bemühungen nicht zu einer maßgeblichen Befriedung der Konflikte in unserer Partei geführt haben. Die Art und Weise der Kandidatensuche im Vorfeld dieses Parteitages, die persönlichen Vorwürfe und auch die Reaktionen im Zusammenhang mit den Wahlereignissen lassen uns befürchten, dass die Konflikte mit diesem Parteitag keineswegs beendet sind. Die Verfahrensfülle hat einen Umfang erreicht, der aus Sicht der jetzigen Kommissionsmitglieder nicht weiter tragbar ist. Alle Mitglieder der Bundes-Schiedskommission erklären hiermit, dass sie nicht für eine Weiterarbeit kandidieren.«

»Geht ihr schon mal. Ich brauch noch 'nen Moment.«

Sie wussten, dass der Tantriker lange brauchen würde, um sich zu verabschieden. Er würde sich nicht einfach wieder zu seinen Genossen setzen und Frohsinn vortäuschen. Er war kein guter Schauspieler. Lange saß Gysi in diesem stickigen Raum und starrte an die Wand. Immer wieder musste er die verhängnisvolle SMS aufrufen, um sich zu vergewissern, dass er nicht in einem Alptraum gefangen, dass all dies tatsächlich geschehen war.

Er würde wieder raus müssen, irgendwann. Er würde diesen Wahnsinn, der ihnen allen nun bevorstand, ertragen und tragen müssen. Er hatte es versucht, er hatte sein Bestes gegeben, aber er war gescheitert. Sie alle waren gescheitert bei dem Versuch, die Partei zu retten, auf den sicheren Weg zum zweistelligen Ergebnis zu bringen.

Noch kurz frische Luft schnappen, dann wäre er bereit für die Afterparty, die ihren opferkultischen Charakter für immer verloren hatte. Gysi richtete sich langsam auf und ging die wenigen Schritte zum Kühlschrank neben dem Smartboard. Er griff nach dem Weißwein und füllte sich ein Glas. Alle Spuren würden beseitigt werden müssen, rückstandslos. Das Rape-Play war nie initiiert worden, niemand würde jemals davon erfahren. Wenn einer es wagte, unangenehme Fragen an ihn zu richten, würde er ihn vernichten.

Er öffnete die Tür einen Spalt und lugte in den Durchgang. Niemand ließ sich hier blicken, das Hinterzimmer war ungenutzt geblieben. Manch einer würde das als Führungsschwäche bezeichnen.

Auf leisen Sohlen schlich Gysi zum Hinterausgang und trat hinaus in die kühle Abendluft. Still war es auf dieser Seite der Lokhalle. Man meinte fast, die Leine rauschen zu hören, die hinter der Baumreihe fließen musste, doch war es wohl eher der Verkehr. Innerlich nur zuckte er zusammen, als er bemerkte, dass er nicht allein war. Syana Wasserbrink saß auf dem Boden neben dem Ausgang und sah ihn an.

»Hallo«, sagte sie.

»Hallo«, entgegnete er.

Klein wirkte sie, unscheinbar, gescheitert. Ihren betörenden Charme hatte sie wegen der Ejakulation eingebüßt. Sie war nichts weiter als ein Opfer ihrer Eitelkeit. Wie hatte er nur auf einen Niemand setzen können? Jetzt wäre der richtige Augenblick, etwas zu sagen. Es würde sich keine weitere Gelegenheit ergeben. Die Fraktion würde sie ausschließen, sie fallenlassen. Ihre sinnfreie Kandidatur hatte sie zu einer Persona non grata schrumpfen lassen. Bestenfalls dürfte sie in ihrem Bezirk noch Flyer verteilen, wenn überhaupt. Auch über einen Ausschluss aus der Partei konnte man sich gegebenenfalls noch Gedanken machen. Barkeeperin hätte sie bleiben sollen, das passte zu ihr.

Beide starrten einige Minuten vor sich hin. Plötzlich hatte Gysi den Eindruck, im Gebüsch am angrenzenden Parkplatz eine Bewegung wahrzunehmen, ein Geräusch vielmehr. Vielleicht ist es ein Biber, süß, oder eine Ratte, wie eklig. Bei Ratte fiel ihm ein, dass Syana womöglich behaupten würde, er habe sie hier, an der Rückwand des Hinterzimmers, sexuell belästigt, vergewaltigt sogar. So ticken diese jungen ambitionierten Dinger doch heutzutage. Verschmäht man sie, kommen sie gleich mit der Sexkeule. Gysi beschloss, diesbezüglich kein Risiko einzugehen.

Kurz nickte er in ihre Richtung, stieß die Hacken zusammen und betrat hastig die Lokhalle. Man erwartete ihn bereits.

Das Buch ist auch als E-Book erhältlich:
ISBN 978-3-359-50044-5

ISBN 978-3-359-02481-1

© 2015 Eulenspiegel Verlag, Berlin
Umschlaggestaltung: Buchgut, Berlin
unter Verwendung eines Fotos von Franziska Taffelt
Druck und Bindung: GGP Media GmbH, Pößneck

Die Bücher des Eulenspiegel Verlages erscheinen
in der Eulenspiegel Verlagsgruppe.

www.eulenspiegel-verlagsgruppe.de

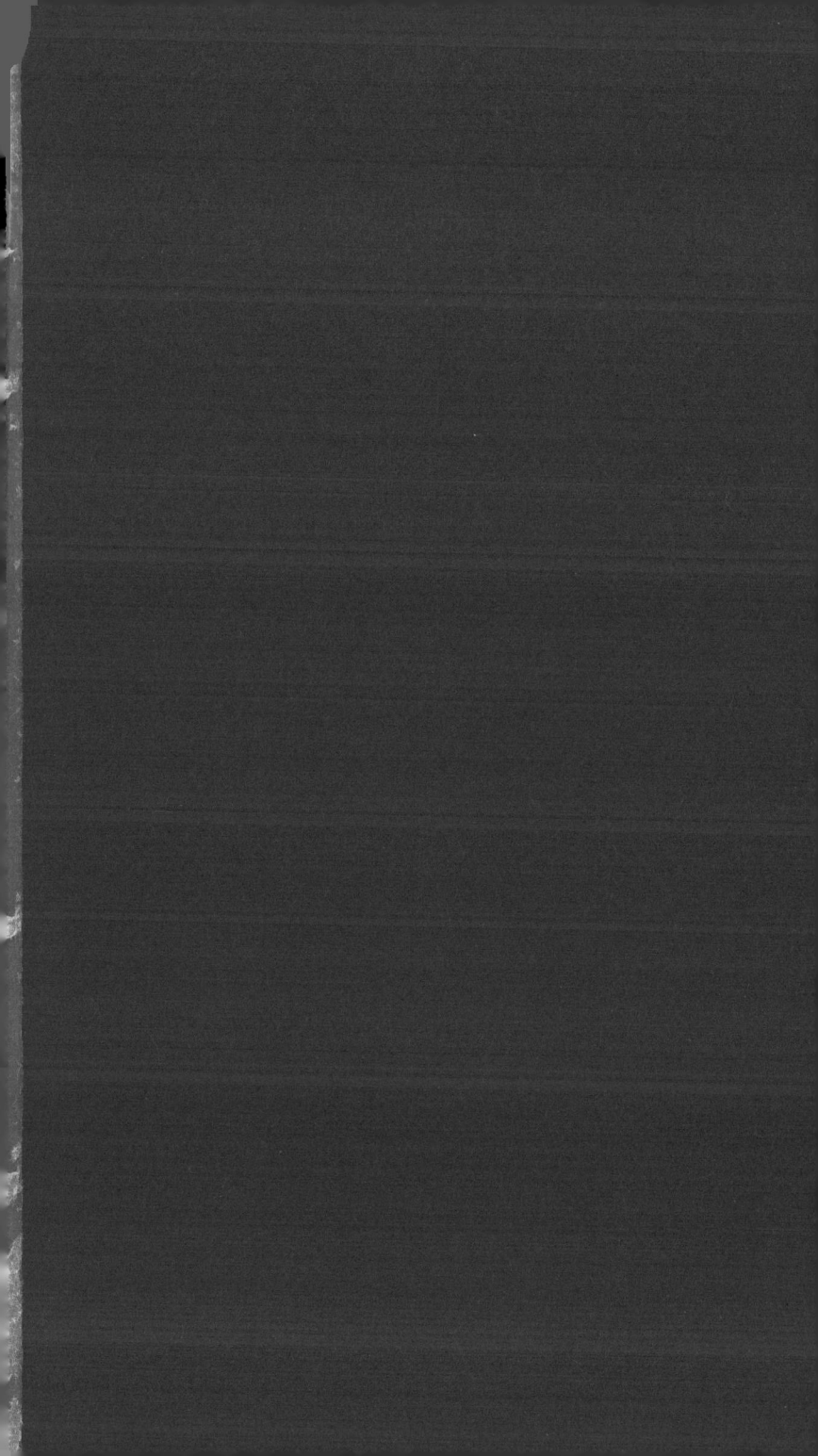